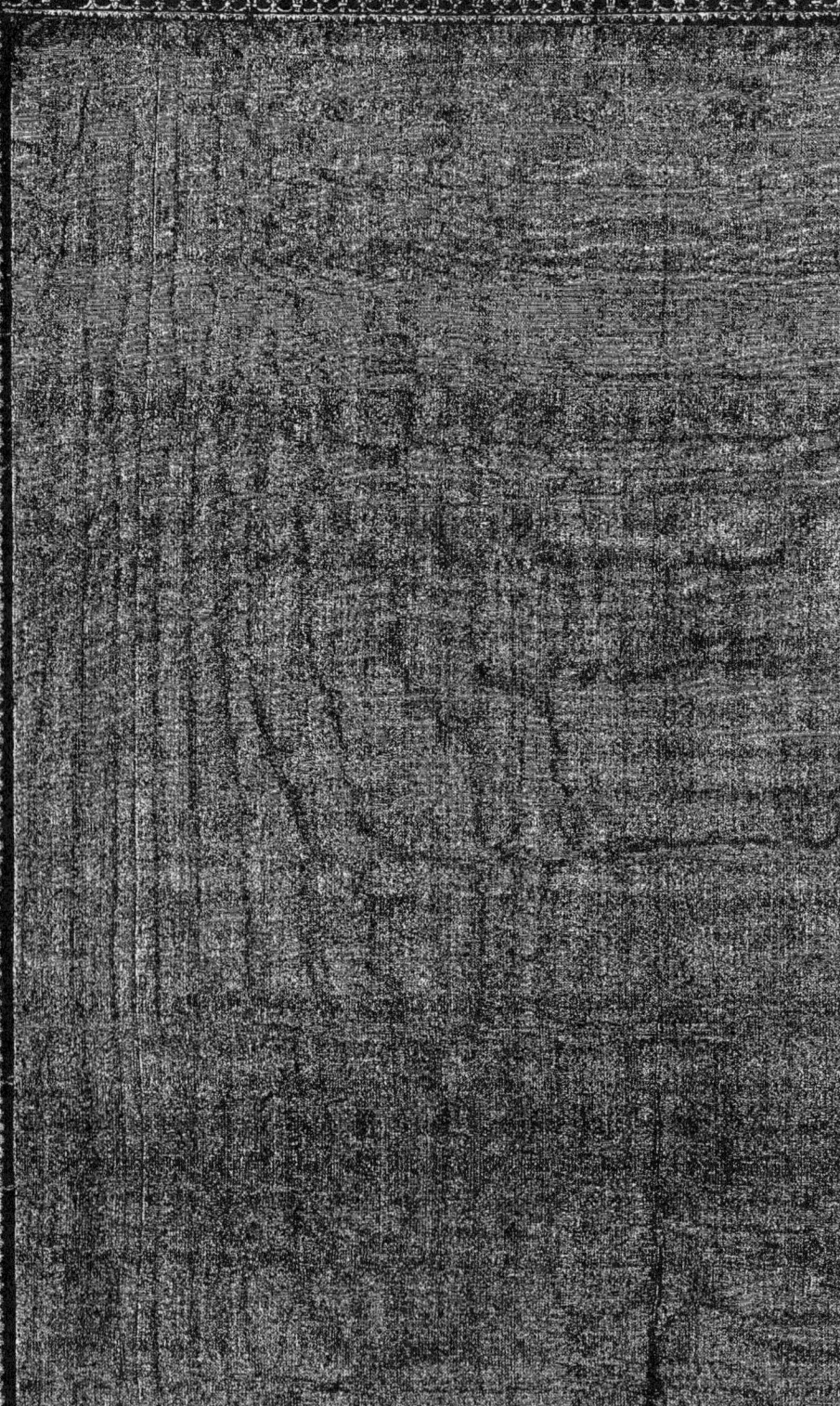

4506.

OEUVRES

COMPLETES

DE

VOLTAIRE.

OEUVRES

COMPLETES

DE

VOLTAIRE.

TOME CINQUANTE-SEPTIEME.

DE L'IMPRIMERIE DE LA SOCIÉTÉ LITTÉRAIRE-
TYPOGRAPHIQUE.

1 7 8 5.

RECUEIL

DES LETTRES

DE M. DE VOLTAIRE.

1761–1762.

RECUEIL

DES LETTRES

DE M. DE VOLTAIRE.

LETTRE PREMIERE.

A M. HELVETIUS, *à Paris.*

A Ferney, 2 de janvier.

Je falue les frères, en 1761, au nom de DIEU et
de la raifon, et je leur dis : Mes frères, *odi profanum*
vulgus et arceo. Je ne fonge qu'aux frères, qu'aux
initiés. Vous êtes la bonne compagnie ; donc c'eft
à vous à gouverner le public, le vrai public devant
qui toutes les petites brochures, tous les petits
journaux des faux chrétiens difparaiffent, et devant
qui la raifon refte. Vous m'écrivîtes, mon cher et
aimable philofophe, il y a quelque temps, que
j'avais paffé le Rubicon ; depuis ce temps je fuis
devant Rome. Vous aurez peut-être ouï dire à quelques frères que j'ai des jéfuites tout auprès de ma
terre de Ferney ; qu'ils avaient ufurpé le bien de
fix pauvres gentilshommes, de fix frères, tous
officiers dans le régiment de Deux-ponts ; que les
jéfuites, pendant la minorité de ces enfans, avaient

1761.

1761.

obtenu des lettres patentes pour acquérir à vil prix le domaine de ces orphelins ; que je les ai forcés de renoncer à leur ufurpation, et qu'ils m'ont apporté leur défiftement. Voilà une bonne victoire de philofophes. Je fais bien que frère *Crouft* cabalera, que frère *Berthier* m'appellera athée ; mais je vous répète qu'il ne faut pas plus craindre ces renards que les loups de janféniftes, et qu'il faut hardiment chaffer aux bêtes puantes. Ils ont beau hurler que nous ne fommes pas chrétiens, je leur prouverai bientôt que nous fommes meilleurs chrétiens qu'eux. Je veux les battre avec leurs propres armes ; *mutemus clypeos* ; laiffez-moi faire. Je leur montrerai ma foi par mes œuvres, avant qu'il foit peu. Vivez heureux, mon cher philofophe, dans le fein de la philofophie, de l'abondance et de l'amitié. Soyons hardiment bons ferviteurs de DIEU et du roi, et foulons aux pieds lés fanatiques et les hypocrites.

Dites-moi, je vous prie, s'il eft vrai que ce cher *Fréron* foit forti de fon fort. On l'avait mis là pour qu'il n'eût pas la douleur de voir encore cette malheureufe Ecoffaife ; mais on fe méprit dans l'ordre ; on mit *Fort-l'évêque* au lieu de *Bicêtre*. On fera probablement un errata à la première occafion.

Je le répète, il y a des chofes admirables dans l'*Héroïde* du difciple de *Socrate*. N'aimez-vous pas cet ouvrage ? Il eft d'un de nos frères. Jé lui dis, Καιρε. *V.*

LETTRE II.

A M. LE BRUN.

A Ferney, 2 de janvier.

Vous m'avez accoutumé, Monfieur, à ofer joindre mon nom à celui de *Corneille*, mais ce n'eft que quand il s'agit de fa nièce. Nous efpérons beaucoup d'elle, ma nièce et moi. Nous prenons foin de toutes les parties de fon éducation, jufqu'à ce qu'il nous arrive un maître digne de l'inftruire.

J'efpère que l'ombre du grand *Corneille* ne fera pas mécontente ; vous avez fi bien fait parler cette ombre, Monfieur, que je vous dois compte de tous ces petits détails. Si mademoifelle *Corneille* remercie tous ceux qui ont pris intérêt à elle , fouffrez que je les remercie auffi. J'efpère que je leur devrai une des grandes confolations de ma vieilleffe, celle d'avoir contribué à l'éducation de la coufine de *Chimène*, de *Cornélie* et de *Camille*.

Il faut que je vous dife encore qu'elle remplit exactement tous les devoirs de la religion, et que nos curés et notre évêque font très-contens de la manière dont on fe gouverne dans mes terres. Les *Guyon*, les *Gauchat*, les *Chaumeix*, en feront peut-être fâchés, mais je ne peux qu'y faire. Les philofophes fervent DIEU et le roi, quoi que ces meffieurs en difent. Nous ne fommes, à la vérité, ni janféniftes, ni moliniftes, ni frondeurs ; nous nous contentons d'être français et catholiques tout uniment. Cela

——— doit paraître bien horrible à l'auteur des Nouvelles eccléfiaftiques.

Pour ce malheureux *Fréron*, ce n'eft qu'un *Marfyas* qu'*Apollon* doit écorcher. Je vois affez, par vos vers et par votre profe, combien vous devez méprifer tous ces gredins qui font l'opprobre de la littérature. Je vous eftime autant que je les dédaigne.

Votre diftinction entre le vrai public et le vulgaire eft bien d'un homme qui mérite les fuffrages du public ; daignez y joindre le mien, et comptez fur la plus fincère eftime, j'ofe dire l'amitié de votre obéïffant ferviteur, *V*.

LETTRE III.

A M. DE CIDEVILLE.

A Ferney, le 4 de janvier.

Vous vous êtes bleffé avec vos armes, mon cher et ancien ami ; il n'y a qu'à ne vous plus battre, et vous ferez guéri. Diffipation, régime et fageffe, voilà vos remèdes. Je vous propoferais *Tronchin*, fi je me flattais que vous daignaffiez venir dans nos petits royaumes ; mais vous préférez les bords de la Seine au beau baffin de nos Alpes. Je m'intéreffe beaucoup *teretibus furis* de notre grand abbé. Vous êtes de jeunes gens en comparaifon du vieillard des Alpes. Il ne tient qu'à vous de vous porter mieux que moi. Je fuis né faible, j'ai vécu languiffant ; j'acquiers dans mes retraites de la force, et même un peu d'imagination. On ne meurt point ici. Nous

avons une femme d'efprit de cent trois ans, que —————
j'aurais mariée à *Fontenelle*, s'il n'était pas mort 1761.
jeune.

Nous avons auffi l'héritière du nom de *Corneille*,
et fes dix-fept ans. Vous favez toutes mes marches.
Il eft vrai que j'ai fait rendre le bien que les jéfuites
avaient ufurpé fur fix frères, tous au fervice du
roi ; mais apprenez que je ne m'en tiens pas là. Je
fuis occupé à préfent à procurer à un prêtre un
emploi dans les galères. Si je peux faire pendre un
prédicant huguenot, *fublimi feriam fidera vertice.* Je
fuis comme le muficien de *Dufréni* en chantant fon
opéra ; *il fait le tout en badinant.* Mais je vous
aime férieufement, autant en fait madame *Denis.*
Soyez gai, et vous vous porterez à merveille.

L E T T R E I V.

A M. LE COMTE D'ARGENTAL.

Au château de Ferney, 9 de janvier.

Mon cher ange, aidez-moi à venger la patrie
de l'infolence anglicane. Un de mes amis, ami
intime, a broché ce mémoire. Je m'intéreffe à la
gloire de *Pierre Corneille* plus que jamais, depuis
que j'ai chez moi fa petite-fille. Voyez fi la douce
réponfe aux Anglais plaît à madame *Scaliger.* En
ce cas, elle pourrait être imprimée par *Prault* petit-
fils, fous vos aufpices ; finon vous auriez la bonté
de me la renvoyer, car je n'ai que ce feul exemplaire. J'attends auffi ce Droit du feigneur que vous

A 4

n'aimez point, et que j'ai le malheur d'aimer. Vous m'abandonnez du haut de votre ciel, ô mes anges! Dites-moi donc ce que vous avez fait de Tancrède, et de grâce un petit mot d'Orefte; après quoi vous daignerez m'apprendre fi nous aurons la guerre ou la paix. A propos de guerre, permettez que je vous parle de pefte. Nous fommes menacés de la pefte dans notre petit pays de Gex. J'ai pris la liberté de préfenter requête contre elle à M. de *Courteille*. Je vous fupplie d'appuyer mes très-humbles repré-fentations; il s'agit d'un marais plein de ferpens, qu'apparemment *Fréron*, *Abraham Chaumeix*, *Guyon*, *Gauchat*, et les auteurs du Journal chrétien ont envoyés.

Mais, que deviennent les yeux de M. d'*Argental*? Je fuis plus inquiet d'eux que de ma pefte.

Eft-il vrai qu'on ait joué à Verfailles la Femme qui a raifon, et que la reine ait été de l'avis de *Fréron*?

Avez-vous lu l'ouvrage évangélique adreffé à mon ami *Guyon*, fur l'ancien et le nouveau Tefta-ment? Cela eft poivré; c'eft un petit livre excellent. Eft-il vrai que le théologien de l'Encyclopédie, *Morellet* ou *Mord-les* en foit l'auteur? Quel qu'il foit, fon livre eft brûlé et béni.

Comment fuis-je avec M. le duc de *Choifeul*? quand revient le vainqueur de Mahon?

Ayez pitié de moi, vous dis-je, auprès de M. de *Courteille*. Il eft dur d'être peftiféré dans un château qu'on vient de bâtir.

A l'ombre de vos ailes.

LETTRE V.

A M. LE COMTE DE SCHOUVALOF.

Ferney, 10 de janvier.

MONSIEUR,

JE n'ai jamais été du goût de mettre des vers au bas d'un portrait ; cependant, puifque vous voulez en avoir pour l'eftampe de *Pierre le grand*, en voici quatre que vous me demandez :

Ses lois et fes travaux ont inftruit les mortels ;
Il fit tout pour fon peuple, et fa fille l'imite ;
Zoroaftre, Ofiris, vous eûtes des autels,
    Et c'eft lui feul qui les mérite.

Le feul nom de *Pierre le grand*, Monfieur, vaut mieux que ces quatre vers ; mais, puifqu'il y eft queftion de fon augufte fille, je demande grâce pour eux.

M. de *Soltikof* m'a dit qu'il n'avait aucune nouvelle de M. *Poufchkin*, que perfonne n'en avait eu depuis fon départ de Vienne. Il eft à craindre que dans ce voyage il n'ait été pris par les Pruffiens. Quoi qu'il en foit, je n'ai aucuns matériaux pour le fecond volume. J'ai déjà eu l'honneur de mander plufieurs fois à votre Excellence qu'il eft impoffible de faire une hiftoire tolérable fans un précis des négociations et des guerres. Mon âge avance, ma santé eſt faible ; j'ai bien peur de mourir ſans avoir achevé votre édifice. Ce qui achèverait de me faire mourir avec amertume , ce ferait d'ignorer ſi la digne fille de *Pierre le grand* a daigné agréer le monument que j'ai élevé à la gloire de ſon père. L'amour qu'elle a pour ſa mémoire me fait eſpérer qu'elle voudra bien defcendre un moment du haut rang où le ciel l'a placée , pour me faire aſſurer par votre Excellence qu'elle n'eſt pas mécontente de mon travail. C'eſt ainſi que nos rois ont la bonté d'en uſer , même avec leurs propres ſujets.

Les lettres du roi *Staniſlas* , que vous avez eu la bonté de m'envoyer, Monſieur, font une preuve de l'état déplorable où il était alors. Je crois que les réponſes de l'empereur *Pierre le grand* feraient encore beaucoup plus curieuſes. C'eſt fur de pareilles pièces qu'il eſt agréable d'écrire l'hiſtoire ; mais n'ayant preſque rien depuis la bataille et la paix du Pruth, il faut que je reſte les bras croiſés. Quand il plaira à votre Excellence de me mettre la plume à la main , je ſuis tout prêt.

Je finis par vous aſſurer de tous les vœux que je fais pour votre bonheur particulier , et pour la proſpérité de vos armes.

J'ai l'honneur d'être, &c.

LETTRE VI.

A M. BAGIEU,

CHIRURGIEN DU ROI.

A Ferney, le 11 de janvier.

MADAME *Denis* et moi, Monfieur, nous fommes des cœurs fenfibles. Vous favez combien votre fou- venir nous touche. Nous avons encore avec nous un cœur de dix-fept ans qui fe forme : c'eft l'héri- tière du nom du grand *Corneille.* C'eft avec les ouvrages de fon aïeul que nous oublions *l'Année littéraire* et fon digne auteur. Si M. *Morand* veut aimer les gens de lettres, il ne faut pas qu'il choi- fiffe les pirates des lettres.

Permettez-vous, Monfieur, que je vous confulte fur une affaire plus importante. J'ai auprès de moi un jeune homme de mes parens ; il fut attaqué, il y a dix-huit mois, d'un rhumatifme qui ref- femblait à une fciatique. Nous l'envoyâmes aux bains d'Aix, les douleurs augmentèrent. M. *Tronchin* lui ordonna encore les eaux, il y a fix mois ; il en revint avec une tumeur fur le *fafcia lata*, et toujours fouffrant des douleurs d'élancement, fe fentant comme déchiré. Il fe reffouvint alors, ou crut fe reffouvenir, qu'il était tombé à la chaffe, il y avait deux ans. On lui appliqua les mouches cantharides avant cet aveu ; et après cet aveu on en fut fâché. Les douleurs devinrent plus vives, la tumeur plus forte. On jugea que le coup qu'il prétendait s'être donné à la cuisse, en tombant de cheval, avait pu causer une carie dans le fémur. On lui fit une ouverture de six grands doigts de long, et très-profonde. On fonda ; on ne put pénétrer assez avant ; le pus coula d'abord assez blanc, ensuite plus foncé, enfin d'une espèce fétide et purulente. Les douleurs furent toujours les mêmes, depuis la tête du fémur jusqu'au genou. Ces élancemens se font fait sentir dans l'autre cuisse. Celle à laquelle on avait fait l'opération s'est très-enflée, l'autre s'est absolument desséchée. Le pus de la plaie est devenu de jour en jour plus fétide, tantôt en grande abondance, tantôt en petite quantité ; très-souvent la fièvre, des infomnies, mais toujours un peu d'appétit. On a jugé la tête du fémur cariée et déplacée. *Tronchin* l'a jugé à mort. Le chirurgien, qui est assez habile, a pensé de même. Il se fit une nouvelle tumeur au-dessous de la plaie, il y a quelques jours ; il en coula une grande quantité de sanie purulente, et son appétit augmenta. Ce n'est point au *fascia lata* que cette tumeur nouvelle a percé, c'est près des muscles intérieurs. Le chirurgien alors s'est avisé de lui demander si, quelque temps avant de tomber malade, il n'avait pas mérité la vérole. Il a répondu qu'il avait eu affaire dans Genève à quelques créatures qui pouvaient la donner, mais nul symptôme avant-coureur de cette maladie. Tout se réduit à cette espèce de sciatique. Aucune dartre, aucun bubon, aucune tache, nulle enflure aux aines, sinon l'enflure présente qui va de l'os des îles au pied. La chair de ces parties n'a plus de reffort, le doigt y laiffe un creux ; le pus coule par la nouvelle ouverture , et cependant l'appétit augmente. Il faut quatre perfonnes pour le porter d'un lit à l'autre. L'atrophie n'eft point fur le vifage, la parole eft libre et quelquefois affez ferme.

Voilà fon état depuis quatre mois entiers que l'opération fut faite. J'ajoute encore que le coccix eft écorché, mais que le peu de fanie qui en fort n'eft point de la qualité du pus fétide de la cuiffe. On ne fait fi on hafardera le grand remède.

Pardonnez, Monfieur, ce long expofé; daignez me communiquer vos lumières. Que penfez-vous des dragées de *Keifer* ? et croyez-vous que *Colomb* nous ait rendu un grand fervice par la découverte de l'Amérique ?

Je fuis avec toute l'eftime qu'on vous doit, et j'ofe dire avec amitié, Monfieur, votre, &c.

LETTRE VII.

A M. THIRIOT.

Le 11 de janvier.

Reçu *le Monde* et la lettre du primat des Gaules ; il y a plus de deux mois, mon cher ami, que j'ai chez moi cette lettre in-4°. marginée. Sachez qu'en pourfuivant frère *Berthier*, je fuis fort bien auprès de mon primat, très-bien avec mon évêque ; qu'inceffamment je ferai le favori de l'archevêque de Paris ; et, fi vous me fâchez, je le ferai du pape.

1761.

Reçu encore *la Théorie de l'impôt*, théorie obfcure, théorie qui me paraît abfurde ; et toutes ces théories viennent mal à propos pour faire accroire aux étrangers que nous fommes fans reffource, et qu'on peut nous outrager et nous attaquer impunément. Voilà de plaifans citoyens et de plaifans amis des hommes ! Qu'ils viennent comme moi fur la frontière, ils changeront bien d'avis ; ils verront combien il eft néceffaire de faire refpecter le roi et l'Etat. Par ma foi, on voit les chofes tout de travers à Paris.

Vous verrez bientôt une très-fingulière épître à *Clairon*. Je la loue comme elle le mérite ; je fais l'éloge du roi, et c'eft mon cœur qui le fait ; je me moque de tout le refte, et même affez violemment. J'ai fouffert trop long-temps ; je deviens *Minos* dans ma vieilleffe, je punis les méchans.

P. S. Je fuis bien content de l'acquifition de mademoifelle *Corneille ;* elle fait jufqu'à préfent l'agrément de notre maifon. Il eft honteux pour la France que quelque grande dame ne l'ait pas prife auprès d'elle.

Nota bené que le faint abbé *Grifel* n'a point volé madame d'*Egmont*, mais bien M. de *Tourni*. Gardez-vous d'induire les commentateurs en erreur.

LETTRE VIII.

A MADAME

LA COMTESSE D'ARGENTAL.

A Ferney, 14 de janvier.

QUE monfieur et madame écrivent à eux deux des lettres aimables! Je ne peux pas croire que des anges qui écrivent fi bien, aient tort fur ce Droit du feigneur; cependant les écailles ne font pas encore tombées de mes yeux. Mais pourquoi monfieur d'*Argental* n'écrit-il pas? quoi, pas un mot! aurait-il toujours fon ophtalmie? S'il n'eft que pareffeux, je fuis confolé. Il a un charmant fecrétaire. Tenez, petite fille, voilà comme les dames écrivent à Paris. Voyez que cela eft droit; et ce ftyle, qu'en dites-vous? quand écrirez-vous de même, defcendante de *Corneille*? Cela donne de l'émulation; elle va vîte m'écrire un petit billet dans fa chambre: c'eft, je vous affure, une plaifante éducation.

Je fuis à vos pieds, Madame, moi et la mufe limonadière. Comment du cercle de mes montagnes pouvoir reconnaître tant de bontés?

Voulez-vous vous amufer à lire ce chiffon? voulez-vous le lire à mademoifelle *Clairon*? Il n'y a que vous et M. le duc de *Choifeul* qui en ayez. Vous m'allez dire que je deviens bien hardi et un peu méchant fur mes vieux jours. Méchant! non; je deviens *Minos*, je juge les pervers. — *Mais*

—— *prenez garde à vous, il y a des gens qui ne pardonnent point.* — Je le fais ; et je suis comme eux. J'ai soixante-sept ans ; je vais à la messe de ma paroisse ; j'édifie mon peuple ; je bâtis une église ; j'y communie, et je m'y ferai enterrer, mort-dieu, malgré les hypocrites. Je crois en *Jésus-Christ* consubstantiel à DIEU, en la vierge *Marie*, mère de DIEU. Lâches persécuteurs, qu'avez-vous à me dire ? — *Mais vous avez fait la Pucelle.* — Non, je ne l'ai pas faite ; c'est vous qui en êtes l'auteur ; c'est vous qui avez mis vos oreilles à la monture de *Jeanne*. Je suis bon chrétien, bon serviteur du roi, bon seigneur de paroisse, bon précepteur de fille ; je fais trembler jésuites et curés ; je fais ce que je veux de ma petite province grande comme la main, excepté quand les fermiers généraux s'en mêlent ; je suis homme à avoir le pape dans ma manche quand je voudrai. Eh bien, cuistres, qu'avez-vous à dire ?

Voilà, mes chers anges, ce que je répondrais aux *Fantin*, aux *Grisel*, aux *Guyon* et au petit singe noir. J'aime d'ailleurs les vengeances qui me font pouffer de rire. Et puis, qui est ce singe noir ? c'est peut-être *Berthier*, c'est peut-être *Gauchat*, *Caveirac*. Tous ces gens-là font également la gloire de la France.

J'ai lu la *Théorie de l'impôt* ; elle me paraît aussi absurde que ridiculement écrite. Je n'aime point ces amis des hommes qui crient sans cesse aux ennemis de l'Etat : Nous sommes ruinés ; venez, il y fait bon.

A vos pieds.

Pour

Pour Dieu, daignez m'envoyer (paroles ne puent point) la feuille de l'infâme *Fréron* contre M. *le Brun*. J'avoue que l'ode est bien longue, qu'il y a de terribles impropriétés de style ; mais il y a de fort belles strophes, et j'aime M. *le Brun ;* il m'a fait faire une bonne action dont je suis plus content de jour en jour.

1761.

LETTRE IX.

A M. DUMOLARD.

A Ferney, 15 de janvier.

M O N cher ami, nous ne montrons encore que le français à *Cornélie ;* si vous étiez ici, vous lui apprendriez le grec. Nous ne cessons jusqu'à présent de remercier M. *Titon* et M. *le Brun*, de nous avoir procuré le trésor que nous possédons. Le cœur paraît excellent, et nous avons tout sujet d'espérer que, si nous n'en fesons pas une savante, elle deviendra une personne très-aimable, qui aura toutes les vertus, les grâces et le naturel qui font le charme de la société. Ce qui me plaît surtout en elle, c'est son attachement pour son père, sa reconnaissance pour M. *Titon*, pour M. *le Brun* et pour toutes les personnes dont elle doit se souvenir. Elle a été un peu malade. Vous pouvez juger si madame *Denis* en a pris soin ; elle est très-bien servie ; on lui a assigné une femme de chambre qui est enchantée d'être auprès d'elle ; elle est aimée de tous les domestiques ; chacun se dispute l'honneur de faire fes petites volontés, et affurément fes volontés ne font pás difficiles. Nous avons ceffé nos lectures depuis qu'un rhume violent l'a réduite au régime et à la ceffation de tout travail. Elle commence à être mieux. Nous allons reprendre nos leçons d'orthographe. Le premier foin doit être de lui faire parler fa langue avec fimplicité et avec nobleffe. Nous la fefons écrire tous les jours : elle m'envoie un petit billet, et je le corrige : elle me rend compte de fes lectures : il n'eft pas encore temps de lui donner des maîtres ; elle n'en a point d'autres que ma nièce et moi. Nous ne lui laiffons pàffer ni mauvais termes ni prononciations vicieufes ; l'ufage amène tout. Nous n'oublions pas les petits ouvrages de la main. Il y a des heures pour la lecture, des heures pour les tapifferies de petit point. Je vous rends un compte exact de tout. Je ne dois point omettre que je la conduis moi-même à la meffe de paroiffe. Nous devons l'exemple, et nous le donnons. Je crois que M. *Titon* et M. *le Brun* ne dédaigneront point ces petits détails, et qu'ils verront avec plaifir que leurs foins n'ont pas été infructueux. Je fouhaite à M. *Titon* ce qu'on lui a fans doute tant fouhaité, les années du mari de l'*Aurore*. Dites, je vous prie, à M. *le Brun*, que perfonne ne lui eft plus obligé que moi. On dit que fon ode a encore un nouveau mérite auprès du public par les impertinences de ce malheureux *Fréron*. Il eft pourtant bien honteux qu'on laiffe aboyer ce chien. Il me femble qu'en bonne police on devrait étouffer ceux qui font attaqués de la rage.

Je vous embraffe de tout mon cœur.

LETTRE X.

A MADAME

LA MARQUISE DU DEFFANT.

A Ferney, 15 de janvier.

JE commence d'abord par vous excepter, Madame ; mais fi je m'adreffais à toutes les autres dames de Paris, je leur dirais : C'eft bien à vous, dans votre heureufe oifiveté, à prétendre que vous n'avez pas un moment de libre ; il vous appartient bien de parler ainfi à un pauvre homme qui a cent ouvriers et cent bœufs à conduire, occupé du devoir de tourner en ridicule les jéfuites et les janféniftes, frappant à droite et à gauche fur St *Ignace* et fur *Calvin*, fefant des tragédies bonnes ou mauvaifes, débrouillant le chaos des archives de Pétersbourg, foutenant des procès, accablé d'une corréfpondance qui s'étend de Pondichéri jufqu'à Rome : voilà ce qui s'appelle n'avoir pas un moment de libre. Cependant, Madame, j'ai toujours le temps de vous écrire, et c'eft le temps le plus agréablement employé de ma vie, après celui de lire vos lettres.

Vous méprifez trop *Ezéchiel*, Madame ; la manière légère dont vous parlez de ce grand-homme, tient trop de la frivolité de votre pays. Je vous paffe de ne point déjeûner comme lui : il n'y a jamais eu que *Paparel* à qui cet honneur ait été réfervé ; mais fachez qu'*Ezéchiel* fut plus confidéré de fon temps

B 2

——— qu'*Arnaud* et *Quefnel* du leur. Sachez qu'il fut le premier qui ofa donner un démenti à *Moïfe;* qu'il s'avifa d'affurer que DIEU ne puniffait pas les enfans des iniquités de leurs pères, et que cela fit un fchifme dans la nation. Eh, n'eft-ce rien, s'il vous plaît, après avoir mangé de la merde, que de promettre aux Juifs, de la part de DIEU, qu'ils mangeront de la chair d'homme tout leur foûl ?

Vous ne vous fouciez donc pas, Madame, de connaître les mœurs des nations? Pour peu que vous euffiez de curiofité, je vous prouverais qu'il n'y a point eu de peuples qui n'aient mangé communément de petits garçons et de petites filles ; et vous m'avouerez même que ce n'eft pas un fi grand mal d'en manger deux ou trois, que d'en égorger des milliers, comme nous fefons poliment en Allemagne.

M. de *Trudaine* ne fait ce qu'il dit, Madame, quand il prétend que je me porte bien ; mais c'eft, en vérité, la feule chofe dans laquelle il fe trompe : je n'ai jamais connu d'efprit plus jufte et plus aimable. Je fuis enchanté qu'il foit de votre cour, et je voudrais qu'on ne vous l'enlevât que pour le faire mon intendant ; car j'ai grand befoin d'un intendant qui m'aime.

J'aime paffionnément à être le maître chez moi : les intendans veulent être les maîtres par-tout, et ce combat d'opinions ne laiffe pas d'être quelquefois embarraffant.

Je ne fuis point du tout de l'avis de *ce bon régent qui gâta tout en France.* Il prétendait, dites-vous, qu'il n'y avait que des fots ou des fripons : le nombre en eft grand, et je crois qu'au Palais-royal la

1761.

chofe était ainfi ; mais je vous nommerai, quand vous voudrez, vingt belles ames qui ne font ni fottes ni coquines, à commencer par vous, Madame, et par M. le préfident *Hénault*. Je tiens de plus nos philofophes très gens de bien : je crois les *Diderot*, les *d'Alembert*, auffi vertueux qu'éclairés. Cette idée fait un contre-poids dans mon efprit à toutes les horreurs de ce monde.

Vraiment, Madame, ce ferait un beau jour pour moi que le petit fouper dont vous me parlez, avec M. le maréchal de *Richelieu* et M. le préfident *Hénault ;* mais, en attendant le fouper, je vous affure, fans vanité, que je vous ferais des contes que vous prendriez pour des *Mille et une nuits*, et qui pourtant font très-véritables.

Oui, Madame, j'aurais du plaifir, et le plus grand plaifir du monde, à vous parler, et furtout à vous entendre. Cela ferait plaifant de nous voir arriver à Saint-Jofeph, avec madame *Denis* et cette demoifelle *Corneille* qui fera, je vous jure, le contre-pied du pédantifme ; mais je vous avertis que je ne pourrais jamais paffer à Paris que le mois de janvier et de février.

Vous ne favez pas, Madame, ce que c'eft que le plaifir de gouverner des terres un peu étendues : vous ne connaiffez pas la vie libre et patriarcale ; c'eft une efpèce d'exiftence nouvelle. D'ailleurs, je fuis fi infolent dans ma manière de penfer, j'ai quelquefois des expreffions fi téméraires, je hais fi fort les pédans, j'ai tant d'horreur pour les hypocrites, je me mets fi fort en colère contre les fanatiques, que je ne pourrais jamais tenir à Paris plus de deux mois.

1761.

Vous me parlez, Madame, de ma paix particulière ; mais vraiment je la tiens toute faite ; je crois
même avoir du crédit, fi vous me fâchez ; mais je
fuis difcret, et je mets une partie du fouverain bien
à ne demander rien à perfonne, à n'avoir befoin de
perfonne, à ne courtifer perfonne. Il y a des vieillards
doucereux, circonfpects, pleins de ménagemens,
comme s'ils avaient leur fortune à faire. *Fontenelle*,
par exemple, n'aurait pas dit fon avis, à l'âge de
quatre-vingt-dix ans, fur les feuilles de *Fréron*. Ceux
qui voudront de ces vieillards-là peuvent s'adreffer
à d'autres qu'à moi.

Eh bien, Madame, ai-je répondu à tous les articles de votre lettre ? fuis-je un homme qui ne life
pas ce qu'on lui écrit ? fuis-je un homme qui écrive
à contre-cœur ? et aurez-vous d'autres reproches à
me faire, que celui de vous ennuyer par mon énorme
bavarderie ?

Quand vous voudrez, je vous enverrai un chant
de la Pucelle, qu'on a retrouvé dans la bibliothéque
d'un favant. Ce chant n'eft pas fait, je l'avoue,
pour être lu à la cour par l'abbé *Grizel*, mais il
pourrait édifier des perfonnes tolérantes.

A propos, Madame, fi vous vous imaginez que la
Pucelle foit une pure plaifanterie, vous avez raifon.
C'eft trop de vingt chants ; mais il y a continuellement du merveilleux, de la poëfie, de l'intérêt, de la
naïveté furtout. Vingt chants ne fuffifent pas. L'*Ariofte*
qui en a quarante-huit, eft mon Dieu. Tous les
poëmes m'ennuient, hors le fien. Je ne l'aimais pas
affez dans ma jeuneffe ; je ne favais pas affez l'italien.
Le *Pentateuque* et l'*Ariofte* font aujourd'hui le charme

de ma vie. Mais, Madame, fi jamais je fais un
tour à Paris, je vous préfèrerai au *Pentateuque*.

Adieu, Madame ; il faut jouer avec la vie jufqu'au dernier moment, et jufqu'au dernier moment
je vous ferai attaché avec le refpect le plus tendre.

LETTRE XI.

A M. DAMILAVILLE.

Le 16 de janvier.

J'ABUSE un peu, Monfieur, des bontés de l'aimable
correfpondant que DIEU m'a donné : voici encore
un exemplaire de la lettre *al fignor Albergati*, avec
la jolie eftampe de *Gravelot*.

Voici à préfent tous mes befoins que j'expofe
à votre charité.

Je voudrais que M. de *Saint-Foix* pût voir la lettre
à M. *Albergati;* c'eft une petite amende honorable
qu'on lui doit. Je voudrais que la petite vengeance
honnête que j'ai prife de l'outrecuidant auteur de
l'*Excellence italienne*, fût publique, et que copie colla-
tionnée fût envoyée aux intéreffés dudit mémoire.
Je voudrais que M. *Thiriot* n'exténuât point les
témoignages d'eftime que je dois à M. *le Brun;*
et que M. *le Brun* fît punir *Martin Fréron*, non
pas d'avoir trouvé fon ode mauvaife, mais d'avoir
outragé perfonnellement M. *Corneille*, fa fille et
Madame *Denis* qui daigne lui donner l'éducation
la plus refpectable.

1761.

Il me femble que tous les honnêtes gens devraient fe liguer pour obtenir le châtiment de *Martin* : car enfin, Monfieur, quelle famille fera en fureté, s'il eft permis à un folliculaire d'entrer dans le fecret des familles, de dire qu'une fille de condition fort du couvent pour être élevée par un bateleur, d'infulter au malheur de fon père, de dire qu'il vit d'un emploi de cinquante francs par mois? Si l'on abandonne ainfi l'honneur des familles à l'infolence des gazetiers, il faudra fe faire juftice foi-même.

Je prie M. *Thiriot* de vouloir bien m'envoyer les recueils *I, L :* je fais bien que ces petits recueils ne font qu'un artifice d'éditeur pour attraper de l'argent ; et qu'il eft fort impertinent de vendre en détail, en des in-12, ce qui fe trouve dans des in-folio ; mais puifque j'ai *H*, il faut bien avoir *I*.

Mille tendres amitiés à tous les frères; je les prie de s'unir toujours à moi dans l'amour de DIEU et du roi, et dans la haine des hypocrites et des fanatiques.

LETTRE XII.

A M. HELVETIUS.

Aux Délices, 19 de janvier.

IL eft vrai, mon très-cher philofophe perfécuté, que vous m'avez un peu mis, dans votre livre, *in communi martyrum;* mais vous ne me mettrez jamais *in communi* de ceux qui vous eftiment et qui vous aiment. On vous avait affuré, *dites-vous*, que vous

1761.

m'*aviez déplu.* Ceux qui ont pu vous dire cette *chose qui n'est pas*, comme s'exprime notre ami *Swift*, font enfans du diable. Vous, me déplaire ! et pourquoi ? et en quoi ? vous en qui est *gratia, fama;* vous qui êtes né pour plaire; vous que j'ai toujours aimé, et dans qui j'ai chéri toujours, depuis votre enfance, les progrès de votre esprit. On avait comme cela dit à *Duclos* qu'*il m'avait déplu*, et que je lui avais refusé ma voix à l'académie. Ce font en partie ces tracasseries de messieurs les gens de lettres, et encore plus les persécutions, les calomnies, les interprétations odieuses des choses les plus raisonnables, la petite envie, les orages continuels attachés à la littérature, qui m'ont fait quitter la France. On vend très-bien des terres pendant la guerre, vu que cette guerre enrichit et messieurs les tréforiers de l'extraordinaire, et messieurs les entrepreneurs des vivres, fourrages, hôpitaux, vaisseaux, cordages, bœuf salé, artillerie, chevaux, poudre, et messieurs leurs commis, et messieurs leurs laquais, et mesdames leurs catins. J'ai trois terres ici, dont une jouit de toute franchise, comme le franc-alleu le plus primier; et le roi m'ayant conservé, par un brevet, la charge de gentilhomme ordinaire, je jouis de tous les droits les plus agréables. J'ai terre aux confins de France, terre à Genève, maison à Lausane; tout cela dans un pays où il n'y a point d'archevêque qui excommunie les livres qu'il n'entend pas. Je vous offre tout, disposez-en. Cet archevêque, dont vous me parlez, ferait bien mieux d'obéir au roi, et de conserver la paix, que de signer des torche-cus de mandemens. Le parlement a très-bien fait, il y a quelques années, d'en brûler quelques-uns,

et ferait fort mal de fe mêler d'un livre de méta-
phyfique portant privilége du roi. J'aimerais mieux
qu'il me fît juftice de la banqueroute du fils de
Samuel-Bernard juif, fils de juif, mort furintendant
de la maifon de la reine, maître des requêtes, riche
de neuf millions, et banqueroutier. Vendez votre
charge de maître d'hôtel, *vende omnia quæ habes et*
fequere me. Il eft vrai que les prêtres de Genève et de
Laufane font des hérétiques qui méprifent faint
Athanafe, et qui ne croient pas *Jéfus-Chrift* DIEU ;
mais on peut du moins croire ici la trinité, comme
je fais, fans être perfécuté ; faites-en autant. Soyez
bon catholique, bon fujet du roi, comme vous l'avez
toujours été, et vous ferez tranquille, heureux, aimé,
eftimé, honoré par-tout, particulièrement dans cette
enceinte charmante, couronnée par les Alpes, arrofée
par le lac et par le Rhône, couverte de jardins et de
maifons de plaifance, et près d'une grande ville où
l'on penfe. Je mourrais affez heureux fi vous veniez
vivre ici. Mille refpects à madame votre femme.

Notre nièce eft très-fenfible à l'honneur de votre
fouvenir.

LETTRE XIII.

A M. LE MARQUIS D'ARGENCE DE DIRAC.

A Ferney, 20 de janvier.

Vous connaiſſez ma vie, Monſieur; mes occupations ſont fort augmentées. Depuis que j'ai eu le malheur de vous perdre, je n'ai pas eu un moment à moi. J'ai voulu vous écrire tous les jours, et je me ſuis contenté de penſer ſans ceſſe à vous. Je vois, par les lettres dont vous m'honorez, que vous êtes heureux. Il n'y a que deux ſortes de bonheur dans ce monde, celui des ſots qui s'enivrent ſtupidement de leurs illuſions fanatiques, et celui des philoſophes. Il eſt impoſſible à un être qui penſe de vouloir tâter de la première eſpèce de bonheur qui tient de l'abrutiſſement. Plus vous vous éclairez, et plus vous jouiſſez. Rien n'eſt plus doux que de rire des ſottiſes des hommes, et de rire en connaiſſance de cauſe. Si vous daignez vous amuſer, Monſieur, à rechercher en quel temps certaines gens s'aviſèrent de dire que deux et deux font cinq, et dans quel temps d'autres docteurs aſſurèrent que deux et deux font ſix, il vous ſera aiſé de voir que ni le ſentiment d'*Arius* ni celui d'*Athanaſe* n'étaient nouveaux; et que, dès le troiſième ſiècle, les théologiens, étant devenus platoniciens, ſe battirent à coup d'écritoire pour ſavoir ſi l'œuf eſt formé avant la poule, ou la poule avant l'œuf; et ſi c'eſt un péché mortel de manger des œufs à la coque certains jours de l'année.

1761. Pour votre pâté de perdrix, il nous arrivera heureusement avant le carême : ainsi nous pourrons
en manger en sureté de conscience; car vous sentez
combien DIEU est irrité, et qu'il y va de la damnation
éternelle, quand on est assez pervers pour manger des
perdrix à la fin de février, ou au commencement de
mars.

J'ai fait, depuis votre départ, une terrible action
d'impiété; j'ai contraint les jésuites à déguerpir d'un
domaine qu'ils avaient usurpé sur six gentilshommes
mes voisins, tous frères, tous officiers du roi, tous
servant dans le régiment de Deux-Ponts, tous braves
gens, tous en guenilles.

Je me damne de plus en plus; je suis actuellement
occupé à poursuivre criminellement un curé de nos
cantons, lequel a cru qu'il est de droit divin de rôsser
ses paroissiens. Il est allé pieusement, à onze heures
du soir, chez une dame, avec cinq ou six paysans
armés de bâtons ferrés, pour empêcher qu'on ne fît
l'amour sans sa permission. Son zèle a été jusqu'à
laisser sur le carreau un jeune homme de famille,
baigné dans son sang; et s'il ne s'était trouvé un
impie comme moi, ce pauvre garçon était mort, et
le curé impuni. Le curé se défend tant qu'il peut; il
dit qu'il ne veut point aller aux galères, et que je
ferai damné; mais heureusement un bon prêtre vient
de prouver, à Neuchâtel, que l'enfer n'est point du
tout éternel; qu'il est ridicule de penser que DIEU
s'occupe, pendant une infinité de siècles, à rôtir un
pauvre diable. C'est dommage que ce prêtre soit un
huguenot, sans cela ma cause était bonne : je n'aime
point ces maudits huguenots. Nous avons eu, depuis

1761.

peu, un cocu à Genève; ce cocu, comme vous favez, tira un coup de piftolet à l'amant de fa femme. La petite églife de *Calvin*, qui fait confifter la vertu dans l'ufure et dans l'auftérité des mœurs, s'eft imaginée qu'il n'y avait de cocus dans le monde que parce qu'on jouait la comédie. Ces maroufles s'en font pris aux jeunes gens de leur ville, qui avaient joué fur mon théâtre de Tourney, et ils ont eu l'infolence de leur faire promettre de ne plus jouer avec des français qui pourraient corrompre les mœurs de Genève.

Vous voyez, Monfieur, qu'on eft auffi fot à Genève qu'on eft fou à Paris; mais je pardonne à ces barbares, parce qu'il y a chez eux dix ou douze perfonnes de mérite. DIEU n'en trouva pas cinq dans Sodôme: je ne fuis pas affez puiffant pour faire pleuvoir le feu du ciel fur Genève; je le fuis du moins affez pour avoir beaucoup de plaifir chez moi au nez de tous ces cagots. J'en aurais bien davantage, Monfieur, fi vous étiez encore ici; vous y verriez la defcendante du grand *Corneille*, que nous avons adoptée pour fille, madame *Denis* et moi. Son caractère paraît auffi aimable que le génie de *Corneille* eft refpectable.

Adieu, Monfieur; nous vous regretterons et nous vous aimerons toujours. S'il y a quelqu'un qui penfe dans votre pays, faites-lui mes complimens. Madame *Denis* vous fait les fiens bien tendrement.

LETTRE XIV.

A M. LE MARQUIS DE CHAUVELIN,

AMBASSADEUR A TURIN.

Le 21 de janvier.

VOICI, pour votre Excellence, la négociation la plus importante que vous ayez jamais fait réuſſir. Le porteur, avec ſon baragouin, eſt à la tête d'une troupe d'hiſtrions; il a le privilége du gouverneur de Bourgogne; il veut nous donner du plaiſir; c'eſt donc un homme néceſſaire à la ſociété. Une autre troupe d'hiſtrions, nommés prédicans calviniſtes, a eu l'inſolence de trouver mauvais que les Génevois jouaſſent Alzire en France, au château de Tourney. Cette ville d'uſuriers corromprait ſans doute, en France, la pureté de ſes mœurs. De plus, les faquins à monologue ſont ſi jaloux des gens à dialogue, qu'ils veulent avoir le privilége excluſif d'ennuyer le monde. Le porteur a une troupe catholique; il peut donner du plaiſir ſur terre de France; mais les terres de Savoie ſont plus à portée. S'il peut s'établir à Carrouge, petit village aux portes de Genève, il croit nos plaiſirs aſſurés, et ſa fortune faite. Il demande donc votre protection. O belle ambaſſadrice! actrice charmante! portez nos prières à M. de *Chauvelin;* favoriſez un art dans lequel vous daignez exceller; confondez des hérétiques qui prêchent contre la divi-nité de *Jéſus-Chriſt,* et contre Athalie et Polyeucte. La descendante du grand *Corneille*, qui est aux Délices, vous conjure, par les mânes de *Cinna* et de *Chimène*, 1761. de procurer une église dans Carrouge au sacristain que nous vous dépêchons.

M. l'ambassadeur, regardez cette affaire comme la plus importante de votre vie, ou du moins de la nôtre. Les Délices seront-elles assez heureuses pour vous reposséder au mois de mai ?

Respect et attachement éternel. Comment se portent le fils et la mère ?

LETTRE XV.

A M. THIRIOT.

A Ferney, le 21 de janvier.

Reçu le petit livre royal *De moribus brachmanorum*. Me voilà plus confirmé que jamais dans mon opinion, que les livres rares ne sont rares que parce qu'ils sont mauvais ; j'en excepte seulement certains livres de philosophie, qui sont lus des seuls sages, que les sots n'entendraient pas, et que les sots persécutent.

Je reçois aussi la *Divine légation de Moïse*, de l'évêque *Warburton*, dans lequel cet évêque prouve que *Moïse* était inspiré de DIEU, parce qu'il n'enseignait pas l'immortalité de l'ame.

Point de roman de *Jean-Jacques*, s'il vous plaît ; je l'ai lu pour mon malheur ; et c'eût été pour le sien, si j'avais le temps de dire ce que je pense de cet impertinent ouvrage. Mais un cultivateur, un

maçon, et le précepteur de mademoiselle *Corneille*,
et le vengeur d'une famille accablée par des prêtres,
n'a pas le temps de parler de romans.

Joue-t-on Tancrède? joue-t-on le *Père de famille?*
O mon cher frère *Diderot !* je vous cède la place
de tout mon cœur, et je voudrais vous couronner de
lauriers.

LETTRE XVI.

A M. DEODATI DE TOVAZZI,

Sur la langue italienne.

Au château de Ferney, ce 24 de janvier.

JE fuis très-fenfible, Monfieur, à l'honneur que
vous me faites de m'envoyer votre livre de l'*Excellence de la langue italienne ;* c'eft envoyer à un amant
l'éloge de fa maîtreffe. Permettez - moi cependant
quelques réflexions en faveur de la langue françaife,
que vous paraiffez déprifer un peu trop. On prend
fouvent le parti de fa femme, quand la maîtreffe ne la
ménage pas affez.

Je crois, Monfieur, qu'il n'y a aucune langue parfaite; il en eft des langues comme de bien d'autres
chofes, dans lefquelles les favans ont reçu la loi des
ignorans. C'eft le peuple ignorant qui a formé les lan-
gages; les ouvriers ont nommé tous leurs inftrumens.
Les peuplades , à peine raffemblées, ont donné des
noms à tous leurs befoins; et, après un très-grand
nombre de fiècles, les hommes de génie fe font fervis,

comme

comme ils ont pu, des termes établis au hafard par
le peuple.

Il me paraît qu'il n'y a dans le monde que deux
langues véritablement harmonieufes, la grecque et la
latine. Ce font en effet les feules dont les vers aient
une vraie mefure, un rhythme certain, un vrai mélange
de dactyles et de fpondées, une valeur réelle dans
les fyllabes. Les ignorans qui formèrent ces deux
langues, avaient, fans doute, la tête plus fonnante,
l'oreille plus jufte, les fens plus délicats que les
autres nations.

Vous avez, comme vous le dites, Monfieur, des
fyllabes longues et brèves dans votre belle langue
italienne; nous en avons auffi; mais ni vous, ni
nous, ni aucun peuple, n'avons de véritables dactyles
et de véritables fpondées. Nos vers font caractérifés
par le nombre, et non par la valeur des fyllabes. *La
bella lingua tofcana e la figlia primogenita del latino.* Mais
jouiffez de votre droit d'aîneffe, et laiffez à vos cadettes
partager quelque chofe de la fucceffion.

J'ai toujours refpecté les Italiens comme nos maîtres; mais vous avouerez que vous avez fait de fort
bons difciples. Prefque toutes les langues de l'Europe
ont des beautés et des défauts qui fe compenfent. Vous
n'avez point les mélodieufes et nobles terminaifons des
mots efpagnols, qu'un heureux concours de voyelles
et de confonnes rendent fi fonores. *Los rios, los
ombres, las hiftorias, los cotumbres.* Il vous manque
auffi les diphthongues qui, dans notre langue, font
un effet fi harmonieux. Les *rois*, les *empereurs*, les
exploits, les *hiftoires.* Vous nous reprochez nos *e*
muets comme un fon trifte et fourd, qui expire dans

notre bouche; mais c'eſt préciſément dans ces *e* muets que conſiſte la grande harmonie de notre proſe et de nos vers. Empire, couronne, diadème, flamme, tendreſſe, victoire; toutes ces déſinences heureuſes laiſſent dans l'oreille un ſon qui ſubſiſte encore après le mot prononcé, comme un clavecin qui réſonne quand les doigts ne frappent plus les touches.

Avouez, Monſieur, que la prodigieuſe variété de toutes ces déſinences peut avoir quelque avantage ſur les cinq terminaiſons de tous les mots de votre langue. Encore, de ces cinq terminaiſons, faut-il retrancher la dernière, car vous n'avez que ſept ou huit mots qui ſe terminent en *u*; reſte donc quatre ſons, *a*, *e*, *i*, *o*, qui finiſſent tous les mots italiens.

Penſez-vous, de bonne foi, que l'oreille d'un étranger ſoit bien flattée, quand il lit, pour la première fois, *il capitano che'l gran ſepolcro libero di Criſto, e che molto oprò col ſenno e colla mano* ? croyez-vous que tous ces *o* ſoient bien agréables à une oreille qui n'y eſt pas accoutumée ? Comparez à cette triſte uniformité, ſi fatigante pour un étranger, comparez à cette ſéchereſſe ces deux vers ſimples de *Corneille :*

Le deſtin ſe déclare, et nous venons d'entendre
Ce qu'il a réſolu du beau-père et du gendre.

Vous voyez que chaque mot ſe termine différemment. Prononcez à préſent ces deux vers d'*Homère :*

Ex ou dai ta prôta diaſtètein eriſanté
Atréides té anax andrôn, kai dios Achilleis.

Qu'on prononce ces vers devant une jeune perſonne, ſoit anglaiſe, ou allemande, qui aura l'oreille

un peu délicate, elle donnera la préférence au
grec, elle fouffrira le français, elle fera un peu
choquée de la répétition continuelle des définences
italiennes. C'eft une expérience que j'ai faite plufieurs
fois.

Vos poëtes, qui ont fervi à former votre langue,
ont fi bien fenti ce vice radical de la terminaifon des
mots italiens, qu'ils ont retranché les lettres *e* et *o*
qui finiffaient tous les mots à l'infinitif, au paffé, et
au nominatif; ils difent *amar'* pour *amaré; noqueron'*
pour *noquerono; la flagion* pour *la flagione; buon'* pour
buono; malevol pour *malevole.* Vous avez voulu éviter
la cacofonie; et c'eft pour cela que vous finiffez très-
fouvent vos vers par la lettre canine *r;* ce que les
grecs ne firent jamais.

J'avoue que la langue latine dut long-temps
paraître rude et barbare aux grecs, par la fréquence
de fes *ur,* de fes *um,* qu'on prononçait *our* et *oum,*
et par la multitude de fes noms propres terminés
tous en *us* ou plutôt en *ous.* Nous avons brifé plus
que vous cette uniformité. Si Rome était pleine
autrefois de fénateurs et de chevaliers en *us,* on n'y
voit à préfent que des cardinaux et des abbés en *i.*

Vous vantez, Monfieur, et avec raifon, l'extrême
abondance de votre langue; mais permettez-nous de
n'être pas dans la difette. Il n'eft, à la vérité, aucun
idiome au monde qui peigne toutes les nuances des
chofes. Toutes les langues font pauvres à cet égard:
aucune ne peut exprimer, par exemple, en un feul
mot, l'amour fondé fur l'eftime, ou fur la beauté feule,
ou fur la convenance des caractères, ou fur le befoin
d'aimer. Il en eft ainfi de toutes les paffions, de toutes

—— les qualités de notre ame. Ce que l'on fent le mieux eft fouvent ce qui manque de terme.

Mais, Monfieur, ne croyez pas que nous foyons réduits à l'extrême indigence que vous nous reprochez en tout. Vous faites un catalogue en deux colonnes de votre fuperflu et de notre pauvreté. Vous mettez d'un côté *orgoglio*, *alterigia*, *fuperbia*, et de l'autre, *orgueil* tout feul. Cependant, Monfieur, nous avons *orgueil*, *fuperbe*, *hauteur*, *fierté*, *morgue*, *élévation*, *dédain*, *arrogance*, *infolence*, *gloire*, *gloriole*, *préfomption*, *outrecuidance*. Tous ces mots expriment des nuances différentes, de même que chez vous, orgoglio, alterigia, fuperbia, ne font pas toujours fynonymes.

Vous nous reprochez, dans votre alphabet de nos mifères, de n'avoir qu'un mot pour fignifier *vaillant*. Je fais, Monfieur, que votre nation eft très-vaillante quand elle veut et quand on le veut : l'Allemagne et la France ont eu le bonheur d'avoir à leur fervice de très-braves et de très-grands officiers italiens.

L'italico valor non è ancor morto.

Mais fi vous avez *valente*, *prode*, *animofo*, nous avons *vaillant*, *valeureux*, *preux*, *courageux*, *intrépide*, *hardi*, *animé*, *audacieux*, *brave*, &c. Ce courage, cette bravoure ont plufieurs caractères différens qui ont chacun leurs termes propres. Nous dirions bien que nos généraux font vaillans, courageux, braves, &c.; mais nous diftinguerions le courage vif et audacieux du général qui emporta, l'épée à la main, tous les ouvrages de Port-Mahon taillés dans le roc vif; la fermeté conftante, réfléchie et adroite avec laquelle un de nos chefs fauva une garnifon entière d'une ruine certaine, et fit une marche de trente lieues, à la vue d'une armée ennemie de trente mille combattans.

Nous exprimerions encore différemment l'intrépidité tranquille que les connaiffeurs admirèrent dans le petit neveu du héros de la Valteline, lorfqu'ayant vu fon armée en déroute par une terreur panique de nos alliés, ce général ayant aperçu le régiment de Diesbach et un autre, qui fefaient ferme contre une armée victorieufe, quoiqu'ils fuffent entamés par la cavalerie, et foudroyés par le canon, marcha feul à ces régimens, loua leur valeur, leur courage, leur fermeté, leur intrépidité, leur vaillance, leur patience, leur audace, leur animofité, leur bravoure, leur héroïfme, &c. Voyez, Monfieur, que de termes pour un. Enfuite il eut le courage de ramener ces deux régimens à petits pas, et de les fauver du péril où leur valeur les jetait, les conduifit en bravant les ennemis victorieux, et eut encore le courage de foutenir les reproches d'une multitude toujours mal inftruite.

Vous pourrez encore voir, Monfieur, que le courage, la valeur, la fermeté de celui qui a gardé Caffel et Gottingen, malgré les efforts de foixante mille ennemis très-valeureux, eft un courage compofé d'activité, de prévoyance et d'audace. C'eft auffi ce qu'on a reconnu dans celui qui a fauvé Véfel. Croyez donc, je vous prie, Monfieur, que nous avons, dans notre langue, l'efprit de faire fentir ce que les défenfeurs de notre patrie ou de notre pays ont le mérite de faire.

Vous nous infultez, Monfieur, fur le mot de

1761.

ragoût ; vous vous imaginez que nous n'avons que ce terme pour exprimer nos *mets*, nos *plats*, nos *entrées* de table et nos *menus*. Plût à Dieu que vous euffiez raifon, je m'en porterais mieux ! mais malheureufement nous avons un dictionnaire entier de cuifine.

Vous vous vantez de deux expreffions pour fignifier *gourmand ;* mais daignez plaindre, Monfieur, nos gourmands, nos goulus, nos friands, nos mangeurs, nos gloutons.

Vous ne connaiffez que le mot de *favant*, ajoutezy, s'il vous plaît, *docte*, *érudit*, *inftruit*, *éclairé*, *habile*, *lettré ;* vous trouverez parmi nous le nom et la chofe. Croyez qu'il en eft ainfi de tous les reproches que vous nous faites. Nous n'avons point de diminutifs; nous en avions autant que vous du temps de *Marot*, et de *Rabelais*, et de *Montagne ;* mais cette puérilité nous a paru indigne d'une langue ennoblie par les *Pafcal*, les *Boffuet*, les *Fénélon*, les *Péliffon*, les *Corneille*, les *Defpréaux*, les *Racine*, les *Maffillon*, les *la Fontaine*, les *la Bruyère*, &c.; nous avons laiffé à *Ronfard*, à *Marot*, à *Dubartas*, les diminutifs badins en *otte* et en *ette*, et nous n'avons guère confervé que *fleurette*, *amourette*, *fillette*, *grifette*, *grandelette*, *vieillotte*, *nabotte*, *maifonnette*, *villotte ;* encore ne les employons-nous que dans le ftyle très-familier. N'imitez pas le *Buon Matthei* qui, dans fa harangue à l'académie de la Crufca, fait tant valoir l'avantage exclufif d'exprimer *corbello*, *corbellino*, en oubliant que nous avons des *corbeilles* et des *corbillons*.

Vous poffédez, Monfieur, des avantages bien plus réels, celui des inverfions, celui de faire plus facilement cent bons vers en italien, que nous n'en

pouvons faire dix en français. La raifon de cette facilité, 1761.
c'eft que vous vous permettez ces *hiatus*, ces bâille-
mens de fyllabes que nous profcrivons ; c'eft que tous
vos mots finiffant en *a*, *e*, *i*, *o*, vous fourniffent au
moins vingt fois plus de rimes que nous n'en avons,
et que, par-deffus cela, vous pouvez encore vous
paffer de rimes. Vous êtes moins affervis que nous à
l'hémiftiche et à la céfure ; vous danfez en liberté et
nous danfons avec nos chaînes.

Mais croyez-moi, Monfieur, ne reprochez à notre
langue ni la rudeffe, ni le défaut de profodie, ni
l'obfcurité, ni la féchereffe. Vos traductions de quelques ouvrages français prouveraient le contraire. Lifez
d'ailleurs tout ce que MM. d'*Olivet* et *du Marfais* ont
compofé fur la manière de bien parler notre langue :
lifez M. *Duclos;* voyez avec combien de force, de clarté,
d'énergie et de grâce s'expriment MM. d'*Alembert* et
Diderot. Quelles expreffions pittorefques emploient
fouvent M. de *Buffon* et M. *Helvétius*, dans des
ouvrages qui n'en paraiffent pas toujours fufceptibles !

Je finis cette lettre trop longue par une réflexion.
Si le peuple a formé les langues, les grands-hommes
les perfectionnent par les bons livres ; et la première
de toutes les langues eft celle qui a le plus d'excellens ouvrages.

J'ai l'honneur d'être, Monfieur, avec beaucoup
d'eftime pour vous et pour la langue italienne, &c.

LETTRE XVII.

A M. LE COMTE D'ARGENTAL.

Au château de Ferney, 26 de janvier.

Et ces yeux, ces yeux que vous fermez quand vous êtes content, se portent-ils mieux, mon cher ange?

J'ai un besoin très-grand d'être fortement recommandé à M. de *Villeneuve*. Est-il possible que je n'aye besoin de personne dans le pays étranger, et que j'aye besoin d'un intendant en France, avec mes terres libres? Je ferai une belle requête pour M. le duc de *Choiseul;* mais je lui ai tant demandé de choses pour les autres, que je n'ose plus lui rien demander pour moi.

J'ai de terribles affaires sur les bras. Je chasse les jésuites d'un domaine usurpé par eux. Je poursuis criminellement un curé. Je convertis une huguenotte; et ma besogne la plus difficile est d'enseigner la grammaire à mademoiselle *Corneille*, qui n'a aucune disposition pour cette sublime science.

Est-il vrai, Monsieur et Madame, mes anges tutélaires, est-il vrai qu'on joue Tancrède?

Est-il vrai qu'on joue aux italiens une parade intitulée *le comte de Boursoufle*, sous mon nom? Justice! justice! Puissances célestes, empêchez cette profanation; ne souffrez pas qu'un nom que vous avez toujours daigné aimer, soit prostitué dans une affiche de la comédie italienne. J'imagine qu'il est aisé de leur défendre d'imputer, dans les carrefours de Paris,

à un pauvre auteur, une pièce dont il n'eſt pas
coupable.

J'eſtime, mes anges, qu'il faut retrancher *le Franc*
de ce *Panta-odai* à mademoiſelle *Clairon;* nous le
retrouverons bien une autre fois. Il ne faut pas fouil-
ler, par une ſatire, les louanges de *Melpoméne*. En
ôtant *le Franc*, tout va, tout ſe lie.

Et le roman de *Jean-Jacques !* A mon gré, il eſt
ſot, bourgeois, impudent, ennuyeux; mais il y a
un morceau admirable ſur le ſuicide, qui donne
appétit de mourir.

Avez-vous vu celui de *la Popliniére* ou *Pouplinière?*

Eſt-ce vous qui avez envoyé à M. de *la Marche*
notre *Tancréde?*

Nous avons ici *Ximenès*, oui, le marquis de
Ximenès. Hélas ! nous ne vous aurons pas. Nous baiſons le bout de vos ailes.

LETTRE XVIII.

A M. MARMONTEL.

A Ferney, 27 de janvier.

APRÈS avoir été tant applaudi en vers à l'académie,
il faut que vous y ſoyez applaudi en proſe, mon
cher ami, dans un beau diſcours de réception. Vous
fûtes d'abord mon diſciple; vous êtes devenu mon
maître; il faut que vous ſoyez mon confrère. Il me
ſemble que cette place vous eſt due à plus d'un
égard : ce ſera une récompenſe du mérite, et une
conſolation de l'injuſtice que vous avez eſſuyée. Je

ne regretterai Paris que le jour où je voudrais vous entendre et vous répondre. Je partagerai du moins tous vos fuccès, du fond de mes retraites. Si ma plume pouvait fuivre mon cœur, je vous en dirais davantage; mais ma mauvaife fanté me force d'être court quand l'amitié voudrait me rendre bien long. Nous avons ici M. de *Ximenès*, votre confrère en poëfie. Il me paraît n'avoir nulle envie d'être le *Rodrigue* de la *Chimène* que nous poffédons. Sur le nom du père de *Chimène*, mes refpects à votre voifine.

LETTRE XIX.

A M. LE COMTE D'ARGENTAL.

Ferney, 30 de janvier.

MON divin ange et ma divine ange, amufez-vous de cet imprimé, et voyez comme on trouve des jéfuites par-tout; mais auffi ils me trouvent. Je leur ai ôté la vigne de *Naboth*. Il leur en coûte vingt-quatre mille livres : cela apprendra à *Berthier* qu'il y a des gens qu'on doit ménager. Il s'agit à préfent de pourfuivre un facrilége. Je ferai auffi terrible dans le fpirituel que dans le temporel.

Adorables anges, je demande grâce pour ce beau mot : s'il y fert DIEU, c'eft qu'il eft exilé; car vous favez que d'ordinaire, difgrâce engendre dévotion. Oui, mort-dieu, je fers DIEU, car j'ai en horreur les jéfuites et les janféniftes, car j'aime ma patrie, car je vais à la meffe tous les dimanches, car j'établis

1761.

des écoles , car je bâtis des églifes, car je vais établir un hôpital , car il n'y a plus de pauvres chez
moi, en dépit des commis des gabelles. Oui, je fers
DIEU, je crois en DIEU, et je veux qu'on le fache.

Vous n'êtes pas contens du portrait du petit
finge ? Eh bien, en voici un autre.

> Un petit finge, ignorant indocile,
> Au fourcil noir, au long et noir habit;
> Plus noir encore et de cœur et d'efprit,
> Répand fur moi fes phrafes et fa bile ;
> En grimaçant le monftre s'applaudit
> D'être à la fois et Therfite et Zoïle ;
> Mais, grâce au ciel, il eft un roi puiffant,
> Sage, éclairé, &c. (*)

Le finge fe reconnaîtra s'il veut ; je ne peux
faire mieux quant à préfent. Je n'ai que trois
gardes ; fi j'en avais davantage, je vous réponds que
tous ces drôles s'en trouveraient mal. Il faut verfer
fon fang pour fervir fes amis et pour fe venger de
fes ennemis, fans quoi on n'eft pas digne d'être
homme. Je mourrai en bravant tous ces ennemis
du fens commun. S'ils ont le pouvoir (ce que
je ne crois pas) de me perfécuter dans l'enceinte
de quatre-vingts lieues de montagnes, qui touchent
au ciel, j'ai, Dieu merci, quarante-cinq mille
livres de rente dans les pays étrangers, et j'abandonnerai volontiers ce qui me refte en France pour
aller méprifer ailleurs à mon aife , et d'un fouverain mépris, des bourgeois infolens dont le roi eft
auffi mécontent que moi.

(*) Voyez l'épitre à *Daphné*, vol. d'Epîtres.

Pardonnez, mes divins anges, à cet enthoufiafme ; il eft d'un cœur né fenfible ; et qui ne fait point haïr, ne fait point aimer.

Venons à préfent au tripot, et changeons de ftyle.

Vous vous plaignez de n'avoir point Fanime. Quoi ! vous voulez donner tout de fuite deux vieillards radoteurs qui grondent leurs filles ? n'avez-vous pas de honte ? ne fentez-vous pas quelle prodigieufe différence il y a entre la fin de Tancrède et la fin de Fanime ? Attendez, vous dis-je, attendez Pâque fleurie. Je vous remercie bien humblement, bien tendrement, de toutes vos bontés charmantes, et de votre taffe pour la mufe limonadière.

Je vois d'ici mademoifelle *Clairon* enchanter tous les cœurs ; et fi les fifflets font pour moi, les battemens de mains font pour elle. Je m'appelle *Pancrace;* mais je ne veux de ma vie gratter la porte d'aucun cabinet : j'aimerais mieux gratter la terre. Mon feul malheur dans ce monde, c'eft de n'être pas dans votre cabinet pour manger avec vous du parmefan, pour boire, car j'aime à boire, comme vous favez. Puiffent les yeux de M. d'*Argental* ne pleurer qu'aux tragédies ! Les miens pleurent d'une abfence qu'un parti trifte, mais fagement pris, rend éternelle.

Une autre fois je vous parlerai du Droit du feigneur ; je ne peux vous parler aujourd'hui que des juftes droits que vous avez fur mon ame.

Je fuis malingre ; j'ai dicté, et peut-être avec mauvaife humeur : excufez un vieillard vert.

LETTRE XX.

A M. THIRIOT.

A Ferney, le 31 de janvier.

JE reçois des lettres bien aimables de M. *Damilaville* et de M. *Thiriot;* j'en avais grand befoin, car mes contemporains meurent de tous côtés, et je me porte affez mal : cependant l'épître à mademoi- felle *Clairon* fera envoyée à mes amis probablement par la pofte prochaine, après quoi j'aurai grand foin de tout ce qu'ils me recommandent; il faut mourir au lit d'honneur.

Je fuis très-fâché que les impies aient rayé de ma pancarte *le culte et les exercices de religion*, parce que je remplis tous ces devoirs avec la plus grande exactitude. On ne devait pas non plus mettre *dans les terres*, au lieu de *mes terres*, parce que je ne fuis pas obligé d'aller à la meffe dans les terres d'autrui, mais je fuis obligé d'y aller dans les miennes. Mes amis verront la preuve de ce que je prends la liberté de leur repréfenter dans ma lettre à M. le marquis *Albergati*.

La néceffité de remplir tous les devoirs de la religion chez moi m'eft d'autant plus févèrement impofée, que je fuis comptable de l'éducation que je donne à mademoifelle *Corneille*. J'ai lu malheu- reufement la page 164 de *Fréron*, dans laquelle il dit ,, que je fais élever mademoifelle *Corneille*, au ,, fortir du couvent, par un bateleur de la foire,

,, que je traite en frère depuis un an, et que ,, mademoiselle *Corneille* aura une plaisante édu- ,, cation. ,,

Ces lignes diffamatoires sont d'autant plus punissables, qu'elles outragent personnellement mademoiselle *Corneille*, et surtout madame *Denis*, ma nièce, qui l'élève comme sa fille. Mes amis et le public sentiront aisément que mademoiselle *Corneille*, étant chez moi, ne peut jamais trouver un mari que par la conduite la plus irréprochable. *Fréron* la perd sans ressource, en avançant fausse-ment que je la fais élever par *Lécluse*. Il est très-faux que *Lécluse* soit chez moi ; il y a environ six mois qu'il exerce sa profession de chirurgien-dentiste à Genève, et qu'il n'est sorti de cette ville. Madame *Denis*, qui l'avait mandé, il y a environ huit mois, pour lui accommoder les dents, ne l'a pas revu deux fois depuis ce temps-là ; il travaille sans relâche à Genève, et y rend de très-grands services.

Il est très-permis au nommé *Fréron* de critiquer tant qu'il voudra des vers et de la prose, mais il ne lui est permis ni d'attaquer une dame, veuve d'un gentilhomme mort au service du roi, ni une demoiselle alliée aux plus grandes maisons du royaume, et qui porte un nom plus grand que ses alliances, ni même le sieur *Lécluse* qui peut avoir joué autrefois la comédie, mais qui est chi-rurgien du roi de Pologne, et auquel le reproche d'avoir été acteur peut faire un très-grand tort dans sa profession. Ces trois diffamations réunies forment un corps de délit dont il est nécessaire de demander

juftice. Le père de mademoifelle *Corneille* outragée
doit agir en fon nom, fans aucun délai.

La pofte va partir; je n'ai que le temps d'ajouter
à ma lettre que je perfifte toujours dans mon
opinion fur les finances. Il y a eu beaucoup de
diffipation et de brigandage, je l'avoue; mais, quand
on a contre les Anglais une guerre fi funefte, il
faut, ou que toute la nation combatte, ou que la
moitié de la nation s'épuife à payer la moitié qui
verfe fon fang pour elle. J'ai une penfion du roi,
je rougirais de la recevoir tant qu'il y aura des
officiers qui fouffriront.

Je fuis pénétré de la plus tendre reconnaiffance
pour toutes les bontés affidues de M. *Damilaville*
et de M. *Thiriot. Plura alias.*

LETTRE XXI.

A MADAME DE FONTAINE.

A Ferney, 1 de février.

PUISQUE vous aimez la campagne, ma chère nièce,
je vous envoie la petite épître adreffée à votre fœur
fur l'agriculture (*). Le droit de champart, et tous
les droits feigneuriaux que vous avez ne font pas
fi favorables à la poëfie que la charrue et les moutons. *Virgile* a chanté les troupeaux et les abeilles,
et n'a jamais parlé du droit de champart. Je vous
ferai une épître pour vous confirmer dans le jufte

(*) Voyez le volume d'*Epitres*,

mépris que vous femblez avoir pour le tumulte et
les inutilités de Paris, et dans votre heureux goût
pour les douceurs de la retraite.

Il eft vrai que Ferney eft devenu un des féjours
les plus rians de la terre. Je joins à l'agrément
d'avoir un château d'une jolie ftructure, et celui
d'avoir planté des jardins finguliers, le plaifir folide
d'être utile au pays que j'ai choifi pour ma retraite.
J'ai obtenu du confeil le defféchement des marais
qui infectaient la province, et qui y portaient la
ftérilité. J'ai fait défricher des bruyères immenfes;
en un mot, j'ai mis en pratique toute la théorie
de mon épître. Si vous ne venez pas voir cette
terre qui doit vous appartenir un jour, je vous
avertis que je viendrai bouleverfer Ornoi, y planter
et y bâtir; car il faut que je me ferve de la truelle
ou de la plume.

Le *Kain* devait venir jouer la comédie avec nous
à Pâque; mais il m'a fallu communier fans jouer.
J'ai édifié mes paroiffiens, au lieu de les amufer;
et M. de *Richelieu* s'eft avifé de mettre *le Kain* en
pénitence dans ce faint temps.

Je veux vous donner avis de tout. L'impératrice
de Ruffie m'avait envoyé fon portrait avec de gros
diamans: le paquet a été volé fur la route. J'ai du
moins une fouveraine de deux mille lieues de pays
dans mon parti; cela confole des cris des poliffons.
Ma chère nièce, je fais encore plus de cas de
votre amitié. Adieu; j'embraffe tout ce que vous
aimez.

Eft-il vrai que la *Dubois* récite le rôle d'*Atide*
comme une petite fille qui ânonne fa leçon?

Les

Les étrennes du chevalier de *Molmire* ne paraissent
pas vous être dédiées (*). Ne montrez le sermon du
bon rabbin *Akib* qu'à d'honnêtes gens dignes d'entendre la parole de DIEU. Savez-vous que j'avais
autrefois une pension que je perdis en perdant la
place d'historiographe : le roi vient de m'en donner
une autre, sans qu'assurément j'aye osé la demander ;
et M. le comte de *Saint-Florentin* m'envoie l'ordonnance pour être payé de la première année. La façon
est infiniment agréable. Je soupçonne que c'est un
tour de madame de *Pompadour* et de M. le duc de
Choiseul.

LETTRE XXII.

A M. LE COMTE D'ARGENTAL.

A Ferney , 2 de février.

Anges de paix , mais anges de justice , voici le
Panta-odai du sieur *Abraham Chaumeix* , tel qu'on me
l'a envoyé de Paris ; je l'ai fait copier fidellement.
Je ne connais point le petit singe à face de *Thersite ;*
mais si cet homme est tel qu'on me le mande,
il mérite l'exécration publique , et je ne connais
personne qui doive craindre de démasquer un personnage si ridicule et si odieux. Quand on joint
les mensonges de *Sinon* au style de *Zoïle* , à l'impudence de *Thersite* , et à la figure de *Ragotin* , on

(*) *Les chevaux et les ânes, Etrennes aux fots :* volume de *Contes et
satires.*

Corresp. générale.   Tome VI.   D

doit s'attendre de recevoir en public le châtiment qu'on mérite ; et ceux qui n'ont pas la force en main pour se venger, font très-bien de payer les *Thersite* et les *Zoïle* dans leur propre monnaie. Se reconnaîtra qui voudra dans cette fidelle peinture, on n'en craint point les conséquences ; on est bien aise même que *Thersite* sache à quel point on le hait et on le méprise ; on en fera profession publique quand il le faudra. Le chevalier d'*Aidie* vient de mourir en revenant de la chasse ; on mourra volontiers après avoir tiré sur les bêtes puantes. D'ailleurs on n'a rien à perdre en France, et on trouvera par-tout ailleurs des établissemens assez avantageux pour braver avec sécurité, et pour confondre, avec les armes de la vérité, les délateurs hypocrites et les calomniateurs impudens. Je ne connais l'homme dont il est question qu'à ces titres ; et, si je le rencontrais, je le lui dirais en face, s'il a une face.

Pardonnez, mes divins anges, à cette petite digression un peu aigrelette ; il y a long-temps que je couve ce fiel dans le fond de mon cœur ; voilà ma bile purgée. Je me rends à tous les charmes de votre commerce, à votre douceur, à vos grâces. Je suis doux comme vous, quand je me suis vengé.

Je ne crois pas que l'auteur du *Panta-odai* doive le lâcher sitôt. Il n'y a que *Thiriot*, je crois, qui en soit en possession. Je lui mande d'attendre, et il attendra. Il faut tendre actuellement toutes les cordes de son ame pour punir *Fréron* de son insolence, et pour lui procurer quelque peine afflictive salutaire qui lui apprenne à ne plus insulter une fille de condition, et le nom de *Corneille*, dans ses infamies

littéraires. *Lécluse*, qui n'est point celui de l'opéra
comique, mais chirurgien du roi de Pologne, a
donné sa procuration et demande justice. Madame
Denis a envoyé son certificat. Le nommé *Fréron*
est très-punissable, et le procès criminel ne sera pas
long. *Le Brun* a toutes les pièces ; il ne manque
que la procuration du bon homme *Corneille ;* je
mets le tout sous votre protection. Vous êtes bon,
mais vous êtes ferme ; et c'est ici qu'il faut l'être.
Mon contemporain, le président de *la Marche*, m'a
écrit une lettre pleine d'esprit.

Le maréchal de *Bellisle* est-il mort ? M. de *Choiseul*
a-t-il la guerre ? M. de *Chauvelin* le ministère de
paix ?

Pleurez-vous toujours ? je pleure votre absence.

L E T T R E   X X I I I.

À M. SAURIN.

Ferney, le 2 de février.

Toutes les fois qu'un des frères gratifie le public
de quelque bon ouvrage auquel on applaudit, je
me jette à genoux dans mon petit oratoire ; je remercie DIEU, et je m'écrie : O DIEU des bons esprits,
DIEU des esprits justes, DIEU des esprits aimables,
répands ta miséricorde sur tous nos frères, continue
à confondre les sots, les hypocrites et les fanatiques !
Plus nos frères feront de bons ouvrages, en quelque genre que ce puisse être, plus la gloire de ton

—— faint nom fera étendue. Fais toujours réuffir les fages,
1761. fais fiffler les impertinens. Puiffé-je voir, avant de
mourir, ton fidelle ferviteur *Helvétius* et ton ferviteur
fidelle *Saurin* dans le nombre des quarante!

Ce font les vœux les plus ardens du moine
Voltarius qui, du fond de fa cellule, fe joint à la
communion des frères, les falue et les bénit dans
l'efprit d'une concorde indiffoluble. Il fe flatte furtout
que le vénérable frère *Helvétius* raffemblera, autant
qu'il pourra, les fidelles difperfés, les fauvera du
venin du bafilic, et de la morfure du fcorpion, et des
dents des *Frérons* et des *Paliffots*. Nous recomman-
dons auffi aux combattans du Seigneur les perfécuteurs
fanatiques qu'il faut dévouer à l'exécration publique.

Pourquoi l'auteur des *Mœurs du temps*, qui peint
fi bien fon monde, ne peindrait-il pas un...?

> *Car eft le peintre indigne de louange,*
> *Qui ne fait peindre auffi bien diable qu'ange.*
>
> MAROT.

J'embraffe frère *Saurin* bien tendrement.

Frère Voltaire.

LETTRE XXIV.

A M. DAMILAVILLE.

A Ferney, 2 de février.

JE réitère à M. *Damilaville* et à M. *Thiriot* mes
fincères remercîmens de la bonté qu'ils ont de publier
ma déclaration fur mes lettres et fur celles de madame
Denis, imprimées à Paris fous le nom de Genève.
Il m'eft très-important que Genève, qui n'eft qu'à
une lieue de mon féjour, ne paffe point pour un
magafin clandeftin d'éditions furtives. Je leur ai très-
grande obligation de vouloir bien détruire ce foupçon injufte qui n'eft déjà que trop répandu.

Je les fupplie auffi très-inftamment de ne rien
changer à ma déclaration. L'article du culte et des
devoirs de la religion eft effentiel. Je dois parler
de ces devoirs, parce que je les remplis, et que
furtout j'en dois l'exemple à mademoifelle *Corneille*
que j'élève. Il ne faut pas qu'après les calomnies
puniffables de *Fréron*, on puiffe foupçonner que
madame *Denis* et moi nous ayons fait venir l'héritière du nom de *Corneille* aux portes de Genève,
pour ne pas profeffer hautement la religion du roi
et du royaume. On a fubftitué à cet article néceffaire que *je m'occupe de ce qui intéreffe mes amis.* On
doit concevoir combien cela eft déplacé, pour ne
rien dire de plus. Je ne dois point compte au public
de ce qui intéreffe mes amis, mais je lui dois compte
de la religion de mademoifelle *Corneille*.

D 3

J'infifte, avec la même chaleur, fur le changement qu'on veut faire dans ce que je dis de l'ode de M. *le Brun*. Je dis qu'il y a dans fon ode des ftrophes admirables, et cela eft vrai. Les trois dernières furtout me paraiffent auffi fublimes que touchantes ; et j'avoue qu'elles me déterminèrent fur le champ à me charger de mademoifelle *Corneille,* et à l'élever comme ma fille. Ces trois dernières ftrophes me paraiffent *admirables*, je le répète. Vous voulez mettre à la place *fentimens admirables*, mais un fentiment de compaffion n'eft point admirable ; ce font ces ftrophes qui le font. Je demande en grâce qu'on imprime ce que j'ai dit, et non pas ce qu'on croit que j'ai dû dire. Je fais bien qu'il y a des longueurs dans l'ode, et des expreffions hafardées. Le partage de M. *le Brun* eft de rendre fon ode parfaite en la corrigeant ; et le mien eft de louer ce que j'y trouve de parfait.

Obfervez, je vous prie, mes chers amis, que M. *le Brun* trouverait très-mauvais que je me bornaffe à faire l'éloge de fes fentimens, quand je lui dois celui des beautés réelles qui font dans fon ode.

Je renvoie à mes deux amis l'épître d'*Abraham Chaumeix* à mademoifelle *Clairon*, telle que je l'ai reçue de Paris. M. *Thiriot* peut fe donner le plaifir de porter ces étrennes à *Melpoméne*. Mon correfpondant de Paris a mis l'abbé *Guyon* en note, d'autres prétendent qu'il fallait un autre nom. *Valete*.

M. *Thiriot* ne fe deffaifira pas du *Panta-odai*.

LETTRE XXV.

A M. LE COMTE D'ARGENTAL.

7 de février.

DE profundis clamavi. J'ignore tout du pied de mes Alpes. Joue-t-on Tancrède? perfonne ne m'en dit mot. Réuffit-elle ? eft-elle tombée ? J'ai vraiment bien pris mon temps pour écrire à M. le duc de *Choifeul ! C'était bien de chanfons qu'alors il s'agiffait !* Le voilà donc chargé de la guerre et de la paix. Deux miniftères à la fois ! plus de plaifirs ! plus de foupers ! Il eft mort, s'il veut allier tout cela. Ce qui regarde mademoifelle *Corneille* paraît-il auffi important à mes anges qu'à moi ? ont-ils le temps d'y penfer ? n'ont-ils pas eux-mêmes un peu d'affaires ? Je ne fais par quel oubli je n'ai pas répondu à *le Kain*. Il y a un arrangement pour Oedipe. Eh, mon cher ange, n'êtes-vous pas le maître abfolu de tout ? A quoi fert ma voix ? je n'en fais ufage que pour vous regretter. Oui, tous les rôles font bien diftribués ; oui, tout eft bien. Mais M. de *Richelieu* eft-il à Verfailles ? entrera-t-il au confeil? et *maître Omer*, que fait-il brûler ? quel plat et calomnieux réquifitoire fait-il imprimer? J'ai cet homme en tête. J'aime l'Eccléfiafte : le roi l'avait lu à fon fouper. Il fut fait pour madame de *Pompadour*. Et un *Omer* !.... Ah ! ce petit finge à face de *Therfite* doit être puni. Que je hais ces monftres ! Plus je vais en avant, plus le fang me bout. Le roman de *Jean-Jacques* excite auffi un peu ma mauvaife humeur.

D 4

Ne regrettez-vous pas le chevalier d'*Aidie*? Tous nos contemporains s'en vont ; je n'ai que deux jours à vivre, mais je les emploîrai à rendre les ennemis de la raison ridicules.

Je baise le bout de vos ailes ; mais vos yeux ! vos yeux !

LETTRE XXVI.

AU MEME.

9 de février.

VOICI la plus belle occasion, mon cher ange, d'exercer votre ministère céleste. Il s'agit du meilleur office que je puisse recevoir de vos bontés.

Je vous conjure, mon cher et respectable ami, d'employer tout votre crédit auprès de M. le duc de *Choiseul*, auprès de ses amis, s'il le faut, auprès de sa maîtresse, &c., &c. Et pourquoi osé-je vous demander tant d'appui, tant de zèle, tant de vivacité, et surtout un prompt succès ? pour le bien du service, mon cher ange ; pour battre le duc de *Brunswick*. M. *Galatin*, officier aux gardes suisses, qui vous présentera ma très-humble requête, est de la plus ancienne famille de Genève ; ils se font tuer pour nous, de père en fils, depuis *Henri IV*. L'oncle de celui-ci a été tué devant Ostende ; son frère l'a été à la malheureuse et abominable journée de Rosbac, à ce que je crois ; journée où les régimens suisses firent seuls leur devoir. Si ce n'est pas à Rosbac, c'est ailleurs ; le fait eft qu'il a été tué ; celui-ci a été bleffé. Il fert depuis dix ans ; il a été aide-major, il veut l'être. Il faut des aides-major qui parlent bien allemand, qui foient actifs, intelligens ; il eft tout cela. Enfin, vous faurez de lui précifément ce qu'il lui faut : c'eft, en général, la permiffion d'aller vîte chercher la mort à votre fervice. Faites-lui cette grâce, et qu'il ne foit point tué ; car il eft fort aimable, et il eft neveu de cette madame *Calendrin* que vous avez vue étant enfant. Madame fa mère eft bien auffi aimable que madame *Calendrin*.

LETTRE XXVII.

AU MEME.

11 de février.

Voila le cas de mourir ; tout abandonne *Voltaire*. *Voltaire* a écrit deux lettres à M. le duc de *Choifeul* ; point de réponfe. Je lui pardonne ; il eft furchargé. Petit-fils *Prault* n'a pas daigné m'envoyer un Tancrède ; je ne lui pardonne pas. Mais, que mes anges ne m'inftruifent ni de la fanté de mademoifelle *Clairon*, ni d'aucune particularité du tripot, ni du retour de M. de *Richelieu*, ni de la façon dont certaine épître dédicatoire a été reçue, ni de l'unique repréfentation de la Chevalerie, ni du *Père de famille*, c'eft le comble du malheur. A quoi dois-je attribuer ce déteftable filence ? mon cher ange a-t-il toujours mal aux yeux, comme moi à tout mon corps ? le fecrétaire que je préfère à tous les fecrétaires d'Etat ferait-il malade ? ou ferait-elle malade ? mes anges font-ils abforbés dans la lecture du roman de *Jean-Jacques*, ou de celui de *la Poplinière* ? Chacun fe peint dans fes romans. Le héros de *la Poplinière* eft un homme auquel il faut un férail ; celui de *Jean-Jacques* eft un précepteur qui prend le pucelage de fon écolière pour fes gages. Si jamais M. d'*Argental* fait un roman, il prendra pour fon héros un homme aimable qui faura aimer, mais qui laiffera languir fon ancien ami dans l'attente d'une de fes lettres.

Hélas ! j'écris, mais avec bien de la peine ; ma main pèfe deux cents livres, ma tête auffi ; je ne fais ce que j'ai ; vraiment, je fuis bien loin de faire une tragédie. La vie eft trop courte. Puiffe la vôtre être bien longue, ô mes divins anges !

LETTRE XXVIII.

AU MEME.

16 de février.

CE n'eft pas aux yeux que j'ai mal, c'eft à la main écrivante. On dit que j'ai la goutte, mes divins anges, et que je fuis le plus maigre des goutteux. Non, ce n'eft pas moi qui ne réponds point aux articles des lettres, c'eft vous, vous qui parlez. Je n'avais oublié que l'article d'*Oedipe*, et j'ai réparé bien vîte cette omiffion. Mais vous, avez-vous répondu à mes juftes plaintes contre *Prault* petit-fils, qui n'a

1761.

pas feulement daigné m'envoyer un exemplaire de
fa petite drôlerie de *Tancrède*? m'avez-vous dit un
mot du *Père de famille* ? Si vous aviez daigné m'inftruire de la maladie de M. de *Bellifle*, je n'aurais pas
pris fottement ce temps-là pour importuner M. le
duc de *Choifeul* de mes facéties; j'ai fi bien pris mon
temps, qu'il ne m'a point fait de réponfe ; mais
n'allez pas l'imiter.

Je ne fuis pas exceffivement content de madame
de *Pompadour*; mais auffi je ne fuis pas fâché contre
elle; je trouve feulement la mufe limonadière plus
attentive qu'elle.

J'ignore auffi fi M. le duc de *Richelieu* eft à Verfailles. C'eft encore un de nos hommes exacts, qui
vous écrivent une lettre de huit pages, et qui vous
laiffent là des années entières.

Acharnement pour l'affaire du curé ? non; vivacité ? oui. Et puis, quand j'ai rendu ce fervice à
l'Eglife, je fais un chant de *la Pucelle*.

Je n'ai point trouvé d'autre façon de répondre à
tous les faquins qui m'accufent de n'être pas bon
chrétien, que de leur dire que je fuis meilleur chrétien qu'eux. Je fais plus, je le prouve; mais mon
chriftianifme ne va pas jufqu'à pardonner à *Omer*.
Je n'ai point de fiel contre *Fréron*; c'eft à lui à me
détefter, puifque je l'ai rendu ridicule, et que je
l'ai fait bafouer de Paris à Vienne. J'aurais voulu,
il eft vrai, pour mon divertiffement, qu'on lui eût
fait dire deux mots par le lieutenant criminel, au
fujet de mademoifelle *Corneille* ; fi cela ne fe peut,
il faut tâcher de prendre une autre route. M. *Corneille*
père peut fe plaindre à M. de *Saint-Florentin*; j'en

——— écris à M. *le Brun.* Il est bon de tenter toutes les voies : car ce n'est pas assez de rendre *Fréron* ridicule ; l'écraser, est le plaisir. J'ai quelque maltalent contre M. de *Malesherbes* qui protége les feuilles de ce monstre ; mais toutes ces belles passions s'anéantissent devant la haine cordiale que je porte à l'impudent *Omer.* Cependant la violence de cette juste haine peut céder à la raison ; et, puisque je ne peux lui couper la main dont il a écrit son infame réquisitoire, qu'on lui a dicté, je l'abandonne à sa pédanterie, à son hypocrisie, à sa méchanceté de singe, et à toute la noirceur de son noir caractère. Que le *Panta-odai* reste un ouvrage de société entre les mains de trois ou quatre personnes ; que mademoiselle *Clairon* n'en ait pas même d'exemplaire, et que le plus profond mépris fasse place à ma juste colère, colère d'autant plus véhémente que je l'ai couvée un an entier.

Mes anges, si j'avais cent mille hommes, je sais bien ce que je ferais ; mais, comme je ne les ai pas, je communierai à Pâque, et vous m'appellerez hypocrite tant que vous voudrez. Oui, pardieu, je communierai avec madame *Denis* et mademoiselle *Corneille ;* et, si vous me fâchez, je mettrai en rimes croisées le *Tantum ergo.*

Je m'aperçois que cette lettre est plus brûlable que l'Ecclésiaste ; ainsi je vous supplie de vous souvenir de moi au coin de votre cheminée.

A propos, qui vous a dit que je ferais une tragédie ? je suis fâché de vous ôter cette douce illusion. Cette lanterne vient de ce que madame *Denis,* qui est toujours folle du Droit du seigneur, avait mandé

à fa fœur que nous jouerions quelque chofe de nouveau et de merveilleux ; mais fans lui dire de quoi
il était queftion. Gardez-moi , je vous prie , un
éternel fecret, mes divins anges , fur ce Droit du
feigneur qui m'enchante.

Pour Fanime , je la regarderai toute ma vie comme
un ouvrage médiocre ; et ce beau fils qui rend *Fanime*
à fon père , pour s'en débarraffer, me paraîtra toujours un des plus plats perfonnages qui aient jamais
exifté. Il y a des morceaux touchans , d'accord :
on y pleure , je le paffe : mais je ne juge point
d'un vifage par un nez et par un menton ; je veux
du tout enfemble. Vive Tancrède; cette pièce me
paraît bien faite , neuve , fingulière. Cependant, nous
verrons ce que je pourrai faire pour obéir à vos
ordres , au faint temps de Pâques. Et la differtation
contre ces barbares Anglais, vous n'en parlez pas?
Mes divins anges , je vous regarde comme la confolation et l'honneur de ma vie.

Je fuis bien faible ; mais je vous aime fortement.

18 de février.

TENEZ , mes gloutons , vous demandiez une
tragédie , voilà un chant de la Pucelle; c'eft envoyer
une grive à des gens qui veulent manger un dindon ;
mais on donne ce qu'on a.

Tenez, voilà encore des lettres fur le roman de
Jean-Jacques (*) ; mandez-moi qui les a faites , ô mes
anges , qui avez le nez fin. Et *le Père de famille*,
qu'eft-il devenu ?

(*) Lettres de M. le marquis de *Ximenès*.

LETTRE XXIX.

A M. DAMILAVILLE.

18 de février.

JE falue tendrement les frères, j'élève mon cœur à eux, et je prie DIEU pour le fuccès du *Père de famille*.

J'envoie aux frères une petite cargaifon contenant un chant de la Pucelle, et les lettres fur *la Nouvelle Héloïfe* ou *Aloïfia* de *Jean-Jacques*, auxquelles monfieur le marquis de *Ximenès* n'a fait nulle difficulté de mettre fon nom, attendu qu'il ne craint pas plus *Jean-Jacques*, que *Jean-Jacques* ne femble craindre fes lecteurs. *La Nouvelle Héloïfe* et *Daïra* m'ont fait relire *Zaïde* : qu'on faffe quelque nouvelle tragédie, je relirai *Racine*.

J'ai demandé à M. *Thiriot* les recueils *I, K, L, M, N;* il faut bien que j'aye tout l'alphabet. Je fuis très-fâché qu'il y ait une ville en France, nommée Paris, où il foit permis à un *Fréron* d'infulter l'héritière du nom de *Corneille;* on ne m'écrit fur cela que des lanternes. Si *Fréron* en avait dit autant de la petite-fille d'un laquais dont le père fût cônfeiller du parlement ou de la cour des aides, on mettrait *Fréron* au cachot. Il eft digne de ceux qui laiffaient mourir de faim la coufine de *Cinna*, de ne la pas venger : cela redouble mon mépris pour les bourgeois qui font le gros dos, parce qu'ils ont un office.

Je prie inftamment M. *Thiriot* de mettre au cabinet

« l'épître d'*Abraham Chaumeix* à mademoiselle *Clairon*.
Ce n'eſt pas qu'on craigne le petit ſinge à face de 1761.
Therſite , au ſourcil noir et au cœur noir ; on a pour
lui autant d'horreur que pour *Fréron*. C'eſt dommage
qu'un auſſi inſolent et auſſi abſurde perſécuteur
ne ſoit puni que par des vers et par l'exécration
publique ; il eſt bien heureux d'avoir affaire à des
philoſophes qui ne peuvent ſe venger que par le
mépris. Je voudrais bien voir un de ces faquins ,
ſi fiers de leurs petites charges , voyager dans les
pays étrangers ; il ferait une plaiſante figure à côté
d'un homme de mérite.

LETTRE XXX.

A M. LE MARQUIS D'ARGENCE DE DIRAC.

Le 24 de février.

L'ÉVANGILE a raiſon de dire , Monſieur : Si le
ſel s'évanouit , avec quoi ſalera-t-on ? Grâce à la
prudence de votre cuiſinier , et à quatre doigts de
lard bien placés entre les perdrix et la croûte , votre
pâté eſt arrivé frais et excellent , et il y a huit jours
que nous en mangeons. Nous avons fait grande
commémoration de vous , le verre à la main , non
ſans regretter le temps où vous avez bien voulu être
de nos frères , dans votre petite cellule des fleurs.
　Je ne mérite pas tout-à-fait les complimens dont
vous m'honorez ſur l'expulſion du gros frère *Feſſi* ;
j'ai bien eu l'avantage de chaſſer les jéſuites de cent

arpens de terre, qu'ils avaient ufurpés fur des officiers du roi ; mais je ne peux leur ôter les terres qu'ils poffédaient auparavant , et qu'ils avaient obtenues par la confifcation des biens d'un gentilhomme : on ne peut pas couper toutes les têtes de l'hydre.

Si vous êtes curieux de nouvelles de philofophie, je vous dirai qu'un officier, commandant d'un petit fort fur la côte de Coromandel, m'a apporté de l'Inde l'*évangile* des anciens brachmanes ; c'eft, je crois , le livre le plus curieux et le plus ancien que nous ayons ; j'en excepte toujours l'*ancien Tefta-ment*, dont vous connaiffez la fainteté , la vérité et l'ancienneté. Une chofe fort plaifante , c'eft que tous les peuples anciens croyaient l'immortalité de l'ame , quand les Juifs n'en croyaient pas un mot. Si vous voulez des nouvelles de nos armées , le régiment de Champagne s'eft battu comme un lion , et a été battu comme un chien. Si vous voulez des nouvelles de la marine , on nous prend nos vaiffeaux tous les jours. Si vous aimez mieux des nouvelles de finances, nous n'avons pas le fou. Je vous aime et je vous regrette de tout mon cœur.

LETTRE

LETTRE XXXI.

A M. DAMILAVILLE.

27 de février.

JE vous envoie toujours, Monfieur, mes lettres ouvertes ; tout doit être commun entre amis. Celle que je prends la liberté de vous envoyer pour monfieur *Bagieu* eft pourtant cachetée ; mais c'eft qu'il s'agit de vér... Ce n'eft pas pour moi, Dieu merci ; ce n'eft pas non plus pour ma nièce ; ce n'eft pas pour mademoifelle *Corneille* que je tiens plus pucelle que la pucelle d'Orléans, et qui eft beaucoup plus aimable ; c'eft pour un officier de mes parens, dont je prends foin, et que j'ai laiffé aux Délices, injuftement foupçonné et mourant.

Reçu *K* et *L*. Enivré du fuccès du *Père de famille*, je crois qu'il faut tout tenter pour mettre M. *Diderot* de l'académie ; c'eft toujours une efpèce de rempart contre les fanatiques et les fripons. Si je peux exécuter quelques ordres pour M. *Damilaville*, auprès de M. de *Courteille*, je fuis tout prêt et trop heureux.

Les frères ont-ils reçu un chant de *Dorothée*, retrouvé dans d'anciennes paperaffes, et des lettres du marquis de *Ximenès* fur le roman de *J. J.* ?

J'affomme les frères de petites dépenfes : je prie M. *Thiriot* de mettre tout fur fon agenda. Il y a longtemps qu'il ne m'a écrit ; il ne fait pas que j'aime paffionnément fes lettres. Mille tendres amitiés.

LETTRE XXXII.

A MADAME DE FONTAINE, *à Paris.*

A Ferney, 27 de février.

Nos montagnes couvertes de neiges, et mes cheveux devenus auffi blancs qu'elles, m'ont rendu pareffeux, ma chère nièce ; j'écris trop rarement. J'en fuis très-fâché, car c'eft une grande confolation d'écrire aux gens qu'on aime : c'eft une belle invention que de fe parler, de cent cinquante lieues, pour vingt fous.

Avez-vous lu le roman de *Rouffeau* ? Si vous ne l'avez pas lu tant mieux ; fi vous l'avez lu, je vous enverrai les lettres du marquis de *Ximenès* fur ce roman fuiffe.

Nous montrons toujours l'orthographe à la coufine iffue de germaine de *Polyeucte* et de *Cinna*. Si celle-là fait jamais une tragédie, je ferai bien attrapé ; elle fait du moins de la tapifferie. Je crois que c'eft un des beaux arts ; car *Minerve*, comme vous favez, était la première tapiffière du monde. Il n'y a que la profeffion de tailleur qui foit au-deffus, DIEU ayant été lui-même le premier tailleur, et ayant fait des culottes pour *Adam*, quand il le chaffa du paradis terreftre à coups de pied au cu.

Votre fœur embellit les dedans de Ferney, et moi je me ruine dans les dehors. C'eft une terrible affaire que la création ; vous avez très-bien fait de vous borner à rapetaffer. Je vous crois actuellement bien à votre aife dans votre château ; mais je vous plains de n'avoir ni grand jardin , ni grand lac : ce n'eft pas affez d'avoir trois mille gerbes de champart , il faut que la vue foit fatisfaite.

Le grand écuyer de *Cyrus* (*) aura beau faire , il ne formera point de payfage où la nature n'en a pas mis. J'ai peur qu'à la longue le terrain ne vous dégoûte. Quand vous voudrez voir quelque chofe de fort au-deffus des Délices, venez chez nous à Ferney ; furtout n'allez jamais à Paris ; ce féjour n'eft bon que pour les gens à illufion, ou pour les fermiers généraux. Vive la campagne , ma chère nièce; vivent les terres , et furtout les terres libres, où l'on eft chez foi maître abfolu , et où l'on n'a point de vingtièmes à payer. C'eft beaucoup d'être indépendant; mais d'avoir trouvé le fecret de l'être en France, cela vaut mieux que d'avoir fait la Henriade.

Nous allons avoir une troupe de bateleurs auprès des Délices , ce qui fait deux avec la nôtre. En attendant que nous ouvrions notre théâtre , je m'amufe à chaffer les jéfuites d'un terrain qu'ils avaient ufurpé , et à tâcher de faire envoyer aux galères un curé de leurs amis. Ces petits amufemens font néceffaires à la campagne ; il ne faut jamais être oifif.

Votre jurifconfulte eft-il à Ornoy ou à Paris ? votre confeiller clerc , qui écrit de fi jolies lettres, tous les jours de courier , à fes parens , eft-il allé juger ? le grand écuyer travaille-t-il en petits points ? montez-vous à cheval ? D'*Aumart* eft au lit depuis

(*) M. de *Florian.*

cinq mois, fans pouvoir remuer. *Tronchin* vous a guérie, parce qu'il ne vous a rien fait ; mais, pour avoir fait quelque chofe à d'*Aumart*, ce pauvre garçon en mourra, ou fa vie fera pire que la mort. C'eft une bien malheureufe créature que ce d'*Aumart* ; mais fon père était encore plus fot que lui, et fon grand-père encore plus. Je n'ai pas connu le bifaïeul, mais ce devait être un rare homme.

J'ai commencé ma lettre par le roman de *Rouffeau*, je veux finir par celui de *la Poplinière*. C'eft, je vous jure, un des plus abfurdes ouvrages qu'on ait jamais écrit : pour peu qu'il en faffe encore un dans ce goût, il fera de l'académie.

Bonfoir ; portez-vous bien. Je ne vous écris pas de ma main : on dit que j'ai la goutte, mais ce font mes ennemis qui font courir ce bruit-là. Je vous embraffe de tout mon cœur.

LETTRE XXXIII.

A M. DAMILAVILLE.

A Ferney, le 3 de mars.

Voici, Monfieur, mon ultimatum à M. *Deodati* (*). Monfieur le cenfeur hebdomadaire, à qui je fais mes complimens, peut inférer ce traité de paix dans fon journal.

Je regarde le jour du fuccès du *Père de famille* comme une victoire que la vertu a remportée, et comme une amende honorable que le public a faite d'avoir fouffert l'infame fatire intitulée *La comédie des philofophes*.

Je remercie tendrement M. *Diderot* de m'avoir inftruit d'un fuccès auquel tous les honnêtes gens doivent s'intéreffer; je lui en fuis d'autant plus obligé que je fais qu'il n'aime guère à écrire. Ce n'eft que par excès d'humanité qu'il a oublié fa pareffe avec moi; il a fenti le plaifir qu'il me fefait. Je doute qu'il fache à quel point cette réuffite était néceffaire. Les affaires de la philofophie ne vont point mal; les monftres qui la perfécutaient feront du moins humiliés.

J'avais demandé à M. *Thiriot* l'*Interprétation de la nature*; il m'a oublié.

Mille tendreffes à tous les frères.

(*) Lettre du 24 de janvier.

LETTRE XXXIV.

A MADAME

LA MARQUISE DU DEFFANT.

Au château de Ferney, 6 de mars.

Vous ferez étonnée, Madame, de recevoir lettres fur lettres d'un homme que vous avez traité de négligent. Vous me mandez que vous vous ennuyez : pour peu que je continue, je faurai bien d'où vous vient cette maladie. Mais fi mes lettres et la Pucelle entrent pour quelque chofe dans cette léthargie, je crois que les fix tomes de *Jean-Jacques* font pour le moins auffi coupables que moi. Je penfe que voilà le cas de fouhaiter d'être fourde, puifque la perte de vos yeux vous laiffe encore des oreilles pour entendre toutes nos fottifes.

Je fais qu'il y a des perfonnes affez déterminées pour foutenir ce malheureux fatras intitulé *Roman ;* mais, quelque courage ou quelques bontés qu'elles aient, elles n'en auront jamais affez pour le relire. Je voudrais que madame de *la Fayette* revînt au monde, et qu'on lui montrât un roman fuiffe.

Franchement, tout eft de même parure, depuis les remontrances et les réquifitoires jufqu'à nos romans et nos comédies. Je trouve que le fiècle de *Louis XIV* s'embellit tous les jours. Il me femble que, du temps de *Molière* et de *Chapelle*, j'aurais été

fâché d'être dans le pays de Gex ; mais actuellement
c'eft un fort bon parti.

Vous me demandez, Madame, ce que c'eft que
mademoifelle *Corneille ;* ce n'eft ni *Pierre* ni *Thomas:*
elle joue encore avec fa poupée ; mais elle eft très-
heureufement née, douce et gaie, bonne, vraie,
reconnaiffante, careffante fans deffein et par goût.
Elle aura du bon fens ; mais, pour le *bon ton,* comme
nous y avons renoncé, elle le prendra où elle pourra.
Ce ne fera pas chez madame de *Volmar.* Nous n'avons
aucune envie, Madame, d'aller à Clarence, depuis
que vous avez déclaré qu'on ne vous trouvait pas là.
Nous fentons tous qu'il faudrait aller à Saint-Jofeph,
mais les tranfmigrations font trop difficiles. J'ai
l'honneur d'être à moitié fuiffe, indépendant, heureux. Les mots de Paris et de couvent m'effraient
autant que votre fociété charmante m'attire.

Je n'avais point d'idée du bonheur réfervé à la
vieilleffe dans la retraite. Après avoir bien réfléchi
à foixante ans de fottifes que j'ai vues et que j'ai
faites, j'ai cru m'apercevoir que le monde n'eft que
le théâtre d'une petite guerre continuelle, ou cruelle,
ou ridicule, et un ramas de vanité à faire mal au
cœur, comme le dit très-bien le bon déifte de juif qui
a pris le nom de *Salomon* dans l'Eccléfiafte que vous
ne lifez pas.

Adieu, Madame ; confolez-vous de votre exiftence, et pouffez-la cependant auffi loin que vous
pourrez. J'ai trouvé dans le roman *Jacques* une lettre
fur le fuicide, que j'ai trouvée excellente, quoique
ridiculement placée ; elle ne m'a pourtant donné
aucune envie de me tuer, et je fens que je ne me ferais

jamais donné un coup de piſtolet par la tête, pour un baiſer âcre de madame de *Volmar*.

J'ai eu l'honneur de vous envoyer un petit chant de la Pucelle, par Verſailles ; je ne ſais plus comment faire.

LETTRE XXXV.

A M. LE COMTE D'ARGENTAL.

A Ferney, 19 de mars.

C'EST pourtant aujourd'hui le jeudi de l'abſoute, mes chers anges, et *le Kain* n'eſt point arrivé. J'ai ouï dire des choſes qui percent le cœur. Eſt-il donc bien vrai que *le Kain* ait été en priſon pour n'avoir eu un congé que de M. le duc d'*Aumont*, et pour n'en avoir pas pris deux ? Mademoiſelle *Corneille* avait appris trois rôles, notre théâtre était tout arrangé, et ſurtout nous nous attendions à voir *le Kain* muni de vos lettres et de vos ordres. Toutes ces belles eſpérances ont été détruites par la noble ſévérité du premier gentilhomme de la chambre.

J'eſpérais encore que *le Kain* m'apporterait une édition de ce Tancrède qui doit tant à vos bontés, et de cette petite vengeance que j'ai tirée de l'outrecuidance anglaiſe. Le *Prault*, petit-fils, eſt un petit drôle ; il va criant que cette juſtification de *Corneille*, que ce plaidoyer contre *Shakeſpeare*, que cette préférence donnée à la politeſſe française ſur la barbarie anglaiſe, eſt un ouvrage de votre créature des Alpes.

Ce Prault eft peu difcret d'avoir dit mon fecret ; ce Prault a
joué d'un tour à *Cramer.* Il y a un nouveau tome tout
garni de facéties ; c'eft Candide, Socrate, l'Ecoffaife,
et chofes hardies. *Envoyez-moi ce tome par la pofte,* écrit
Prault à *Cramer, afin que je juge de fon mérite, et que
je voye fi je peux me charger de quinze cents de vos
exemplaires. Cramer* envoie fon tome comme un fot ;
Prault l'imprime en deux jours, et, probablement,
y met mon nom pour me faire brûler par *Omer.*
Ah, mes chers anges, que ce coquinet ôte mon nom !
il ne faut pas être brûlé tous les fix mois.

Mes chers anges, il eft vrai que j'ai un beau fujet,
que je penfe pouvoir donner un peu de force à la
tragédie françaife, que j'imagine qu'il y a encore une
route, que je reffemble à l'ingénieur du roi de
Narfingue, qui s'avifait de toutes fortes de fottifes ;
mais attendons le moment de l'infpiration pour travailler. Je fuis à préfent dans les horreurs de l'Hiftoire
générale qu'on réimprime ; mais que de changemens !
le tableau n'était qu'en miniature, il eft en grand.
Mes anges verront le genre-humain dans toute fa
turpitude, dans toute fa démence. *Omer* frémira ; je
m'en moque : *Omer* n'aura jamais ni un auffi joli
château que moi, ni de fi agréables jardins. Vous
faurez que j'ai fait des jardins qui font comme la
tragédie que j'ai en tête ; ils ne reffemblent à rien du
tout. Des vignes en feftons, à perte de vue ; quatre
jardins champêtres, aux quatre points cardinaux ; la
maifon au milieu ; prefque rien de régulier, Dieu
merci. Ma tragédie fera plus régulière, mais auffi
neuve. Laiffez-moi faire ; plus je vieillis, plus je
fuis hardi. Mes chers anges, foyez auffi hardis ; faites

—— jouer Orefte ; faites une brigue, je vous en prie ; qu'on entende les cris de *Clytemneftre*, que *Clairon* et *Duménil* joutent, que *le Kain* faffe friffonner ; les comédiens me doivent cette complaifance. Vous m'allez dire : *Fanime*, *Fanime* ; eh bien, il eft vrai que *Fanime*, *Enide* et le père font d'affez beaux rôles ; mais l'amant eft un benêt, foyez-en sûrs. Il faut que je donne une meilleure éducation à ce fat ; il faut du temps. J'ai l'Hiftoire générale et une demi-lieue de pays à défricher, et des marais à deffécher, et un curé à mettre aux galères ; tout cela prend quelques heures d'un pauvre malade.

Voici une épître fur l'agriculture, dont vous ne vous foucierez point ; vous n'aimez pas la chofe ruftique, et j'en fuis fou. J'aime mes bœufs, je les careffe, ils me font des mines. Je me fuis fait faire une paire de fabots ; mais, fi vous faites jouer Orefte, je les troquerai contre deux cothurnes, fous l'ombrage de vos ailes.

Et vos yeux ? parlez-moi donc de vos yeux.

LETTRE XXXVI. 1761.

A M. DAMILAVILLE.

A Ferney, le 19 de mars.

JE fuis fâché contre M. *Thiriot* le pareffeux ; je fuis enchanté de M. *Damilaville* le diligent. Je reçois l'*Interprétation de la nature*, livre auquel je n'avais pu encore parvenir , non plus qu'au fujet qu'il traite. Je vais le lire , et je fuis fûr que je trouverai cent traits de lumière dans cet abyme.

Voilà donc *Jean-Jacques* politique ; nous verrons s'il gouvernera l'Europe comme il a gouverné la maifon de madame de *Volmar*. C'eft un étrange fou. Il m'écrivit , il y a un an : *Vous avez corrompu la ville de Genève , pour prix de l'afile qu'elle vous a donné.* Ce pauvre bâtard de *Diogène* voulait alors fe faire valoir parmi fes compatriotes en décriant les fpectacles ; et , dans fon faux enthoufiafme , il s'imaginait que je vivais à Genève , moi qui n'y ai pas couché deux nuits depuis cinq ans. Il a l'infolence de me dire que j'ai un afile à Genève , à moi qui ai pour vaf- faux plufieurs des magiftrats de fa république , parmi lefquels il n'y en a pas un qui ne le regarde comme un infenfé. Il m'offenfe de gaieté de cœur , moi qui lui avais offert non pas un afile , mais ma maifon où il aurait vécu comme mon frère. Je fais juge M. *Diderot* , M. *Thiriot* , et tous nos amis , du procédé de *Jean-Jacques;* et je leur demande fi , quand un détracteur de *Corneille* , de *Racine* , de

—— *Molière*, fait un roman dont le héros va au b....., et dont l'héroïne fait un enfant avec fon précepteur, il ne mérite pas bien le mépris dont M. de *Ximenès* daigne l'accabler.

L'abbé *Trublet* a donc la place du maréchal de *Bellifle* ? Vous verrez qu'il n'aura que celle de l'abbé *Cotin.*

M. *Thiriot* le pareffeux , un petit mot, je vous prie. Quand il faudra écrire à M. de *Courteille*, ordonnez.

LETTRE XXXVII.

A M. DE CIDEVILLE.

Aux Délices, le 26 de mars.

MON cher et ancien ami, nous fommes tous malades. Nous avons quitté Ferney pour revenir aux Délices, à portée des *Tronchin.* Madame *Denis* fe fait faigner, et moi je cherche à faire diverfion en écrivant. Si on faigne auffi la petite-nièce du grand *Corneille*, je demanderai que l'on mette quelques gouttes de fon fang dans mes veines, fi faire fe peut, pour la première tragédie que je ferai.

M. de *Ximenès* eft le feul de la maifon qui ait réfifté à l'épidémie ; il s'était purgé par les *Lettres fur J. J.* Voici un Refcrit de l'empereur de la Chine fur la paix perpétuelle que ce *Jean-Jacques* va nous procurer. Amufez-vous de cela, en attendant la diète europaine. Ce petit rogaton n'enflera pas beaucoup le paquet. Je voudrais vous envoyer une grande diable d'épître en vers à madame *Denis*, sur l'agriculture que nous aimons tous deux. Si vous en êtes curieux, demandez-la à M. d'*Argental* ou à M. *Thiriot;* elle ne vaut pas le port.

Je vous suppose à Paris, *sanum et hilarem;* je suis *hilaris*, mais non *sanus;* si j'avais de la santé, on verrait beau jeu..... Adieu, je vous embrasse tendrement.

LETTRE XXXVIII.

A M. LE COMTE D'ARGENTAL.

Aux Délices, 29 de mars.

IL faut que j'aye commis quelque grande iniquité, dont je ne me suis pas accusé en fesant mes pâques; car mes anges ont détourné de moi leur face et leur plume. Je leur dirai comme le prophète : *Je vous ai joué de la flûte, et vous n'avez point dansé;* je leur ai envoyé vers et prose, point de nouvelles, nul signe de vie. J'essuie d'ailleurs plus d'une tribulation. *Prault* a imprimé Tancrède. Non - seulement il ne l'a point imprimé tel que je l'ai fait, mais ni *Prault*, ni *le Kain*, ni mademoiselle *Clairon*, qui en ont eu le profit, n'ont daigné m'en faire tenir un exemplaire. En récompense, on a imprimé Tancrède entièrement altéré, et d'une manière qui, dit-on, me couvre de honte. *Prault* donne au public, sous mon nom, l'Apologie de *Corneille* et de *Racine*, malgré tout ce que j'ai exigé de lui. Il faut donc m'armer de patience, et me réfigner. Mes chers anges, ne m'abandonnez pas dans mes détreffes. J'ai furtout une grâce à vous demander ; c'eft de me garder un profond fecret fur le Droit du feigneur, et de ne pas empêcher qu'une perfonne de mérite, qui eft dans la pauvreté, retire quelque émolument de ce petit ouvrage que j'ai retouché avec le plus grand foin. C'eft une chofe que j'ai infiniment à cœur ; et vous êtes trop bons pour ne pas vous prêter à mes faibleffes.

Vous ne m'avez point écrit depuis le roman de *Jean-Jacques*. Seriez-vous de ceux qui ont pris le parti de ce petit *Diogéne* manqué ? Savez-vous qu'il y a dix-huit mois que ce fou férieux fit une cabale, du fond de fon village, à Genève, pour empêcher la comédie, et qu'il m'écrivit à moi : *Vous corrompez ma république pour prix de l'afile qu'elle vous a donné* ?

Ne vous l'ai-je pas mandé, et ne trouvez-vous pas qu'il eft trop doucement puni ?

Ne foyez pas fâchés contre *Fanime*. Tant que fon amant ne fera qu'un fot, elle ne fera pas digne de paraître.

Dites-moi, je vous en conjure, fi M. le duc de *Choifeul* a toujours de la bonté pour moi, et fi par hafard nous pouvons efpérer la paix. Mais furtout inftruifez-moi comment vont les yeux et la fanté de mes anges, et ne mettez pas mon cœur au défefpoir.

LETTRE XXXIX.

AU R. P. BETTINELLI, *servite, à Vérone.*

Mars.

Sɪ j'étais moins vieux , et si j'avais pu me contraindre, j'aurais certainement vu Rome, Venise et votre Vérone; mais la liberté suisse et anglaise, qui a toujours fait ma passion , ne me permet guère d'aller dans votre pays voir les frères inquisiteurs, à moins que je n'y sois le plus fort. Et comme il n'y a pas d'apparence que je sois jamais ni général d'armée ni ambassadeur, vous trouverez bon que je n'aille point dans un pays où l'on saisit, aux portes des villes, les livres qu'un pauvre voyageur a dans sa valise. Je ne suis point du tout curieux de demander à un dominicain permission de parler, de penser et de lire; et je vous dirai ingénument que ce lâche esclavage de l'Italie me fait horreur. Je crois la basilique Saint-Pierre de Rome fort belle; mais j'aime mieux un bon livre anglais, écrit librement, que cent mille colonnes de marbre. Je ne sais pas de quelle liberté vous me parlez auprès de Monte-Baldo; je ne connais de liberté que celle dont on jouit à Londres. C'est celle où je suis parvenu, après l'avoir cherchée toute ma vie. La félicité que je me suis faite redouble par votre commerce. Je recevrai, avec la plus tendre reconnaissance , les instructions que vous voulez bien me promettre sur l'ancienne littérature italienne, et j'en ferai certainement usage dans la nouvelle édition

——
1761.

de l'Hiftoire générale, hiftoire de l'efprit humain beaucoup plus que des horreurs de la guerre et des fourberies de la politique. Je parlerai des gens de lettres beaucoup plus au long que dans les premières; parce qu'après tout ce font eux qui ont civilifé le genre-humain : l'hiftoire qu'on appelle *civile* et *reli-gieufe* eft trop fouvent le tableau des fottifes et des crimes.

Je fais grand cas du courage avec lequel vous avez ofé dire que le *Dante* était un fou, et fon ouvrage un monftre. J'aime encore mieux pourtant dans ce monftre une cinquantaine de vers fupérieurs à fon fiècle, que tous les vermiffeaux appelés *fonetti*, qui naiffent et qui meurent à milliers aujourd'hui dans l'Italie, de Milan jufqu'à Otrante.

Algarotti a donc abandonné *le Triumvirat*, comme *Lépidus :* je crois que, dans le fond, il penfe comme vous fur le *Dante*. Il eft plaifant que, même fur ces bagatelles, un homme qui penfe n'ofe dire fon fenti-ment qu'à l'oreille de fon ami. Ce monde-ci eft une pauvre mafcarade. Je conçois à toute force comment on peut diffimuler fes opinions pour devenir cardinal ou pape; mais je ne conçois guère qu'on fe déguife fur le refte. Ce qui me fait aimer l'Angleterre, c'eft qu'il n'y a d'hypocrites en aucun genre. J'ai tranfporté l'Angleterre chez moi, eftimant d'ailleurs infiniment les Italiens, et furtout vous, Monfieur, dont le génie et le caractère font faits pour plaire à toutes les nations, et qui mériteriez d'être auffi libre que moi.

Pour le poliffon nommé *Marini*, qui vient de faire imprimer le *Dante* à Paris dans la collection des

poëtes

poëtes italiens, c'eſt un marchand qui vient établir ſa
boutique, et qui vante ſa marchandiſe; il dit des injures à *Bayle* et à moi, et nous reproche comme un
crime de préférer *Virgile* à ſon *Dante*. Ce pauvre
homme a beau dire, le *Dante* pourra entrer dans les
bibliothéques des curieux, mais il ne ſera jamais lu.
On me vole toujours un tome de *l'Arioſte*, on ne
m'a jamais volé un *Dante*.

Je vous prie de donner au diable il ſignor *Marini*
et tout ſon enfer, avec la panthère que le *Dante* rencontre d'abord dans ſon chemin, ſa lionne et ſa louve.
Demandez bien pardon à *Virgile* qu'un poëte de ſon
pays l'ait mis en ſi mauvaiſe compagnie. Ceux qui
ont quelque étincelle de bon ſens, doivent rougir de
cet étrange aſſemblage en enfer, du *Dante*, de *Virgile*,
de St *Pierre* et de madona *Béatrice*. On trouve
chez nous, dans le dix-huitième ſiècle, des gens qui
s'efforcent d'admirer des imaginations auſſi ſtupidement extravagantes et auſſi barbares; on a la brutalité
de les oppoſer aux chefs-d'œuvre de génie, de ſageſſe
et d'éloquence que nous avons dans notre langue,
&c. *O tempora! ô judicium!*

1761.

LETTRE XL.

A M. LE COMTE D'ARGENTAL.

Aux Délices, 1 d'avril.

A Peine avais-je fait partir mes doléances, qu'une lettre de mes anges, du 25 de mars, eſt venue me conſoler et m'encourager; ſur le champ, la rage du tripot m'a repris. J'ai déniché un vieil Oreſte; et, preſto, preſto, j'ai fait des points d'aiguille à la reconnaiſſance d'*Oreſte* et d'*Electre*, et à la mort de *Clytemneſtre*; puis, étant de ſang froid, j'ai écrit la pancarte du privilége, et la requête aux comédiens pour les rôles; et j'envoie le tout à mes chers anges, félicitant mon reſpectable ami de la guériſon de ſes deux yeux, qui vont mieux que mes deux oreilles.

M. d'*Argental* voit, et moi je n'entends guère. Surdité annonce décadence; mais la main va et griffonne.

Vous ſaurez que M. de *Lauraguais* a fait auſſi ſon Oreſte, et qu'il eſt juſte qu'il ſoit joué ſur le théâtre qu'il à embelli; mais il permet que je paſſe avant, pour lui faire bientôt place. Sa folie d'être repréſenté n'eſt pas une folie néceſſaire, et la mienne l'eſt. On a eu l'injuſtice de me reprocher d'avoir traité le même ſujet que *Crébillon* mon maître, comme ſi *Euripide* n'avait pas fait ſon Electre après celle de *Sophocle*; mais enfin il fut joué: on ne lui fit pas un crime d'avoir travaillé ſur le même ſujet; on ne voulut pas

le perdre auprès de madame de *Pompadour*. Mon
Pammène ne vaut pas le *Palamède* de *Crébillon* ; mais 1761.
peut-être ma *Clytemneftre* vaut mieux que la fienne ;
et c'eft quelque chofe d'avoir fait cinq actes fans
amour , quand on eft français. Si mademoifelle
Duménil s'imagine que *Clytemneftre* n'eft pas le premier
rôle, elle fe trompe ; mais il faut que mademoifelle
Clairon foit perfuadée que le premier eft *Electre*. Je
mets le tout à l'ombre de vos ailes. Signalez vos
bontés et votre crédit.

M. le duc de *la Vallière*, tout grave auteur qu'il
eft, m'a donc trompé. Voilà de la pâture pour les
Frérons. Heureufement , je connais des fermons tout
auffi ridicules que le recueil des *Facéties*, et j'en
ferai ufage pour l'édification du prochain. Pour
l'amour de Dieu , dites-moi ce que vous penfez de la
paix. Pour moi, je ne l'attends pas fitôt.

Eft-il bien vrai que l'abbé *Coyer* foit exilé, et que
fon approbateur foit en prifon ? et pourquoi ? qu'a-
t-on donc vu ou voulu voir dans l'*Hiftoire de Sobieski*
qui puiffe mériter cette févérité ? s'agit-il de religion ?
la fureur du fanatifme a-t-elle pu être portée jufqu'à
trouver par-tout des prétextes de perfécution ? que
diront nos pauvres philofophes ? dans quel pays des
finges et des tigres êtes-vous ? Mes chers anges, que
ne pouvez-vous être les anges exterminateurs des
fots !

LETTRE XLI.

AU MEME.

3 d'avril.

Il faut apprendre à mes anges gardiens que la feuille de *Fréron*, qu'on a traitée de bagatelle, a eu les suites les plus défagréables. Un gentillâtre bourguignon voulait l'époufer (cette *Corneille*); il a vu la feuille; il a vu que mademoifelle *Corneille* était *fille d'un payfan qui fubfiftait d'un emploi de cinquante livres par mois, à la pofte de deux fous*; Il n'a jamais lu le Cid; il a cru qu'on le trompait quand on lui difait que mademoifelle *Corneille* avait deux cents ans de nobleffe : le mariage a été rompu. Il eft bien étrange qu'on fouffre de telles perfonnalités, uniquement parce qu'on croit que je fuis compromis. Nous demandons à M. de *Malesherbes* qu'il exige au moins une rétractation formelle du coquin ; qu'il dife qu'*il demande pardon au public d'avoir outragé un nom refpectable, en difant que mademoifelle Corneille avait quitté le couvent pour aller recevoir une nouvelle éducation du fieur Lécluse, acteur de l'opéra-comique; qu'il avoue qu'il a été groffièrement trompé, et qu'il fe repent d'avoir donné ce fcandale.*

Mon cher ange, prenez le fort de mademoifelle *Corneille* à cœur, nous vous en conjurons. Je jure bien de ne jamais travailler pour le théâtre, fi on profane ainfi le nom de notre père.

Voici un mémoire bien bas (*) ; mais c'est aussi du
plus bas des hommes dont il s'agit. Je le tiens de
Thiriot; cela paraît avoir un air de grande vérité.
Est-il possible qu'on protége un tel misérable ? Si
M. de *Malesherbes* savait le tort qu'il se fait en auto-
risant *Fréron*, il cesserait de protéger ses turpitudes.

Ayez la bonté de m'apprendre ce que c'est que la
déconvenue de cet abbé *Coyer*. Je m'y intéresse infiniment ; c'est un de nos frères.

La littérature est trop déshonorée et trop persécutée
à Paris ; et mon aversion pour cette ville est égale à
mon idolâtrie pour mes anges.

Je les supplie de me répondre sur Oreste, sur la
pièce d'*Hurtaud*, sur M. de *Malesherbes*. De la paix,
je ne m'en soucie guère ; je sais bien qu'elle ne se
fera pas.

(*) Anecdotes sur *Fréron.*

LETTRE XLII.

A M. DUCLOS.

Ferney, 10 d'avril.

JE vous affure, Monfieur, que vous me faites
grand plaifir en m'apprenant que l'académie va rendre
à la France et à l'Europe le fervice de publier un
recueil de nos auteurs claffiques, avec des notes qui
fixeront la langue et le goût, deux chofes affez inconf-
tantes dans ma volage patrie. Il me femble que
mademoifelle *Corneille* aurait droit de me bouder, fi
je ne retenais pas le grand *Corneille* pour ma part. Je
demande donc à l'académie la permiffion de prendre
cette tâche, en cas que perfonne ne s'en foit emparé.

Le deffein de l'académie eft-il d'imprimer tous les
ouvrages de chaque auteur claffique ? faudra-t-il
des notes fur Agéfilas et fur Attila, comme fur Cinna
et fur Rodogune ? voulez-vous avoir la bonté de
m'inftruire des intentions de la compagnie ? exige-t-elle
une critique raifonnée ? veut-elle qu'on faffe fentir
le bon, le médiocre et le mauvais ? qu'on remarque
ce qui était autrefois d'ufage, et ce qui n'en eft plus ?
qu'on diftingue les licences des fautes ? et ne pro-
pofe-t-elle pas un petit modèle auquel il faudra fe
conformer ? l'ouvrage eft-il preffé ? combien de
temps me donnez-vous ?

Puifqu'on veut bien placer ma maigre figure fous
le vifage rebondi de M. le cardinal de *Bernis*, j'aurai
l'honneur de vous envoyer inceffamment ma petite

tête en perruque naiffante. L'original aurait bien
voulu venir fe préfenter lui-même, et renouveler à 1761.
l'académie fon attachement et fon refpect, mais les
laboureurs, les vignerons et les jardiniers me font la
loi : *è nitido fit ruſticus*. Comptez cependant que,
dans le fond de mon cœur, je fais très-bien qu'il vaut
mieux vous entendre que de planter des mûriers
blancs.

LETTRE XLIII.

A M. LE COMTE D'ARGENTAL.

Ferney, 11 d'avril.

PERSONNE au monde n'a jamais adreffé plus de
prières que moi à fes anges gardiens. Ce Tancrède
eft, dit-on, rejoué et reçu avec quelque indulgence,
comme une pièce à laquelle vos bons avis ont ôté
quelques défauts, et on pardonne à ceux qui reftent;
mais je ne reçois ni l'exemplaire de Tancrède, ni
celui de l'apologie de mes maîtres contre les Anglais.
Vous m'avouerez, mes anges, que cela n'eft pas
jufte. Souffrez que je recommande encore Orefte à
vos bontés : voyez fi ces petits changemens que je
vous envoie font admiffibles.

J'ai une autre fupplique à préfenter : le petit
Prault, qui ne m'a pas envoyé un Tancrède, n'a pas
mieux traité madame de *Pompadour* et M. le duc de
Choifeul, malgré toutes fes promeffes. Je foupçonne
qu'ils n'en font pas trop contens, et qu'ils croient
que j'ai manqué à mon devoir. Ils ne peuvent favoir

F 4

que je ne me fuis pas mêlé de l'édition. Il eût été affez placé que *le Kain* ou mademoifelle *Clairon* eût préfenté l'ouvrage. Tout le fruit que j'ai recueilli de mes peines aura été, peut-être, de déplaire à ceux dont je voulais mériter la bienveillance, et d'être immolé à une parodie : tout cela eft l'état du métier. Ne vaut-il pas mieux planter, femer et bâtir ?

J'ai écrit, en dernier lieu, à M. le duc de *Choifeul* une lettre dont il a dû être content. Je crois bien que le fardeau immenfe dont il eft chargé ne lui permet pas de faire réponfe à des gens auffi inutiles que moi; il y avait pourtant dans ma lettre quelque chofe d'utile. Enfin, je demande en grâce à M. d'*Argental* de m'apprendre fi je fuis en grâce auprès de fon ami.

Malgré les petits défagrémens que j'effuie fur Tancrède, j'ai toujours du goût pour Orefte. Ce ferait une action digne de mes anges de faire enfin triompher la fimplicité de *Sophocle* des cabales des foldats de *Corbulon*.

Millé tendres refpects.

LETTRE XLIV.

AU MEME.

A Ferney, 17 d'avril.

Plus anges que jamais, et moi plus endiablé, la tête me tourne de ma création de Ferney. Je tiens une terre à gouverner pire qu'un royaume ; car un ministre n'a qu'à ordonner, et le pauvre campagnard des Alpes est obligé de faire tout lui-même ; il n'a jamais de loisir, et il en faut pour penser. Ainsi donc, mes anges, vous pardonnerez à ma tête épuisée.

1°. *Oreste* se recommande à vos divines ailes. *Ma mère en fait autant* est le commencement d'une chanson plutôt que d'un vers tragique. Quelquefois un misérable hémistiche coûte.

Il a montré pour nous l'amitié la plus tendre ;
Il révérait mon père, il pleurait sur sa cendre.
                    ELECTRE.
Et ma mère l'invoque ! Ainsi donc les mortels
Se baignent dans le sang, et tremblent aux autels.

Voilà, je crois, la sottise amendée.

Il est plaisant que *Bernard* m'ait volé, et que je n'ose pas le dire (*) ; mais un *Riche* vaut mieux, et grâces vous soient rendues. Le produit net des cent

(*) *Nota.* Il était frère de la première présidente *Molé*, qui ne paya point ses dettes, mais qui trouvait fort mauvais qu'on dît qu'il avait volé ses créanciers.

foixante et treize journaux eſt fort plaiſant et plus
honnête : mais ſavez-vous bien que vous faites *Jean-Jacques* un très-grand ſeigneur ? vous lui donnez là
cent mille écus de rente. La compagnie des Indes,
ſans le tabac, ne pourrait en donner autant à ſes
actionnaires. Vous êtes généreux, mes anges.

J'ai une curioſité extrême de ſavoir ſi madame
de *Pompadour* et M. le duc de *Choiſeul* ont reçu leur
exemplaire de *Prault*.

Autre curioſité, de ſavoir ſi on joue la ſeconde
ſcène du ſecond acte de Tancrède, comme elle eſt
imprimée dans l'édition *Cramer*, et comme elle ne
l'eſt pas dans l'édition de ce *Prault*. Je vous conjure
de me dire la vérité. Je trouve la façon *Cramer* plus
attachante, plus théâtrale, plus favorable à de bons
acteurs. Ai-je tort ?

Le Kain ne m'a point écrit.

Si vous étiez des anges ſans préjugés, vous verriez
que le Droit du ſeigneur n'eſt pas à dédaigner ; que
le fond en était bon ; que la forme y a été miſe à la
fin ; qu'il n'y a pas une de vos critiques dont on
n'ait profité ; que la pièce eſt tout le contraire de ce
que vous avez vu : en un mot, je vous conjure de la
laiſſer paſſer ſous le maſque en ſon temps.

Il faut un autre amant à *Fanime*. Je lui en four-
nirai un ; mais le czar m'attend, et l'Hiſtoire générale ſe réimprime, augmentée de moitié ; et la journée n'a que vingt-quatre heures, et je ne ſuis pas de
fer.

Je n'ai point la nouvelle reconnaiſſance d'*Oreſte* et
d'*Electre* ; daignez me l'envoyer, ou j'en ferai une
autre. Je ſuis entouré de vers, de proſe, de comptes

d'ouvriers ; je ne peux me reconnaître. Il eſt très-
vrai qu'il s'agit d'un mariage pour mademoiſelle
Corneille, et que l'emploi de *valet de poſle* a arrêté le
ſoupirant. Voilà ce qu'a produit *Fréron ;* et on protége cet homme !

Le Brun eſt un bavard. Il m'avait inſinué , dans
ſes premières lettres, que je ne devais pas laiſſer
mademoiſelle *Corneille* dans l'indigence après ma
mort. Je lui ai mandé que j'avais fait là-deſſus mon
devoir. Il l'a dit, et il a tort.

Que voulez-vous donc de plus terrible , de plus
affreux à la mort de *Clytemneſtre*, que de l'entendre
crier ? Il n'y a point là de beaux vers à faire : c'eſt le
ſpectacle qui parle ; et ce qu'on dit, en pareil cas ,
affaiblit ce qu'on fait.

Mais ſongez que Térée et Oreſte tout de ſuite,
voilà bien du grec, voilà bien de l'horreur ; il faut
laiſſer reſpirer. Je voudrais une petite comédie entre
ces deux atrocités, pour le bien du tripot.

Daignerez-vous répondre à tous mes points ? Je
n'en peux plus ; mais je vous adore.

Pour Dieu, dites-moi ſi vous ne trouvez pas le
mémoire contre les jéſuites bien fort et bien con-
cluant ? comment s'en tireront-ils ? Je les ai fait plier
tout d'un coup ſans mémoire ; je les ai fait ſortir
d'un domaine qu'ils uſurpaient. Ils n'ont pas oſé
plaider contre moi ; mais il ne s'agiſſait que de cent
ſoixante mille livres.

LETTRE XLV.

A M. DAMILAVILLE.

A Ferney, le 22 d'avril.

JE fuis le partifan de M. *Diderot*, parce qu'à fes profondes connaiffances il joint le mérite de ne vouloir point jouer le philofophe, et qu'il l'a toujours été affez pour ne pas facrifier à d'infames préjugés qui déshonorent la raifon. Mais qu'un *Jean-Jacques*, un valet de *Diogène*, crie, du fond de fon tonneau, contre la comédie, après avoir fait des comédies (et même déteftables); que ce poliffon ait l'infolence de m'écrire que je corromps les mœurs de fa patrie; qu'il fe donne l'air d'aimer fa patrie (qui fe moque de lui); qu'enfin, après avoir changé trois fois de religion, ce miférable faffe une brigue avec des prêtres fociniens de la ville de Genève, pour empêcher le peu de génevois qui ont des talens, de venir les exercer dans ma maifon (laquelle n'eft pas dans le petit territoire de Genève) : tous ces traits raffemblés forment le portrait du fou le plus méprifable que j'aye jamais connu. M. le marquis de *Ximenès* a daigné s'abaiffer jufqu'à couvrir de ridicule fon ennuyeux et impertinent roman. Ce roman eft un libelle fort plat contre la nation qui donne à l'auteur de quoi vivre; et ceux qui ont traité les quatre jolies lettres de M. de *Ximenès* de libelle, ont extravagué. Un homme de condition eft au moins en droit de réprimer l'infolence d'un *J. J.*, qui

1761.

imprime qu'*il y a vingt contre un à parier que tout gentil-homme defcend d'un fripon.*

Voilà, mon cher Monfieur, ce que je penfe hautement, et ce que je vous prie de dire à M. *Diderot.* Il ne doit pas être à fe repentir d'avoir apoftrophé ce pauvre homme comme grand-homme, et de s'être écrié : ô *Rouffeau !* dans un dictionnaire. Il fe trouve, à fin de compte, que ô *Rouffeau !* ne fignifie que ô *infenfé !* Il faut connaître fes gens avant de leur prodiguer des louanges. J'écris tout ceci pour vous.

Prault petit-fils eft un petit fot : il a imprimé l'Appel aux nations avec autant de fautes qu'il y a de lignes. Que M. *Thiriot* ne s'expliquait-il ? Je lui aurais envoyé, depuis deux ans, de quoi fe faire un honnête pécule en rogatons.

Vous me trouverez un peu de mauvaife humeur, mais comment voulez-vous que je ne fois pas outré ? Je bâtis un joli théâtre à Ferney, et il fe trouve un *Jean-Jacques*, dans un village de France, qui fe ligue avec deux coquins, prêtres calviniftes, pour empêcher un bon acteur de jouer chez moi. *J. J.* prétend qu'il ne convient pas à la dignité d'un horloger de Genève, de jouer *Cinna* chez moi avec mademoifelle *Corneille.* Le poliffon ! le poliffon ! S'il vient au pays, je le ferai mettre dans un tonneau, avec la moitié d'un manteau fur fon vilain petit corps à bonnes fortunes.

Pardonnez à ma colère, Monfieur ; vous qui n'aimez point les enthoufiaftes hypocrites.

LETTRE XLVI.

A M. L'ABBÉ TRUBLET,

Qui lui avait envoyé fon Difcours de réception à l'académie françaife.

Au château de Ferney, ce 27 d'avril.

Votre lettre et votre procédé généreux, Monfieur, font des preuves que vous n'êtes pas mon ennemi, et votre livre vous fefait foupçonner de l'être. J'aime bien mieux en croire votre lettre que votre livre : vous aviez imprimé que je vous fefais bâiller, et moi j'ai laiffé imprimer que je me mettais à rire. Il réfulte de tout cela que vous êtes difficile à amufer, et que je fuis mauvais plaifant; mais enfin, en bâillant et en riant, vous voilà mon confrère, et il faut tout oublier en bons chrétiens et en bons académiciens.

Je fuis fort content, Monfieur, de votre harangue, et très-reconnaiffant de la bonté que vous avez de me l'envoyer; à l'égard de votre lettre, *nardi parvus onix eliciet cadum.* Pardon de vous citer *Horace* ; que vos héros, MM. de *Fontenelle* et de *la Motte*, ne citaient guère. Je fuis obligé en confcience de vous dire que je ne fuis pas né plus malin que vous, et que dans le fond je fuis bon homme. Il eft vrai qu'ayant fait réflexion, depuis quelques années, qu'on ne gagnait rien à l'être, je me fuis mis à être

un peu gai, parce qu'on m'a dit que cela eſt bon
pour la ſanté. D'ailleurs, je ne me ſuis pas cru aſſez
important, aſſez conſidérable, pour dédaigner toujours certains illuſtres ennemis qui m'ont attaqué
perſonnellement pendant une quarantaine d'années,
et qui, les uns après les autres , ont eſſayé de
m'accabler, comme ſi je leur avais diſputé un évêché
ou une place de fermier général. C'eſt par pure
modeſtie que je leur ai donné enfin ſur les doigts.
Je me ſuis cru préciſément à leur niveau ; *et in arenam*
cum æqualibus deſcendi, comme dit *Cicéron.*

Croyez, Monſieur, que je fais une grande différence entre vous et eux ; mais je me ſouviens que
mes rivaux et moi, quand j'étais à Paris, nous étions
tous fort peu de choſe, de pauvres écoliers du ſiècle
de *Louis XIV*, les uns en vers, les autres en proſe,
quelques-uns moitié proſe, moitié vers, du nombre
deſquels j'avais l'honneur d'être ; infatigables auteurs
de pièces médiocres, grands compoſiteurs de riens,
peſant gravement des œufs de mouche dans des
balances de toile d'araignée. Je n'ai preſque vu que
de la petite charlatanerie : je ſens parfaitement la
valeur de ce néant ; mais comme je ſens également
le néant de tout le reſte, j'imite le *Vejanius* d'*Horace* :

. . . . *Vejanius , armis*
Herculis ad poſtem fixis , latet abditus agro.

C'eſt de cette retraite que je vous dis très - ſincère-
ment que je trouve des choſes utiles et agréables
dans tout ce que vous avez fait ; que je vous pardonne cordialement de m'avoir pincé, que je ſuis
fâché de vous avoir donné quelques coups d'épingle,

que votre procédé me défarme pour jamais, que bon-
hommie vaut mieux que raillerie, et que je fuis,
Monfieur mon cher confrère, de tout mon cœur,
avec une véritable eftime et fans compliment,
comme fi de rien n'était, votre, &c.

LETTRE XLVII.

A M. LE COMTE D'ARGENTAL.

Ferney, par Genève, 27 d'avril.

J'ENVOIE à mes anges un morceau fcientifique (*),
en réponfe à la généreufe lettre de M. le duc de
la Vallière. Je crois que *Thiriot* fera imprimer tout
cela pour l'édification du prochain ; mais fi *Thiriot*
n'a pas affez de crédit, je me mets toujours fous
les ailes de mes anges. Je ne fuis pas fâché de
faire voir tout doucement que le théâtre eft plus
ancien que la chaire, et qu'il vaut mieux.

Je ne fais qui a fait la confultation de mademoifelle *Clairon* à un avocat. Je ne connaiffais pas
l'anecdote du repofoir et des mille écus ; je vois
qu'on ne fait rien fur la terre, en enfer et au
ciel, que pour de l'argent : une religion qui veut
attacher de l'infamie à Cinna, eft elle-même ce
qu'il y a de plus infame. Il faut pourtant ne fe
pas mettre en colère ; mais comment lire, fans fe

(*) Voyez la lettre à M. le duc de *la Vallière*, Mélanges littéraires,
tome III.

fâcher,

fâcher, le déteftable ftyle du déteftable avocat qui
a fait un mémoire fi inlifible ?

On me mande qu'on n'entend pas un mot de
ce que dit *le Kain*, qu'il étouffe de graiffe, et que
les autres acteurs, excepté mademoifelle *Clairon*,
font étouffer d'ennui : cela eft-il vrai ? J'en ferais
fâché pour Orefte. Daignez-vous toujours aimer cet
Orefte? Confervez au moins vos bontés pour celui
qui a purgé ce beau fujet des amours ridicules qui
l'avaient défiguré.

J'ai peur que le congrès ne commence tard, et
que la guerre ne dure long-temps.

M. de *Ximenès* achève de fe ruiner à faire jouer
fon *Don Carlos* à Lyon, et moi à bâtir une églife.
Comme le monde eft fait!

LETTRE XLVIII.

A M. LE MARQUIS ALBERGATI CAPACELLI.

A Ferney, 1 de mai.

MONSIEUR,

Ne jugez pas de mes fentimens par mon long
filence; je fuis accablé de maladies et de travaux.
Horace pourrait me dire :

> *Tu fecanda marmora*
> *Locas fub ipfum funus, et fepulchri*
> *Ammemor , ftruis domos.*

Figurez-vous ce que c'eft que d'avoir à défricher des déferts, et à bâtir des maifons à l'italienne par des allobroges, d'avoir à finir l'hiftoire du czar *Pierre*, et d'ajufter un théâtre pour des gens qui fe portent bien, dans le temps qu'on n'en peut plus.

Je crois que le fignor *Carlo Goldoni* y ferait lui-même très-embarraffé, et qu'il faudrait lui pardonner s'il était un peu pareffeux avec fes amis. Je reçois dans le moment fon nouveau théâtre. Je partage, Monfieur, mes remercîmens entre vous et lui. Dès que j'aurai un moment à moi, je lirai fes nouvelles pièces, et je crois que j'y trouverai toujours cette variété et ce naturel charmant qui font fon caractère. Je vois avec peine, en ouvrant le livre, qu'il s'intitule *poète du duc de Parme;* il me femble que *Térence* ne s'appelait point le poète de *Scipion;* on ne doit être le poète de perfonne, furtout quand on eft celui du public. Il me paraît que le génie n'eft point une charge de cour, et que les beaux arts ne font point faits pour être dépendans.

Je préfente le fentiment de la plus vive reconnaiffance à M. *Paradifi.* Je me flatte qu'il aura un peu de pitié de mon état, et qu'il trouvera bon que je le joigne ici avec vous, Monfieur, au lieu de lui écrire en droiture. Je ne lui manderais pas des chofes différentes de celles que je vous dis. Je lui dirais combien je l'eftime, et à quel point je fuis pénétré de l'honneur qu'il me fait. Vous voyez, Monfieur, que je fuis obligé de dicter mes lettres. Je n'ai plus la force d'écrire; j'ai toutes les infirmités de la vieilleffe; mais dans le fond du cœur tous les goûts de la jeuneffe. Je crois que c'eft ce

qui me fait vivre. Comptez , Monſieur , que , tant
que je vivrai , je ferai fâché que les truites du lac 1761.
de Genève foient ſi loin des fauciſſons de Bologne,
et que je ferai toujours avec tous les ſentimens que
je vous dois , Monſieur , votre , &c., di cuore ,

Voltaire.

LETTRE XLIX.

A M. LE COMTE D'ARGENTAL.

1 de mai.

PERMETTEZ, mes anges, que je faſſe paſſer, par
vos mains, cette lettre à *Duclos*, ou plutôt à l'académie, en réponſe à la propoſition que notre
fecrétaire m'a faite de travailler à donner au public
nos auteurs claſſiques. Il eſt vrai que j'ai un peu
d'occupation; car, excepté de fendre du bois, il
n'y a ſorte de métier que je ne faſſe.

Cependant, mettez-vous Oreſte à l'ombre de vos
ailes ?

Pardon, encore une fois; mais je n'ai pu m'empêcher de donner beaucoup de temps à cette pièce
du temps de *François I*. Ce ſujet m'a tourné la
tête. Vous dites que c'eſt à peu-près ce que j'ai
fait de plus mauvais en ce genre; madame *Denis*
ſoutient que c'eſt ce que j'ai fait de mieux.

Je vous demande pardon ; mais je donne la
préférence cette fois-ci à madame *Denis*. Pour
mademoiſelle *Corneille*, elle n'eſt pas encore dans

—— le fecret. Nous lui apprenons toujours à lire, à
1761. écrire, à chiffrer, et dans un an nous lui ferons
lire le Cid. Elle n'a pas le nez tourné au tragique.
M. de *Ximenès* n'eſt pas non plus dans la confi-
dence : il fait jouer cette femaine *Don Carlos* à Lyon,
et eſt trop occupé de ſa gloire pour qu'on lui
confie des bagatelles.

Mes anges, je ſuis accablé de tant de riens, ſi
furchargé de billevefées, et ſi faible que vous me
pardonnerez le laconiſme de ma lettre.

Nota bene pourtant que j'ai pris la liberté de vous
adreſſer, par M. *Tronchin*, ma triſte figure pour
l'académie qui la demande; n'allez pas faire le difficile comme ſur la pièce d'*Hurtaud*. Ayez la bonté
de fouffrir cette enfeigne à bière; je la mets ſous
votre protection, et *Hurtaud* auſſi qui brigue, je
crois, une place d'*Arlequin*.

LETTRE L.

A M. DUCLOS.

A Ferney, 1 de mai.

A PRÈS le *Dictionnaire de l'académie*, ouvrage d'autant plus utile que la langue commence à fe corrompre, je ne connais point d'entreprife plus digne de l'académie et plus honorable, pour la littérature, que celle de donner nos auteurs claffiques avec des notes inftructives.

Voici, Monfieur, les propofitions que j'ofe faire à l'académie, avec autant de défiance de moi-même, que de foumiffion à fes décifions. Je penfe qu'on doit commencer par *Pierre Corneille*, puifque c'eft lui qui commença à rendre notre langue refpectable chez les étrangers. Ce qu'il y a de beàu chez lui eft fi fublime, qu'il rend précieux tout ce qui eft moins digne de fon génie : il me femble que nous devons le regarder du même œil que les Grecs voyaient *Homère*, le premier en fon genre, et l'unique même avec fes défauts. C'eft un fi grand mérite d'avoir ouvert la carrière, les inventeurs font fi au-deffus des autres hommes, que la poftérité pardonne leurs plus grandes fautes. C'eft donc en rendant juftice à ce grand-homme, et en même temps en marquant les vices du langage où il peut être tombé, et même les fautes contre fon art, que je me propofe de faire une édition in-4° de fes ouvrages.

J'ofe croire, Monfieur, que l'académie ne me

G 3

désavouera pas, fi je propofe de faire cette édition pour l'avantage du feul homme qui porte aujourd'hui le nom de *Corneille*, et pour celui de fa fille.

Je ne peux laiffer à mademoifelle *Corneille* qu'un bien affez médiocre ; ce que je dois à ma famille ne me permet pas d'autres arrangemens. Nous tâchons, madame *Denis* et moi, de lui donner une éducation digne de fa naiffance. Il me paraît de mon devoir d'inftruire l'académie des calomnies que le nommé *Fréron* a répandues au fujet de cette éducation. Il dit, dans une des feuilles de cette année, que cette demoifelle, auffi refpectable par fon infortune et par fes mœurs, que par fon nom, eft élevée chez moi par un bateleur de la foire, que je loge et que je traite comme mon frère.

Je peux affurer l'académie, qui s'intéreffe au nom de *Corneille*, et à qui je crois devoir compte de mes démarches, que cette calomnie abfurde n'a aucun fondement ; que ce prétendu acteur de la foire eft un chirurgien-dentifte du roi de Pologne, qui n'a jamais habité au château de Ferney, et qui n'y eft venu exercer fon art qu'une feule fois. Je ne conçois pas comment le cenfeur des feuilles du nommé *Fréron* a pu laiffer paffer un menfonge fi perfonnel, fi infolent et fi groffier contre la nièce du grand *Corneille*.

J'affure l'académie que cette jeune perfonne, qui remplit tous les devoirs de la religion et de la fociété, mérite tout l'intérêt que j'efpère qu'on voudra bien prendre à elle. Mon idée eft que l'on ouvre une fimple foufcription fans rien payer d'avance.

Je ne doute pas que les plus grands feigneurs du royaume, dont plufieurs font nos confrères, ne s'empreffent à foufcrire pour quelques exemplaires. Je fuis perfuadé même que toute la famille royale donnera l'exemple.

Pendant que quelques perfonnes zélées prendront fur elles le foin généreux de recueillir ces foufcriptions, c'eft-à-dire, feulement le nom des foufcripteurs, et devront les remettre à vous, Monfieur, ou à celui qui s'en chargera, les meilleurs graveurs de Paris entreprendront les vignettes et les eftampes, à un prix d'autant plus raifonnable, qu'il s'agit de l'honneur des arts et de la nation. Les planches feront remifes, ou à l'imprimeur de l'académie, ou à la perfonne que vous indiquerez. L'imprimeur m'enverra des caractères qu'il aura fait fondre par le meilleur fondeur de Paris ; il me fera venir auffi le meilleur papier de France ; il m'enverra un habile compofiteur et un habile ouvrier. Ainfi tout fe fera par des français et chez des français. Ce libraire n'aura aucune avance à faire ; les deniers de ceux qui acquerront l'ouvrage imprimé feront remis à une perfonne nommée par l'académie, et le profit fera partagé entre l'héritier du nom de *Corneille* et votre libraire, fous le nom duquel les *Oeuvres de Corneille* feront imprimées ; la plus groffe part, comme de raifon, pour M. *Corneille*.

Je fupplie l'académie de daigner en accepter la dédicace. Chaque amateur foufcrira pour tel nombre d'exemplaires qu'il voudra.

Je crois que chaque exemplaire pourra revenir à cinquante livres.

G 4

Les fieurs *Cramer* fe feront un plaifir et un honneur de préfider, fous mes yeux, à cet ouvrage ; on
leur donnera, pour leurs honoraires, certain nombre
d'exemplaires pour les pays étrangers.

Je prendrai la liberté de confulter quelquefois
l'académie, dans le cours de l'impreffion. Je la fupplie d'obferver que je ne peux me charger de ce
travail, à moins que tout ne fe faffe fous mes
yeux ; ma méthode étant de travailler toujours fur
les épreuves des feuilles, attendu que l'efprit femble
plus éclairé quand les yeux font fatisfaits. D'ailleurs
il m'eft impoffible de me tranfplanter et de quitter
un moment un pays que je défriche.

Je peux répondre que l'édition, une fois commencée, fera faite au bout de fix mois. Telles font
Monfieur, mes propofitions fur lefquelles j'attends
les ordres de mes refpectables confrères.

Il me paraît que cette entreprife fera quelque
honneur à notre fiècle et à notre patrie ; on verra
que nos gens de lettres ne méritaient pas l'outrage
qu'on leur a fait, quand on a ofé leur imputer des
fentimens peu patriotiques, une philofophie dangereufe, et même de l'indifférence pour l'honneur des
arts qu'ils cultivent.

J'efpère que plufieurs académiciens voudront bien
fe charger des autres auteurs claffiques. M. le cardinal
de *Bernis* et M. l'archevêque de Lyon feraient une
chofe digne de leur efprit et de leurs places, de préfider
à une édition des oraifons funèbres et des fermons
des illuftres *Boffuet* et *Maffillon*. Les Fables de *la
Fontaine* ont befoin de notes, furtout pour l'inftruction des étrangers. Plus d'un académicien s'offrira à

remplir cette tâche, qui me paraîtra auffi agréable
qu'utile.

Pour moi, j'imagine qu'il me convient d'ofer être
le commentateur du grand *Corneille*, non-feulement
parce qu'il eft mon maître, mais parce que l'héritier
de fon nom eft un nouveau motif qui m'attache à la
gloire de ce grand-homme.

Je vous fupplie donc, Monfieur, de vouloir bien
faire convoquer une affemblée affez nombreufe pour
que mes offres foient examinées et rectifiées, et que
je me conforme en tout aux ordres que l'académie
voudra bien me faire parvenir par vous, &c.

LETTRE LI.

A M. LE COMTE D'ARGENTAL.

4 de mai.

Les divins anges auront de l'Orefte tant qu'ils
voudront. J'ai relu les fureurs : je n'aime pas ces
fureurs étudiées, ces déclamations ; je ne les aime
pas même dans *Andromaque*. Je ne fais ce qui m'eft
arrivé, mais je ne fuis content ni de ce que je fais,
ni de ce que je lis. Il y a furtout une confultation
d'avocat, pour mademoifelle *Clairon*, qui eft du ftyle
des charniers Saints-Innocens. J'ai pardonné à l'archidiacre ; j'oublie *Fréron*, mais *Omer* me le payera.

Les jéfuites font bien impudens d'ofer dire que
frère *la Valette* ne fefait pas le commerce, et qu'il ne
vendait que les denrées du cru. Je connais un homme

—— d'honneur, un brave corſaire qui l'a vu, déguiſé
en matelot, courir les colonies anglaiſes et hollan-
daiſes , et qui l'a accompagné dans un voyage à
Amſterdam.

Je ſuis encore plus indigné de tout ce que je vois
que de tout ce que je lis. Je regrette fort le chevalier
d'*Aidie ;* car il était bien fâché contre le genre-humain.
Je crois que je n'aime que mes anges et Ferney.

M. le duc de *Choiſeul* m'a écrit une fort jolie lettre ;
mais il eſt ſi grand ſeigneur que je n'oſe l'aimer.

Le cardinal de *Bernis* eſt à Lyon. Je ne l'ai pas
prié de venir dans mon joli ſéjour. Je ne ſuis pas
arrangé encore, et il eſt cardinal.

Je vous demanderai encore en grâce de lire le Droit
du ſeigneur ou l'Ecueil du ſage. Je vous dis qu'il faut
que vous ayez des ames de bronze, ſi vous n'en êtes
pas contens. Il eſt vrai que c'eſt tout autre chôſe
que ce que vous avez vu : mais ſongeons à Oreſte.

J'y travaille dans l'inſtant.

LETTRE LII.

A M. DAMILAVILLE.

le 8 de mai,

J'ENVOIE aux philofophes le feul exemplaire que j'aye du Procès du théâtre anglais, feul procès que nous puiffions gagner aujourd'hui contre meffieurs d'Albion. M. *Damilaville*, ou M. *Thiriot*, doit avoir la lettre de M. le duc de *la Vallière*, et la réponfe. M. le duc de *la Vallière* a lu cette réponfe à madame de *Pompadour*, à M. le duc de *Choifeul* ; ils en ont été très-contens, et il me mande qu'il faut fur le champ l'imprimer.

Les Anglais nous font bien du mal au dehors, et la fuperftition au dedans. Ne mettra-t-on point ordre à tout cela ? Les échos de nos montagnes nous difent que Belle-Ifle eft pris : c'eft le dernier coup porté à notre commerce maritime. Il faut fonger à cultiver la terre.

Voici une lettre pour *Protagoras*. On n'a d'autre exemplaire de l'épître fur l'agriculture, que celui qu'on a reçu, à ce qu'on croit, par la voie des philofophes : on le renverra purgé des fautes typographiques dont il fourmille, avec l'Appel aux nations, qui eft auffi plein de fautes à chaque page ; et il y aura corrections et additions tant qu'on en pourra faire.

Il eft fort trifte qu'on ait imprimé l'épître à la demoifelle *Clairon* ; le public fe foucie fort peu qu'on

———— dife, en vers, à une actrice qu'elle joue bien; mais il aime fort à voir un pédant, ignorant et mal-honnête homme, démafqué et traîné dans la fange où fa famille aurait dû croupir; un perfécuteur de la philofophie et de la littérature, bourgeois infolent, fier de fa petite charge, un délateur abfurde de la raifon, traité comme il le mérite. C'eft précifément le portrait de ce faquin qu'on a retranché; le refte ne valait pas la peine d'être dit.

On embraffe les philofophes, et on les prie d'inf-pirer pour l'*inf*.... toute l'horreur qu'on lui doit.

A-t-on joué Térée? Si l'auteur eft philofophe, je lui fouhaite profpérité. Qu'on lie *J. J.* Que tous les frères foient unis.

LETTRE LIII.

A M. HELVETIUS.

11 de mai.

JE fuppofe, mon cher philofophe, que vous jouiffez à préfent des douceurs de la retraite à la campagne. Plût à Dieu que vous y goûtaffiez les douceurs plus néceffaires d'une entière indépendance, et que vous puffiez vous livrer à ce noble amour de la vérité, fans craindre fes indignes ennemis. Elle eft donc plus perfécutée que jamais. Voilà un pauvre bavard rayé du tableau des bavards, et la confultation de made-moifelle *Clairon* incendiée. Une pauvre fille demande à être chrétienne, et on ne veut pas qu'elle le foit.

Eh, meffieurs les inquifiteurs, accordez-vous donc ! ——— 1761.
Vous condamnez ceux que vous foupçonnez de
n'être pas chrétiens ; vous brûlez les requêtes des filles
qui veulent communier : on ne fait plus comment
faire avec vous. Les janféniftes, les convulfionnaires
gouvernent donc Paris ! C'eft bien pis que le règne des
jéfuites ; il y avait des accommodemens avec le ciel,
du temps qu'ils avaient du crédit ; mais les janféniftes
font impitoyables. Eft-ce que la propofition honnête
et modefte d'étrangler le dernier jéfuite avec les
boyaux du dernier janfénifte, ne pourrait amener les
chofes à quelque conciliation ?

Je fuis bien confolé de voir *Saurin* de l'académie.
Si *le Franc de Pompignan* avait eu dans notre troupe
l'autorité qu'il y prétendait, j'aurais prié qu'on me
rayât du tableau, comme on a exclus *Huern* de la
matricule des avocats.

Je trouve que notre philofophe *Saurin* a parlé bien
ferme ; il y a même un trait qui femble vous regarder et défigner vos perfécuteurs : cela eft d'une ame
vigoureufe. *Saurin* a du courage dans l'amitié, et
Omer ne le fait pas trembler. Il me revient que cet
Omer eft fort méprifé de tous les gens qui penfent.
Le nombre eft petit, je l'avoue ; mais il fera toujours
refpectable : c'eft ce petit nombre qui fait le public,
le refte eft le vulgaire. Travaillez donc pour ce petit
public, fans vous expofer à la démence du grand
nombre. On n'a point fu quel eft l'auteur de *l'Oracle
des fidelles;* il n'y a point de réponfe à ce livre. Je
tiens toujours qu'il doit avoir fait un grand effet fur
ceux qui l'ont lu avec attention. Il manque à cet
ouvrage de l'agrément et de l'éloquence ; ce font-là

—— vos armes, daignez vous en fervir. Le Nil, difait-on,
1761. cachait fa tête, et répandait fes eaux bienfefantes;
faites-en autant., vous jouirez en paix et en fecret
de votre triomphe. Hélas ! vous feriez de notre académie avec M. *Saurin*, fans le malheureux confeil
qu'on vous donna de demander un privilége; je ne
m'en confolerai jamais. Enfin, mon cher philofophe,
fi vous n'êtes pas mon confrère dans une compagnie
qui avait befoin de vous, foyez mon confrère dans le
petit nombre des élus qui marchent fur le ferpent et
fur le bafilic. Je vous recommande l'*inf*.... Adieu;
l'amitié eft la confolation de ceux qui fe trouvent
accablés par les fots et par les méchans.

LETTRE LIV.

A M. DE CIDEVILLE.

Aux Délices, le 20 de mai.

Mon cher et ancien ami, nos hermitages enten-
dent fouvent prononcer votre nom. Nous difons
plus d'une fois : Que n'eft-il ici? il ferait des vers
galans pour la nièce du grand *Corneille*, nous par-
lerions enfemble de Cinna, et nous conviendrions
qu'Athalie, qui eft le chef-d'œuvre de la belle poëfie,
n'en eft pas moins le chef-d'œuvre du fanatifme.

Il me femble que *Grégoire VII* et *Innocent IV*
reffemblent à *Joad*, comme *Ravaillac* reffemble à
Damiens.

Il me fouvient d'un poëme intitulé la Pucelle, que,

1761.

par parenthèfe, perfonne ne connaît. Il y a dans ce
poëme une petite lifte des affaffins facrés, pas fi
petite pourtant : elle finit ainfi :

> Et Mérobad, affaffin d'Itobad,
> Et Benadad, et la reine Athalie
> Si méchamment mife à mort par Joad.

Vous voyez, mon cher ami, que vous vous êtes
rencontré avec cet auteur.

Je pardonne donc à tous ceux dont je me fuis
moqué, et notamment à l'archidiacre *Trublet*, et
même à frère *Berthier*, à condition que les jéfuites,
que j'ai dépoffédés d'un bien qu'ils avaient ufurpé
à ma porte, payeront leur contingent de la fomme à
quoi tous les frères font condamnés folidairement.

J'ai un beau procès contre un promoteur. Ainfi je
finis, mon ancien ami, en vous envoyant une petite
réponfe, faite à la hâte, pour votre très-aimable
dame (*). Je la fais courte, pour ne pas enfler le
paquet ; c'eft la troifième d'aujourd'hui dans ce goût ;
et le czar m'appelle.

(*) Madame *Elie de Beaumont*. Voyez dans le volume d'Epîtres celle
qui commence par ce vers :

> S'il eft au monde une beauté, &c.

LETTRE LV.

A M. LE COMTE D'ARGENTAL.

21 de mai.

Mes anges, mon noble courroux contre maître *le Dain* et conforts commence à s'apaifer un peu, puifque maître *Loyola* a eu fur les doigts; mais cette noble colère renaît contre tout prêtre, à l'occafion d'un beau procès qu'on me fait pour des murs de cimetière. Je bâtiffais une jolie églife dans un défert; je n'effuie que des chicanes affreufes pour prix de mes bienfaits. Ce qu'il y a de pis, c'eft que cet abominable procès me fait perdre mon temps, tréfor plus précieux que l'argent qu'il me coûte. Adieu le czar, adieu l'Hiftoire générale, et tragédie, et cómédie, et amufemens de la campagne, et défrichemens. Il faut combattre, et je fuis très-malade: voilà mon état.

Je vous enverrai pourtant, mes divins anges, ce Droit du feigneur ou l'Ecueil du fage; mais voici ce qui m'eft arrivé. J'en avais deux copies; on a fait partir deux feconds actes, au lieu du premier et du fecond, dans le paquet deftiné à celui qui doit faire préfenter cet anonyme. Dès que la méprife fera réparée, et qu'un de mes feconds actes fera revenu, vous aurez les cinq. Mais, hélas! à préfent je ne fuis ni plaifant ni touchant; je ne fuis que monfieur *Chicaneau:* voilà une trifte fin. Il valait mieux mourir d'une tragédie que d'un procès.

Priez

Priez DIEU, mes anges gardiens, pour que j'aye
affez de tête pour foutenir tout cela. Il me femble   1761.
qu'il faut de la fanté pour avoir l'efprit courageux.
Mon cœur ne fe reffent point de mon état ; il eft
plus à vous que jamais.

LETTRE LVI.

A M. DAMILAVILLE.

Le 24 de mai.

On eft accablé d'affaires et de travaux. Il faut
défricher une lieue de bruyères et l'Hiftoire de *Pierre I*,
faire réimprimer l'Hiftoire générale, où le genre-
humain fera peint trait pour trait, et ne fera pas en
beau.

On demande le plus profond fecret fur la pièce
du confeiller de Dijon.

On n'a plus la petite épître à mademoifelle
Clairon : ce font des bagatelles qu'on a faites en
déjeûnant, et dont on ne fe fouvient plus.

Le nom du vengeur de *Corneille* contre les Anglais
ne doit point être mis à cette brochure. Jamais de
nom : à quoi bon ? Si on trouve quelque rogaton,
on l'enverra ; mais les rogatons font aux Délices.

Mademoifelle *Corneille* a l'ame auffi fublime que
fon grand-oncle ; elle mérite tout ce que je fais pour
fon nom. J'ai relu le Cid ; *Pierre*, je vous adore !

Le Dain eft un grand fat, et l'avocat condamné
un pauvre homme. Paris eft bien fou.

Correfp. générale.   Tome VI.   H

Quand M. *Thiriot* aura fait jouer la pièce bour-
guignone, qu'il vienne à Ferney et aux Délices.

La lettre à l'académie n'eft qu'un détail de librai-
rie ; et d'ailleurs on ne doit point l'imprimer fans
fon ordre. *Valete.*

N. B. Je ferais bien furpris fi ce pédant d'*Agueffeau*,
fi ce plat janfénifte, ennemi des gens de lettres,
avait fait quelque chofe de paffable fur l'art du
théâtre. Il aurait bien mieux fait d'aller voir Cinna
et Phédre. C'était un homme très-médiocre, un demi-
favant orgueilleux ; et fi j'avais été à l'académie....

LETTRE LVII.

A MADAME DE FONTAINE, *à Paris.*

31 de mai.

Ma chère nièce, à préfent que vous avez paffé
huit jours avec M. de *Silhouette*, vous devez favoir
l'hiftoire de la finance fur le bout de votre doigt.
Je crois qu'il penfe comme l'*ami des hommes*, qu'il
n'eft pas l'ami d'un tas de fripons qui ont fu fe faire
refpecter et fe rendre néceffaires, en s'appropriant
l'argent comptant de la nation ; mais je crois que
M. de *Silhouette* eft un médecin qui a voulu donner
trop tôt l'émétique à fon malade. Le duc de
Sulli ne put remettre l'ordre dans les finances que
pendant la paix. Je fais que les déprédations font
horribles, et je fais auffi que ceux qui ont été affez
puiffans pour les faire, le font affez pour n'être
pas punis. Ma chère nièce, tout ceci eft un naufrage ;
fauve qui peut eft la devife de chaque pauvre parti-

culier. Cultivons donc notre jardin comme *Candide :* ——
Cérès, *Pomone* et *Flore* font de grandes faintes, mais 1761.
il faut fêter auffi les Mufes.

J'aurai peut-être fait encore une tragédie avant que
la petite *Corneille* ait lu le Cid. Il me femble que je
fais plus qu'elle pour la gloire de fon nom : j'entreprends une édition de *Corneille*, avec des remarques
qui peuvent être inftructives pour les étrangers, et
même pour les gens de mon pays. L'académie doit
faire imprimer nos meilleurs auteurs du fiècle de
Louis XIV, dans ce goût ; du moins elle en a le
projet, et j'en commence l'exécution. Cette édition
de *Corneille* fera magnifique, et le produit fera pour
l'enfant qui porte ce nom, et pour fon pauvre père
qui ne favait pas, il y a quatre ans, qu'il y eût
jamais eu un *Pierre Corneille* au monde.

Le parlement prend mal fon temps pour fe déclarer
contre les fpectacles, et pour faire brûler, par l'exé-
cuteur des hautes œuvres, l'œuvre d'un pauvre avocat
qui vient de donner une très-ennuyeufe, mais
très-fage confultation fur l'excommunication des
comédiens. Les janféniftes et les convulfionnaires
triomphent au parlement ; mais ils n'empêcheront
pas mademoifelle *Clairon* de faire verfer des larmes
à ceux qui font dignes de pleurer ; et les pédans,
ennemis des plaifirs honnêtes, perdront toujours
leur caufe au parlement du parterre et des loges.

Je crois que la petite brochure (*) de M. *Dardelle*
pourra vous divertir ; je vous l'envoie ; en vous
embraffant vous et les vôtres de tout mon cœur. *V.*

_____

(*) La Converfation de l'abbé *Grifel* et de l'intendant des menus.
Voyez les Dialogues.

LETTRE LVIII.

A M. DAMILAVILLE.

Mai.

POURRAIT-ON déterrer dans Paris quelque pauvre diable d'avocat, non pas dans le goût de *le Dain*, mais un de ces gens qui, étant gradués et mourans de faim, pourraient être juges de village ? Si je pouvais rencontrer un animal de cette espèce, je le ferais juge de mes petites terres de Tourney et Ferney : il ferait chauffé, rafé, alimenté, porté, payé.

J'ai un befoin preffant du malheureux *Droit eccléfiaftique* qui ne devrait pas être un droit. J'ai un procès pour un cimetière. Il faut défendre les vivans et les morts contre les gens d'églife. Mille pardons de mes importunités, mes chers philofophes.

Mes complimens de condoléance à frère *Berthier* et à frère *la Valette*, mille louanges à maître *le Dain* qui traite *Corneille* d'infame : mais il ne faut montrer la converfation de l'abbé *Grifel* et de l'intendant des menus qu'au petit nombre des élus dont la converfation vaut mieux que celle de maître *le Dain*. On fupplie les philofophes de ne montrer le cher *Grifel* qu'aux gens dignes d'eux, c'eft-à-dire, à peu de perfonnes.

Je fouhaite que M. *le Mière* foit bien damné, bien excommunié, et que fa pièce réuffiffe beaucoup ; car on dit que c'eft un homme de mérite, et qui eft du

bon parti. Je prie les frères de vouloir bien m'envoyer
des nouvelles de Térée.

Courez tous fus à l'*inf*... habilement. Ce qui
m'intéreffe, c'eft la propagation de la foi, de la
vérité, le progrès de la philofophie, et l'aviliffement
de l'*inf*....

Je vous donne ma bénédiction du fond de mon
cabinet et de mon cœur.

LETTRE LIX.

A M. LE COMTE D'ARGENTAL.

Mai.

CE n'eft pas ma faute, ô chers anges, fi M. *Dardelle*
a fait la fottife ci-jointe. Je la condamne comme
outrecuidante; mais je pardonne à ce pauvre *Dardelle*
qui a fait, je crois, quelques comédies, et qui ne
peut fouffrir qu'on l'appelle infame. Ce monde eft
une guerre : ce *Dardelle* eft un vieux foldat qui,
probablement, mourra les armes à la main.

Pour moi, mes divins anges, je travaillerai pour
le tripot, malgré ce beau titre d'infame que ce maraud
de *le Dain* nous donne fi libéralement. Et vous autres,
protecteurs du tripot, n'avez-vous pas auffi votre
dofe d'infamie?

Eh bien, que fait *Térée*? que fera *Orefte*?

Pièce nouvelle à remotis.

La czarine impératrice de toute Ruffie veut
la moitié de fon czar qui lui manque.

H 3

Ah, fi vous faviez combien j'ai de fardeaux à porter, et combien je fuis faible, vous me plaindriez!

N. B. Si *Corneille* n'était pas né en France, j'aurais en horreur un pays qui a fait naître *le Dain* et *Omer*.

LETTRE LX.

AU MEME.

Mai.

F<small>I</small>, les vilains hommes qui boivent de ça! Donnez-m'en encore pour trois fous, difait une brave allemande.

Vous en voulez donc encore, mes divins anges? En voici, et grand bien vous faffe. Toute la cargaifon eft pour le petit troupeau des honnêtes gens; les libraires n'en doivent point tâter, et le pain des forts ne doit pas être jeté aux chiens.

Laiffez là vos procès; donnez-nous des tragédies. Cela eft bientôt dit. Voici, mes divins anges, le commentaire de votre texte: Vous faites des dépenfes confidérables pour rebâtir une églife; des prêtres vous font un procès criminel pour des os de morts dérangés dans un cimetière, et ils veulent que vous foyez puni de vos bienfaits; vous êtes uni avec vos vaffaux et avec votre curé; vous avez une procuration d'eux tous pour appeler comme d'abus au parlement; les entrepreneurs reftent les bras croifés, et demandent des dommages: abandonnez les entrepreneurs, votre curé, vos vaffaux; laiffez là les intérêts du corps de la nobleffe, qu'elle vous a fait l'honneur

1761.

de vous confier; voyez périr une malheureuse petite province que vous commenciez à tirer de la plus horrible misère; laiffez là les défrichemens, les deffé-chemens des marais; le tout pour nous faire vîte une mauvaife tragédie qui ne pourra certainement être que détestable, au milieu de tous ces tracas.

O anges, que me demandez-vous? Pour Dieu, laiffez-moi achever mes affaires. Je me fuis fait une patrie et des devoirs; qui m'exhortera mieux que vous à les remplir? Il faut avoir l'efprit net pour faire une tragédie; laiffez-moi nettoyer ma tête.

A propos de fcandale du texte, en avez-vous jamais vu un qui approche de celui d'*Oola* et d'*Oliba*, dans la lettre de ce cher M. *Eratou* (*) à ce cher M. *Clokpicre*?

On dit qu'il y a trois jeunes gens qui s'élèvent; un *Eratou*, un *Clokpicre* et un *Dardelle*, et qu'ils promettent beaucoup.

Quoi, Térée honni! *Philomèle* fifflée au printemps! cela n'eft pas jufte.

Faire payer le magafin de Véfel à monfieur de Pruffe, voilà ce qui me paraît jufte, ou du moins très-bien fait.

Mais ce pauvre *le Kain*! Ah! quand il ferait beau comme le jour, il n'aurait rien eu (**).

Et l'ami *Pompignan* qui fait la *Vie du feu duc de Bourgogne*, et qui a prononcé un beau difcours fur l'amour de DIEU!

DIEU conferve long-temps le roi!

(*) Anagramme d'*Arouet*.
(**) On lui refufait la part entière.

H 4

LETTRE LXI.

A M. LE COMTE DE SCHOUVALOF.

Ferney, 1 de juin.

J'ai l'honneur d'envoyer à votre Excellence un
second cahier, c'est-à-dire un second essai qui a
besoin de vos lumières et de vos bontés. Ce sont
plutôt des matériaux qu'un édifice commencé, et
c'est à vous à daigner me dire si ces matériaux
doivent être employés, et à m'indiquer les nouveaux
qui pourraient me servir. Il y a un an que je fais des
recherches dans toute l'Europe. La matière est bien
belle, mais les secours sont bien rares. Presque tous
ceux qui pouvaient me servir de bouche sont morts, et
il est difficile de démêler la vérité dans la foule des
mémoires contradictoires qui me sont parvenus. On
m'a communiqué beaucoup de petits détails indignes
de la majesté de l'histoire et du héros dont j'écris
la vie. Je marche toujours à travers des broussailles
et des épines, pour arriver jusqu'à la personne de
Pierre le grand. C'est lui que je cherche à rendre
toujours grand, jusque dans les plus petites choses ;
et il me semble que cette grandeur rejaillit sur son
épouse, l'impératrice *Catherine.*

J'ai pensé qu'il fallait un peu adoucir quelquefois
le style sévère qu'imposent les grands objets de la
politique et de la guerre, varier son sujet, l'égayer
même avec discrétion et avec mesure, lui ôter l'air

insipide d'annales, l'air rebutant de la compilation,
l'air sec que donnent les petits faits rangés scrupu-
leusement suivant leurs dates. Il faut plaire au
grand nombre des lecteurs ; et ce n'est qu'en sachant
jeter de l'intérêt et de la variété dans son ouvrage,
qu'on peut se faire lire, ou plutôt, Monsieur, ce n'est
qu'en vous consultant. Il y aura des défauts qu'il
faudra imputer à la faiblesse de ma santé, à mon
âge avancé, et non au défaut de mon zèle. Je repren-
drais de nouvelles forces, si je pouvais me flatter de
satisfaire votre cour par mon travail, et surtout
l'auguste fille du héros dont j'écris l'histoire. Peut-être,
en lisant les deux essais que je vous soumets, il vous
viendra quelque nouvelle idée. Vous pouvez, Monsieur, me faire fournir quelques pièces utiles ; dif-
posez de moi et du peu de temps qui me reste à
travailler et à vivre.

J'ai l'honneur d'être, avec le zèle le plus
empressé, &c.

1761.

LETTRE LXII.

A M. ARNOULT,

AVOCAT, DOYEN DE L'UNIVERSITÉ, *à Dijon*.

A Ferney., le 5 de juin.

J'AI peur, Monfieur, de vous avoir fait envifager l'aventure de mon églife comme une affaire plus confidérable qu'elle ne l'eft en effet. Je penfe que nous ne ferions réduits, le curé, les paroiffiens et moi, à en appeler comme d'abus, qu'en cas que notre official de village nous fît fignifier quelque grimoire, comme je le craignais dans les premiers mouvemens de cette fottife.

J'ai fait venir de Paris le feul livre qui traite, dit-on, de ces befognes : c'eft la *Pratique de la juri-diction eccléfiaftique*, de *Ducaffe*, grand-vicaire en fon vivant. Ce livre, affez mauvais, ne m'a donné aucune lumière ; et c'eft ce qui arrive prefque toujours en affaires. Le bruit public, dans le petit pays fauvage de Gex, eft qu'on fe repent de cette équipée ; mais qui payera les frais de leur procédure ? On ne m'a rien fait fignifier ; mais je préfume que je n'ai d'autre chofe à faire qu'à continuer mon bâtiment. Quand j'aurai achévé mon églife, il faudra bien qu'on la béniffe ; et je ne vois pas, quand je fuis d'accord avec tous les paroiffiens, qu'on puiffe me faire de chicane. Je fens bien qu'il eft défagréable d'avoir été fi mal payé de mes bienfaits ; mais je ne crois pas

que je doive faire un procès à mes chevaux, s'ils ruent
dans l'écurie que je leur ai fait bâtir.

Pour l'affaire du curé de Moëns, la fentence de
Gex me paraît ridicule (*). Je ne fais fi vous êtes
chargé de cette affaire ; je le fouhaite au moins,
pour apprendre aux curés de ce canton barbare à
ne pas employer leur temps à diftribuer des coups
de bâton aux hommes, aux femmes et aux petits
garçons ; le zèle de la maifon du Seigneur ne doit
pas aller jufqu'à affommer les gens.

J'ai l'honneur d'être , &c.

(*) La requête qui fuit , rédigée probablement par M. de *Voltaire*, et
qui fut imprimée dans le temps, préfente les détails de cette affaire.

*A monfieur le lieutenant criminel du pays de Gex,
et aux juges qui doivent prononcer avec lui en
première inftance.*

MONSIEUR,

JE demande vengeance du fang de mon fils : toute la province
crie qu'on faffe juftice. J'ignore les formalités des lois ; vous
daignerez fuppléer à mon ignorance. Mon fils unique eft entre
la vie et la mort ; il ne peut s'expliquer ; et je n'ai prefque
que mes larmes pour me plaindre à vous. Tout ce que je
fais certainement, par les rapports unanimes qui m'ont été
faits, c'eft que mon fils a été affaffiné, le 28 de décembre
dernier, entre dix heures et demie et onze heures de nuit,
par le curé de Moëns, nommé *Ancian*, au village de Magny ;
que le curé porta lui-même les premiers coups, qu'il fut
fecondé par plufieurs payfans apoftés par lui-même, et qu'on
me rapporta mon fils tout fanglant, fans pouls, fans connaiffance, fans parole, état où il eft encore.

Que puis-je faire dans ma jufte douleur (moi qui n'étais point préfent à cet affaffinat), que de vous fupplier, Monfieur, d'interroger fans délai tous les témoins, et de voir, avec un œil impartial, fi ce qu'ils vous diront fera conforme à tout ce qu'ils m'ont dit.

Voici, Monfieur, le rapport unanime qu'ils m'ont fait. Le fieur *Collet*, jeune homme du bourg de Sacconney, frontière de France, où nous demeurons, travaillant en horlogerie, va quelquefois dans le voifinage chez la veuve *Burdet*, bourgeoife de Magny, chez laquelle le curé de Moëns fréquente.

Le 26 de décembre, ce curé va rendre vifite à la dame *Burdet*, à neuf heures du foir, et refte avec elle jufqu'à onze.

Le 27 de décembre, *Collet* va chez ladite dame, il y trouve encore le curé, qui lui lance des regards de colère, et lui témoigne la plus grande impatience de le voir fortir; il fort et les laiffe tête à tête.

Le 28, la dame *Burdet* invite à fouper chez elle le fieur *Guyot*, contrôleur du bureau de Sacconney; il y va. Il rencontre en chemin mon fils et *Collet* fon ami, qui étaient à la chaffe vers Ferney; il leur propofe d'être de la partie, ils vont enfemble à Magny chez cette dame.

Le curé *Ancian* avait mis un efpion, nommé *Dubi*, à la porte de la maifon. *Dubi* court l'avertir, à neuf heures trois quarts, que les conviés font à table, et qu'ils parlent de lui. Le curé donnait à fouper à trois curés fes voifins, l'un de Ferney, l'autre de Matignin, et le troifième de Prevezin. Le fieur *Ancian* les quitte fur le champ fans dire mot, prend avec lui plufieurs payfans, va jufque dans un cabaret où le nommé *Brochu* et autres l'attendaient, les arme lui-même de ces bâtons et maffues avec lefquels on affomme des bœufs; il place deux de fes complices à la porte de la maifon de la veuve *Burdet*, et entre, avec quatre ou cinq autres, dans la cuifine où les conviés achevaient de manger. C'eft donc ainfi, Madame, lui dit-il, que vous vous plaifez à déchirer ma réputation; alors trouvant fous fa main un chien de chaffe de mon fils, il l'affomma d'un coup de bâton. Mon fils qui s'était retiré, par déférence pour le caractère de ce prêtre, dans la chambre voifine, accourt, demande raifon de cette violence; le curé lui répond par un foufflet : les gens apoftés par lui tombent

en ce moment par derrière fur mon fils et fur le fieur *Collet*,
leur déchargent des coups de bâton fur la tête, et les étendent 1761.
aux pieds du curé.

Le fieur *Guyot*, qui était dans la chambre voifine, en fort au
bruit et aux cris de la veuve *Burdet*; il voit fes deux amis tout
fanglans fur le carreau, et tire fon couteau de chaffe : deux
complices du curé prennent leur temps, le frappent fur la
tête, et l'étourdiffent.

Le curé lui-même, armé d'un bâton, frappe à droite et à
gauche fur mon fils, fur *Guyot* et fur *Collet*, que fes complices
avaient mis hors d'état de fe défendre ; il ordonne à fes gens
de marcher fur le ventre de mon fils, ils le foulent long-temps
aux pieds : *Guyot* s'évanouit du coup qu'il avait reçu fur la
tête ; ayant repris fes efprits, il s'écrie : Faut-il que je meure
fans confeffion ! Meurs comme un chien, lui répond le curé,
meurs comme les huguenots.

Dans ce tumulte horrible, la veuve *Burdet* fe jette aux genoux
du curé ; ce prêtre la repouffe, lui donne un foufflet, la jette
par terre, la pouffe à coups de pieds fous le lit, tandis que
fes complices donnent des coups de bâton à cette dame.

J'omets, Monfieur, toutes les autres circonftances.étrangères
à ma douleur, et qui peuvent aggraver le crime fans me
confoler.

Je vous prie d'interroger la dame *Burdet*, les fieurs *Guyot* et
Collet, les chirurgiens qui les ont panfés, les fœurs grifes de
Sacconney, le chirurgien d'Ornex, les voifins, les feigneurs
de paroiffe du pays, les curés que le fieur *Ancian* quitta à dix
heures du foir pour aller exécuter fon affaffinat prémédité.

C'eft à l'évêque à favoir ce qu'il doit faire, quand il apprendra
que ce prêtre eut l'audace le lendemain de célébrer la meffe,
et de tenir fon Dieu entre fes mains meurtrières. C'eft à vous,
Monfieur, à vous informer comment on a laiffé en place un
homme ci-devant convaincu d'avoir donné des foufflets dans
fon églife à deux de fes paroiffiens (*), et qui, en dernier
lieu, ayant ruiné les communiers de Ferney par des procès, a
traîné en prifon à Gex deux de ces infortunés. Mon devoir eft

(*) Entre autres au fieur *Vaillet*, aujourd'hui fecrétaire du maire et
fubdélégué de Gex, fyndic de la province.

feulement de vous inftruire du nom des complices parvenus à ma connaiffance ; *Pierre Dubi*, demeurant à Magny ; *Jean Gard*, propre domeftique du curé ; *François Tillet*, granger du fieur *Bellami*, *Benoît Brochu*, du village d'Ornex ; vous faurez aifément qui font les autres.

J'apprends que le curé *Ancian*, étant informé de ma jufte plainte, ofe en faire une de fon côté ; qu'il joint à fon crime cette artificieufe infolence : mais je requiers que le curé de Ferney foit interrogé, et qu'on fache de lui, fi le curé *Ancian* ne lui a pas avoué l'horreur de fon délit ; s'il ne lui a pas dit qu'il voudrait avoir donné deux mille livres pour étouffer cette malheureufe action. Enfin, Monfieur, j'implore la juftice divine et humaine, et j'arrofe de mes pleurs ma requête.

J'ajoute encore un mot. Toute la province fait que monfieur le fubftitut de monfieur le procureur général au bailliage de Gex, ayant époufé la fœur du feu curé de Moëns, qui réfigna fa cure au préfent curé *Ancian*, a toujours accordé fa bienveillance audit *Ancian* ; mais c'eft une raifon de plus pour efpérer la juftice qu'on demande : l'équité impartiale l'emporte fur toutes les confidérations.

A Sacconney, le 3 de janvier 1761.

AMBROISE DECROZE.

VACHAT, procureur.

Addition.

LE 10 de janvier, j'apprends que le juge a décrété de prife de corps tous les complices du curé *Ancian*. Ils ont pris la fuite ; ils vont probablement changer de religion hors du royaume. A l'égard du curé, il n'eft décrété que d'ajournement perfonnel. Cependant le bruit public de la province eft qu'il a figné, le 28 de décembre, un billet à fes complices, par lequel il promettait les mettre à l'abri de toute recherche et de tout dommage. La veuve *Burdet* a dit à vingt perfonnes, et a dû dépofer que le curé était venu boire chez elle la veille de

l'affaffinat, à dix heures du foir ; qu'il lui avait dit, en s'en allant
en colère : Adieu, la paille eft trop près du feu. Si jamais il **1761.**
y eut un affaffinat prémédité, c'eft fans doute celui-ci. Cependant
les complices font décrétés, et celui qui les a corrompus, qui
les a armés, qui les a conduits, qui a frappé avec eux, n'eft
qu'ajourné, parce qu'il eft prêtre, et qu'il a des protecteurs.
Cependant, mon fils, affaffiné le 28 de décembre, eft à l'agonie
le 10 de janvier.

LETTRE LXIII.

A M. LE COMTE DE SCHOUVALOF.

A Ferney, 8 de juin.

MONSIEUR,

VOTRE très-aimable M. de *Soltikof* vient de me
régaler d'un gros paquet dont votre Excellence m'honore. Il contient les eftampes d'un grand-homme,
quelques lettres de lui, et une de vous, Monfieur,
qui m'eft auffi précieufe, pour le moins, que tout le
refte. Mon premier devoir eft de vous faire mes
remercîmens, et de vous affurer que je me confor-
merai à toutes vos intentions. Je bâtis pour vous
la maifon dont vous m'avez fourni les matériaux ;
il eft jufte que vous y foyez logé à votre aife.

Je crois avoir déjà rempli une partie de vos vues,
en déclarant que je ne prétendais pas faire l'hiftoire
fecrète de *Pierre le grand*, et en trompant ainfi la
malignité de ceux qui haïffent fa gloire et celle de
votre empire. Je fais bien que, dans les commencemens, je ne pouvais pas faire taire l'envie ; mais,
fi l'ouvrage eft écrit de manière à intéreffer les

—— lecteurs, le livre reſte, et les critiques s'évanouiſſent. C'eſt ce qui eſt arrivé à l'Hiſtoire de *Charles XII*, long-temps combattue, et enfin reconnue pour véritable. Le certificat du roi *Staniſlas* ne porte que ſur les faits militaires et politiques ; ce certificat eſt déjà une grande préſomption en faveur de la vérité avec laquelle j'écris l'hiſtoire de votre légiſlateur ; et des preuves plus fortes ſe tireront des mémoires que votre Excellence daignera me communiquer. Je n'ai pris, dans les mémoires de M. de *Baſſewitz*, et dans ceux que je me ſuis procurés, que ce qui peut contribuer à la gloire de votre patrie, et à celle de *Pierre I ;* j'abandonne le reſte à la malignité de vos ennemis et des miens. M. le duc de *Choiſeul* et tous nos meilleurs juges ont trouvé que j'ai fait voir aſſez heureuſement, dans ma préface, qu'il ne faut écrire que ce qui eſt digne de la poſtérité, et qu'il faut laiſſer les petits détails aux petits feſeurs d'anecdotes. Ce ſera à vous, Monſieur, à me preſcrire l'uſage que je devrai faire des particularités que les mémoires manuſcrits de M. de *Baſſewitz* m'ont fournies. Encore une fois, je ne ſuis que votre ſecrétaire. Il eſt bien vrai que vous avez choiſi un ſecrétaire trop vieux et trop malade ; mais il vous conſacre avec joie le peu de temps qui lui reſte à vivre. J'admirais *Pierre I* en bien des choſes, et vous me l'avez fait aimer. Le bien que vous faites aux lettres dans votre patrie me la rend chère. Quelqu'un a fait le Ruſſe à Paris ; je me regarde comme un français en Ruſſie. Diſpoſez d'un homme qui ſera, tant qu'il reſpirera, avec l'attachement le plus vrai, et les ſentimens les plus remplis de reſpect et d'eſtime, &c.

LETTRE

LETTRE LXIV.

A M. ARNOULT, *à Dijon.*

Le 9 de juin.

J'AI fait ufage fur le champ, Monfieur, de vos bons avis et de votre modèle de fommation auprès du pauvre promoteur favoyard, et du malin procureur du roi de la caverne de Gex. Je n'ai pu parler de ma nef qui, n'étant point encore abattue quand je vous envoyai mes paperaffes, rendait mon églife très-idoine à dire et entendre meffe : car, felon *Ducaffe* et felon le *Droit ecclésiaflique*, on peut dire meffe quand la majeure partie de l'églife n'eft point entamée. Mais, ayant depuis fait jeter la nef par terre avec partie du chœur, et ayant rebâti à mefure, il n'y avait plus moyen de fe plaindre qu'on allât célébrer ailleurs. Je ne prétends point toucher à l'encenfoir ; mais, quand j'aurai achevé mon églife, ce fera à l'évêque d'Anneci à voir s'il la veut rebénir ou non, et m'excommunier, comme je le mérite, pour m'être ruiné à faire des pilaftres d'une pierre auffi chère et auffi belle que le marbre. Je fuis le martyr de mon zèle et de ma piété : une bonne ame trouve fes confolations dans fa confcience.

En qualité de poffeffeur de terres et de bâtiffeur d'églifes, j'ai des procès facrés et profanes ; les prêtres et les huguenots font conjurés contre moi. Un *Mallet* vous a confulté, Monfieur, pour avoir un chemin à travers mes jardins ; je vous fupplie de ne point aider ce mécréant contre moi, et d'être l'avocat des fidelles. Je me fais votre client, et je crois que je vais finir ma vie comme M. *Chicaneau;* à cela près que je voudrais me loger auprès de mon avocat, comme il se logeait près de son juge, et que je n'en peux venir à bout, étant obligé de faire ici mon métier de maçon et de laboureur, qui va devant celui de plaideur.

J'ai l'honneur d'être, &c.

LETTRE LXV.

A M. LE COMTE DE SCHOUVALOF.

A Ferney, 11 de juin.

MONSIEUR,

Vous vous êtes imposé vous-même le fardeau de l'importunité que mes lettres, peut-être trop fréquentes, doivent vous faire éprouver; voilà ce que c'est que de m'avoir inspiré de la passion pour *Pierre le grand* et pour vous : les passions sont un peu babillardes.

Votre Excellence a dû recevoir plusieurs cahiers qui ne sont que de très-faibles esquisses; j'attendrai que vous fassiez mettre en marge quelques mots qui me serviront à faire un vrai tableau; ils ont été écrits à la hâte. Vous distinguerez aisément les fautes du copiste et celles de l'auteur, et tout sera ensuite exactement rectifié : j'ai voulu seulement pressentir votre goût.

Dès que j'ai pu avoir un moment de loisir, j'ai lu les remarques sur le premier tome, envoyées par duplicata, desquelles je n'ai reçu qu'un seul exemplaire, l'autre ayant été perdu, apparemment avec les autres papiers confiés à M. *Pouschkin.*

Je vous prierai en général, vous, Monsieur, et ceux qui ont fait ces remarques, de vouloir bien considérer que votre secrétaire des Délices écrit pour les peuples du Midi, qui ne prononcent point les noms propres comme les peuples du Nord. J'ai déjà eu l'honneur de remarquer avec vous, qu'il n'y eut jamais de roi de Perse appelé *Darius,* ni de roi des Indes appelé *Porus;* que l'Euphrate, le Tigre, l'Inde et le Gange ne furent jamais nommés ainsi par les nationaux, et que les Grecs ont tout grécisé.

Graïis dedit ore rotundo musa loqui.

Pierre le grand ne s'appelle point *Pierre* chez vous; permettez cependant que l'on continue à l'appeler *Pierre;* à nommer Moscow, Moscou; et la Moskowa, la Moska, &c.

J'ai dit que les caravanes pourraient, en prenant un détour par la Tartarie indépendante, rencontrer à peine une montagne, de Pétersbourg à Pékin, et cela est très-vrai; en passant par les terres des Eluths, par les déserts des Kalmouks-Kotkos et par le pays des Tartares de Kokonor, il y a des montagnes à droite et à gauche; mais on pourrait certainement aller à la Chine sans en franchir presque aucune; de même qu'on pourrait aller par terre, et très-aisément, de Petersbourg au fond de la France,

I 2

presque toujours par des plaines. C'est une observation physique assez importante, et qui sert de réponse au systême, aussi faux que célèbre, que le courant des mers a produit les montagnes qui couvrent la terre. Ayez la bonté de remarquer, Monsieur, que je ne dis pas qu'on ne trouve point de montagnes de Pétersbourg à la Chine, mais je dis qu'on pourrait les éviter en prenant des détours.

Je ne conçois pas comment on peut me dire, *qu'on ne connaît point la Russie noire.* Qu'on ouvre seulement le *Dictionnaire de la Martinière*, au mot *Russie*, et presque tous les géographes; on trouvera ces mots : *Russie noire, entre la Volhinie et la Podolie*, &c.

Je suis encore très-étonné qu'on me dise que la ville, que vous appelez Kiow ou Kioff, ne s'appelait point autrefois Kiovie. *La Martinière* est de mon avis; et, si on a détruit les inscriptions grecques, cela n'empêche pas qu'elles n'aient existé.

J'ignore si celui qui transcrivit les mémoires, à moi envoyés par vous, Monsieur, est un allemand; il écrit *Jwan Wassiliewitsch*, et moi j'écris *Jvan Basilovitz*; cela donne lieu à quelques méprises dans les remarques.

Il y en a une bien étrange à propos du quartier de Moscou, appelé la ville chinoise. L'observateur dit *que ce quartier portait ce nom avant qu'on eût la moindre connaissance des Chinois et de leurs marchandises.* J'en appelle à votre Excellence : comment peut-on appeler quelque chose *chinois*, sans savoir que la Chine existe? dirait-on la valeur russe, s'il n'y avait pas une Russie?

Est-il possible qu'on ait pu faire de telles

obfervations ? Je ferais bien heureux , Monfieur , fi
vos importantes occupations vous avaient permis de
jeter les yeux fur ces manufcrits que vous daignez
me faire parvenir. L'écrivain prodigue les ſ, c , k, h,
allemands. La rivière que nous appelons Veronife ,
nom très-doux à prononcer , eſt appelée ; dans les
mémoires , *Woroneftch* ; et, dans les obfervations ,
on me dit que vous prononcez Voronège : comment
voulez-vous que je me reconnaiſſe au milieu de
toutes ces contrariétés ? J'écris en français ; ne dois-je
pas me conformer à la douceur de la prononciation
françaife ?

Pourquoi , lorfqu'en fuivant exactement vos
mémoires , ayant diftingué les ferfs des évêques , et
les ferfs des couvents, et ayant mis pour les ferfs des
couvents le nombre de 721500 , ne daigne-t-on pas
s'apercevoir qu'on a oublié un zéro en répétant ce
nombre à la page 59 , et que cette erreur vient uniquement
du libraire qui a mal mis le chiffre en toutes
lettres ?

Pourquoi s'obftine-t-on à renouveler la fable
honteufe et barbare du czar *Jvan Bafilovitz* , qui
voulut faire, dit-on, clouer le chapeau d'un prétendu
ambaſſadeur d'Angleterre, nommé *Bèze*, fur la
tête de ce pauvre ambaſſadeur ? par quelle rage ce
czar voulait-il que les ambaſſadeurs orientaux lui
parlaſſent nue tête ? l'obfervateur ignore-t-il que ,
dans tout l'Orient, c'eft un manque de refpect que
de fe découvrir la tête ? Interrogez, Monfieur , le
miniftre d'Angleterre, et il vous certifiera qu'il n'y
a jamais eu de *Bèze*, ambaſſadeur ; le premier ambaſ-
fadeur fut M. de *Carlifle*.

Pourquoi me dit-on qu'au fixième fiècle on écrivait à Kiovie fur du papier, lequel n'a été inventé qu'au douzième fiècle ?

L'obfervation la plus jufte que j'aye trouvée eft celle qui concerne le patriarche *Photius*. Il eft certain que *Photius* était mort long-temps avant la princeffe *Otha;* on devait écrire *Polyeucte* au lieu de *Photius : Polyeucte* était patriarche de Conftantinople, au temps de la princeffe *Otha*. C'eft une erreur de copifte, que j'aurais dû corriger en relifant les feuilles imprimées; je fuis coupable de cette inadvertance, que tout homme qui fera de bonne foi rectifiera aifément.

Eft-il poffible, Monfieur, qu'on me dife, dans les obfervations, que le patriarcat de Conftantinople était le plus ancien? c'était celui d'Alexandrie; et il y avait eu vingt évêques de Jérufalem avant qu'il y en eût un à Byfance.

Il importe bien vraiment qu'un médecin hollandais fe nomme *Vangad* ou *Vangardt;* vos mémoires, Monfieur, l'appellent *Vangad*, et votre obfervateur me reproche de n'avoir pas bien appelé le nom de ce grand perfonnage. Il femble qu'on ait cherché à me mortifier, à me dégoûter, et à trouver, dans l'ouvrage fait fous vos aufpices, des fautes qui n'y font pas.

J'ai reçu auffi, Monfieur, un mémoire intitulé : *Abrégé des recherches de l'antiquité des Ruffes, tiré de l'hiftoire étendue à laquelle on travaille.*

On commence par dire, dans cet étrange mémoire, *que l'antiquité des Slaves s'étend jufqu'à la guerre de Troye, et que leur roi Polimène alla avec Anténor au bout de la mer Adriatique, &c.* C'eft ainfi que nous

écrivions l'hiſtoire, il y a mille ans; c'eſt ainſi qu'on
nous fefait defcendre de *Francus* par *Hector;* et c'eſt
apparemment pour cela qu'on veut s'élever contre
ma préface, dans laquelle je remarque ce qu'on doit
penfer de ces miférables fables. Vous avez, Monſieur,
trop de goût, trop d'efprit, trop de lumières pour
fouffrir qu'on étale un tel ridicule dans un ſiècle
auſſi éclairé.

Je foupçonne le même allemand d'être l'auteur de
ce mémoire, car je vois *Jvanovitz, Baſilovitz,* ortho-
graphiés ainſi, *Wanoviſlch, Wacilieviſlch.* Je fouhaite
à cet homme plus d'efprit et moins de confonnes.

Croyez-moi, Monſieur, tenez-vous-en à *Pierre
le grand;* je vous abandonne nos *Chilpéric, Childéric,
Sigebert, Caribert,* et je m'en tiens à *Louis XIV.*

Si votre Excellence penfe comme moi, je la fupplie de m'en inſtruire. J'attends l'honneur de votre
réponfe, avec le zèle et l'envie de vous plaire que
vous me connaiſſez; et je croirai toujours avoir très-
bien employé mon temps, ſi je vous ai convaincu
des fentimens pleins de vénération et d'attachement
avec lefquels je ferai toute ma vie,

    Monſieur,

              de votre Excellence, &c.

LETTRE LXVI.

A MADAME DE FONTAINE.

Le 11 de juin.

On fait une tragédie, ma chère nièce, en trois femaines, il n'y a rien de plus aifé ; mais, en trois femaines, on ne l'achève pas. Je me fuis remis vîte au czar *Pierre*, afin de perdre de vue la pièce, et de la revoir dans quelque temps avec des yeux rafraîchis et un efprit défintéreffé ; c'eft alors que je ferai un cenfeur très-févère. En attendant, je vous exhorte à vous faire raifon des *Bernard*. Si, pendant que vous avez la main à la pâte, vous pouviez tirer auffi quelque chofe de la banqueroute de ce faquin de *Samuel*, fils de *Samuel*, maître des requêtes, furintendant de la maifon de la reine, et banqueroutier frauduleux, ce ferait une bonne affaire pour la famille. Il faudra charger d'*Ornoi* de cette affaire, quand il aura fait fon droit, et qu'il aura emporté vigoureufement fes licences : il prendra des confeils de fon oncle l'abbé, et il n'eft pas douteux qu'alors il ne triomphe. Pour moi, je ferai un mémoire fanglant contre les banqueroutiers, contre les commiffions éternelles de ces belles affaires, et contre le receveur des confignations, qui mange tout l'argent.

Etes-vous à Paris ? êtes-vous à Ornoi ? Pour moi, la tête me fend, ma cervelle bout du czar *Pierre* et des tragédies, de trois terres que je gouverne bien ou mal, de deux maifons que je bâtis, et des

vers de *Luc* auxquels il faut répondre. Je ne fais
ce que c'eft que ce *Sermon des cinquante*, dont vous 1761.
me parlez ; c'eft apparemment le fermon de quelque
jéfuite qui n'aura eu que cinquante auditeurs ; c'eft
encore beaucoup : les pauvres diables me paraiffent
actuellement bien grêlés. Mais fi c'était quelque
fottife anti-chrétienne , et que quelque fripon osât
me l'imputer, je demanderai juftice au pape, tout net.
Je n'entends point raillerie fur cet article ; je me fuis
déclaré hardiment contre *Calvin*, aux Délices ; et je
ne fouffrirai jamais que la pureté de ma foi foit
attaquée.

Je crois notre ami d'*Argental* un peu empêtré de
fon ambaffade. Il ne m'écrit point, et je fuis perfuadé
que je recevrai un volume de lui fur *la Chevalerie*.
J'ai bien peur que fes négociations parmefanes ne
faffent un peu languir des traités qu'il avait entamés
pour moi avec M. le comte de *la Marche* , notre feigneur fuzerain.

Mes correfpondances dans le Nord vont toujours
leur train. Je fuis plus content que jamais de la cour
de Pétersbourg. Il nous eft venu ici un petit ruffe
très-aimable , proche parent d'une impératrice , et
qui pour cela n'en eft pas plus grand feigneur. Je vous
écris à bâtons rompus, comme vous voyez , ma chère
nièce ; c'eft que je n'ai pas dormi, et que je n'en peux
plus.

Ayez grand foin de votre fanté , et dites-m'en , s'il
vous plaît , des nouvelles. Je vous embraffe tendrement, vous, votre famille et vos amis. Adieu , ma
chère enfant ; je vous recommande *Thiriot* à qui vous
devez quarante écus en vertu des pactes de famille.

LETTRE LXVII.

A M. ARNOULT, *à Dijon.*

A Ferney, le 15 de juin.

J'EUS l'honneur, Monſieur, de vous mander, il y a quelques jours, que j'avais fait cé que vous m'aviez preſcrit pour arrêter le cours des procédures odieuſes et téméraires qu'on feſait au ſujet de l'égliſe que je fais bâtir à DIEU. J'ai découvert depuis qu'il y a une ordonnance du roi, de 1627, qui défend, à l'article XIV, à tout curé d'être promoteur ou official.

Or, Monſieur, l'official et le promoteur, qui ont fait les procédures ridicules dont je me plains, ſont tous deux curés dans le pays. Je crois être en droit d'exiger qu'ils ſoient condamnés ſolidairement à me rembourſer tous les dommages, &c., qu'ils m'ont cauſés en effarouchant et diſperſant tous mes ouvriers par leur deſcente illégale, &c.

La juſtice ſéculière a diſcontinué ſes procédures abſurdes, mais la prétendue juſtice cléricale a continué les ſiennes, *et non miſſura cutem, niſi plena cruoris hirudo.* Elle a encore interrogé mes vaſſaux ſéculiers et mes ouvriers, malgré la ſignification que j'ai faite ſuivant votre délibéré. Ces démarches illégales et inſolentes autant qu'inſolites, rebutent ceux qui travaillent pour moi.

Votre nouveau client vous importunera ſouvent, Monſieur. Le ſieur *Decroze* eſt auſſi le vôtre dans ſon affaire contre le curé *Ancian,* au ſujet de l'aſſaſſinat

de fon fils. Il eft certain que ce malheureux a été
amoureux de la dame *Burdet*, bourgeoife de Magny,
et de très-bonne famille, qu'il n'a jamais appelée que
la proftituée. Il eft prouvé d'ailleurs que cet abominable prêtre a paffé fa vie à donner et à recevoir des
coups de bâton. Vous avez les pièces entre les mains :
je vous demande en grâce de preffer cette affaire ;
j'aurai très-foin que vous ne perdiez pas vos peines.
Vous me paraiffez l'ennemi des ufurpations et des
violences eccléfiaftiques ; vous fignalerez également
votre équité, votre favoir et votre éloquence.

Je vous foumets cette pancarte ; vous y verrez,
Monfieur, que l'on me pourfuit avec l'ingratitude la
plus furieufe, tandis que je me ruine à faire du
bien. Il me paraît que c'eft-là le cas d'un appel
comme d'abus. La loi qui défend aux curés d'exercer
le miniftère d'official et de promoteur, doit exifter ;
car il n'eft pas naturel que le juge des curés foit
curé lui-même : cette loi ne ferait pas rapportée dans
un livre qui fert de code aux prêtres, fi elle n'avait
pas été portée, et fi elle n'était pas en vigueur. Elle
eft fondée fur les mêmes raifons qui ne fouffrent
pas qu'un official et un promoteur foient pénitenciers.

De tout mon cœur, Monfieur, et fans compliment votre, &c.

LETTRE LXVIII.

A M. LE COMTE D'ARGENTAL.

15 de juin.

Divins anges, ne m'avez-vous pas pris pour un hableur qui vous fesait un portrait exagéré de ses fardeaux et tribulations ? Je ne vous en ai pas dit la moitié ; voici le comble. J'abandonne ma tragédie ; le cinquième acte ne pouvait être déchirant ; et, sans grand cinquième acte, point de salut. J'ai tourné et retourné le tout dans ma chétive tête ; froid cinquième acte, vous dis-je. Vous me direz que ce sont mes procès qui m'appauvrissent l'imagination ; au contraire, ils me mettent en colère, et cela excite : mais mon cinquième acte n'en est pas moins insipide. Je ne sais plus comment m'y prendre pour trouver des sujets nouveaux : j'ai été en Amérique et à la Chine ; il ne me reste que d'aller dans la lune. J'en suis malade ; me voilà comme une femme qui a fait une fausse couche. Est-il vrai qu'on a représenté *Athalie* avec magnificence, et que le public s'est enfin aperçu que *Joad* avait tort, et qu'*Athalie* avait raison ?

Protégez-vous la petite *Durancy* ? protégez-vous *Crispin-Hurtaud* ? mais est-il bien vrai qu'on ne prendra point Belle-isle ? N'allez pas me laisser là, s'il vous plaît, si je ne trouve pas un beau sujet ; il ne faut pas chasser un vieux serviteur, parce qu'il n'est plus bon à rien ; il faut le plaindre et l'encourager.

Avez-vous les *Trois fultanes* ? on dit que cela eft
charmant : point d'intrigue, mais beaucoup d'efprit
et de gaieté.

Enfin, mes chers anges, vous avez donc fait
grâce au Droit du feigneur ; vous avez comblé de joie
madame *Denis* : elle était folle de cette bagatelle. Je ne
fais fi *Thiriot* fera bien adroit, ni comment il s'y prend.

Mille tendres refpects.

LETTRE LXIX.

A M. L'ABBÉ AUBERT,

Qui lui avait adreffé la feconde édition de fes Fables.

Au château de Ferney, le 15 de juin.

Vous vous êtes mis, Monfieur, à côté de *la Fontaine*,
et je ne fais s'il a jamais écrit une meilleure lettre
en vers, que celle dont vous m'honorez. Tous les
lecteurs vous fauront gré de vos fables, et j'ai par-
deffus eux une obligation perfonnelle envers vous.
Je dois joindre la reconnaiffance à l'eftime ; et je
vous affure que je remplis bien ces deux devoirs.
Il y en a un troifième dont je devrais m'acquitter,
ce ferait de répondre en vers à vos vers charmans ;
mais vous me prenez trop à votre avantage. Vous
êtes jeune, vous vous portez bien ; je fuis vieux
et malade. Mon malheur veut encore que je fois
furchargé d'occupations qui font bien oppofées aux
charmes de la poëfie. Je peux encore fentir tout ce

que vous valez ; mais je ne peux vous payer en même monnaie. Faites-moi donc grâce , en me rendant la juſtice d'être bien perſuadé que perſonne ne vous en rend plus que moi. J'ai honte de vous témoigner ſi faiblement , Monſieur , les ſentimens véritables avec leſquels j'ai l'honneur d'être votre, &c.

LETTRE LXX.

A M. DAMILAVILLE.

15 de juin.

IL ne faut pas rire ; rien n'eſt plus certain que c'eſt un homme de l'académie de Dijon qui a fait cette drôlerie. Il eſt fort connu de madame *Denis* ; et cette madame *Denis*, quoique fort douce , mangerait les yeux de quiconque voudrait ſupprimer la tirade des romans , ſurtout dans un ſecond acte.

J'ai trouvé , moi qui ſuis très-pudibond , que les jeunes demoiſelles , que leurs prudentes mères mènent à la comédie , pourraient rougir d'entendre un bailli qui interroge *Colette* , et qui lui demande ſi elle eſt groſſe. Je prierai mon dijonnais d'adoucir l'interrogatoire.

Je remercie infiniment M. *Diderot* de m'envoyer un bailli qui , ſans doute , vaudra mieux que celui de la pièce. Je crois qu'il faut qu'il ſoit avocat , ou du moins qu'il ſoit en état d'être reçu au parlement de Dijon ; en ce cas , je l'adreſſerais à mon conſeiller qui me doit au moins le ſervice de protéger mon

bailli. Surement un homme envoyé par M. *Diderot*
eſt un philoſophe et un homme aimable. Il pourrait 1761.
aiſément être juge de ſept ou huit terres dans le pays,
ce qui ferait un petit établiſſement.

Je ne ſais pas trop comment frère *Thiriot* s'ajuſte
avec les excommuniés du ſieur *le Dain* : frère *Thiriot*
ne doit pas paraître : je m'en rapporte à lui , il eſt
ſage.

J'ai mis mes prêtres à la raiſon ; évêque , official ,
promoteur , jéſuite ; je les ai tous battus ; et je bâtis
mon égliſe comme je le veux , et non comme ils le
voulaient. Quand j'aurai mon bailli-philoſophe , je
les rangerai tous. Je ſuis bienfaiteur de l'Egliſe , je
veux m'en faire craindre et aimer.

Je lève les mains au ciel pour le ſalut des frères.

J'ai eu aujourd'hui à dîner un M. *Poinſinet* revenant
d'Italie. *Fratres*, qui eſt ce M. *Poinſinet* ? il m'a récité
d'aſſez paſſables vers. *Valete* , *fratres*. Frère *Thiriot*
a-t-il le diable au corps de vouloir qu'on imprime la
converſation du cher *Grizel* ?

Je plains ce pauvre *Térée* ; il eſt triſte que *Philomèle*
ſoit mal reçue au mois de mai. On diſait que ce
M. *le Mière* était un bon ennemi de l'*inf . . .* ; courage,
qu'il ne ſe rebute pas ; et confuſion aux fanatiques,
ennemis de la raiſon et de l'Etat.

LETTRE LXXI.

A M. L'ABBÉ DELILLE.

A Ferney, 19 de juin.

ON eſt bien loin, Monſieur, d'être inconnu, comme vous le dites, quand on a fait d'auſſi beaux vers que vous, et ſurtout quand on y répand d'auſſi nobles vérités et des ſentimens ſi vertueux. Vous penſez en excellent citoyen, et vous vous exprimez en grand poëte. Je m'intéreſſe d'autant plus à la gloire que vous aſſurez à M. *Laurent*, que je m'aviſe de l'imiter en petit dans une de ſes opérations. Je defsèche actuellement des marais; mais j'avoue que je ne fais point de bras. Cependant vous avez daigné parler de moi dans votre belle épître à cet étonnant artiſte. J'avais déjà lu votre ouvrage qui a concouru pour le prix de l'académie : je ne ſavais pas que je duſſe joindre le ſentiment de la reconnaiſſance à celui de l'eſtime que vous m'inſpiriez. Je vous félicite, Monſieur, d'être en relation avec M. *Duverney*. Il forme un ſéminaire de gens (*) dont quelques-uns demanderont probablement un jour à M. *Laurent* des bras et des jambes. La nobleſſe françaiſe aime fort à ſe les faire caſſer pour ſon maître.

Je fais auſſi mon compliment à M. *Duverney* d'aimer un homme de votre mérite. Il en a trop pour ne pas diſtinguer le vôtre. Je me vante auſſi, Monſieur, d'avoir celui de ſentir tout ce que vous valez.

(*) L'école militaire.

Recevez

Recevez mes remercîmens, non-feulement de ce que vous avez bien voulu m'envoyer vos ouvrages, mais de ce que vous en faites de fi bons.

1761.

J'ai l'honneur d'être, &c.

LETTRE LXXII.

A M. LE COMTE D'ARGENTAL.

21 de juin.

Mes divins anges, lifez mes remontrances avec attention et bénignité.

Confidérez d'abord que le plan d'un cerveau n'a pas fix pouces de large, et que j'ai pour cent toifes, au moins, de tribulations et de travaux. Le loifir fut certainement le père des Mufes ; les affaires en font les ennemis, et l'embarras les tue. On peut bien, à la vérité, faire une tragédie, une comédie, ou deux ou trois chants d'un poëme, dans une femaine d'hiver ; mais vous m'avouerez que cela eft impoffible dans le temps de la fenaifon et des moiffons, des défrichemens et des defféchemens ; et quand, à ces travaux de campagne, il fe joint des procès, le tripot de *Thémis* l'emporte fur celui de *Melpomène.* Je vous ai caché une partie de mes douleurs ; mais enfin, il faut que vous fachiez que j'ai la guerre contre le clergé. Je bâtis une églife affez jolie, dont le frontif-pice eft d'une pierre auffi chère que le marbre ; je fonde une école ; et, pour prix de mes bienfaits, un curé d'un village voifin, qui fe dit promoteur, et un autre curé qui fe dit official, m'ont intenté un procès criminel pour un pied et demi de cimetière, et pour deux côtelettes de mouton, qu'on a prifes pour des os de mort déterrés.

On m'a voulu excommunier pour avoir voulu déranger une croix de bois, et pour avoir abattu infolemment une partie d'une grange qu'on appelait paroiffe.

Comme j'aime paffionnément à être le maître, j'ai jeté par terre toute l'églife, pour répondre aux plaintes d'en avoir abattu la moitié. J'ai pris les cloches, l'autel, les confeffionnaux, les fonts baptifmaux; j'ai envoyé mes paroiffiens entendre la meffe à une lieue.

Le lieutenant criminel, le procureur du roi font venus inftrumenter; j'ai envoyé promener tout le monde, je leur ai fignifié qu'ils étaient des ânes, comme de fait ils le font. J'avais pris mes mefures de façon que monfieur le procureur général du parlement de Dijon leur a confirmé cette vérité. Je fuis à préfent fur le point d'avoir l'honneur d'appeler comme d'abus, et ce ne fera pas maître *le Dain* qui fera mon avocat. Je crois que je ferai mourir de douleur mon évêque, s'il ne meurt pas auparavant de gras fondu.

Vous noterez, s'il vous plaît, qu'en même temps je m'adreffe au pape en droiture. Ma deftinée eft de bafouer Rome, et de la faire fervir à mes petites volontés. L'aventure de *Mahomet* m'encourage. Je fais donc une belle requête au faint-père; je demande des reliques pour mon églife, un domaine abfolu fur mon cimetière, une indulgence *in articulo mortis*, et, pendant ma vie, une belle bulle pour moi tout feul, portant permiffion de cultiver la terre les jours de fête, fans être damné. Mon évêque eft un fot qui n'a pas voulu donner au malheureux petit pays de Gex la permiffion que je demande ; et cette abominable coutume de s'enivrer en l'honneur des faints, au lieu de labourer, fubfifte encore dans bien des diocèfes. Le roi devrait, je ne dis pas permettre les travaux champêtres ces jours-là, mais les ordonner. C'eft un refte de notre ancienne barbarie de laiffer cette grande partie de l'économie de l'Etat entre les mains des prêtres.

M. de Courteille vient de faire une belle action en fefant rendre un arrêt du confeil pour les deffechemens des marais. Il devrait bien en rendre un qui ordonnât aux fujets du roi de faire croître du blé le jour de Saint-Simon et de Saint-Jude, tout comme un autre jour. Nous fommes la fable et la rifée des nations étrangères, fur terre et fur mer ; les payfans du canton de Berne, mes voifins, fe moquent de moi qui ne puis labourer mon champ que trois fois, tandis qu'ils laboutent quatre fois le leur. Je rougis de m'adreffer à un évêque de Rome, et non pas à un miniftre de France, pour faire le bien de l'Etat.

Si ma fupplique au pape, et ma lettre au cardinal Paffionei font prêtes au départ de la pofte, je les mettrai fous les ailes de mes anges qui auraient la bonté de faire paffer mon paquet à M. le duc de Choifeul ; car je veux qu'il en rie et qu'il m'appuye. Cette négociation fera plus aifée à terminer honorablement que celle de la paix.

Je paffe du tripot de l'Eglife à celui de la comédie.

K 2

1761.

Je croyais que frère *Damilaville* et frère *Thiriot* s'étaient adreſſés à mes anges pour cette pièce qu'on prétend être d'après *Jodéle*, et qui eſt certainement d'un académicien de Dijon. Ils ont été ſi diſcrets qu'ils n'ont pas, juſqu'à préſent, oſé vous en parler; il faudra pourtant qu'ils s'adreſſent à vous, et que vous les protégiez très-diſcrétement, ſous main, *ſans vous cacher viſiblement.*

Je ne ſaurais finir de dicter cette longue lettre ſans vous dire à quel point je ſuis révolté de l'inſolence abſurde et aviliſſante avec laquelle on affecte encore de ne pas diſtinguer le théâtre de la foire du théâtre de *Corneille*, et *Gilles* de *Baron*; cela jette un opprobre odieux ſur le ſeul art qui puiſſe mettre la France au-deſſus des autres nations, ſur un art que j'ai cultivé toute ma vie aux dépens de ma fortune et de mon avancement. Cela doit redoubler l'horreur de tout honnête homme pour la ſuperſtition et la pédanterie. J'aimerais mieux voir les Français imbécilles et barbares, comme ils l'ont été douze cents ans, que de les voir à demi-éclairés. Mon averſion pour Paris eſt un peu fondée ſur ce dégoût. Je me ſouviens avec horreur qu'il n'y a pas une de mes tragédies qui ne m'ait ſuſcité les plus violens chagrins; il fallait tout l'empire que vous avez ſur moi pour me faire rentrer dans cette déteſtable carrière. Je n'ai jamais mis mon nom à rien, parce que mettre ſon nom à la tête d'un ouvrage, eſt ridicule; et on s'obſtine à mettre mon nom à tout; c'eſt encore une de mes peines.

J'ajouterai que je hais ſi furieuſement maître *Omer*, que je ne veux pas me trouver dans la même

ville où ce crapaud noir coaffe. Voilà mon cœur
ouvert à mes anges ; il eſt peut-être un peu rongé
de quelques gouttes de fiel , mais vos bontés y ver-
fent mille douceurs.

Encore un mot ; cela ne finira pas fitôt. Permettez
que je vous adreffe ma réponfe à une lettre de M. le
duc de *Nivernois*. L'embarras d'avoir les noms des
foufcripteurs pour les œuvres de l'excommunié et
infame *Pierre Corneille*, ne fera pas une de nos moin-
dres difficultés. Il y en a à tout : ce monde-ci n'eſt
qu'un fagot d'épines.

Vous n'aurez pas aujourd'hui ma lettre au pape ,
mes divins anges ; on ne peut pas tout faire.

Je vous conjure d'accabler de louanges M. de
Courteille, pour la bonne action qu'il a faite de faire
rendre un arrêt qui defféchera nos vilains marais.

Voilà une lettre qui doit terriblement vous
ennuyer ; mais j'ai voulu vous dire tout.

Madame *Denis* et la pupille fe joignent à moi.

K 3

LETTRE LXXIII.

AU MEME.

Aux Délices, 23 de juin.

O MES ANGES,

LE coup est violent, le trait est noir, l'embarras est grand.

Zulime soit ; la voilà baptisée, la voilà africaine, elle a affaire à un espagnol : il n'y a plus moyen de s'en dédire. Voici une petite lettre à *Nicodème Thiriot*, qu'il ne serait pas mal de faire courir. Allons donc ; je vais songer à cette *Zulime;* la tête me bout. Serai-je toujours comme *Arlequin* qui voulait faire vingt-deux métiers à la fois ? patience.

Mille respects, je vous en conjure, à M. le comte de *Choiseul ;* comment va sa santé ?

Ayez la charité d'envoyer à M. le duc de *Choiseul* le présent paquet, après en avoir ri.

Qui est ambassadeur à Rome ? je n'en sais rien. Quel qu'il soit, il faut qu'il fasse mon affaire au plus vîte. M. le comte de *Choiseul*, protégez-moi prodigieusement; je veux que *Rezzonico* m'accorde tout ce que je demande. Quand le seigneur, le curé et toute une paroisse présentent une supplique au pape, et que cette paroisse est auprès de Genève, et que c'est à moi qu'elle appartient, le pape est un benêt s'il nous refuse.

J'efpère bien que tous les *Choifeul* me permettront de mettre leur nom en gros caractères parmi les foufcripteurs de *Corneille*; je vais d'abord tâter le roi.

Mes anges, fi vous avez deux ou trois ames à me prêter, envoyez-les-moi par la pofte; car je n'ai pas affez de la mienne : toute chétive qu'elle eft, elle vous adore.

Avez-vous reçu la cargaifon de *Grifel*? Et les yeux?

LETTRE LXXIV.

A M. LE PRESIDENT HENAULT.

Le 25 de juin.

Mon cher et refpectable confrère, je crois qu'il s'agit de l'honneur de l'académie et de la France. Il faut fixer la langue que vingt mille brochures corrompent; il faut imprimer, avec des notes utiles, les grands auteurs du fiècle de *Louis XIV;* et qu'on fache à Pétersbourg et en Ukraine, en quoi *Corneille* eft grand, et en quoi il eft défectueux. Vous encouragez cette entreprife qui ne réuffira pas fi vous ne permettez que je vous confulte fouvent. Je penfe qu'il fera honorable pour la France de relever le nom de *Corneille* dans fes defcendans. J'étais à Londres quand on apprit qu'il y avait une fille de *Milton*, aveugle, vieille et pauvre; en un quart d'heure elle fut riche. La petite-fille d'un homme très-fupérieur à *Milton* n'eft, à la vérité, ni vieille ni aveugle, elle a même de très-beaux yeux, et ce ne

K 4

sera pas une raison pour que les Français l'abandonnent. Il est vrai qu'elle est à présent au-dessus de la pauvreté; mais à qui mieux qu'elle appartiendrait le produit des œuvres de son aïeul ? Les frères *Cramer* sont assez généreux pour lui céder le profit de cette édition qui ne sera faite que pour les souscripteurs.

Nous travaillons donc pour le nom de *Corneille*, pour l'académie, pour la France. C'est par-là que je veux finir ma carrière. Il en coûtera si peu pour faire réussir cette entreprise ! *Quarante francs*, chaque exemplaire, font un objet si mince pour les premiers de la nation, qu'on sera probablement empressé à voir son nom dans la liste des protecteurs de *Cinna*, et du sang de *Corneille*.

Je me flatte que le roi, protecteur de l'académie, permettra que son nom soit à la tête des souscripteurs. Je charge votre caractère aussi bienfesant qu'aimable, de nous donner la reine. Qu'elle ne considère pas que c'est un profane qui entreprend ce travail, qu'elle considère la nation dont elle est reine.

Qui sont les noms de vos amis que je ferai imprimer ? pour combien d'exemplaires souscriront nos académiciens de la cour ? Comptez que les *Cramer* ne tireront que le nombre des exemplaires souscrits, et que ce livre restera un monument de la générosité des souscripteurs, qui ne sera jamais vendu au public. Fera des petites éditions qui voudra, mais notre grande sera unique. Vous pouvez plus que personne ; et il sera digne de celui qui a si bien fait connaître la France, de protéger le grand

Corneille, quand il n'y a pas un feul acteur digne
de jouer *Cinna*, et qu'il y a fi peu de gens dignes 1761.
de le lire.

Il me femble que j'ouvre une porte d'or pour
fortir du labyrinthe des colifichets où la foule fe
promène.

Recevez les tendres et refpectueux fentimens, &c.

Mille pardons à madame *du Deffant*. Cette entreprife ne me laiffe pas un moment, et j'ai des ouvrages
immenfes, des moutons et des procès à conduire.

LETTRE LXXV.

A M. LE COMTE D'ARGENTAL.

Ferney, 26 de juin.

JE n'ai guère la force d'écrire, parce que, depuis
quelque temps, j'écris jour et nuit. Mes anges fauront
que je rends grâce au corfaire qui a fait imprimer
Zulime. L'impreffion m'a fait apercevoir d'un défaut
capital qui régnait dans cette pièce ; c'était l'uniformité des fentimens de l'héroïne, qui difait toujours
j'aime : c'eft un beau mot, mais il ne faut pas le
répéter trop fouvent ; il faut quelquefois dire *je hais.*

Je commence à être moins mécontent de cet ouvrage
que je ne l'étais, et je me flatte enfin qu'il ne fera pas
tout-à-fait indigne des bontés dont mes anges l'honorent. Il fera prêt quand ils l'ordonneront. Je n'abandonnerai pourtant ni les moiffons, ni mon églife, ni
ma petite négociation avec le pape.

Je relis cet infame et cet excommunié *Corneille* avec
une grande attention. Je l'admire plus que jamais en
voyant d'où il eſt parti. C'eſt un créateur ; il n'y a de
gloire que pour ces gens-là ; nous ne ſommes aujour-
d'hui que de petits écoliers. Je ſuis perſuadé que mes
notes, au bas des pages des bonnes pièces de *Corneille*,
ne ſeront pas ſans utilité et ſans agrément ; elles pourront former une poëtique complète, ſans avoir l'inſolence et l'ennui du ton dogmatique.

Je ſuis réſolu à ne faire imprimer que le nombre
des exemplaires pour leſquels on aura ſouſcrit. Les
petites éditions ſeront au profit des libraires ; et s'il y
a, comme je le crois, quelque amour de la véritable
gloire dans la nation, là grande édition aſſurera quelque fortune aux héritiers du nom du grand *Corneille*.
Je finirai ainſi ma carrière d'une manière honorable,
et qui ne ſera pas indigne de l'ancienne amitié dont
mes anges m'honorent.

Je les ſupplie de vouloir bien me procurer, ſans
délai, le nom de M. le duc d'*Orléans*, par M. de
Foncemagne, afin que je l'imprime dans le programme.

Je voudrais avoir celui de M. le premier préſident ;
il me le doit en dédommagement de la banqueroute
que ſon beau-frère m'a faite. Jamais mon entrepriſe
ne vaudra au ſang de *Corneille* la moitié de ce que
Bernard m'a volé. Je crois avoir déjà prévenu M. le
comte de *Choiſeul*, l'ambaſſadeur, que je ne doutais
pas qu'il n'honorât ma liſte de ſon nom, et j'attends
ſes ordres. Je demande la même grâce à M. de
Courteille, à M. de *Malesherbes*, à madame ſa ſœur,
et à tous les amis de mes anges.

Je défirerais paffionnément la foufcription du préfident de *Meynières*, et de quelques membres du parlement, pour expier les fottifes de maître *le Dain* et
de maître *Omer*.

Je n'ai point encore écrit à M. le duc de *Choifeul*
fur cette petite affaire. Je fupplie monfieur le comte
l'ambaffadeur d'avoir la bonté de lui en parler; ils
font auffi tous deux mes anges. Je vous baife à tous le
bout des ailes, et je recommande à vos bontés *Cinna*,
Horace, *Sévère*, *Cornélie*, et la coufine iffue de germaine de *Cornélie*. Si on me feconde avec quelque vivacité, cette édition ne fera qu'une affaire de fix mois.

Nièce, et *Cornélie* chiffon, et *V*., vous difent tout
ce qu'il y a de plus tendre.

LETTRE LXXVI.

AU MEME.

Au château de Ferney, 29 de juin.

Mais vraiment, mon cher ange, j'ai mal aux
yeux auffi. Je foupçonne que c'eft en qualité d'ivrogne. Je bois quelquefois demi - fetier, je crois même
avoir été jufqu'à chopine; et, quand c'eft du vin
de Bourgogne, je fens qu'il porte un peu aux yeux,
furtout après avoir écrit dix ou douze lettres de
ma main par jour. N'en auriez - vous point fait
à peu-près autant. L'eau fraîche me foulage. Qu'ont
de commun les pilules de *Bélofle* avec les yeux?
quel rapport d'une pilule avec les glandes lacrymales?

—— Je fais bien qu'il faut fe purger quelquefois, furtout
1761. fi l'on eft gourmand. Mais favez-vous de quoi les
pilules de *Bélofte* font compofées? Toute pilule
échauffe, ou je fuis fort trompé; c'eft le propre de
tout ce qui purge en petit volume; j'en excepte les
divins minoratifs, caffe et manne, remèdes que nous
devons à nos chers mahométans. Je dis chers mahométans, parce que je dicte à préfent Zulime que
je vous enverrai inceffamment; et je fuis perfuadé
que *Zulime* ne fe purgeait jamais qu'avec de la caffe.

A l'égard de l'autre fujet dont vous me parlez,
et auquel je penfe avoir renoncé, il eft moitié français et moitié efpagnol (*). On y voyait un *Bertrand
du Guefclin* entre don *Pèdre le cruel* et *Henri de
Tranftamare*. *Marie de Padille*, fous un nom plus
noble et plus théâtral, eft amoureufe comme une
folle de ce don *Pèdre*, violent, emporté, moins
cruel qu'on ne le dit, amoureux à l'excès, jaloux
de même, ayant à combattre fes fujets qui lui reprochent fon amour. Sa maîtreffe connaît tous fes
défauts, et ne l'en aime que davantage.

Henri de Tranftamare eft fon rival; il lui difpute
le trône et *Marie de Padille*. *Bertrand du Guefclin*,
envoyé par le roi de France pour accommoder les
deux frères, et pour foutenir *Henri* en cas de guerre,
fait affembler les Etats généraux : *Las Cortès* de
Caftille, les députés des Etats peuvent faire un bel
effet fur le théâtre, depuis qu'il n'y a plus de petits-
maîtres. Don *Pèdre* ne peut fouffrir ni *Las Cortès*,
ni *du Guefclin*, ni fon bâtard de frère *Henri*; il

(*) La tragédie de Don Pèdre, qui ne fut imprimée que quinze ans
après.

se croit trahi de tout le monde, et même de sa maîtresse dont il est adoré.

Bertrand est enfin obligé de faire avancer les
troupes françaises; il fait à la fois le rôle de protecteur d'*Henri*, d'admoniteur de don *Pèdre*,
d'ambassadeur de France, et de général.

Henri vainqueur se propose à *Marie de Padille*, les
mains teintes du sang de son frère; et *Padille*, plutôt
que d'accepter la main du meurtrier de son amant,
se tue sur le corps de don *Pèdre*. *Bertrand* les
pleure tous deux, donne en quatre mots quelques
conseils à *Henri*, et retourne en France jouir de sa
gloire.

Voilà en gros quel était mon sujet. Mes anges
verront mieux que moi si on en peut tirer parti.
Je me dégoûte un peu de travailler, en relisant les
belles scènes de *Corneille*. Ce n'est pas à mon âge que
je pourrai marcher sur les traces de ce grand-homme;
il me paraît plus honnête et plus sûr de chercher
à le commenter qu'à le suivre, et j'aime mieux
trouver des soufcriptions pour mademoiselle *Corneille*,
que des sifflets pour moi.

Mes anges daigneront encore observer que l'Histoire générale et le czar prennent un peu de temps,
et que les détails de l'histoire nuisent un peu à
l'enthousiasme tragique. Une église et des procès sont encore de terribles éteignoirs; mais, s'il
me reste encore quelque feu caché sous la cendre,
mes anges souffleront, et il se ranimera.

Je suppose qu'ils ont reçu mon paquet pour le
saint-père, qu'ils ont ri, que M. le duc de *Choiseul*
a ri, que le cardinal *Passionei* rira; pour le sieur

—— *Rezzonico* il ne rit point. On dit que mon ami *Benoît* valait bien mieux.

Je suppose encore que l'affaire des souscriptions cornéliennes réussira en France; et s'il arrivait (ce que je ne crois pas) que les Français n'eussent pas de l'empressement pour des propositions si honnêtes, j'avertis que les Anglais sont tout prêts à faire ce que les Français auraient refusé. Ce serait une négociation plus aisée à terminer que celle de M. de *Bussi*.

Respect et tendresse.

LETTRE LXXVII.

A M. LE COMTE DE SCHOUVALOF.

A Ferney, 30 de juin.

MONSIEUR,

En attendant que je puisse arranger le terrible événement de la mort du czarovitz qui m'arrête, et que j'achève les autres chapitres du second volume, j'ai entrepris un autre ouvrage qui ne dérobera point mon temps, et qui me laissera toujours prêt à vous servir sur le champ; c'est une édition des tragédies de *Pierre Corneille*, avec des remarques sur la langue et sur le goût, lesquelles seront d'autant plus utiles aux étrangers et aux Français mêmes, qu'elles seront revues par l'académie française qui préside à cette entreprise. Ce *Corneille* est parmi nous, dans la littérature, ce que *Pierre le grand* est chez

1761.

vous en tout genre ; c'eſt un créateur, c'eſt un homme qui a débrouillé le chaos, et ce n'eſt qu'à de tels génies qu'appartient la gloire ; les autres n'ont que de la réputation.

Le produit de cette édition, qui ſera magnifique, eſt pour les deſcendans de *Pierre Corneille*, famille noble, tombée dans la pauvreté. J'ai le plaiſir de ſervir à la fois ma patrie et le ſang d'un grand-homme. L'édition, ornée des plus belles gravures, ſe fait par ſouſcription, ét on ne paye rien d'avance. Elle coûtera environ quatre ducats l'exemplaire. Pluſieurs princes donnent leur nom. Il ſerait bien honorable pour nous, et bien digne de votre magnificence, que le nom de ſa Majeſté l'impératrice parût à la tête. Pour le vôtre, Monſieur, et pour ceux de quelques-uns de vos compatriotes touchés de vos exemples, j'oſe y compter. Nous imprimons la liſte des ſouſcripteurs ; je ſerais bien découragé, ſi je n'obtenais pas ce que je demande.

Cette édition de *Corneille*, avec des eſtampes, me fait penſer qu'il ſerait beau d'orner de gravures chaque chapitre de l'Hiſtoire de *Pierre le grand ;* ce ſerait un monument digne de vous. Le premier chapitre aurait une eſtampe qui repréſenterait des nations différentes aux pieds du légiſlateur du Nord. La victoire de Leſna, celle de Pultava, une bataille navale, les voyages du héros, les arts qu'il appelle dans ſon pays, les triomphes dans Moſcou et dans Pétersbourg, enfin chaque chapitre ſerait un ſujet heureux ; et vous auriez érigé, Monſieur, le plus beau monument dont l'imprimerie pût jamais ſe vanter. Je ſoumets cette idée à vos lumières et à votre attachement pour la mémoire de *Pierre le grand*, à votre esprit patriotique que vous m'avez communiqué. Disposez de moi tant que je serai en vie. Les étincelles de votre beau feu vont jusqu'à moi.

Que votre excellence agrée les respects et le tendre attachement, &c.

LETTRE LXXVIII.

A M. ***.

DANS une petite transmigration, Monsieur, d'une maison à une autre, la lettre dont vous m'honorâtes s'était égarée. Madame *du Perron* m'ayant appris à qui je devais cette lettre, j'ai été fort honteux ; j'ai cherché long-temps et j'ai enfin trouvé. Mais ce que je ne trouverai pas, c'est la solution de votre problême : Quand on demanda à *Panurge* lequel il aimait le mieux d'avoir le nez aussi long que la vue, ou la vue aussi longue que le nez, il répondit qu'il aimait mieux boire.

Vous me demandez lequel est plus plaisant de savoir, tout ce qui s'est fait ou tout ce qui se fera. C'est une question à faire aux prophètes. Ces messieurs qui connaissaient l'avenir si parfaitement, étaient sans doute instruits également du passé. Il faut être inspiré de DIEU pour savoir bien parfaitement son prétérit, son futur, et même son présent ; notre espèce est fort curieuse et fort ignorante. Celui qui saurait l'avenir, saurait probablement de fort

sottes

sottes et de fort tristes choses ; et entr'autres l'heure
de sa mort, ce qui n'est pas extrêmement plaisant à
contempler. J'aime mieux, au fond de la boîte de
Pandore, l'espérance que la science ; et je suis de l'avis
d'*Horace* :

> *Prudens futuri temporis exitum*
> *Caliginosâ nocte premit Deus.*

Ce que je sais le mieux, c'est que je suis avec tous
les sentimens que je vous dois, &c.

LETTRE LXXIX.

A M. ARNOULT, *à Dijon.*

A Ferney, le 6 de juillet.

Je vous suis obligé, Monsieur, des éclaircissemens
que vous me donnez. Je pensais qu'il n'était pas
permis à un official de citer des séculiers sans l'in-
tervention de la justice du roi ; et il est clair que
cet imbécille de *Pontas* rapporte fort mal l'ordonnance de 1627. L'official de Gex est dûment official ;
mais je crois qu'il a très-indûment instrumenté le
8 de juin. Deux témoins sont près de déclarer qu'il
les a voulu induire à déposer contre moi. Et de
quoi s'agit-il pour faire tant de vacarme ? d'une
croix de bois qui ne peut subsister devant un portail assez beau que je fais faire, et qui en déroberait
aux yeux toute l'architecture. Il a fait dire à un

—— malheureux que j'ai appelé cette croix *figure;* à un
autre, que je l'ai appelée *poteau :* il prétend que six
ouvriers qu'il a interrogés, dépofent que je leur ai
dit, en parlant de cette croix de bois qu'il fallait tranfplanter : *ôtez-moi cette potence.* Or, de ces six
ouvriers, quatre m'ont fait ferment, en préfence de
témoins, qu'ils n'avaient jamais proféré une pareille
impofture, et qu'ils avaient répondu tout le contraire. Des deux témoins qui reftent, et que je n'ai
pu rejoindre, il y en a un qui eft décrété de prife de
corps depuis quatre mois, et l'autre eft convaincu
de vol.

Au refte, Monfieur, je fuis bien aife de vous
dire que cette croix de bois, qui fert de prétexte
aux petits tyrans noirs de ce petit pays de Gex,
fe trouvait placée tout jufte vis-à-vis le portail de
l'églife que je fais bâtir; de façon que la tige et
les deux bras l'offufquaient entièrement, et qu'un
de ces bras, étendu jufte vis-à-vis le frontifpice de
mon château, figurait réellement une potence,
comme le difaient les charpentiers. On appelle
potence, en terme de l'art, tout ce qui foutient des
chevrons faillans ; les chevrons, qui foutiennent un
toit avancé, s'appellent *potence;* et quand j'aurais
appelé cette figure *potence,* je n'aurais parlé qu'en
bon architecte.

J'ai de plus paffé un acte authentique par-
devant notaire, avec les habitans, par lequel nous
fommes convenus que cette croix de village ferait
placée comme je le veux. Vous remarquerez encore
qu'on ne la dérangea qu'avec le confentement du
curé.

Ainfi vous voyez, Monfieur, que voilà le plus impertinent prétexte que jamais les ennemis de la juſtice du roi et des feigneurs puiſſent prendre pour inquiéter un bienfaiteur affez fot pour fe ruiner à bâtir une belle églife, dans un pays où DIEU n'eſt fervi que dans des écuries. Ceux qui me font ce procès devraient être plutôt à une mangeoire qu'à un autel. Ils n'ont rien fait depuis le 8 de juin, mais ils menacent toujours de faire, et ils me paraiſſent auſſi infolens que menteurs.

Vous aurez fans doute vu, Monfieur, par l'affaire d'*Ancian*, que, parmi ces animaux-là, il y en a qui ruent. Si ce curé *Ancian* eſt brutal comme un cheval, il eſt malin comme un mulet, et rufé comme un renard; mais, malgré fes rufes, je crois que vous le prendrez au gîte. Je puis vous affurer que lui et fes confrères ont employé toutes les friponneries profanes et facrées pour avoir de faux témoins; ils fe font fervis de la confeſſion qui met les fots dans la dépendance des prêtres. Je n'ai point vu les procédures, mais je puis vous affurer, fur mon honneur et fur ma vie, que ce curé *Ancian* eſt un fcélérat des plus puniſſables que nous ayons dans l'Eglife de DIEU. Il ne peut empêcher, malgré tous fes artifices et tous ceux de fes confrères, que *Decroze* n'ait eu le crâne fendu dans la maifon où ce curé alla faire le train au milieu de la nuit la plus noire, avec quatre coupe-jarrets. Je ne veux que ce fait : tout le reſte me paraît peu de chofe. Le père *Decroze* peut envoyer aux juges trois ferviettes qu'il conferve teintes du fang de fon fils ; elles devraient fervir à étrangler le curé de

1761. Moëns, pourvu que préalablement il fût bien confeffé (*).

Je fuppofe, Monfieur, que vous avez envoyé votre mémoire à M. de *Greilly* ; c'eft encore un curé à relancer. Je vous ai envoyé à la chaffe aux prêtres; fi vous voulez venir reconnaître votre gibier, au mois de feptembre, comme vous me l'avez fait efpérer, je compte bien que le rendez-vous de chaffe fera chez moi.

Je viens d'écrire au bureau des poftes de Genève pour favoir fi ce n'eft point quelque prêtre-commis des poftes qui a fait la friponnerie de faire payer deux fois le port.

Nota bene que je ne mets point mon curé au nombre des bêtes puantes que vous devez chaffer; je fuis d'accord avec lui en tout. Il eft très-reconnaiffant, du moins quant à préfent, et il peut fervir de piqueur dans la chaffe aux renards que nous méditons.

J'ai l'honneur d'être en bon laïque, Monfieur, votre, &c.

(*) Il a été condamné aux galères, par arrêt du parlement de Bourgogne, pour cet affaffinat prémédité.

LETTRE LXXX.

A M. LE COMTE D'ARGENTAL.

6 de juillet.

Quoi, dit Alix, cet homme-ci s'endort
Aprés trois fois ! Ah ! chien, tu n'es pas carme.

On me dira : tu n'es pas Sophocle.

Ceci, mes adorables anges, eft en réponfe de
la lettre du 30 de juin, dans laquelle vous me reprochez ma glace. Vraiment, il n'eft que trop vrai que
l'âge, les maladies, les bâtimens, les procès peuvent geler un pauvre homme. J'étais peut-être très-
froid quand j'ai radoubé Orefte, mais je fuis très-
vif quand vous avez la bonté de le faire jouer ;
et cette vivacité, mes chers anges, eft toute en
reconnaiffance, et non en amour propre d'auteur.
Cependant, comme cet amour propre fe gliffe par-
tout, je vous prierai de faire jouer Orefte une
quatrième fois, après l'avoir annoncé pour trois ;
mais en cas qu'elle réuffiffe, en cas que le public
foit pour la quatrième repréfentation, et qu'elle
foit comme accordée à fes défirs. Il fe pourra qu'en
été trois fois laffent le parterre ; alors je me retirerai
avec ma courte honte.

J'infifte beaucoup plus fur ce *Pantalon* de
Rezzonico ; c'eft un bœuf qui ne fait pas un mot
de français ; et qui eft affez épais pour ne me pas
connaître ; mais ce n'eft pas à lui que j'écris, c'eft

L 3

——— au cardinal *Paſſionei*, homme de beaucoup d'eſprit,
1761. homme de lettres, et qui fait de *Rezzonico* le cas
qu'il doit. Il y a long-temps qu'il m'honore de
ſes bontés. Je ne demande à M. le duc de
Choiſeul rien autre choſe, ſinon qu'il ait la bonté
de faire donner cours à mon paquet. La grâce eſt
légère; mais je la demande très-inſtamment. M. le
comte de *Choiſeul*, protégez-moi dans cette importante négociation.

Je demande trois ridicules à *Rezzonico*; qu'il m'en
accorde un, cela me ſuffira; et s'il me refuſe, il n'y
a rien de perdu, pas même mon crédit en cour
de Rome.

Comment, mes procès terminés! Dieu m'en pré-
ſerve. Il faut que madame *Denis* vous ait parlé de
quelques anciens procès. Mais, pour peu que dans
ce monde on ait un champ et un pré, ou qu'on
faſſe bâtir une égliſe, ou qu'on faſſe une ode comme
M. *le Brun*, on eſt en guerre. Mais je ne ſais point
de plus ſotte guerre que celle qu'on a faite aux
Anglais, ſans avoir cent vaiſſeaux de ligne, et quarante mille hommes de marine.

Divins anges, ſi l'abbé *Coyer* parle comme il
écrit, il doit être fort aimable. Mais ma mère,
qui avait vu *Deſpréaux*, diſait que c'était un bon
livre et un ſot homme.

La nièce, la pupille et l'oncle baiſent le bout
de vos ailes.

Pour Dieu, que mon paquet parte; c'eſt tout
ce que je veux, et point de recommandation. Je
veux bien être ridicule, mais je ne veux pas que mes
protecteurs le ſoient. Priez M. le comte de *Choiſeul*

de faire mettre mon paquet romain à la poste par ——
un de ses laquais. C'est assez pour *Rezzonico* et pour 1761.
moi.

LETTRE LXXXI.

A M. LE MARQUIS ALBERGATI CAPACELLI.

A Ferney, le 8 de juillet.

MONSIEUR,

DEPUIS long-temps je suis réduit à dicter; je
perds la vue avec la santé; tout cela n'est point
plaisant. Je vois toujours que *tutto il mondo è fatto
come la nostra famiglia*. Par tout pays on trouve
des esprits très-mal faits, et par tout pays il faut
se moquer d'eux. On serait vraiment bien à plaindre si on sesait dépendre son plaisir du jugement
des hommes.

Tancrède (*) vous a bien de l'obligation, Monsieur;
Phèdre vous en aura davantage. Je me mets aux
pieds de M. *Paradisi*. Si jamais j'ai un moment à
moi, je lui adresserai une longue épître; mais le
peu de temps dont je peux disposer est consacré
à dicter des notes sur les pièces du grand *Corneille*,
qui sont restées au théâtre. Cet ouvrage, encouragé
par l'académie française, pourra être de quelque
usage aux étrangers qui daignent apprendre notre

(*) Il a été traduit en italien par M. le comte *Agostino Paradisi*.

L 4

langue par les règles, et aux légers Français qui l'apprennent par routine. Le produit de l'édition fera pour l'héritière de *Corneille* que j'ai l'honneur d'avoir chez moi, et qui n'a que ce grand nom pour héritage. N'eſt-il pas vrai que vous prendriez chez vous la petite-fille du *Taſſe*, s'il y en avait une? Elle mangerait de vos mortadelles, et boirait de votre vin noir. La petite-fille de *Corneille* en boira à votre ſanté, dans un petit château très-joli en vérité, et qui ſerait plus joli ſi je l'avais bâti près de Bologne.

Vous avez bien raiſon, Monſieur, de vanter ma religion, car je conſtruis une égliſe qui me ruine. Autrefois qui bâtiſſait une égliſe était ſûr d'être canoniſé, et moi je riſque d'être excommunié en me partageant entre l'autel et le théâtre. C'eſt apparemment ce qui fait que je reçois quelquefois des lettres du diable; mais je ne ſais pourquoi le diable écrit ſi mal et a ſi peu d'eſprit. Il me ſemble que, du temps du *Dante* et du *Taſſe*, on feſait de meilleurs vers en enfer.

J'eſpère que, dans ce monde-ci, la lettre dont vous m'avez honoré inſpirera le bon goût, et fermera la bouche aux *parolai*. Soyez ſûr que, du fond de ma retraite, je vous applaudirai toujours; que je m'intéreſſerai à tous vos ſuccès, à tous vos plaiſirs. Je me regarde comme votre véritable ami, et je vous ſerai inviolablement attaché juſqu'au dernier moment de ma vie.

LETTRE LXXXII.

A M. LE COMTE D'ARGENTAL.

Ferney, 8 de juillet.

Vraiment je prenais bien mon temps pour écrire au cardinal *Paſſionei*. Il eſt mort, ou autant vaut : et à moins qu'il ne m'envoye de ſes reliques, je n'en aurai point. J'ai peur à préſent que mon paquet ne ſoit parti : je m'abandonne à la Providence.

Pour me dépiquer, mes chers anges, je vous enverrai inceſſamment *Zulime*. Je me ſuis raccommodé avec elle, comme vous ſavez; mais je ſuis toujours brouillé avec *Pierre le cruel*.

C'eſt avec un plaiſir extrême que je commente *Corneille*. Je ne donnerai de notes que ſur les pièces qui reſtent de lui au théâtre, et j'oſe croire que ces notes ne feront pas inutiles. En vérité, cet homme-là me fera faire encore une tragédie. Il me ſemble que je commence à connaître l'art, en étudiant mon maître à fond.

Je ne ſais comment iront les ſouſcriptions, mais je travaille à bon compte. Pourriez-vous avoir la bonté de me dire ſi *Duclos* eſt revenu. Je lui crois un zèle actif qui me va comme de cire.

Et *Oreſte*, que devient-il ? eſt-il fondu par les chaleurs ? M. le comte de *Lauraguais* me dédie le ſien; et il eſt encore plus grec, encore plus déclamateur que le mien.

—— 1761. *Omer* eſt un grand cuiſtre, mais, *Corneille* eſt un grand-homme.

Oncle, nièce et pupille, hommage aux anges.

LETTRE LXXXIII.

A M. LE DUC DE CHOISEUL.

Du 13 de juillet.

MONSEIGNEUR,

Vous ſavez qu'au ſortir du grand conſeil tenu pour le teſtament du roi d'Eſpagne, *Louis XIV* rencontra quatre de ſes filles qui jouaient, et leur dit : Eh bien, quel parti prendriez-vous à ma place? Ces jeunes princeſſes dirent leur avis au haſard. Le roi leur répliqua : De quelque avis que je ſois, j'aurai des cenſeurs.

Vous daignez en uſer avec moi vieux radoteur, comme *Louis XIV* avec ſes enfans. Vous voulez que je bavarde, bavarde, et que je compile, compile. Vos bontés, et ma façon d'être qui eſt ſans conſéquence, me donnent toujours le droit que *Gros-Jean* prenait avec ſon curé.

D'abord, je crois fermement que tous les hommes ont été, ſont et feront menés par les événemens. Je reſpecte fort le cardinal de *Richelieu;* mais il ne s'engagea avec *Guſtave-Adolphe* que quand *Guſtave* eut débarqué en Poméranie ſans le conſulter; il profita de la circonftance. Le cardinal *Mazarin* profita de la mort du duc de *Veymar*; il obtint l'Alface pour la France, et le duché de Réthel pour lui.

Louis XIV ne s'attendait point, en fefant la paix de Ryfwick, que fon petit-fils aurait, trois ans après, la fucceffion de *Charles-Quint*. Il s'attendait encore moins que l'arrière-petit-fils abandonnerait les Français pendant quatre ans aux déprédations de l'Angleterre, maîtreffe de Gibraltar. Vous favez quel hafard fit la paix avec l'Angleterre, fignée par ce beau lord *Bolingbroke* fur les belles feffes de madame *Pultney*. Vous ferez comme tous les grands-hommes de cette efpèce, qui ont mis à profit les circonftances où ils fe font trouvés.

Vous avez eu la Pruffe pour alliée, vous l'avez pour ennemie; l'Autriche a changé de fyftême, et vous auffi. La Ruffie ne mettait, il y a vingt ans, aucun poids dans la balance de l'Europe, et elle en met un confidérable. La Suède a joué un grand rôle, et en joue un très-petit. Tout a changé et changera; mais, comme vous l'avez dit, la France reftera toujours un beau royaume et redoutable à fes voifins, à moins que les claffes des parlemens n'y mettent la main.

Vous favez que les alliés font comme les amis qu'on appelait de mon temps au quadrille : on changeait d'amis à chaque coup.

Il me femble d'ailleurs que l'amitié de meffieurs de Brandebourg a toujours été fatale à la France. Ils nous abandonnèrent au fiége de Metz, fait par *Charles-Quint*. Ils prirent beaucoup d'argent de

Louis XIV, et lui firent la guerre. Vous favez que *Luc* vous trahit deux fois dans la guerre de 1741, et furement vous ne le mettrez pas en état de vous trahir une troifième. Sa puiffance n'était alors qu'une puiffance d'accident, fondée fur l'avarice de fon père et fur l'exercice à la pruffienne. L'argent amaffé a difparu; il eft battu avec fon exercice. Je ne crois pas qu'il refte quarante familles à préfent dans fon beau royaume de Pruffe. La Poméranie eft dévaftée, le Brandebourg miférable. Perfonne n'y mange de pain blanc. On n'y voit que de la fauffe monnaie, et encore très-peu. Ses Etats de Clèves font féqueftrés; les Autrichiens font vainqueurs en Siléfie. Il ferait plus difficile à préfent de le foutenir que de l'écrafer. Les Anglais fe ruinent à lui donner des fecours indifcrets vers la Heffe, et, grâce au ciel, vous rendez ces fecours inutiles. Voilà l'état des chofes.

Maintenant, fi on voulait parier, il faudrait, dans la règle des probabilités, parier trois contre un que *Luc* fera perdu avec fes vers, et fes plaifanteries, et fes injures, et fa politique, tout cela étant également mauvais.

Cette affaire finie, fuppofé qu'un coup de défef-poir ne rétabliffe pas fes affaires, et ne ruine pas les vôtres, tout finit en Allemagne. Vous avez un beau congrès dans lequel vous êtes toujours garant du traité de Veftphalie, et j'en reviens toujours à dire que tous les princes d'Allemagne diront: *Luc* eft tombé parce qu'il s'eft brouillé avec la France; c'eft à nous d'avoir toujours la France pour protec-trice. Certainement, après la chute de *Luc*, la reine de Hongrie ne viendra pas vous redemander ni

Strasbourg, ni Lille, ni votre Lorraine. Elle attendra
au moins dix ans, et alors vous lui lâcherez le
Turc et les Suédois pour de l'argent, fi vous en
avez.

Le grand point eft d'avoir beaucoup d'argent.
Henri IV fe prépara à fe rendre l'arbitre de l'Europe,
en fefant faire des balances d'or par le duc de *Sulli*.
Les Anglais ne réuffiffent qu'avec des guinées et un
crédit qui les décuple. *Luc* n'a fait trembler quelque
temps l'Allemagne, que parce que fon père avait
plus de facs que de bouteilles dans fes caves de
Berlin. Nous ne fommes plus au temps des *Fabricius*.
C'eft le plus riche qui l'emporte, comme, parmi
nous, c'eft le plus riche qui achète une charge de
maître des requêtes, et qui enfuite gouverne l'Etat.
Cela n'eft pas noble, mais cela eft vrai.

Les Ruffes m'embarraffent; mais jamais l'Autriche
n'aura de quoi les foudoyer deux ans contre vous.

L'Efpagne m'embarraffe; car elle n'a pas grand'-
chofe à gagner à vous débarraffer des Anglais; mais
au moins eft-il sûr qu'elle aura plus de haine pour
l'Angleterre que pour vous.

L'Angleterre m'embarraffe; car elle voudra toujours vous chaffer de l'Amérique feptentrionale, et
vous aurez beau avoir des armateurs, vos armateurs
feront tous pris au bout de quatre ou cinq ans,
comme on l'a vu dans toutes les guerres.

Ah, Monfeigneur, Monfeigneur, il faut vivre au
jour la journée quand on a affaire à des voifins! On
peut fuivre un plan chez foi, encore n'en fuit-on guère.
Mais quand on joue contre les autres, on écarte
fuivant le jeu qu'on a. Un fyftême, grand Dieu!

—— celui de *Defcartes* eft tombé; l'Empire romain n'eft
1761. plus; *Pompignan* même perd fon crédit : tout fe
détruit, tout paffe. J'ai bien peur que, dans les grandes
affaires, il n'en foit comme dans la phyfique; on
fait des expériences, et on n'a point de fyftême.

J'admire les gens qui difent : La maifon d'Autriche va être bien puiffante, la France ne pourra
réfifter. Eh, Meffieurs, un archiduc vous a pris
Amiens, *Charles-Quint* a été à Compiegne, *Henri V.*
d'Angleterre a été couronné à Paris. Allez, allez,
on revient de loin, et vous n'avez pas à craindre la
fubverfion de la France, quelque fottife qu'elle faffe.

Quoi, point de fyftêmes! je n'en connais qu'un,
c'eft d'être bien chez foi; alors tout le monde vous
refpecte.

Le miniftre des affaires étrangères dépend de la
guerre et de la finance; ayez de l'argent et des vic-
toires, alors le miniftre fait tout ce qu'il veut.

LETTRE LXXXIV.

A M. LE COMTE D'ARGENTAL.

14 de juillet.

Ce paquet, mes divins anges, contient profe et vers ; c'eft d'abord votre pauvre Zulime, enfuite c'eft la préface d'un ouvrage dont douze vers valent mieux que douze cents Zulime ; c'eft la préface du Cid, que je foumets à votre jugement avant de la faire lire à l'académie. On dit qu'Orefte n'a pas été mal reçu ; c'eft une nouvelle obligation que je vous ai.

Mes moiffons font belles. J'ai heureufement terminé tous mes procès ; il ne me refte plus qu'à bâtir un temple à *Corneille*, en bâtiffant mon églife. Mais fera-t-on auffi généreux que le roi ? la nation entrera-t-elle dans mon projet ? mes anges ne procurent-ils pas quelques noms à notre lifte ?

Auront-ils la bonté d'envoyer l'inclufe à monfieur *Duclos* ?

Bon, en voilà encore une pour l'abbé *Olivetus Ciceronianus*.

Pardon mille fois.

LETTRE LXXXV.

A M. DAMILAVILLE.

20 de juillet.

IL y a plaifir à donner des Orefte aux frères : les frères font toujours indulgens. Je ne fais plus comment la nation eft faite ; elle fouffre une *Electre* de quarante ans qui ne fait point l'amour, et qui remplit fon caractère ; elle ne fiffle pas une pièce où il n'y a point de partie carrée. Il s'eft donc fait dans les efprits un prodigieux changement.

Frère *V.......* a bien mal aux yeux, mais il les a perdus avec *Corneille;* et cela confole. Il a été obligé de travailler fur une petite édition en pieds de mouche. Heureufement, l'en voilà quitte. Il a commenté Médée, le Cid, Cinna, Pompée, Horace, Polyeucte, Rodogune, Héraclius. Il refte peu de chofes à faire ; car ni les comédies, ni les Agéfilas, ni les Attila, ni les Suréna, &c., ne méritent pas l'honneur du commentaire.

S'il avait des yeux, il pleurerait nos défaftres qui fe multiplient cruellement tous les jours. Il demande fi l'on fe réjouit encore à Paris, fi on ofe aller au fpectacle. Il croit ce temps-ci bien peu favorable pour le Droit du feigneur ou pour l'Ecueil du fage. Il a écrit au jeune auteur, lequel eft tout abafourdi de la prife de Pondichéri, qui lui coûte jufte le quart de fon bien. Il n'a pas envie de rire. Je n'ai pu tirer de lui que ces petites bagatelles qu'il m'envoie, et que je fais tenir aux frères.

Je

Je lui ai fait part de la juste douleur de la demoiselle *Dangeville*, qui ne joue pas le premier rôle. Il
y a paru très-fensible; mais il ne peut qu'y faire.
Mademoifelle *Dangeville* embellit tout ce qui lui passe
par les mains. En un mot, voilà tout ce que je peux
tirer de mon petit dijonnais. Il eſt très-fâché; il dit
qu'il veut faire une tragédie : le premier acte fera
Rosbac, le dernier Pondichéri, et des veffies de
cochon pour intermède. Celui qui écrit en rit, parce
qu'il eſt né à Laufane; mais moi, qui fuis français,
j'en pouffe de gros foupirs.

Votre très-humble frère vous falue toujours en
Protagoras, en *Lucrèce*, en *Epicure*, en *Epictète*, en
Marc-Antonin, et s'unit avec vous dans l'horreur que
les petits faquins d'*Omer* doivent infpirer. Que les
miférables Français confidèrent qu'il n'y avait aucun
janféniſte ni moliniſte dans les flottes anglaifes qui
nous ont battus dans les quatre parties du monde;
que les poliffons de Paris fachent que M. *Pitt*
n'aurait jamais arrêté l'impreffion de l'Encyclopédie;
qu'ils fachent que notre nation devient, de jour en
jour, l'opprobre du genre-humain.

Adieu, mes chers frères.

J'ai reçu la *Poëtique d'Ariſtote* : je la renverrai inceſ-
famment. Avec ce livre-là, il eſt bien aifé de faire
une tragédie déteſtable.

LETTRE LXXXVI.

A M. HELVETIUS.

22 de juillet.

Mon cher philofophe, l'ombre et le fang de *Corneille* vous remercient de votre noble zèle. Le roi a daigné permettre que fon nom fût à la tête des foufcripteurs, pour deux cents exemplaires. Ni maître *le Dain*, ni maître *Omer* ne fuivront ni l'exemple du roi ni le vôtre. Il y a l'infini entre les pédans orgueil-leux et les cœurs nobles, entre des convulfionnaires et des efprits bien faits. Il y a des gens qui font faits pour honorer la nation, et d'autres pour l'avilir. Que penfera la poftérité quand elle verra, d'un côté, les belles fcènes de Cinna, et de l'autre, le difcours de maître *le Dain, prononcé du côté du greffe?* Je crois que les Français defcendent des centaures, qui étaient moitié hommes et moitié chevaux de bâts : ces deux moitiés fe font féparées ; il eft refté des hommes, comme vous, par exemple, et quelques autres ; et il eft refté des chevaux qui ont acheté des charges de confeiller, ou qui fe font faits docteurs de forbonne.

Rien ne preffe pour les foufcriptions de *Corneille;* on donne fon nom et rien de plus ; et ceux qui auront dit : Je veux le livre, l'auront. On ne recevra pas une feule foufcription d'un bigot ; qu'ils aillent foufcrire pour les *Méditations* du révérend père *Croizet.*

Peut-être que les remarques que l'on mettra au

bas de chaque page, feront une petite poëtique, ——
mais non pas comme *la Motte* en fefait *à l'occafion* 1761.
de mon Romulus, à l'occafion de mes Machabées. Ah! mon
ami, défiez-vous des charlatans qui ont ufurpé, en
leur temps, une réputation de paffade.

Je vous embraffe en *Epicure*, en *Lucrèce*, *Cicéron*,
Platon, e tutti quanti.

LETTRE LXXXVII.

A MADAME

[LA MARQUISE DU DEFFANT.

22 de juillet.

M. le préfident *Hénault*, Madame, m'inftruit de
votre beau zèle pour *Pierre Corneille*. Je quitte *Pierre*
pour vous remercier, et je vous fupplie auffi de préfenter mes remercîmens à madame de *Luxembourg.*
Je romps un long filence; il faut le pardonner au
plus fort laboureur qui foit à vingt lieues à la ronde,
à un vieillard ridicule qui defsèche des marais,
défriche des bruyères, bâtit une églife, et fe trouve
entre deux *Pierre le grand;* favoir, *Pierre Corneille,*
créateur de la tragédie, et l'autre, créateur de la
Ruffie.

Ce qu'il y a de bon, c'eft que mademoifelle
Corneille n'a nulle part à ce que je fais pour fon
grand-oncle. Elle n'a pas encore lu une fcène de
Chimène; mais cela viendra dans quelques années, et

M 2

—— alors elle verra que j'ai eu raifon. Maître *le Dain* et
maître *Omer* auront beau dire et beau faire, *Pierre* eft
un grand-homme et le fera toujours, et nous fommes
des poliffons. Qu'on me montre un homme qui fou-
tienne la gloire de la nation; qu'on me le montre,
et je promets de l'aimer.

Il faut en revenir, Madame, au fiècle de *Louis XIV*
en tous genres : cela me perce le cœur au pied des
Alpes; et, de dépit, je fais faire un baldaquin, et je
lis affidument l'Ecriture fainte, quoique j'aime encore
mieux Cinna.

Je joue avec la vie, Madame; elle n'eft bonne qu'à
cela. Il faut que chaque enfant, vieux ou jeune, faffe
fes bouteilles de favon. La Butte faint Roch, et mes
montagnes qui fendent les nues, les riens de Paris
et les riens de la retraite, tout cela eft fi égal, que
je ne confeillerais ni à une parifienne d'aller dans
les Alpes, ni à une citoyenne de nos rochers d'aller
à Paris.

Je vous regrette pourtant, Madame, et beaucoup;
mademoifelle *Clairon* un peu, et la plupart de mes
chers concitoyens, point du tout. Je n'ai guère plus
de fanté que vous ne m'en avez connu; je vis, et je
ne fais comment, et au jour la journée, tout comme
les autres.

Je m'imagine que vous prenez la vie en patience,
ainfi que moi; je vous y exhorte de tout mon cœur:
car il eft fi fûr que nous ferons très-heureux quand
nous ne fentirons plus rien, qu'il n'y a point de philofophe qui n'embraffe cette belle idée fi confolante
et fi démontrée. En attendant, Madame, vivez le plus
heureufement que vous pourrez, jouiffez comme

vous pourrez, et moquez-vous de tout comme vous
voudrez.

Je vous écris rarement, parce que je n'aurais
jamais que la même chofe à vous mander ; et quand
je vous aurai bien répété que la vie eft un enfant
qu'il faut bercer jufqu'à ce qu'il s'endorme, j'aurai
dit tout ce que je fais.

Un bourgmeftre de Middelbourg, que je ne connais point, m'écrivit, il y a quelque temps, pour me
demander en ami s'il y a un Dieu ; fi, en cas qu'il y
en ait un, il fe foucie de nous ; fi la matière eft éternelle ; fi elle peut penfer ; fi l'ame eft immortelle ; et
me pria de lui faire réponfe fitôt la préfente reçue.

Je reçois de pareilles lettres tous les huit jours ; je
mène une plaifante vie.

Adieu, Madame ; je vous aimerai et je vous ref-
pecterai jufqu'à ce que je rende mon corps aux
quatre élémens.

LETTRE LXXXVIII.

A M LE COMTE D'ARGENTAL.

28 de juillet.

LES divins anges fauront que je reçus avant-hier leur dernière lettre, datée de je ne fais plus quand. J'étais aux Délices; je les ai cédées à M. le duc de *Villars*, qui s'y établit avec tout fon train. J'ai laiffé la lettre de mes anges aux Délices; mais je me fou-viens des principaux articles. Il était queſtion vrai-ment de quelques vers, qu'ils aiment mieux comme ils étaient autrefois dans l'ancienne Zulime. Mes anges ont raifon.

Je me jette à leurs pieds pour que *Zulime* fe tue: car il ne faut pas que tragédie finiffe comme comé-die; et, autant qu'on peut, il faut laiffer le poignard dans le cœur des affiſtans. Si vous goûtez cette nou-velle façon de fe tuer, que je vous envoie, vous me ferez grand plaifir. Ne me dites pas que ce pauvre bon homme de père fera affligé; il eſt juſte que fa fille coupable paffe le pas, et que le bon homme de père, qui l'a fort mal élevée, foit un peu affligé pour fa peine.

Venons à un plus grand objet, à *Pierre Corneille*. On ne pourra rien faire, rien commencer, rien même projeter, fi l'on n'a pas d'abord les noms de ceux qui veulent bien fouſcrire. Il y a une petite anicroche. Les œuvres de théâtre de *Corneille* contiendront cinq volumes in-4°. Ces cinq volumes, avec des eftampes, reviendraient à dix louis d'or, et les foufcriptions ne feront que de deux: on ne pourra donc point donner ces inutiles eftampes, et on fe contentera de remarques utiles. L'ouvrage eft moitié trop bon marché, j'en conviens ; mais, avec les bontés du roi, et les fecours des premiers de la nation, les *Cramer* pourront être honorablement payés de leurs peines, et il y aura encore affez d'avantages pour M. et mademoifelle *Corneille*. Quand il devrait un peu m'en coûter, je ne reculerai pas. J'ai déjà commenté à peu-près le Cid, les Horaces, Cinna, Pompée, Polyeucte, Rodogune, Héraclius. Il me paraît que ce travail fera principalement utile aux étrangers qui apprennent notre langue; chaque page eft chargée de notes; je fuis un vrai *Scaliger*. Madame *Scaliger*, prenez-moi fous votre protection.

Quant à la drôlerie du petit *Hurtaud*, il en fera tout ce qui plaira à DIEU. Je fuis réfigné à tout depuis la mort du cardinal *Paffionei*, et depuis notre petite défaite auprès de Ham. J'efpérais que le cardinal *Paffionei* me ferait avoir d'admirables priviléges pour mon églife favoyarde. J'ai peur d'échouer dans le facré et dans le profane. Je me difais : On va figner la paix dans Hanovre, tout le monde fera gai et content, on ne fongera plus qu'à aller à la comédie, on foufcrira en foule pour *Pierre Corneille*, tous les billets royaux feront payés à l'échéance, tout le monde fe prendra par la main pour danfer depuis Colioure jufqu'à Dunkerque. Voilà mon rêve fini ; et le réveil eft trifte.

La divine et fuperbe *Clairon* augmentera-t-elle ma

1761. douleur, et fera-t-elle fâchée contre moi, parce que j'ai été poli avec M. le comte de *Lauraguais* ? Mon cher ange lui fera entendre raifon ; il me l'a fait entendre fi fouvent à moi, qui fuis plus capricieux qu'une actrice !

Je voudrais bien vous envoyer une partie de mon Commentaire ; mais tout cela eft fur des petits papiers comme les feuilles de la fibylle ; et d'ailleurs rien n'eft, en vérité, moins amufant.

Refpects à tous anges. Le malheur eft fur les yeux ; les miens font affligés auffi ; mais je fonge aux vôtres.

LETTRE LXXXIX.

A M. DE BURIGNY.

Au château de Ferney, juillet.

TOUT ce que je peux vous dire, Monfieur, c'eft que feu M. *Secouffe* m'écrivit, il y a quelques années, à Berlin, que fon oncle avait réglé les droits et les reprifes de mademoifelle *Defvieux*, fondés fur fon contrat avec M. *Boffuet*. C'eft une chofe que je vous affure fur mon honneur. Au refte, c'eft à vous à voir fi vous croyez qu'un homme auffi éclairé que lui ait toujours été de bonne foi, furtout en accufant M. de *Fénélon* d'une héréfie dangereufe, tandis qu'on ne devait l'accufer que de trop de délica-teffe et de beaucoup de galimatias. Je ferais très-affligé fi le panégyrifte de *Porphyre* et de l'ancienne philo-fophie, donnait la préférence à certaines opinions fur cette philofophie. M. de Meaux était un homme éloquent; mais la raifon eft préférable à l'éloquence. Vous me ferez beaucoup d'honneur et de plaifir de m'envoyer votre ouvrage : mais vous me feriez un très-grand tort fi vous m'accufiez d'avoir dit que l'éloquent *Boffuet* ne croyait pas ce qu'il difait. J'ai rapporté feulement qu'on prétendait qu'il avait des fentimens différens de la théologie , comme un fage magiftrat qui s'élèverait quelquefois au-deffus de la lettre de la loi , par la force de fon génie. Il me paraît qu'il eft de l'intérêt de tous les gens fenfés que *Boffuet* ait été , dans le fond , plus indulgent qu'il ne le paraiffait.

Je me recommande à vous, Monfieur, comme à un homme de lettres et un philofophe pour qui j'ai toujours eu autant d'eftime que d'attachement pour votre famille. Si vous voulez bien me faire parvenir votre ouvrage par M. *Jannel* ou M. *Bouret*, ce fera la voie la plus prompte, et j'aurai plutôt le plaifir de m'inftruire.

Je vous préfente mes remercîmens , et tous les fentimens refpectueux avec lefquels je ferai toujours, Monfieur , votre, &c.

LETTRE XC.

A M. LE COMTE D'ARGENTAL.

2 d'auguste.

VOTRE grand chambrier d'*Héricourt* vient de mourir, mon cher ange, après s'être lavé les jambes dans notre lac, pour son plaisir. *Tronchin* dit que c'est pour s'être lavé les jambes. Le fait est qu'il est mort, et que je le regrette, parce qu'il n'était ni fanatique ni fripon.

Enfin donc, ce que j'ai prédit depuis deux ans est arrivé ; je criais toujours : Pondichéri ou Pontichéri ; et, dans toutes mes lettres, je disais : Prenez garde à Pondichéri. Ceux qui avaient partie de leur fortune sur la compagnie des Indes, n'ont qu'à se recommander aux directeurs de l'hôpital. On a bien raison d'appeler son bien *fortune* ; car un moment le donne, un moment l'ôte. Vous devez avoir eu une semaine brillante à Paris ; il me semble qu'en huit jours vous avez eu un lit de justice, la nouvelle d'une bataille perdue, la nouvelle de Pondichéri, celle des îles sous le vent, celle de la flotte anglaise arrivée devant Oléron, et une comédie de *Saint-Foix*.

Il n'y a pas de quoi rire à tout cela. J'ai le cœur navré. Nous ne pouvons avoir de ressource que dans la paix la plus honteuse et la plus prompte. Je m'imagine toujours, quand il arrive quelque grand désastre, que les Français seront sérieux pendant six

femaines. Je n'ai pu encore me corriger de cette idée.
Je crois voir tout le monde morne et fans argent, et
de-là j'infère qu'il ne faut pas précipiter les repréfen-
tations de la pièce du petit *Hurtaud*, que, par parenthèfe, les comédiens attribuent à *Saurin* et à *Diderot*.
Préville, qui a le nez plus fin, foutient qu'elle eft de
votre marmotte des Alpes. Dieu veuille lui ôter de
la tête cètte opinion! Mademoifelle *Dangeville* eft
fâchée que fon rôle de *Colette* ne foit pas le premier
rôle : on aura de la peine à l'apaifer.

M. le duc de *Choifeul* a bien voulu me mander que
les foufcriptions cornéliennes vont à merveille. Il y
a donc quelque chofe qui va bien à Paris. On parle,
dans nos rochers, de certaines petites brouilleries qui
ont retenti jufqu'aux Alpes. Je crains que M. le duc
de *Choifeul* ne fe dégoûte, et qu'il ne quitte un pofte
fatigant, comme un médecin, appelé trop tard,
abandonne fon malade; j'en ferais inconfolable.

Aimons le théâtre ; c'eft la feule gloire qui nous
refte. J'en fuis à Héraclius : je commence à l'entendre. En vérité, il n'y a de beau dans cette pièce que
quatre vers traduits de l'efpagnol. Quand on examine
de près les pièces et les hommes, on rabat un peu de
l'eftime. Il n'y a que mes anges qui gagnent à être
vus tous les jours. Mais, comment vont les yeux ?

Voici un gros paquet pour notre académie. Jugez,
mes anges ; j'ai autant de foi, pour le moins, à vous
qu'à elle.

LETTRE XCI.

A MADEMOISELLE CLAIRON.

A Ferney, 7 d'auguste.

JE crois, Mademoiselle, que votre zèle pour l'art tragique est égal à vos grands talens. J'ai beaucoup de chofes à vous dire fur ce zèle, qui eft auffi noble que votre jeu.

J'ai été très-affligé que vos amis aient fouffert qu'on ait fait un fi pitoyable ouvrage en faveur du théâtre. Si on s'était adreffé à moi, j'avais en main des pièces un peu plus décifives que tous les diffé- rens *ordres* dont l'*ordre* des avocats, des fanatiques et des fots a tant abufé contre ce pauvre *Huern*. J'ai en main la décifion du confeffeur du pape *Clément XII*, décifion fondée fur des témoignages plus authenti- ques que ceux qui ont été allégués dans ce malheu- reux mémoire. Cette décifion du confeffeur du pape me fut envoyée, il y a plus de vingt ans; je l'ai heu- reufement confervée, et j'en ferai ufage dans l'édition que j'entreprends de *Corneille*. Elle fera chargée, à chaque page, de remarques utiles fur l'art en géné- ral, fur la langue, fur la décence de notre fpectacle, fur la déclamation; et je n'oublierai pas mademoifelle *Clairon* en parlant de *Cornélie*.

Vous avez été effarouchée d'une lettre que j'ai écrite au fujet d'*Electre*. J'ai dû l'écrire dans la fitua- tion où j'étais, et ne prendre rien fur moi; et je me flatte que vous avez pardonné à mon embarras.

1761.

Vous voulez jouer Zulime. J'ai envoyé la pièce, après avoir confumé un temps très-précieux à la travailler avec le plus grand foin. Je vous prie très-inftamment de la jouer comme je l'ai faite, et d'empêcher qu'on ne gâte mon ouvrage. Les acteurs font intéreffés à cette complaifance.

Vous vous apercevrez aifément, Mademoifelle, de l'excès du ridicule de l'édition de Tancrède faite à Paris. Vous verrez qu'on a tâché de faire tomber la pièce en l'imprimant, et que, fi on la joue fuivant cette leçon abfurde, il eft impoffible qu'à la longue elle foit foufferte, malgré toute la fupériorité de vos talens.

Vous voyez d'un coup d'œil quelle fottife fait Orbaffan, en répétant, en quatre mauvais vers, (page 32) ce qu'il a déjà dit, et en le répétant, pour comble de ridicule, fur les mêmes rimes déjà employées au commencement de ce couplet.

Si vous récitez ce mauvais vers,

On croit qu'à Solamir mon cœur fe facrifie.

vous gâtez toute la pièce. Il ne faut pas que vous imaginiez que Solamir ait part à votre condamnation. D'où pouvez-vous favoir qu'on croit vous immoler à Solamir? que veut dire mon cœur fe facrifie? il s'agit bien ici de cœur. Il s'agit d'être exécutée à mort. Vous craignez qu'on n'impute à Tancrède la trahifon pour laquelle vous êtes arrêtée, et c'eft pour cela que, lorfqu'au troifième acte vous êtes prête d'avouer tout, croyant Tancrède à Meffine, vous n'ofez plus prononcer fon nom dès que vous le voyez à Syracufe; mais vous ne devez pas penfer à Solamir. On a fait un tort irréparable à la pièce, en la donnant de la manière dont elle est si ridiculement imprimée.

La seconde scène du second acte est tronquée, et d'une sécheresse insupportable. Si votre père ne vous parle que pour vous condamner, s'il n'est pas désespéré, qui pourra être touché ? qui pourra vous plaindre quand un père ne vous plaint pas ? Sa douleur, la vôtre, ses doutes, vos réponses entrecoupées, ce père infortuné qui vous tend les bras, votre reproche sur sa faiblesse, votre aveu noble que vous avez écrit une lettre, et que vous avez dû l'écrire ; tout cela est théâtral et touchant : il y a plus, cela justifie les chevaliers qui vous condamnent. Si on ne joue pas ainsi la pièce, elle est perdue ; elle est au rang de toutes les mauvaises pièces que l'on a données depuis quatre-vingts ans, que le jeu des acteurs fait supporter quelquefois au théâtre, et que tous les connaisseurs méprisent à la lecture. En un mot, l'édition de *Prault* est ridicule, et me couvre de ridicule. Je serai obligé de la désavouer, puisqu'elle a été faite malgré mes instructions précises. Je vous prie très-instamment, Mademoiselle, de garder cette lettre, et de la montrer aux acteurs quand on jouera Tancrède.

Je vous fais mon compliment sur la manière dont vous avez joué *Electre*. Vous avez rendu à l'Europe le théâtre d'Athènes. Vous avez fait voir qu'on peut porter la terreur et la pitié dans l'ame des Français, sans le secours d'un amour impertinent et d'une galanterie de ruelle, aussi déplacés dans *Electre* qu'ils le seraient dans *Cornélie*. Introduire dans la pièce de *Sophocle* une partie carrée d'amans transis, est une

fottife que tous les gens fenfés de l'Europe nous
reprochent affez. Tout amour qui n'eft pas une paffion
furieufe et tragique, doit être banni du théâtre, et
un amour, quel qu'il foit, ferait auffi mal dans
Electre que dans *Athalie*. Vous avez réformé la déclamation, il eft temps de réformer la tragédie, et de
la purger des amours infipides, comme on a purgé
le théâtre des petits-maîtres.

On m'a flatté que vous pourriez venir dans nos
retraites : on dit que votre fanté a befoin de monfieur
Tronchin. Vous feriez reçue comme vous méritez de
l'être, et vous verriez chez moi un affez joli théâtre,
que peut-être vous honoreriez de vos talens fublimes,
en faveur de l'admiration et de tous les fentimens
que ma nièce et moi nous confervons pour vous.
Mademoifelle *Corneille* ne dit pas mal des vers. Ce
ferait un beau jour pour moi que celui où je verrais
la petite-fille du grand *Corneille* confidente de l'illuftre
mademoifelle *Clairon*.

LETTRE XCII.

A M. LE COMTE D'ARGENTAL.

9 d'auguſte.

OSE-T-ON parler encore de vers et de proſe à Paris, mes divins anges ? les chaleurs et les malheurs ne font-ils pas un tort horrible au tripot?

Je travaille, le jour à *Corneille*, et la nuit à Don Pèdre.

Nos ſouſcriptions pourraient bien ſe ralentir. Sans la priſe de Pondichéri, je ferais tout à mes dépens.

Je vous ai envoyé les Remarques ſur les Horaces. Voici la préface, en forme d'épître dédicatoire à l'académie. Je la mets ſous vos ailes, et vous daignerez la recommander à *Duclos* quand vous l'aurez lue. Il eſt bon que tout ait la ſanction de quarante perſonnes; mais j'aurai plutôt achevé tout l'ouvrage, que l'académie n'aura lu trente de mes Remarques. Un membre va vîte, les corps ont peine à ſe remuer.

Dites-moi net, je vous prie, combien vos amis retiennent d'exemplaires. Tout *Corneille* commenté en cinq ou ſix volumes in-4°, c'eſt marché donné pour deux louis.

Sans le roi et quelques princes, on ne pourrait donner les exemplaires à ce prix.

J'ai un autre placet contre *Lambert* à vous préſenter. Je n'avais pas encore eu le temps de lire ſon Tancrède ; il s'eſt plu à me rendre ridicule : jugez-en

par

par cet échantillon.... Que faire? cela eſt dur; mais ——
Pondichéri eſt pis ou pire.

Mes divins anges, que la campagne eſt belle! vous ne connaiſſez pas ce plaiſir-là. Et les yeux? j'écris, moi; et vous?

LETTRE XCIII.

A M. DAMILAVILLE.

Le 15 d'auguſte.

Que les frères m'accuſent de pareſſe, s'ils l'oſent. J'ai tout Corneille ſur les bras, l'Hiſtoire générale des mœurs, le czar, Jeanne, &c., &c., et vingt lettres par jour à répondre. Il faut écrire à M. de *la Fargue*, et je ne ſais où le prendre. Il me ſemble que frère *Thiriot* ſait ſa demeure; il s'agit de ſes vers, cela eſt important. Comment va l'*Encyclopédie*? cela eſt un peu plus important.

Oui, volontiers, que les ſaducéens périſſent, mais que les phariſiens ne ſoient pas épargnés. On nous défait des chats, mais on nous laiſſe dévorer par des chiens.

On a eu grand'peine à trouver le *Griſel* que demandent les frères. C'eſt grand dommage que, pour notre édification, nous ne puiſſions pas recouvrer cet ouvrage rare, d'autant plus utile à la bonne cauſe, qu'il rend la mauvaiſe extrêmement ridicule.

Frère *Thiriot* eſt devenu bien pareſſeux. Un véritable frère ne devrait-il pas avoir déjà envoyé les

—— *Recherches sur le théâtre.* Il faut le mettre en pénitence.
1761. On ne doit pas être tiède sur les ouvrages et sur le
fang du grand *Corneille.* Frère *Thiriot,* je vous l'ai
toujours dit, vous êtes un indolent ; vous n'écrivez
que par boutade. Point de nouvelles depuis un mois.
Vous retardez l'édition de *Corneille :* vous êtes coupable. Je ne fais pas trop comment ira cette entreprife. Pour moi je ne réponds que de mon travail et
de mon zèle tant que je refpirerai. J'ai déjà commenté
fix tragédies. Je m'inftruis par ce travail ; j'efpère que
j'en inftruirai d'autres, et que le théâtre y gagnera.
Si comme auteur je n'ai pu fervir ma nation, je la
fervirai du moins comme commentateur.

J'embraffe les frères, et j'abhorre plus que jamais
les ennemis de la raifon et des lettres.

LETTRE XCIV.

A M. LE COMTE D'ARGENTAL.

15 d'augufte.

JE reçois une lettre de mes anges, du 5 d'augufte,
en revenant d'une repréfentation de Tancrède, que
des comédiens de province nous ont donnée avec
affez d'appareil. Je ne dis pas qu'ils aient tous joué
comme mademoifelle *Clairon ;* mais nous avions un
père qui fefait pleurer, et c'eft ce que votre *Brizard*
ne fera jamais. Il faut pourtant qu'il y ait quelque
chofe de bon dans cette pièce ; car les hommes,
les femmes et les petits garçons fondaient en larmes.

On l'a jouée, Dieu merci, comme je l'ai faite, et elle n'en a pas été plus mauvaise. Les Anglais même pleuraient; nous ne devons plus songer qu'à les attendrir; mais le petit *Buſſi* n'eſt point du tout attendriſſant.

O mes anges, je vous prédis que Zulime fera pleurer auſſi, malgré ce grand benêt de *Ramire* à qui je voudrais donner des naſardes.

Il faut que ce ſoit *Fréron* qui ait conſervé ce vers:

J'abjure un lâche amour qui me tient ſous ſa loi.

madame *Denis* a toujours récité:

J'abjure un lâche amour qui vous ravit ma foi.

Pierre, que vous autres Français nommez *le cruel*, d'après les Italiens, n'était pas plus cruel qu'un autre. On lui donna ce ſobriquet pour avoir fait pendre quelques prêtres qui le méritaient bien; on l'accuſa enſuite d'avoir empoiſonné ſa femme qui était une grande catin. C'était un jeune homme fier, courageux, violent, paſſionné, actif, laborieux, un homme tel qu'il en faut au théâtre. Donnez-vous du temps, mes anges, pour cette pièce; faites-moi vivre encore deux ans, et vous l'aurez.

Je vous remercie de tout mon cœur du Cid. Les comédiens font des balourds de commencer la pièce par la querelle du comte et de don *Diègue*; ils méritent le ſoufflet qu'on donne au vieux bon homme, et il faut que ce ſoit à tour de bras. Comment ont-ils pu retrancher la première ſcène de *Chimène* et d'*Elvire*, ſans laquelle il eſt impoſſible

N 2

qu'on s'intéreſſe à un amour dont on n'aura point entendu parler?

Vous parlez quelquefois de fondemens, mes anges, et même, permettez-moi de vous le dire, de fondemens dont on peut très-bien ſe paſſer, et qui ſervent plus à refroidir qu'à préparer. Mais qu'y a-t-il de plus néceſſaire que de préparer les regrets et les larmes par l'expoſition du plus tendre amour et des plus douces eſpérances qui ſont détruites tout d'un coup par cette querelle des deux pères.

Je viens aux ſouſcriptions. Je reçois, dans ce moment, un billet d'un conſeiller du roi, contrôleur des rentes, ainſi couché par écrit :

Je retiens deux exemplaires, et payerai le prix qui ſera fixé, ſigné Bazard, 8 d'auguſte, 1761.

Voilà ce qui s'appelle entendre une affaire. Tout le monde doit en agir comme le ſieur *Bazard*. Les *Cramer* verront comment ils arrangeront l'édition : ce qui eſt très-ſûr, c'eſt qu'ils en uſeront avec nobleſſe. Ce n'eſt point ici une ſouſcription, c'eſt un avis que chaque particulier donne aux *Cramer* qu'il retient un exemplaire, s'il en a envie. Mon lot à moi, c'eſt de bien travailler pour la gloire de *Corneille* et de ma nation.

Les particuliers auront l'exemplaire, ſoit in 4°, ſoit in 8°, pour la moitié moins qu'ils le payeraient chez quelque libraire de l'Europe que ce pût être. Le bénéfice pour mademoiſelle *Corneille* ne viendra que de la généroſité du roi, des princes et des premières perſonnes de l'Etat, qui voudront favoriſer une ſi noble entrepriſe. Mademoiſelle *Corneille* a l'obligation à madame de *Pompadour* et à M. le duc de *Choiſeul*

des quatre cents louis que le roi veut bien donner ;
mais elle doit être fort mécontente de monfieur le
contrôleur général à qui j'ai donné de fort bons
dîners aux Délices , et qui ne m'a point fait de
réponfe fur les quatre cents louis d'or. Je ne demande
pas qu'on les paye d'avance; mais j'écris à M. de
Montmartel pour lui demander quatre billets de cent
louis chacun , payables à la réception du premier
volume : je ne m'embarquerai pas fans cette affurance.
Je donne mon temps , mon travail et mon argent ;
il eft jufte qu'on me feconde , fans quoi il n'y a rien
de fait. Je veux accoutumer ma nation à être du
moins auffi noble que la nation anglaife , fi elle
n'eft pas auffi brillante dans les quatre parties du
monde. Surtout , avant de rien entreprendre , il me
faut la fanction de l'académie. Je vous envoie donc
Cinna , mes chers anges , et je vous prie de le recommander à M. *Duclos*. Quand on m'aura renvoyé
l'épître dédicatoire, et les obfervations fur Cinna , et
les Horaces , j'enverrai le refte. Je fouhaite qu'on
aille auffi vîte que moi ; mais les Français parlent
vîte , et agiffent lentement : leur vivacité eft dans
les propofitions , et non dans l'action. Témoin cent
projets que j'ai vus commencés avec chaleur , et
abandonnés avec dégoût.

O mes anges , vous ne me parlez point de l'arrêt
contre les jéfuites ; je l'ai eu fur le champ cet arrêt,
et fans vous. Vous me dites un mot du petit *Hurtaud*,
et rien de Pondichéri. J'avoue que le tripot eft la
plus belle chofe du monde ; mais Pondichéri et les
jéfuites font quelque chofe. Vous me parlez de l'Enfant
prodigue que les comédiens ont gâté abfolument ,

N 3

et de Nanine qu'ils n'ont pu gâter , parce que j'y étais. Donnons vîte bien des comédies nouvelles; car, lorfque les janféniftes feront les maîtres , ils feront fermer les théâtres. Nous allons tomber de Carybde en Scylla. Ô le pauvre royaume! ô la pauvre nation! J'écris trop , et je n'ai pas le temps d'écrire.

Mes anges , je baife le bout de vos ailes.

LETTRE XCV.

A M. DE MAIRAN, *à Paris.*

A Ferney , 16 d'augufte.

VOTRE lettre du 2 d'augufte, Monfieur , me flatte autant qu'elle m'inftruit. Vous m'avez donné un peu de vanité toute ma vie ; car il me femble que j'ai été de votre avis fur tout. J'ai penfé invariablement comme vous fur *l'eftimation des forces*, malgré la mauvaife foi de *Maupertuis*, et même de *Bernoulli* et de *Muffchembroëck* : et comme les vieillards aiment à conter , je vous dirai qu'en paffant à Leyde, le frère de *Muffchembroëck*, qui était un bon machinifte et un bon homme , me dit : *Monfieur, les partifans des carrés de la vîteffe font des fripons ; mais je n'ofe pas le dire.*

J'ai été entièrement de votre opinion fur l'aurore boréale , et je foufcris à tout ce que vous dites fur le mont Olympe , d'autant plus que vous citez *Homère*. J'ai toujours été perfuadé que les phénomènes céleftes ont été en grande partie la fource des fables. Il a tonné fur une montagne dont le fommet eft inacceffible ; donc il y a des dieux qui habitent fur cette

montagne, et qui lancent le tonnerre : le foleil paraît
courir d'orient en occident ; donc il a de bons chevaux : la lune parcourt un moins grand efpace ; donc,
fi le foleil a quatre chevaux, la lune doit n'en avoir
que deux : il ne pleut point fur la tête de celui qui
voit un arc-en-ciel ; donc l'arc-en-ciel eft un figne
qu'il n'y aura jamais de déluge, &c., &c., &c.

Je n'ai jamais ofé vous braver, Monfieur, que
fur les Egyptiens ; et je croirai que ce peuple eft
très-nouveau, jufqu'à ce que vous m'ayez prouvé
qu'un pays inondé tous les ans, et par conféquent
inhabitable fans le fecours des plus grands travaux,
a été pourtant habité avant les belles plaines de l'Afie.

Tous vos doutes et toutes vos fages réfléxions
envoyées au jéfuite *Parennin*, font d'un philofophe ;
mais *Parennin* était fur les lieux ; et vous favez que ni lui
ni perfonne n'a penfé que les adorateurs d'un chien
et d'un bœuf aient inftruit le gouvernement chinois,
adorateur d'un feul Dieu depuis environ cinq mille
ans. Pour nous autres barbares qui exiftons d'hier,
et qui devons notre religion à un petit peuple
abominable, rogneur d'efpèces, et marchand de
vieilles culottes, je ne vous en parle pas ; car nous
n'avons été que des poliffons en tout genre jufqu'à
l'établiffement de l'académie, et au phénomène
du Cid.

Je fuis perfuadé, Monfieur, que vous vous intéreffez à la gloire du grand *Corneille*. Preffez l'académie, je vous en fupplie, de vouloir bien me
renvoyer inceffamment l'épître dédicatoire que je
lui adreffe, la préface du Cid, les notes fur le Cid,
les Horaces et Cinna, afin que je commence à élever

——————
1761.

le monument que je deſtine à la gloire de la nation. Il me faut la ſanction de l'académie. Je corrigerai ſur le champ tout ce que vous aurez trouvé défectueux ; car je corrige encore plus vîte et plus volontiers que je ne compoſe.

Je crois, Monſieur, que vous voyez quelquefois madame *Geoffrin ;* je vous ſupplie de lui dire combien mademoiſelle *Corneille* et moi nous ſommes touchés de ſon procédé généreux. Elle a ſouſcrit pour la valeur de ſix exemplaires : elle ne pouvait répondre plus noblement aux impertinences d'un factum ridicule , dont aſſurément mademoiſelle *Corneille* n'eſt point complice. Cette jeune perſonne a autant de naïveté que *Pierre Corneille* avait de grandeur. On lui liſait Cinna, ces jours paſſés ; quand elle entendit ce vers ,

Je vous aime Emilie , et le ciel me foudroie , &c.

fi donc ! dit-elle , ne prononcez pas ces vilains mots-là. C'eſt de votre oncle , lui répondit-on. Tant pis , dit-elle ; eſt-ce qu'on parle ainſi à ſa maîtreſſe ?

Adieu , Monſieur ; je recommande l'oncle et la nièce à votre zèle , à votre diligence , à votre bon goût , à vos bontés. Je vous félicite d'une vieilleſſe plus ſaine que la mienne ; vivez auſſi long-temps que le ſecrétaire votre prédéceſſeur , dont vous avez le mérite , l'érudition et les grâces.

Le ſuiſſe V.

LETTRE XCVI.

A MADAME

LA MARQUISE DU DEFFANT.

A Ferney, 18 d'augufte.

J'ai connu des gens, Madame, qui fe plaignaient de vivre avec des fots, et vous vous plaignez de vivre avec des gens d'efprit. Si vous avez imaginé que vous retrouveriez la politeffe et les agrémens des *la Fare* et des *Saint-Aulaire*, l'imagination des *Chaulieu*, le brillant d'un duc de *la Feuillade*, et tout le mérite du préfident *Hénault*, dans nos littérateurs d'aujour-d'hui, je vous confeille de décompter.

Vous ne fauriez, dites-vous, vous intéreffer à la chofe publique. C'eft affurément le meilleur parti qu'on puiffe prendre : mais, fi vous étiez comme moi expofée à donner à dîner tous les jours à des ruffes, à des anglais, à des allemands, vous feriez un peu embarraffée d'être françaife.

Je m'occupe du temps paffé pour me dépiquer du temps préfent. Je crois qu'il vaut mieux commenter *Corneille* que de lire ce qu'on fait aujourd'hui. Toutes les nouvelles affligent, et prefque tous les nouveaux livres impatientent.

Mon commentaire impatientera auffi ; car il fera fort long. C'eft une entreprife terrible que de dif-cuter Cinna et Agéfilas, Rodogune et Attila, le Cid et Pertharite. Je ne crois pas que, depuis *Scaliger*, il y ait eu un plus grand pédant que moi. L'ouvrage contiendra sept ou huit gros volumes ; cela fait trembler.

Vous devez , Madame, avoir actuellement M. le préfident *Hénault* : il faut que vous me protégiez auprès de lui. J'ai envoyé à l'académie l'épître dédicatoire que je crois curieufe ; la préface fur le Cid, dans laquelle il y a auffi quelques anecdotes qui pourront vous amufer ; les notes fur le Cid, fur les Horaces, fur Cinna, Pompée, Héraclius, Rodogune, qui ne vous amuferont point, parce qu'il faut avoir le texte fous les yeux.

Je voudrais bien que M. le préfident *Hénault* prît tout cela chez monfieur le fecrétaire, et qu'il en dît fon avis avec M. de *Nivernois*. Je crois qu'il conviendrait qu'ils allaffent tous deux à l'académie , et qu'ils me jugeaffent ; car il me faut la fanction de la compagnie, et que l'ouvrage, qui lui eft dédié , ne fe faffe que de concert avec elle. Je ne fuis point du tout jaloux de mes opinions ; mais je le fuis de pouvoir être utile , et je ne peux l'être qu'avec l'approbation de l'académie. C'eft une négociation que je mets entre vos mains, Madame ; celle de M. de *Buffi* fera plus difficile.

Vous vous plaignez de n'avoir rien qui vous occupe : occupez-vous de *Pierre Corneille ;* il en vaut la peine par fon fublime, et par l'excès de fes misères.

Je vous fais bon gré , Madame , de lire l'*Hiſtoire d'Angleterre* , par *Thoyras* : vous la trouverez plus exacte , plus profonde et plus intéreffante que celle de nôtre infipide *Daniel*. Je ne pardonnerai jamais à ce jéfuite d'avoir plus parlé de frère *Coton* que de

Henri IV, et de laiffer à peine entrevoir que ce
Henri IV foit un grand-homme.

Si vous aimez l'hiftoire , je vous en enverrai une
dans quelques mois , qui eft fort infolente , et que
je crois vraie d'un bout à l'autre ; mais actuellement
laiffez-moi avec le grand *Corneille*.

Je vous réitère , Madame , les remercîmens de ma
petite élève qui porte un fi beau nom , et qui ne
s'en doute pas. Je me mets aux pieds de madame la
ducheffe de *Luxembourg*.

Adieu , Madame ; vivez auffi heureufe qu'il eft
poffible : tolérez la vie ; vous favez que peu de
perfonnes en jouiffent. Vous vous êtes accoutumée
à vos privations ; vous avez des amis , vous êtes fûre
que , quand on vient vous voir , c'eft pour vous-
même. Je regretterai toujours de n'avoir point cet
honneur , et je vous ferai attaché bien véritablement
jufqu'au dernier moment de ma vie.

LETTRE XCVII.

A M. DUCLOS.

18 d'augufte.

J'AI toujours oublié , Monfieur , de vous parler de
la perfonne qui prétendait vous apporter des papiers
de ma part. Je n'ai eu l'honneur de vous en adreffer
que par M. d'*Argental*. Vous avez dû recevoir l'épître
dédicatoire à la compagnie , la préface fur le Cid ,
les notes fur le Cid , les Horaces et Cinna. Je vous
prie de communiquer le tout à M. le duc de
Nivernois et à M. le préfident *Hénault ;* mais il ferait

plus convenable encore que le tout fût examiné à l'académie ; vos obfervations feraient ma loi. Les autres pièces fuivront immédiatement, et les *Cramer* commenceront à imprimer fans aucun délai.

Les foufcriptions que nous avons fuffiront pour entamer l'entreprife, en cas que nous puiffions compter fur le payement des quatre cents louis que le roi daigne accorder. Nous comptons même être en état de prier les gens de lettres, qui ne font pas riches, de vouloir bien accepter un exemplaire comme un hommage que nous devons à leurs lumières, fans recevoir d'eux un payement qui ne doit être fait que par ceux que la fortune met en état de favorifer les arts. Il me paraît qu'une condition effentielle pour cet ouvrage, affez important et dédié à l'académie, eft que les noms des académiciens fe trouvent dans la lifte des foufcripteurs.

M. le duc de *Nivernois* a commencé par foufcrire pour . . . . 12 exemplaires.

M. le cardinal de *Bernis*, . . 12.

M. le duc de *Richelieu*, . . . 12.

M. le duc de *Villars*, . . . 6.

M. le comte de *Clermont*, . . 6.

M. le préfident *Hénault*, . . 2.

Je prends la liberté, en qualité d'entrepreneur de cette affaire, et de père de mademoifelle *Corneille*, de foufcrire pour cent. Ce n'eft point par vanité, c'eft par néceffité ; parce que, fi l'on fe fert de grand papier, et s'il y a huit volumes, comme le prétendent MM. *Cramer*, les frais iront à cinquante mille livres.

J'avais écrit à monfieur le coadjuteur, en le remerciant de la bonté qu'il a eue de m'envoyer fon·

discours, et à M. *Watelet*, connu par son goût pour les arts, et par ses talens ; je n'en ai point eu de réponse. Je vous avouerai qu'il serait honteux pour l'académie, dont tant de grands seigneurs sont membres, que des fermiers généraux fissent plus qu'elle en cette occasion : cela jetterait même sur notre compagnie un ridicule dont les *Fréron* n'abuseraient que trop. Monsieur l'archevêque de Lyon souscrira comme le cardinal de *Bernis;* mais, pour imprimer son nom dans la liste, il convient qu'il soit appuyé de celui du coadjuteur de Strasbourg, et du précepteur de M. le duc de *Bourgogne.* C'est ce que vous pouvez proposer, Monsieur, avec plus de bienséance que personne, dans la place où vous êtes.

Sera-t-il dit que nos grands seigneurs ne viendront à l'académie que le jour de leur réception, qu'ils se contenteront de faire un discours, et qu'ils dédaigneront d'entrer dans un dessein honorable pour l'académie et pour la France. Je compte sur vous, Monsieur, comme sur le protecteur le plus vif de cette entreprise digne de vous. Je vous prie de m'éclairer et de me soutenir dans toutes les difficultés attachées à tout ce qui est nouveau et estimable.

Je prévois que MM. *Cramer* persisteront dans la résolution de donner l'édition in 4° tome à tome, de trois en trois mois, sans aucunes estampes, et que l'ouvrage, qui coûterait au moins trois louis d'or chez les libraires, n'en coûtera que deux. Il y aurait une très-grande perte sans les bontés du roi et de plusieurs princes de l'Europe, sans la générosité de M. le duc de *Choiseul* et de madame de *Pompadour.*

Ce ne sont point proprement des souscriptions

1761.

qu'on demande ; il n'y a point de conditions à faire avec ceux qui donnent leur temps, leur argent et leur travail pour l'honneur de la nation. Nous ne demandons que le nom de quiconque voudra avoir un livre utile à bon marché, afin que les libraires proportionnent le nombre des exemplaires au nombre des demandeurs, et que ceux qui auront eu la baffeffe de craindre de donner deux louis pour s'inftruire, ne puiffent jamais avoir un livre qu'ils feraient indignes de poffeder. Pardon de ma noble colère.

Je compte abfolument fur vous, au nom de *Pierre* et de *Marie Corneille*.

LETTRE XCVIII.

A M. DAMILAVILLE.

Le 24 d'augufte.

Monsieur *le Gouz*, maître des comptes à Dijon, jeune homme qui aime les arts et les Cacouacs, veut bien qu'on fache que le Droit du feigneur, *aliàs* l'Ecueil du fage, eft de lui. Il m'envoie cette petite addition et correction que les frères jugeront abfolument néceffaire. Je crois que la pièce de M. *le Gouz* reftera au théâtre, et qu'ainfi le nom de philofophe y reftera en honneur. Je m'imagine que frère *Platon* ne fera pas fâché.

Il eft abfolument néceffaire que M. *le Gouz* foit reconnu. Il compte enjoliver cette petite drôlerie par une préface en l'honneur des Cacouacs, qui fera un peu ferme, et qui parviendra en cour, comme dit le peuple. Il y aura auffi une épître dédicatoire qui ira en cour. Mais fi un gros fin de *Préville* s'obſtine à dire qu'il croit l'ouvrage d'un certain *V...*, tout eſt manqué, tout eſt perdu. Il eſt abſolument néceſſaire qu'on ne me ſoupçonne pas de ce que je n'ai pas fait. On doit faire entendre aux comédiens qu'ils ſe font grand tort à eux-mêmes s'ils s'opiniâtrent à me charger de cette iniquité. C'eſt M. *le Gouz*, vous dis-je, qui a fait cette coïonnerie.

J'ai reçu de mes frères les *Recherches* ſur les théâtres de ce *Beauchamp*, et il n'y a pas grand profit à faire.. C'eſt le fort de la plupart des livres. Il faudra tâcher que les Commentaires de *Corneille* ne méritent pas qu'on en diſe autant. C'eſt une terrible entrepriſe que ce commentaire ; j'y perds mon temps et les yeux.

Comment ſe porte frère *Thiriot* ? il eſt bien heureux de ne rien commenter ; s'il lui fallait faire des notes ſur Agéſilas et Attila, il ſerait auſſi embarraſſé que moi.

Voici une petite lettre pour frère *d'Alembert ;* dirons-nous auſſi frère *du Molard* ? ce ſera comme vous voudrez.

LETTRE XCIX.

A M. LE COMTE D'ARGENTAL.

24 d'auguſte.

Qu'est-ce que c'eſt donc que cette humeur qui perſécute mon ange ſur ſon viſage et ſur ſa main ? Pourquoi mon ange ne vient-il pas à Genève ? Il y a plus de ſix mois qu'il doit être entre les mains des médecins de Paris ; ne doit-il pas ſavoir à quoi s'en tenir ?

——— *Tronchin* eſt le premier homme du monde pour ces maux-là. Le duc de *Villars* eſt venu porter ſa miſère aux Délices : on diſait qu'il y mourrait; il ſe porte bien au bout de quinze jours. L'abbé d'*Héricourt*, gourmand de la grand'chambre, s'eſt tué pour s'être baigné les jambes dans le lac, avec une indigeſtion ; mais les gens ſages vivent.

Je prévois que vous viendrez aux Délices, et que je ſerai le plus heureux des hommes ; oui, mes anges, vous y viendrez.

Vous devez à préſent ſavoir à quoi vous en tenir ſur *Pierre* et *Marie Corneille*. Je me donnerai bien de garde de faire imprimer un programme avant d'avoir fait ma recrue de têtes couronnées ; et, quant aux particuliers, c'eſt à prendre ou à laiſſer. Je ne me mêlerai que de bien travailler.

Ceux qui chipotent et qui s'en vont diſant : L'aurons-nous in 4º, l'aurons-nous in 8º ? aurons-nous pour deux louis huit ou dix volumes (avec trente-trois eſtampes), qui coûteraient dix louis, et qui ne pourraient paraître que dans trois ans ? ſont de plai-ſantes gens ; mais c'eſt l'affaire des *Cramer*, et non la mienne : je ne me charge que de me tuer de travail, et de ſouſcrire.

J'ai découvert enfin qui eſt l'auteur du Droit du ſeigneur ou de l'Ecueil du ſage ; c'eſt M. *le Gouz*, jeune maître des comptes de Dijon, et de plus académicien de Dijon. Il eſt bon de fixer le public par un nom, de peur que le mien ne vienne ſur la langue ; vous êtes charmant, continuez la maſcarade.

Divins anges, tout ce que vous me dites de la compagnie indienne eſt bel et bon ; mais il eſt dur

de

de vendre sept cents francs ce qu'on a acheté quatorze
cents. Voilà le nœud, voilà le mal, et ce mal n'est 1761.
pas le seul.

Comme j'ai aujourd'hui quinze lettres à écrire, et
Pertharite à achever, je m'arrache au doux plaisir
d'écrire à mes anges, et je finis en remerciant M. le
comte de *Choiseul* pour la dame *du Frenoy* qui est
grosse comme la tonne d'Heidelberg.

Est-il vrai que frère *Menou* soit condamné aux
galères par le parlement de Nancy ? cela serait
curieux ; mais il y a peu de ports de mer en Lorraine.

Voilà donc monsieur l'abbé coadjuteur, grand
chambrier. Les jésuites lui doivent un compliment.

Mille tendres respects.

L E T T R E C.

A M. V E R N E S, *à Séligny.*

A Ferney, le 25 d'auguste.

JE suis très-fâché, Monsieur, que vous soyez si
éloigné de moi. Vous devriez bien venir coucher à
Ferney, quand vous ne prêchez pas : il ne faut pas
être toujours avec son troupeau ; on peut venir voir
quelquefois les bergers du voisinage.

Je n'ai point lu l'*Ame* de M. *Charles Bonnet* (*) ;
il faut qu'il y ait une furieuse tête sous ce bonnet-là,
si l'ouvrage est aussi bon que vous le dites. Je ferai
fort aise qu'il ait trouvé quelques nouveaux mémoires

(*) *Essai analytique sur les facultés de l'ame.*

Corresp. générale.   Tome VI.   O

1761.

—— fur l'ame : le troifième chant de *Lucrèce* me paraiffait avoir tout épuifé. Je n'ai pas trop actuellement
le temps de lire des livres nouveaux.

A l'égard de meffieurs les traducteurs anglais, ils
fe preffent trop. Ils voulaient commencer par l'Effai
fur les mœurs ; on leur a mandé de n'en rien faire,
attendu que *Gabriel Cramer* et *Philibert Cramer* vont
en donner une nouvelle édition un peu plus curieufe
que la première. On n'avait donné que quelques
foufflets au genre-humain, dans ces archives de nos
fottifes, nous y ajouterons force coups de pied dans
le derrière : il faut finir par dire la vérité dans
toute fon étendue. Si vous veniez chez moi, je
vous ferais voir un petit manufcrit indien de trois
mille ans, qui vous rendrait très-ébahi.

Venez voir mon églife ; elle n'eft pas encore
bénite, et on ne fait encore fi elle eft calvinifte ou
papifte. En attendant, j'ai mis fur le frontifpice :
DEO SOLI. Voyez fi vos damnés de camarades ne
devraient pas avoir plus de tendreffe pour moi qu'ils
n'en ont. Votre plaifant arabe m'a abandonné tout
net, depuis qu'il eft de la barbare compagnie ; il
fuffit d'entrer là pour avoir l'ame coriace. Ne vous
avifez jamais d'endurcir votre joli petit caractère
quand vous ferez de la vénérable.

Je vous embraffe en DEO SOLO.

Mes complimens à madame de *Volmar* et à fon
faux germe.

LETTRE CI.

A M. LE COMTE DE SCHOUVALOF.

Ferney, 26 d'augufte.

MONSIEUR,

CE fera pour moi un honneur infini, un grand encouragement pour les arts que vous protégez, et pour la jeune héritière du nom de *Corneille*, qu'on puiffe voir à la tête des foufcriptions le nom de votre augufte fouveraine et le vôtre. Je crois vous avoir déjà mandé que le roi de France foufcrit pour la valeur de deux cents exemplaires, et plufieurs princes à proportion. Je me fais une joie extrême de voir cette entreprife honorable fecondée par le *Mécène* de la Ruffie.

Ce travail ne m'empêchera pas d'amaffer toujours des matériaux pour votre monument. Je ne rebuterai rien, dans l'efpérance de trouver quelque chofe d'utile dans le fatras des plus grandes inutilités. Je fuis trompé quelquefois dans mon calcul : j'acquiers quelquefois de gros paquets de manufcrits où je ne trouve rien du tout, d'autres qui ne font remplis que de fatires et d'anecdotes fcandaleufes que je ne manque pas de jeter au feu, de peur qu'après moi quelque libraire n'en faffe ufage. Heureufement, toutes ces fatires n'étaient que manufcrites ; et, s'il en eft quelques-unes qui aient échappé à mes recherches, elles ne feront pas fortune.

O 2

Ma fanté ne me permet prefque plus de fortir de chez moi : la confolation de mes dernières années fera uniquement de travailler pour vous ; car je compte que *Corneille* ne me coûtera pas plus de quatre à cinq mois : difpofez de tout le refte de mes momens. Nous ne tariffons point fur le compte de votre Excellence , M. de *Soltikof* et moi ; nous ne parlons de vous qu'avec enthoufiafme. Le cardinal *Paffionei* était le feul homme en Europe qui vous reffemblât : nous venons de le perdre. Il ne refte que vous en Europe qui donniez aux arts une protection diftinguée, conftante et éclairée ; et je vous regarde, après *Pierre le grand* , comme l'homme qui fait le plus de bien à votre nation.

J'ai l'honneur d'être , &c.

LETTRE CII.

A MADEMOISELLE CLAIRON.

27 d'augufte.

JE me hâte de vous répliquer, Mademoifelle. Je m'intéreffe autant que vous à l'honneur de votre art ; et , fi quelque chofe m'a fait haïr Paris et détefter les fanatiques , c'eft l'infolence de ceux qui veulent flétrir les talens. Lorfque le curé de Saint-Sulpice, *Languet*, le plus faux et le plus vain de tous les hommes, refufa la fépulture à mademoifelle *le Couvreur* qui avait légué mille francs à fon églife , je dis à tous vos camarades affemblés qu'ils n'avaient qu'à déclarer qu'ils n'exerceraient plus leur profeſſion, juſqu'à ce qu'on eût traité les penſionnaires du roi comme les autres citoyens qui n'ont pas l'honneur d'appartenir au roi. Ils me le promirent, et n'en firent rien. Ils préférèrent l'opprobre avec un peu d'argent, à un honneur qui leur eût valu davantage.

Ce pauvre *Huern* vous a porté un coup terrible en voulant vous ſervir ; mais il ſera très-aiſé aux premiers gentilshommes de la chambre de guérir cette bleſſure. Il y a une ordonnance du roi, de 1641, concernant la police des ſpectacles, par laquelle il eſt dit expreſſément : *Nous voulons que l'exercice des comédiens, qui peut divertir innocemment nos peuples (c'eſt-à-dire, détourner nos peuples de diverſes occupations mauvaiſes), ne puiſſe leur être imputé à blâme, ni préjudicier à leur réputation dans le commerce public.*

Et dans un autre endroit de la déclaration, il eſt dit que, s'ils choquent les bonnes mœurs ſur le théâtre, ils feront notés d'infamie.

Or, comme un prêtre ferait noté d'infamie s'il choquait les bonnes mœurs dans l'égliſe, et qu'un prêtre n'eſt point infame en rempliſſant les fonctions de ſon état, il eſt évident que les comédiens ne font point infames par leur état, mais qu'ils font, comme les prêtres, des citoyens payés par les autres citoyens pour parler en public, bien ou mal.

Vous remarquerez que cette déclaration du roi fut enregiſtrée au parlement.

Il ne s'agit donc que de la faire renouveler. Le roi peut déclarer que, ſur le compte à lui rendu par les quatre premiers gentilshommes de ſa chambre,

—— et fur fa propre expérience que jamais fes comédiens n'ont contrevenu à la déclaration de 1641, il les maintient dans tous les droits de la fociété, et dans toutes les prérogatives des citoyens attachés particulièrement à fon fervice ; ordonnant à tous fes fujets, de quelque état et condition qu'ils foient, de les faire jouir de tous leurs droits naturels et acquis, en tant que befoin fera. Le roi peut aifément rendre cette ordonnance, fans entrer dans aucun des détails qui feraient trop délicats.

Après cette déclaration, il ferait fort aifé de donner ce qu'on appelle les honneurs de la fépulture, malgré la prêtraille, au premier comédien qui décéderait. Au refte, je compte faire ufage des décifions de monfignor *Ceratti*, confefleur de *Clément XII*, dans mes notes fur *Corneille*.

Venons maintenant aux pièces que vous jouerez cette automne. Vous faites très-bien de commencer par celle de M. *Cordier* : il ne faut pas laffer le public, en le bourrant continuellement des pièces du même homme. Ce public aime paffionnément à fiffler le même rimailleur qu'il a applaudi ; et tout l'art de mademoifelle *Clairon* n'ôtera jamais au parterre cette bonne volonté attachée à l'efpèce humaine.

Pour le Tancrède de *Prault*, il eft impertinent d'un bout à l'autre. Pour ce vers barbare :

Cher Tancrède, ô toi feul qui méritas ma foi.

quel eft l'ignorant qui a fait ce vers abominable ? quel eft l'allobroge qui a terminé un hémiftiche par le terme *feul* fuivi d'un *qui* ? Il faut ignorer les premières règles de la verfification pour écrire ainfi.

Les gens inftruits remarquent ces fottifes, et une ——
bouche comme la vôtre ne doit pas les prononcer. 1761.
Cela reffemble à ce vers :

    La belle Philis qui brûla pour Coridon.

    J'ai maintenant une grâce à vous demander : on
m'écrit qu'on vous a lu une comédie intitulée
l'Ecueil du fage, et que quelques-uns de vos camarades font courir le bruit que cette pièce eft de moi.
Vous fentez bien qu'étant occupé à des ouvrages qui
ont befoin de vos grands talens, je n'ai pas le temps
de travailler pour d'autres. Je ferais très-mortifié
que ce bruit s'accréditât, et je crois qu'il eft de votre
intérêt de le détruire. Votre comédie peut tomber;
et, fi la malice m'impute cet ouvrage, cela peut
faire grand tort à la tragédie à laquelle je travaille.
Parlez-en férieufement ; je vous en prie, à vos
camarades : je fuis très-réfolu à ne leur donner
jamais rien, fi on m'impute ce que je n'ai pas fait.
Ce qu'on peut hardiment m'attribuer, c'eft la plus
fincère admiration et le plus grand attachement
pour vous. *V.*

LETTRE CIII.

A M. LE COMTE D'ARGENTAL.

Ferney, 28 d'augufte.

MES anges verront que je ne fuis pas pareffeux;
ils s'amuferont de Polyeucte. Quand ils s'en feront
amufés, ils pourront le donner à monfieur le fecrétaire perpétuel, à condition que monfieur le fecrétaire
rendra à mes divins anges l'épître dédicatoire, le Cid,
Horace et Cinna. Mais vous verrez que l'académie
mettra beaucoup plus de temps à éplucher mes
Remarques, que je n'en ai mis à les faire.

Je crois malheureufement que l'entreprife ira à
dix volumes; cela me fait trembler: le temps devient
tous les jours moins favorable, mais je n'en travaillerai pas moins. M. de *Montmartel* me mande que
c'eft une opération de finance fort difficile. Il ne
veut pas même s'engager à donner des billets payables
dans neuf mois. Voilà ce que c'eft que d'être battu
dans les quatre parties du monde; cela ferre les
cœurs et les bourfes. Le public fait trop de commentaires fur la perte du Canada et des Indes orien-
tales, et fur les trois vingtièmes, pour fe foucier
beaucoup des Commentaires fur *Corneille*. Il me
femble que tout va de travers, hors ce qui dépend
uniquement de moi; cela n'eft pas modefte, mais
cela eft vrai. Je commence même à croire qu'un
certain drame ébauché fera un affez paffable effet au
théâtre, fi DIEU me prête vie.

Vous triomphez, vous m'avez remis tout entier
au tripot que j'avais abandonné ; mais je fuis toujours
épouvanté qu'on ait le front de s'amufer à Paris, et
d'aller au fpectacle, comme fi nous venions de faire
la paix de Nimègue.

Eft-il vrai qu'on va jouer une comédie moitié
bouffonne, moitié intéreffante, comme je les aime ?
eft-il vrai qu'elle eft de M. *le Gouz*, auditeur des
comptes de Dijon ? eft-il vrai qu'il y a un rôle
d'*Acante* que vous aimez autant que *Nanine* ? qui
joue ce rôle d'*Acante* ? eft-ce mademoifelle *Gauffin* ?
eft-ce mademoifelle *Hus* ?

Que devient votre humeur ? je vous connais une
humeur fort douce ; mais celle qui attaque les yeux
eft fort aigre. Tâchez donc d'être affez malade pour
venir vous faire guérir par *Tronchin* ; cela ferait
bien agréable. Je baife, en attendant, le bout des
ailes de mes anges.

LETTRE CIV.

AU MEME.

Ferney, 31 d'augufte.

ON eft un peu importun ; on préfente Pompée aux
anges, accompagné d'une lettre à monfieur le fecrétaire perpétuel, lequel a renvoyé les Horaces avec
quelques notes académiques. Mes anges font fuppliés
de donner Pompée avant Polyeucte. Je traite *Corneille*
tantôt comme un Dieu, tantôt comme un cheval

de carroffe ; mais j'adoucirai ma dureté en revoyant mon ouvrage. Mon grand objet, mon premier objet eft que l'académie veuille bien lire toutes mes obfervations, comme elle a lu celles des Horaces: cela feul peut donner à l'ouvrage une autorité qui en fera un ouvrage claffique. Les étrangers le regardent comme une école de grammaire et de poëfie.

Mes anges rendront un vrai fervice à la littérature et à la nation, s'ils engagent tous leurs amis de l'académie, et les amis de leurs amis, à prendre mon entreprife extrêmement à cœur. Il faut tâcher que tout le monde en foit auffi enthoufiafmé que moi. Rien ne fe fait fans un peu d'enthoufiafme.

Quand joue-t-on le Droit du feigneur, et qui joue? Tout va-t-il de travers comme de coutume?

LETTRE CV.

A M. DUCLOS.

31 d'augufte.

J'AI reçu, Monfieur, l'épître dédicatoire, la préface fur le Cid, et les Remarques fur les Horaces. Je crois que l'académie rend un très-grand fervice à la littérature et à la nation, en daignant examiner un ouvrage qui a pour but l'honneur de la France et de *Corneille*. Voilà la véritable fanction que je demande ; elle confifte à m'inftruire. Il faut toujours avoir raifon; et un particulier ne peut jamais s'en flatter. Je trouve toutes les notes fur mes obfervations très-judicieufes. Il n'en coûte qu'un mot dans vos affemblées;

et, fur ce mot, je me corrige fans difficulté et fans
peine : c'eft la feule façon de venir à bout de mon
entreprife. Je remercie infiniment la compagnie, et
je la conjure de continuer. Je lui envoie des chofes
un peu indigeftes ; mais, fur fes avis, tout fera
arrangé, foigné pour le fond et pour la forme ; et
je ne ferai rien annoncer au public que quand
j'aurai foumis au jugement de l'académie les obfervations fur les principales pièces de *Corneille*. Plus
cet ouvrage eft attendu de tous les gens de lettres de
l'Europe, plus je crois devoir me conduire avec
précaution. Je ne prétends point avoir d'opinion à
moi ; je dois être le fecrétaire de ceux qui ont des
lumières et du goût. Rien n'eft plus capable de fixer
notre langue qui fe parle, à la vérité, dans l'Europe,
mais qui s'y corrompt. Le nom de *Corneille* et les
bontés de l'académie opéreront ce que je défire.

Quant aux honneurs qu'on rendait à ce grand-
homme, je fais bien qu'on battait des mains quelquefois quand il reparaiffait après une abfence :
mais on en a fait autant à mademoifelle *Camargo*.
Je peux vous affurer que jamais il n'eut la confidération qu'il devait avoir. J'ai vu, dans mon enfance,
beaucoup de vieillards qui avaient vécu avec lui :
mon père, dans fa jeuneffe, avait fréquenté tous les
gens de lettres de ce temps ; plufieurs venaient encore
chez lui. Le bon homme *Marcaffus*, fils de l'auteur
de l'*Hiftoire grecque*, avait été l'ami de *Corneille*.
Il mourut chez mon père, à l'âge de quatre-vingt-
quatre ans. Je me fouviens de tout ce qu'il nous
contait, comme fi je l'avais entendu hier. Soyez
fûr que *Corneille* fut négligé de tout le monde, dans

1761.

les dernières vingt années de fa vie. Il me femble que j'entends encore ces bons vieillards *Marcaffus*, *Réminiac*, *Tauvières*, *Régnier*, gens aujourd'hui très-inconnus, en parler avec indignation. Eh, ne reconnaiffez-vous pas là, Meffieurs, la nature humaine? le contraire ferait un prodige.

C'eft une raifon de plus pour vous intéreffer au monument que j'élève à fa gloire. Préfentez, je vous prie, Monfieur, mes remercîmens et mes refpects à la compagnie, &c.

LETTRE CVI.

A M. LE COMTE D'ARGENTAL.

5 de feptembre.

MES divins anges, quand vous voudrez des Commentaires cornéliens, vous n'avez qu'à tinter. M. de *la Marche* qui arrive ne m'empêchera pas de travailler. Je l'ai trouvé en très-bonne fanté. Il eft gai, il ne paraît pas qu'il ait jamais fouffert. Nous avons commencé par parler de vous; et j'interromps le torrent de nos paroles, pour vous le mander. Eft-il poffible que vous ne m'ayez pas mandé le miniftère de M. le comte de *Choifeul*, et que je l'apprenne par le public? Ah, mes anges, que je fuis fâché contre vous!

Toute votre cour de Parme foufcrit pour notre *Corneille*; votre prince, pour trente exemplaires. M. du *Tilleau*, M. le comte de *Rochechouart* foufcrivent. La lifte fera belle. Je voudrais favoir comment vous avez trouvé la lettre à mon cicéronien *Olivet*.

Vous doutiez-vous que le germe d'*Andromaque* fût dans *Pertharite* ? Il y a des chofes curieufes à dire fur les pièces les plus délaiffées. L'ouvrage devient immenfe ; mais, malgré cela, j'efpère qu'il fera très-utile. Il fera dix volumes in 4°, ou treize in 8°. N'importe, je travaillerai toujours, et les *Cramer* s'arrangeront comme ils pourront et comme ils voudront.

Y a-t-il quelque nouvelle du Droit du feigneur ? M. *le Gouz* vous enverra une plaifante préface.

Mes anges, je baife le bout de vos ailes.

LETTRE CVII.

A M. DAMILAVILLE.

Le 7 de feptembre.

COMMENT, morbleu ! frère *Damilaville*, qui eft à la tête de trente bureaux, fe donne de la peine pour les frères, fe trémouffe, écrit, et frère *Thiriot*, qui n'a rien à faire, ne nous donne pas la moindre nouvelle !... il écrit une fois en un mois !... Quel pareffeux nous avons-là ! vive frère *Damilaville* !

Un de nos frères m'a régalé d'un gros paquet qui contient un gros poëme en cinq gros chants, intitulé *la Religion d'accord avec la raifon*. Je ne doute en aucune manière de cet accord ; mais les frères me condamnent-ils à lire tant de vers fur une chofe dont je fuis fi perfuadé ? Je n'ai pas un moment à moi, et ma faible fanté ne me permet

—— pas une correfpondance bien étendue. L'auteur,

1761. nommé M. *Dupleffis de la Hauterive*, eft fans doute connu de mes frères. Je les fupplie de me plaindre et de m'excufer auprès de M. de *la Hauterive ;* je mets cela fur leur confcience.

Frère *Thiriot* ne me mande point comment on a diftribué les rôles de la pièce de M. *le Gouz*. Ce n'eft pas que je m'en foucie; mais ce M. *le Gouz* eft un homme très-vif et très-impatient. J'ai fouvent des difputes avec lui. Il veut bien qu'une comédie intéreffe ; mais il prétend qu'il doit toujours y avoir du plaifant. Il m'a prefque converti fur cet article, et je commence à croire qu'on a befoin de rire.

Je me pláins de *Thiriot*, màis mon académicien de Dijon fe plaindra bien davantage, fi les comédiens ajoutent la moindre chofe au Droit du feigneur. Ils le gâteraient infailliblement, comme ils gâtèrent l'Enfant prodigue. Je ferai plus inflexible pour les ouvrages de mes amis que je ne l'ai été pour les miens. On a fait tout ce qu'on a pu, dans Tancrède, pour me rendre ridicule; je ne fouffrirai pas qu'on en ufe ainfi avec mon petit académicien.

J'ai chez moi l'abbé *Coyer*. Je fuis encore à concevoir les raifons pour lefquelles on l'a fait voyager quelque temps ; il faut que j'aye l'efprit bien bouché.

Je m'unis toujours aux prières des frères, et je falue avec eux l'Etre des êtres.

LETTRE CVIII. 1761.

A M. LE COMTE D'ARGENTAL.

7 de septembre.

Mes divins anges, la nouvelle du ministère de M. le comte de *Choiseul* n'est donc pas vraie, puisque vous ne m'en parlez pas dans votre lettre terrible, du 21 d'auguste. Je lui ai fait mon compliment sur la foi des gazettes. Si la nouvelle est fausse, mon compliment subsiste toujours, comme dit *Dacier*; ma remarque, dit-il, peut être trouvée mauvaise; mais elle restera.

Mes chers anges, il est vrai qu'il y a un *le Gouz* à Dijon, parent de M. de *la Marche*. Fesons donc comme *Nollet* qui avait imaginé une madame *Truchot*, avec laquelle il couchait régulièrement : quand il l'eut vue, il lui dit, pour s'excuser, qu'il n'y coucherait plus. J'ai demandé à M. de *la Marche* le nom de quelques académiciens de Dijon, mes confrères; il m'a nommé un *Picardet*. *Picardet* me paraît mon affaire. Je veux que *Picardet* soit l'auteur du Droit du seigneur. *Picardet* est mon homme. Voici donc la Préface de *Picardet* (*); puisse-t-elle amuser mes anges!

Je vous dis, moi, qu'il y a plus de trente fautes dans l'édition de *Prault*; que *Prault* fils est un franc fieux; et, s'il vous plaît, pourquoi prenez-vous son parti? que vous importe? en quoi, mes anges, les négligences de *Prault* peuvent-elles retomber sur vous? qu'a de commun *Prault* avec mes anges?

(*) On n'a point trouvé cette préface.

1761.

C'eft, ce me femble, mademoifelle *Quinault* qui me retrancha de l'Enfant prodigue des vers que madame de *Pompadour* voulut abfolument dire quand elle le joua, et que tout le monde comique veut réciter. Qu'eft-ce que cela vous fait? pour Dieu, laiffez-moi crier fur mes vers.

> Paris eft au roi,
> Mes vers font à moi;
> Je veux m'en réjouir,
> Selon mon plaifir,

Vous me mandez douze, Parme dit trente; voici le nœud: c'eft, à ce que je préfume, qu'on avait d'abord dit douze, et qu'enfuite on a eu la noble vanité des trente. Puiffe mon Commentaire ne pas aller à trente volumes; mais je vois qu'il fera prolixe. Les *Cramer* feront tout comme ils voudront: les détails me pilent, comme dit *Montagne.*

Songez que j'ai trente-deux pièces à commenter, dont dix-huit inlifibles; plaignez-moi, encouragez-moi, ne me grondez pas, et aimez votre créature qui baife le bout de vos ailes. *V.*

LETTRE

LETTRE CIX.

A M. DE BURIGNY.

A Ferney, le 12 de feptembre.

J'AI reçu fort tard le *Bénigne Boffuet* dont vous m'avez honoré ; je vous en fais mon très-fincère remercîment le plutôt que je peux. J'aime fort les pères de l'Eglife, et furtout celui-là, parce qu'il eft bourguignon, et que j'ai à préfent l'honneur de l'être ; de plus il eft très-éloquent. Ses *Oraifons funèbres* font de belles déclamations. Je fuis feulement fâché qu'il ait tant loué le chancelier *le Tellier* qui était un fi grand fripon. Son *Hiftoire* particulière de trois ou quatre nations, qu'il appelle *univerfelle*, eft d'un génie plein d'imagination. Il a fait ce qu'il a pu pour donner quelque éclat à ce malheureux petit peuple juif, le plus fot et le plus méprifable de tous les peuples.

Vous avouez que ce père de l'Eglife a été un peu *mauléonifte*, et cela fuffit. Si d'ailleurs vous croyez qu'il ait reffemblé à quelques médecins qui croient à la médecine, je vous trouve bien bon et bien honnête. Sa conduite avec M. de *Fénélon* n'eft pas d'un homme aifé à vivre ; et il faut avoir le diable au corps pour tant crier contre l'aimable auteur du *Télémaque*, qui s'imaginait qu'on pouvait aimer DIEU pour lui-même.

Au refte, je fais plus de cas de *Porphyre*, et je

Correfp. générale. Tome VI. P

vous remercie en particulier d'avoir traduit son livre
contre les gourmands : j'espère qu'il me corrigera.

J'ai l'honneur d'être de tout mon cœur, &c.

LETTRE CX.

A M. LE COMTE D'ARGENTAL.

14 de septembre.

Dès que je sus que mes anges avaient fait consulter M. *Tronchin*, je fus un peu alarmé. J'écrivis ;
voici sa réponse ; elle est bonne à montrer au docteur *Fournier* ; il n'en sera pas mécontent. Que mes
anges ne soient pas surpris de l'étrange adresse.
Viro immortali veut dire qu'on vit long-temps quand
on suit ses conseils, et *Deo immortali* est une allusion à l'inscription que j'ai mise sur le fronton de
mon église, *Deo erexit Voltaire*. Ma prière est *vivat
d'Argental*.

Vous êtes bien bon d'envoyer votre billet aux
Cramer. Ont-ils besoin de votre billet ?

Et moi, bien bon d'avoir cru M. le comte de
Choiseul ministre d'Etat, quand vous ne m'en disiez
rien. Je m'en réjouissais ; je ne veux plus rien croire,
si cela n'est pas vrai.

Si mademoiselle *Gauffin* a encore un visage,
Acante est fort bien entre ses mains, et tout est fort
bien distribué. M. *Picardet* sera fort bien joué. Que
dites-vous de la préface du sieur *Picardet* ? ne l'enverrez-vous pas à frère *Damilaville* ? Il a un excellent

fermon qu'il montrera à mes anges pour les réjouir. ———
M. de *la Marche* a été d'une humeur charmante;
il n'y paraît plus. C'eft de plus une belle ame; c'eft
dommage qu'il ait certains petits préjugés de bonne
femme.

Daignez, mes anges, envoyer l'inclufe au fecrétaire perpétuel, après l'avoir lue. *Zarucma !* Quel
nom ! d'où vient-il ? le père de *Zarucma* n'eft-il pas
M. *Cordier* ? Il eft vrai que *Zarucma* ne rime pas
à fifflet ; mais il peut les attirer. Zulime au moins
eft plus doux à l'oreille. Nous nous mîmes quatre
à lire Zulime à M. de *la Marche*. Il avait un préfident avec lui qui dormit pendant toute la pièce,
comme s'il avait été au fermon ou à l'audience ;
ainfi il ne critiqua point. M. de *la Marche* fut
ému, attendri, pleura ; et quand madame *Denis*
s'écria en pleurant : *j'en fuis indigne*, il n'y put pas
tenir. Je fus touché auffi ; je dis : Zulime confolera
Clairon de *Zarucma*.

Je vous avais dit que j'étais content de M. de
Montmartel. Point ; j'en fuis mécontent : il ne veut
pas avancer trois cents louis. Le contrôleur général
propofe des effets royaux, des feuilles de chêne ;
nous aurons du bruit.

La paix ! il n'y aura point de paix. C'eft un labyrinthe dont on ne peut fe tirer. Ah, pauvres Français !
réjouiffez-vous ; car vous n'avez pas le fens d'une
oie.

Divins anges, je baife le bout de vos ailes.

LETTRE CXI.

A M. DUCLOS.

14 de septembre.

Je commence par remercier ceux qui ont eu la bonté de mettre en marge des notes sur mes notes. Je n'ai l'édition in-folio de 1664 que depuis huit jours.

J'ai commencé toutes mes observations sur l'édition très-rare de 1644, dans laquelle *Corneille* inséra tous les passages imités des Latins et des Espagnols.

Ces observations, écrites assez mal de ma main au bas des pages, ont été transcrites encore plus mal sur les cahiers envoyés à l'académie.

Il n'est pas douteux que je ne suive dorénavant l'édition de 1664. Cette petite édition de 1644 ne contient que Médée, le Cid, Pompée et le Menteur, avec la Suite du Menteur.

A-t-on pu douter si j'imprimerais les sentimens de l'académie sur le Cid?

... Ella misma riquirio al rey que se le diesse por marido. Et vous dites qu'il n'y a pas là d'alternative! Vous avez raison; mais lisez ce qui suit.

... Ea estava muy prendada de sus partes. Voilà nos parties.

... Ole castigasse conforme a las leyes : et voilà votre alternative.

Comptez que je serai exact.

1761.

Je fuis bien aife d'avoir envoyé et foumis à l'examen mes obfervations, tout informes qu'elles font, 1°. parce que vos réflexions m'en feront faire de nouvelles ; 2°. parce que le temps preffe, et que, fi j'avais voulu limer, polir, achever avant d'avoir confulté, j'aurais attendu un an, et je n'aurais été sûr de rien ; mais en envoyant mes efquiffes, et en en recevant les critiques de l'académie, je vois la manière dont on penfe, je m'y conforme, je marche d'un pas plus sûr.

Il y avait dans mes petits papiers : *L'abbé d'Aubignac, favant fans génie, et la Motte, homme d'efprit fans érudition, ont voulu faire des tragédies en profe.* Un jeune homme du métier, qui a copié cela, s'eft diverti à ôter le génie à *la Motte*, et je ne m'en fuis aperçu que quand on m'a renvoyé mon cahier.

Il y a fouvent des notes trop dures ; je me fuis laiffé emporter à trop d'indignation contre les fadeurs de *Céfar* et de *Cléopâtre* dans Pompée, et contre le rôle de *Félix* dans Polyeucte. Il faut être jufte, mais il faut être poli, et dire la vérité avec douceur.

N. B. Je fuis à Ferney, à deux lieues de Genève. Les *Cramer* préparent tout pour l'édition, et je travaille autant que ma fanté peut me le permettre.

Ils ne donneront leur programme que lorfqu'ils commenceront à imprimer ; ils n'imprimeront que quand les eftampes feront affez avancées pour que rien ne languiffe.

J'ai peur qu'il n'y ait quatorze volumes in-8°, avec trente-trois eftampes. Deux louis, c'eft trop peu ; mais les *Cramer* n'en prendront jamais davantage ;

—— le bénéfice ne peut venir que du roi, de la czarine,
1761. du duc de Parme, de nos princes, &c, comme je
l'ai déjà mandé. Si mes refpectables et bons confrères
veulent continuer à me marginer, tout ira bien.
Refpects et remercîmens.

LETTRE CXII.

A MADAME

LA MARQUISE DU DEFFANT.

Ferney, 16 de feptembre.

PUISQUE vous aimez l'hiftoire, Madame, je vous
envoie cinq cahiers de la nouvelle édition de l'Effai
fur les mœurs, &c. Vous y verrez des chofes bien
fingulières, et entre autres l'extrait d'un livre indien
qui eft peut-être le plus ancien livre qui foit au
monde. J'ai envoyé le manufcrit à la bibliothéque
du roi; je ne crois pas qu'il y ait un monument
plus curieux. Quand vous m'aurez rendu mes cinq
cahiers, je vous en choifirai d'autres. Cette nouvelle édition ne m'empêche pas de travailler à
Pierre Corneille. J'efpère, en confultant l'académie,
faire un ouvrage utile. Je me fens déjà toute la
pefanteur d'un commentateur.

Ce n'eft pas feulement, Madame, parce que je
pofsède le don d'ennuyer, comme tous ces meffieurs,
que je vous écris une fi courte lettre, mais c'eft
réellement parce que je n'ai pas un moment de
loifir. Comptez qu'il n'y a que la retraite qui foit

le féjour de l'occupation. Si mes travaux pouvaient
contribuer à vous délaſſer quelques momens, je 1761.
ferais encore plus pédant que je ne fuis.

Vous me demandez ce que fera le Commentaire
de *Corneille ;* il fera une bibliothéque de douze à
treize volumes avec des eſtampes ; il ne coûtera
que deux louis, parce que je veux que les pauvres connaiſſeurs le liſent, et que les rois le payent.

Adieu, Madame ; fupportez la vie et le fiècle.
Quand vous vous faites lire, ayez foin qu'on vous
liſe d'abord les notes marginales qui indiquent les
matières ; vous choififfez alors ce qui vous plaît,
et vous évitez l'ennui.

Je vous demande un peu d'attention pour l'*Ezour-
Veidam.* Mille tendres refpects.

LETTRE CXIII.

A M. DUCLOS.

Ferney, 19 de feptembre.

JE vous demande en grâce, Monfieur, de vouloir bien engager nos confrères à daigner lire les
corrections, les explications, les nouveaux doutes
que vous trouverez dans le commentaire de Cinna.
Vous vous intéreſſez à cet ouvrage : je fais combien il eſt important que je ne hafarde rien fans
vos avis. M. le duc de *Villars* eſt chez moi. Je
ne connais perfonne qui ait fait une étude plus
réfléchie du théâtre que lui. Il fent, comme moi,

combien ces remords font peu naturels, et par conféquent peu touchans, après que *Cinna* s'eft affermi
dans fon crime, et dans une fourberie auffi réfléchie que lâche, qui exclut tout remords. Il eft
perfuadé, avec moi, que ces remords auraient produit un effet admirable, s'il les avait eus quand
il doit les avoir, quand *Augufte* lui dit qu'il par-
tagera l'empire avec lui, et qu'il lui donne *Emilie*.
Ah! fi, dans ce moment-là même, *Cinna* avait paru
troublé devant *Augufte*; fi *Augufte* enfuite, fe fou-
venant de cet embarras, en eût tiré un des indices
de la confpiration, que de beautés vraies! que de
belles fituations un fentiment fi naturel eût fait
naître!

Nous devons de l'encens à *Corneille*, et affurément je lui en donne; mais nous devons au public
des vérités et des inftructions. Je vous demande
en grâce de m'aider; le fardeau eft immenfe, je
ne peux le porter fans fecours. Je vous importune
beaucoup; je vous importunerai encore davantage.
Je vous demande la plus grande patience et les
plus grandes bontés. L'Europe attend cet ouvrage.
On foufcrit en Allemagne, en Angleterre; l'impératrice de Ruffie pour deux cents exemplaires, comme
le roi. Je vous conjure de me mettre en état de
répondre à des empreffemens fi honorables. Préfentez à l'académie mes refpects, ma reconnaiffance
et ma foumiffion, et renvoyez-moi ce manufcrit;
c'eft la feule pièce que j'aye.

LETTRE CXIV.

A M. LE COMTE DE SCHOUVALOF.

Ferney, 19 de feptembre.

MONSIEUR,

Les mânes de *Corneille*, fa petite-fille et moi, nous vous préfentons les mêmes remercîmens, et nous nous mettons tous aux pieds de votre augufte impératrice. Voici les derniers temps de ma vie confacrés à deux *Pierre* qui ont tous deux le nom de grand. J'avoue qu'il y en a un bien préférable à l'autre. Cinq ou fix pièces de théâtre, remplies de beautés avec des défauts, n'approchent certainement pas de mille lieues de pays policées, éclairées et enrichies.

Je fuis très-obligé à votre Excellence de m'avoir épargné des batailles avec des allemands. J'emploierai à fervir fous vos étendards le temps que j'aurais perdu dans une guerre particulière. Vous pouvez compter que je mettrai toute l'attention dont je fuis capable dans l'emploi des matériaux que vous m'avez envoyés, et que les deux volumes feront abfolument conformes à vos intentions. Plus je vois aujourd'hui de campagnes dévaftées, de pays dépeuplés, et de citoyens rendus malheureux par une guerre qu'on pouvait éviter, plus j'admire un homme qui, au milieu de la guerre même, a été

fondateur et législateur, et qui a fait la plus honorable et la plus utile paix. Si *Corneille* vivait,
il aurait mieux célébré que moi *Pierre le grand;*
il eût plus fait admirer ses vertus, mais il ne les
aurait pas senties davantage. Je suis plus que jamais
convaincu que toutes les petites faiblesses de l'humanité, et les défauts qui sont le fruit nécessaire
du temps où l'on est né, et de l'éducation qu'on
a reçue, doivent être éclipsés et anéantis devant
les grandes vertus que *Pierre le grand* ne devait
qu'à lui-même, et devant les travaux héroïques
que ses vertus ont opérés. On ne demande point,
en voyant un tableau de *Raphaël*, ou une statue de
Phidias, si *Phidias* et *Raphaël* ont eu des faiblesses;
on admire leurs ouvrages, et on s'en tient là. Il
doit en être ainsi des belles actions des héros.

Je ne m'occupe du Commentaire sur *Corneille* avec
plaisir que dans l'espérance qu'il rendra la langue
française plus commune en Europe, et que la
vie de *Pierre le grand* trouvera plus de lecteurs.
Mon espérance est fondée sur l'attention scrupu-
leuse avec laquelle l'académie française revoit mon
ouvrage. C'est un moyen sûr de fixer la langue, et
d'éclaircir tous les doutes des étrangers. On parlera le français plus facilement, grâce aux soins
de l'académie; et la langue dans laquelle *Pierre le
grand* sera célébré comme il le mérite, en sera plus
agréable à toutes les nations. Je me hâte de dépêcher
le Cid et Cinna, afin d'être tout entier à Pultava
et à Pétersbourg. Je ne demande que trois mois
pour achever le *Corneille*, après quoi, tout le reste
de ma vie est à *Pierre le grand* et à vous.

LETTRE CXV.

A M. DE CIDEVILLE.

A Ferney, ce 23 de septembre.

Mon ancien camarade, mon cher ami, nous recevrons toujours à bras ouverts quiconque viendra de votre part. Il est vrai que nous aimerions bien mieux vous voir que vos ambassadeurs ; mais ma faible santé me retient dans la retraite que j'ai choisie. Je viens de bâtir une église où j'aurai le ridicule de me faire enterrer ; mais j'aime bien mieux le monument que j'érige à *Corneille*, votre compatriote. Je suis bien aise que l'indifférent *Fontenelle* m'ait laissé le soin de *Pierre* et de sa nièce ; l'un et l'autre amusent beaucoup ma vieillesse. Je vous exhorte à lire Pertharite avec attention. Lisez du moins le second acte et quelque chose du troisième. Vous serez tout étonné de trouver le germe entier de la tragédie d'Andromaque, les mêmes sentimens, les mêmes situations, les mêmes discours. Vous verrez un *Grimoald* jouer le rôle de *Pyrrhus*, avec une *Rodelinde* dont il a vaincu le mari qu'on croit mort. Il quitte son *Edvige* pour *Rodelinde*, comme *Pyrrhus* abandonne son *Hermione* pour *Andromaque*. Il menace de tuer le fils de sa *Rodelinde*, comme *Pyrrhus* menace *Astyanax*. Il est violent, et *Pyrrhus* aussi. Il passe de *Rodelinde* à *Edvige*, comme *Pyrrhus* d'*Andromaque* à *Hermione*.

Il promet de rendre le trône au petit *Rodelinde* : *Pyrrhus* en fait autant, pourvu qu'il foit aimé. *Rodelinde* dit à *Grimoald*, (fcène **V** du **II** acte.)

N'imprime point de tache à tant de renommée, &c.

Andromaque dit à *Pyrrhus* :

Faut-il qu'un fi grand cœur montre tant de faibleffe,
Et qu'un deffein fi beau, fi grand, fi généreux,
Paffe pour le tranfport d'un efprit amoureux ?

Ce n'eft pas tout ; *Edvige* a fon *Orefte*. Enfin *Racine* a tiré tout fon or du fumier de *Pertharite*, et perfonne ne s'en était douté, pas même *Bernard de Fontenelle* qui aurait été bien charmé de donner quelques légers coups de patte à *Racine*.

Vous voyez, mon cher ami, qu'il y a des chofes curieufes jufque dans la garde-robe de *Pierre*. La comparaifon que je pourrai faire de lui et des anglais ou des efpagnols qui auront traité les mêmes fujets, fera peut-être agréable. A l'égard des bonnes pièces, je ne fais aucune remarque fur laquelle je ne confulte l'académie. Je lui ai envoyé toutes mes notes fur le Cid, les Horaces, Pompée, Polyeucte, Cinna, &c. Ainfi mon Commentaire pourra être à la fois un art poëtique et une grammaire.

Il n'eft queftion que du théâtre. Je laiffe là l'*Imitation de Jéfus-Chrift*, et je m'en tiens à l'imitation de *Sophocle*. Vous me ferez pourtant plaifir de m'envoyer la defcription du presbytère d'Enouville. Je ne crois pas que je chante jamais les presbytères

de mes curés; je leur conseille de s'adresser à
leurs grenouilles; mais je pourrais bien chanter une 1761.
jolie église que je viens de bâtir, et un théâtre que
j'achève. Je vous prie, mon cher ami, si vous m'envoyez ce presbytère, de me l'adresser à Versailles,
chez M. de *Chenevières*, premier commis de la
guerre, qui me le fera tenir avec sureté.

On va reprendre encore Oreste à la comédie française. Il est vrai que j'ai bien fortifié cette pièce,
et qu'elle en avait besoin. Mais enfin j'aime à
voir la nation redemander une tragédie grecque
sans amour, dans laquelle il n'y a point de partie
carrée ni de roman.

Adieu ; je vous embrasse. Pourriez-vous me dire
quel est un monsieur *P. T. N. G.* à qui *Corneille*
dédie sa *Médée* ?

LETTRE CXVI.

A M. LE COMTE DE SCHOUVALOF.

25 de septembre.

MONSIEUR,

J'AI reçu, par M. de *Soltikof*, les manuscrits que
votre Excellence a bien voulu m'envoyer, et les
sieurs *Cramer*, libraires de Genève, qui vont imprimer les œuvres et les commentaires de *Pierre Corneille*,
ont reçu la souscription dont sa Majesté impériale
daigne honorer cette entreprise. Ainsi chacun a

reçu ce qui eſt à ſon uſage ; moi, des inſtructions ; et les libraires, des ſecours.

Je vous remercie, Monſieur, des uns et des autres, et je reconnais votre cœur bienfeſant et votre eſprit éclairé dans ces deux genres de bienfaits.

J'ai déjà eu l'honneur de vous écrire par la voie de Strasbourg, et j'adreſſe cette lettre par M. de *Soltikof*, qui ne manquera pas de vous la faire rendre. Ce ſera, Monſieur, une choſe éternellement honorable pour la mémoire de *Pierre Corneille* et pour ſon héritière, que votre auguſte impératrice ait protégé cette édition autant que le roi de France. Cette magnificence, égale des deux côtés, ſera une raiſon de plus pour nous faire tous compatriotes. Pour moi, je me crois de votre pays, depuis que votre Excellence veut bien entretenir avec moi un commerce de lettres. Vous ſavez que je me partage entre les deux *Pierre* qui ont tous deux le nom de grand ; et ſi je donne à préſent la préférence au Cid et à Cinna, je reviendrai bientôt à celui qui fonda les beaux-arts dans votre patrie.

J'avoue que les vers de *Corneille* ſont un peu plus ſonores que la proſe de votre allemand, dont vous voulez bien me faire part ; peut-être même eſt-il plus doux de relire le rôle de *Cornélie*, que d'examiner avec votre profond ſavant ſi *Jean Gutmanſeths* était médecin ou apothicaire, ſi ſon confrère *van-Gad* était effectivement hollandais, comme ce mot *van* le fait préſumer, ou s'il était né près de la Hollande. Je m'en rapporte à l'érudition du critique, et je le ſupplierai, en temps et lieu, de vouloir bien éclaircir à fond ſi c'était

un crapaud ou une écreviffe, qu'on trouva fufpendu ——
au plafond de la chambre de ce médecin, quand   1761.
les ſtrélitz l'affaffinèrent.

Je ne doute pas que l'auteur de ces remarques
intéreffantes, et qui font abfolument néceffaires
pour l'Hiftoire de *Pierre le grand*, ne foit lui-même
un hiftorien très-agréable; car voilà précifément
les détails dans lefquels entrait *Quinte-Curce* quand
il écrivait l'hiftoire d'*Alexandre*. Je foupçonne ce
favant allemand d'avoir été élevé par le chapelain
Norberg, qui a écrit l'hiftoire de *Charles XII* dans
le goût de *Tacite*, et qui apprend à la dernière
poftérité qu'il y avait des bancs couverts de drap
bleu au couronnement de *Charles XII*. La vérité
eft fi belle, et les hommes d'Etat s'occupent fi
profondément de ces connaiffances utiles, qu'il
n'en faut épargner aucune au lecteur. A parler
férieufement, Monfieur, j'attends de vous de véritables mémoires fur lefquels je puiffe travailler. Je
ne me confolerai point de n'avoir pas fait le voyage
de Pétersbourg, il y a quelques années. J'aurais plus
appris de vous dans quelques heures de converfation, que tous les compilateurs ne m'en apprendront
jamais. Je prévois que je ne laifferai pas d'être un
peu embarraffé. Les rédacteurs des mémoires qu'on
m'a envoyés fe contredifent plus d'une fois, et il
eft auffi difficile de les concilier que d'accorder des
théologiens. Je ne fais fi vous penfez comme moi;
mais je m'imagine que le mieux fera d'éviter, autant
qu'il fera poffible, la difcuffion ennuyeufe de toutes
les petites circonftances qui entrent dans les grands
événemens, furtout quand ces circonftances ne font

pas effentielles. Il me paraît que les Romains ne fe font pas fouciés de faire aux *Scaliger* et aux *Saumaife* le plaifir de leur dire combien de centurions furent bleffés aux batailles de Pharfale et de Philippes.

Notre bouffole fur cette mer que vous me faites courir eft, fi je ne me trompe, la gloire de *Pierre le grand*. Nous lui dreffons une ftatue ; mais cette ftatue ferait-elle un bel effet fi elle portait dans une main une differtation fur les annales de Novogorod, et dans l'autre un commentaire fur les habitans de Crafnoyark ? Il en eft de l'hiftoire comme des affaires, il faut facrifier le petit au grand. J'attends tout, Monfieur, de vos lumières et de votre bonté; vous m'avez engagé dans une grande paffion, et vous ne vous en tiendrez pas à m'infpirer des défirs. Songez combien je fuis fâché de ne pouvoir vous faire ma cour, et que je ne puis être confolé que par vos lettres et par vos ordres.

LETTRE CXVII.

A M. LE COMTE D'ARGENTAL.

28 de feptembre.

O MES ANGES,

Tout ce que j'ai prédit eft arrivé. Au premier coup de fufil qui fut tiré, je dis, en voilà pour fept ans. Quand le petit *Buffi* alla à Londres, j'ofai écrire à M. le duc de *Choifeul* qu'on fe moquait du monde, et que toutes ces idées de paix ne

ferviraient

1761.

ferviraient qu'à amufer le peuple. J'ai prédit la perte de Pondichéri, et enfin j'ai prédit que le Droit du feigneur de M. *Picardet* réuffirait. Mes divins anges, c'eft parce que je ne fuis plus dans mon pays que je fuis prophète. Je vous prédis encore que tout ira de travers, et que nous ferons dans la décadence encore quelques années, et décadence en tout genre; et j'en fuis bien fâché.

On m'envoie des *Gouju;* je vous en fais part. (*)

Je crois avec vous qu'il y a des moines fanatiques, et même des théologiens imbécilles; mais je maintiens que, dans le nombre prodigieux des théologiens fripons, il n'y en a jamais eu un feul qui ait demandé pardon à DIEU, en mourant, à commencer par le pape *Jean XII*, et à finir par le jéfuite *le Tellier* et conforts. Il me parait que *Gouju* écrit contre les théologiens fripons qui fe confirment dans le crime en difant: La religion chrétienne eft fauffe; donc il n'y a point de Dieu. *Gouju* rendrait fervice au genre-humain, s'il confondait les coquins qui font ce mauvais raifonnement.

Mais vraiment oui, *Dieu, qui favez punir, qu'Atide me haïffe,* eft une affez jolie prière à *Jéfus-Chrift;* mais je ne me fouviens plus des vers qui précèdent; je les chercherai quand je retournerai aux Délices.

Je travaille fur *Pierre*, je commente, je fuis lourd. C'eft une terrible entreprife de commenter trente-deux pièces, dont vingt-deux ne font pas fupportables, et ne méritent pas d'être lues.

Les eftampes étaient commencées. Les *Cramer* les

(*) Voyez le volume des Facéties.

——— veulent. Je ne me mêlerai que de commenter, et d'avoir raison si je peux. Dieu me garde seulement de permettre qu'ils donnent une annonce avant qu'on puisse imprimer. Je veux qu'on ne promette rien au public, et qu'on lui donne beaucoup à la fois. Mes anges, j'ai le cœur serré du triste état où je vois la France; je ne ferai jamais de tragédie si plate que notre situation : je me console comme je peux. Qu'importe un *Picardet*, ou *Rigardet*? Il faut que je rie pour me distraire du chagrin que me donnent les sottises de ma patrie. Je vous aime, mes divins anges, et c'est-là ma plus chère consolation. Je baise le bout de vos ailes.

N. B. Qu'importe que M. le duc de *Choiseul* ait la marine ou la politique? *Mélin de Saint-Gelais*, auteur du Droit du seigneur, ne peut-il pas dédier sa pièce à qui il veut?

LETTRE CXVIII.

A M. VERNES, *à Séligny.*

A Ferney, le 1 d'octobre.

J'AI été malade, et de plus très-occupé, mon cher prêtre. Pardon si je vous réponds si tard sur le manuscrit indien. Ce sera le seul trésor qui nous restera de notre compagnie des Indes.

M. de *la Persillière* n'a aucune part à cet ouvrage: il a été réellement traduit à Bénarès, par un brame, correspondant de notre pauvre compagnie, et qui entend assez bien le français.

M. de *Modave*, commandant pour le roi sur la
côte de Coromandel, qui vint me voir il y a quelques années, me fit préfent de ce manufcrit. Il eft
affurément très - authentique, et doit avoir été
fait long-temps avant l'expédition d'*Alexandre* ; car
aucun nom de fleuve, de montagne, ni de ville, ne
reffemble aux noms grecs que les compagnons
d'*Alexandre* donnèrent à ces pays. Il faut un commentaire perpétuel pour favoir où l'on eft, et à qui
l'on a affaire.

Le manufcrit eft intitulé *Ezour-Veidam*, c'eft-à-
dire commentaire du *Veidam*. Il eft d'autant plus
ancien qu'on y combat les commencemens de l'idolâtrie. Je le crois de plufieurs fiècles antérieur à
Pythagore. Je l'ai envoyé à la bibliothéque du roi,
et on l'y regarde comme le monument le plus
précieux qu'elle pofsède. J'en ai une copie très-
informe, faite à la hâte ; elle eft aux Délices ;
et vous favez peut-être que j'ai prêté les Délices
ع M. le duc de *Villars*.

Vous feriez bien étonné de trouver dans ce manufcrit quelques - unes de vos opinions ; mais vous
verriez que les anciens brachmanes, qui penfaient
comme vous et vos amis, avaient plus de courage
que vous.

Il eft bien ridicule que vous ne puiffiez confacrer mon églife, et peut-être plus ridicule encore
que je ne puiffe la confacrer moi-même.

Je vous embraffe au nom de DIEU SEUL.

On m'écrit qu'on a enfin brûlé trois jéfuites à
Lisbonne. Ce font-là des nouvelles bien confolantes ;
mais c'eft un janfénifte qui les mande.

LETTRE CXIX.

A M. LE COMTE D'ARGENTAL.

3 d'octobre.

PERMETTEZ-MOI, mes anges, de vous demander si vous avez donné Polyeucte à M. *Duclos*. J'ai
renvoyé deux fois Cinna et Pompée. L'académie met
ses observations en marge. Je rectifie en consé-
quence, ou je dispute; et chaque pièce sera examinée
deux fois avant de commencer l'édition. C'est le
seul moyen de faire un ouvrage utile. Ce sera une
grammaire et une poëtique au bas des pages de
Corneille; mais il faut que l'académie m'aide, et
qu'elle prenne la chose à cœur. Je fatigue peut-
être sa bonté; mais n'est-ce pas un amusement
pour elle de juger *Corneille* de petit commissaire sur
mon rapport. Si vous voyez quelque académicien,
mettez-lui le cœur au ventre. Je serai quitte de la
grosse besogne avant qu'il soit un mois.

J'appelle grosse besogne le fond de mes observations; ensuite il faudra non-seulement être poli, mais
polir son style, et tâcher de répandre quelques
poignées de fleurs sur la sécheresse du commentaire.

M. de *Lauraguais* qui est ici me paraît un grand
serviteur des Grecs; il veut surtout de l'action,
de l'appareil. Vous voyez qu'il court après son argent,
et qu'il ne veut pas avoir agrandi le théâtre pour
qu'il ne s'y passe rien. Il dit qu'à présent Sémiramis
et Mahomet font un effet prodigieux. Dieu soit loué!

On fe défera enfin des converfations d'amour, des
petites déclarations d'amour ; les paffions feront tra- 1761.
giques, et auront des effets terribles ; mais tout dépend
d'un acteur et d'une actrice. C'eft-là le grand mal ;
cet art eft trop avili.

Peut-on ne pas avoir en horreur le fanatifme
infolent qui attache de l'infamie au cinquième acte
de *Rodogune* ? Ah, barbares ! ah, chiens de chrétiens !
(chiens de chrétiens veut dire, chiens qui faites les
chrétiens !) que je vous détefte ! que mon mépris et
ma haine pour vous augmentent continuellement !

Madame de *Sauvigny* dit que *Clairon* viendra me
voir ; qu'elle y vienne, mon théâtre eft fait, il eft
très-beau, et il n'y en a point de plus commode.
Nous commençons par l'Ecoffaife ; nous attendons
qu'on joue à Paris le Droit du feigneur pour nous
en emparer.

Je fuis bien vieux ; pourrai-je faire encore une
tragédie ? qu'en penfez-vous ? Pour moi, je tremble.
Vous m'avez furieufement remis au tripot ; ayez
pitié de moi.

LETTRE CXX.

A M. BRET.

A Ferney , 10 d'octobre.

J'AI parlé aux frères *Cramer*, Monfieur, plus d'une fois , en conformité de ce que vous m'avez fait l'honneur de m'écrire. Ils me paraiffent furchargés d'entreprifes ; et je m'aperçois depuis long-temps que rien n'eft fi rare que de faire ce que l'on veut. Je fuis très-fâché que votre *Bayle* ne foit pas encore imprimé. On craint peut-être que ce livre, autrefois fi recherché , ne le foit moins aujourd'hui : ce qui paraiffait hardi ne l'eft plus. On avait crié, par exemple , contre l'article *David* , et cet article eft infiniment modéré en comparaifon de ce qu'on vient d'écrire en Angleterre. Un miniftre a prétendu prouver qu'il n'y a pas une feule action de *David* qui ne foit d'un fcélérat digne du dernier fupplice ; qu'il n'a point fait les pfaumes , et que d'ailleurs ces odes hébraïques , qui ne refpirent que le fang et le carnage , ne devraient faire naître que des fentimens d'horreur dans ceux qui croient y trouver de l'édification.

M. l'évêque *Warburton* nous a donné un livre dans lequel il démontre que jamais les Juifs ne connurent l'immortalité de l'ame , et les peines , et les récompenfes après la mort , jufqu'au temps de leur efclavage dans la Chaldée. M. *Hume* a été

encore plus loin que *Bayle* et *Warburton*. Le dictionnaire encyclopédique ne prend pas , à la vérité,
de telles hardieffes , mais il traite toutes les matières
que *Bayle* a traitées. J'ai peur que toutes ces raifons
n'aient retenu nos libraires. Il en eft de cette profeffion comme de celle de marchande de modes :
le goût change pour les livres comme pour les
coiffures.

Au refte, foyez perfuadé qu'il n'y a rien que
je ne faffe pour vous témoigner mon eftime et
l'envie extrême que j'ai de vous fervir.

N. B. Un gentilhomme de Rimini, dans les Etats
du pape , a prononcé , devant l'académie de Rimini ,
un difcours éloquent en faveur de la comédie et
des comédiens. Il eft parlé, dans ce difcours , d'un
fameux acteur qui a une penfion du pape d'aujourd'hui, pour lui et pour fa femme. Ayant perdu
fon époufe , il a été ordonné prêtre à Rome ; ce
qu'on n'aurait jamais fait s'il y avait la moindre
tache d'ignominie répandue fur fa profeffion. On
appelle , dans ce difcours , la manière dont mademoifelle *le Couvreur* a été traitée, *une barbarie indigne
des Français*.

Q 4

LETTRE CXXI.

A M. DAMILAVILLE.

Le 11 d'octobre.

EH bien, frère *Thiriot* m'a donc caché ma turpitude et celle de *Joliot de Crébillon!* Certes, ce *Crébillon* n'eſt pas philoſophe. Le pauvre vieux fou a cru que j'étais l'auteur du Droit du ſeigneur; et, ſur ce principe, il a voulu ſe venger de l'inſolence d'*Oreſte* qui a oſé marcher à côté d'*Electre*. Il a fait, avec le Droit du ſeigneur, la même petite infamie qu'avec Mahomet. Il prétexta la religion pour empêcher que Mahomet ne fût joué; et aujourd'hui il prétexte les mœurs. Hélas! le pauvre homme n'a jamais ſu ce que c'eſt que tout cela. Il faut, pour ſon ſeul châtiment, qu'on ſache ſon procédé.

Le meilleur de l'affaire, c'eſt que, pouvant à toute force faire accroire qu'il y avait quelques libertés dans le ſecond acte, il ne s'eſt jeté que ſur le troiſième et le quatrième, qu'on regarde comme des modèles de décence et d'honnêteté, et où le marquis fait éclater la vertu la plus pure. Le mauvais procédé de ce poëte, auſſi mépriſable dans ſa conduite que barbare dans ſes ouvrages, ne peut faire que beaucoup de bien. Le public n'aime pas que la mauvaiſe humeur d'un examinateur de police le prive de ſon plaiſir.

Qu'en penſent les frères? Pour moi, je me conſole avec *Pierre*.

Le plat ouvrage que le *Teflament de Bellifle !*

On prétend qu'on aura bientôt une nouvelle édition des Car et des Ah, ah! En attendant, on chante *Moïfe-Aaron.*

LETTRE CXXII.

A M. LE COMTE D'ARGENTAL.

11 d'octobre.

JE m'arrache, pour vous écrire, à quelque chofe de bien fingulier que je fais pour vous plaire.

O mes anges ! je réponds donc à votre lettre du 5 d'octobre. — Que ne puis-je en même temps tra-vailler et vous écrire! — Allons vîte.

D'abord vous faurez que je ne fuis point le *Bonneau* du *Bertin* des parties cafuelles; que je n'ai nulle part à la tuméfaction du ventre de mademoifelle *Hus ;* que je ne lui ai jamais rien fait ni rien fait faire, ni rôle ni enfant; qu'*Atide* ne lui fut jamais deftinée; que je fouhaite paffionnément qu'*Atide* foit jouée par la fille à *Dubois,* laquelle *Dubois* a, dit-on, des talens. Ainfi, ne me menacez point, et ne prêchez plus les faints.

Quant au Droit du feigneur, je n'ai jamais pris *Ximenés* pour mon confident. Quiconque l'a inftruit a mal fait; mais *Crébillon* fait encore plus mal. Le pauvre vieux fou a encore les paffions vives; il eft défefpéré du fuccès d'Orefte, et on lui a fait accroire que fon Electre eft bonne. Il fe venge comme un fot.

1761.

S'il avait le nez fin, il verrait qu'il y aurait quelque prétexte dans le fecond acte; mais il a choifi pour les objets de fes refus le troifième et le quatrième, qui font pleins de la morale la plus févère et la plus touchante. Voici mon avis, que je foumets au vôtre.

Je n'avoue point le Droit du feigneur; mais il eft bon qu'on fache que *Crébillon* l'a refufé, parce qu'il l'a cru de moi. Il renouvelle fon indigne manœuvre de Mahomet, par laquelle il déplut beaucoup à madame de *Pompadour*. Il eft fûr qu'il déplaira beaucoup plus au public, et qu'il fera grand bien à la pièce. C'eft d'ailleurs vous infulter que de refufer, fous prétexte de mauvaifes mœurs, un ouvrage auquel il croit que vous vous intéreffez. Vous avez, fans doute, affez de crédit pour faire jouer, malgré lui, cette pièce.

Venons à l'académie; elle a beau dire, je ne peux aller contre mon cœur. Mon cœur me dit qu'il s'intéreffe beaucoup à *Cinna* dans le premier acte, et qu'enfuite il s'indigne contre lui. Je trouve abominable et contradictoire que ce perfide dife:

Qu'une ame généreufe a de peine à faillir!

Ah, lâche! fi tu avais été généreux, aurais-tu parlé comme tu fais à *Maxime*, au fecond acte?

L'académie dit qu'on s'intéreffe à *Augufte*, c'eft-à-dire que l'intérêt change; et, fauf refpect, c'eft ce qui fait que la pièce eft froide. Mais, laiffez-moi faire, je ferai modefte, refpectueux et pas mal-adroit.

Tout viendra en fon temps. Je ne fuis pas preffé de programme; j'accouche, j'accouche: tenez, voilà des *Gouju*.

Eh bien, rien de décidé sur l'amiral *Berrier*? et le roi d'Espagne ? épouse-t-il ? traite-t-il ?

M. le duc de *Choiseul* m'a envoyé des reliques de Rome. Si je ne réussis pas dans ce monde, mon affaire est sûre pour l'autre.

Je reçus, le même jour, les reliques et le portrait de madame de *Pompadour*, qui m'est venu par bricole.

Voilà bien des bénédictions; mais j'aime mieux celles de mes anges.

Mademoiselle *Corneille* joue vendredi *Isménie* dans Mérope. N'est-ce pas une honte que vos histrions fassent jouer ce rôle par un homme, et qu'ils suppriment les chœurs dans Oedipe ? Les barbares !

LETTRE CXXIII.

AU MEME.

20 d'octobre.

O ANGES, O ANGES !

Nous répétions Mérope que nous avons jouée sur notre très-joli théâtre, et où *Marie-Corneille* s'est attiré beaucoup d'applaudissemens dans le récit d'*Isménie*, que font à Paris de vilains hommes ; elle était charmante.

En répétant Mérope, je disais : Voilà qui est inté-ressant ; ce ne sont pas là de froids raisonnemens, de l'ampoulé et du bourgeois : ne pourrais-tu pas,

—— difais-je tout bas à *V....*, faire quelque pièce qui tînt de ce genre vraiment tragique ? Ton Don Pèdre fera glaçant avec tes états généraux et ta *Marie de Padille*. Le diable alors entra dans mon corps. Le diable ? non pas : c'était un ange de lumière, c'était vous. L'enthoufiafme me faifit. *Efdras* n'a jamais dicté fi vîte. Enfin, en fix jours de temps, j'ai fait ce que je vous envoie. Lifez, jugez; mais pleurez.

Vous me direz peut-être que l'ouvrage des fix jours eft fouvent bafoué : d'accord; mais lifez le mien. Il y a deux ans que je cherchais un fujet; je crois l'avoir trouvé. Mais, dira madame d'*Argental*, c'eft un couvent, c'eft une religieufe, c'eft une confeffion, c'eft une communion. Oui, Madame; et c'eft par cela même que les cœurs font déchirés. Il faut fe retrouver à la tragédie pour être attendri. La veuve du maître du monde aux carmélites, retrouvant fa fille époufe de fon meurtrier, tout ce que l'ancienne religion a de plus augufte, ce que les plus grands noms ont d'impofant, l'amour le plus malheureux, les crimes, les remords, les paffions, les plus horribles infortunes, en eft-ce affez ? J'ai imaginé comme un éclair, et j'ai écrit avec la rapidité de la foudre. Je tomberai peut-être comme la grêle. Lifez, vous dis-je, divins anges, et décidez.

Voici peut-être de quoi terminer les tracafferies de la comédie. Fi, Zulime ! cela eft commun et fans génie. Donnez la veuve d'*Alexandre* à *Duménil*, la fille d'*Alexandre* à *Clairon*, et allez.

Mademoifelle *Hus* m'a écrit; elle attefte les dieux contre vous. Qu'elle accouche; j'ai bien accouché, moi, et je n'ai été que fix jours en travail. Que

dites-vous de mademoiſelle *Arnoult*, et du roi d'Eſpagne ?

O charmans anges ! je baiſe le bout de vos ailes.

V..., le vieux V...,

âgé de ſoixante et huit ans commencés.

LETTRE CXXIV.

AU MEME.

24 d'octobre.

Il était impoſſible, mes chers anges, qu'il n'y eût
des bêtiſes dans le petit manuſcrit dont je vous ai
régalés. La rapidité d'*Eſdras* ne lui a pas permis
d'éviter les contradictions, ni à moi non plus.

Il y a un *Caſſandre* pour un *Antigone* à la fin du
quatrième acte. Voici la correction toute muſquée ; il
n'y a qu'à la coller avec quatre petits pains rouges.
Je ſupplie mes anges de m'avertir des autres bêtiſes.
J'ai lu cette pièce de couvent à M. le duc de *Villars*
et à des hérétiques. O dame, c'eſt qu'on fondait en
larmes à tous les actes ; et ſi cela eſt joué, bien joué,
joué, vous m'entendez, avec ces ſanglots étouffés, ces
larmes involontaires, ces ſilences terribles, cet accablement de la douleur, cette molleſſe, ce ſentiment,
cette douceur, cette fureur, qui paſſent des mouvemens des actrices dans l'ame des écoutans, comptez
qu'on fera des ſignes de croix. Cependant, ſi on ne
joue pas le Droit du ſeigneur, je renonce au tripot. Je
crois, Dieu me pardonne, que j'aime *Mathurin* autant

qu'*Olimpie.* Je ne fuis pas fâché qu'on ait brûlé frère *Malagrida;* mais je plains fort une demi-douzaine de juifs qui ont été grillés. Encore des auto-da-fé! dans ce fiècle! et que dira *Candide?* Abominables chrétiens! les nègres que vous achetez douze cents francs valent douze cents fois mieux que vous! ne haïffez-vous pas bien ces monftres?

Et l'Efpagne? pour Dieu, un petit mot de l'Efpagne.

LETTRE CXXV.

A M. LE MARQUIS DE CHAUVELIN,

AMBASSADEUR A TURIN.

A Ferney, le 25 d'octobre.

VOTRE marfeillois, Monfieur, eft très-aimable, et M. *Guaftaldi* encore plus. Mais il me traduit d'un ftyle fi facile, fi naturel, fi élégant, qu'on croira quelque jour que c'eft lui qui a fait Alzire, et que c'eft moi qui fuis fon traducteur. Je le remercie tant que je peux. Je ne prends pas la liberté d'envoyer la lettre à votre Excellence, parce que j'y prends celle de parler de vous, et qu'après tout il n'eft pas honnête de dire des vérités en face.

Eft-il vrai que la belle, la vertueufe *Hormeneftre* repaffera les montagnes au printemps? vous fouviendrez-vous de *Baucis* et de *Philémon?* Notre cabane ne s'eft pas encore changée en temple, mais elle l'eft en

théâtre. Nous en avons un à Ferney, digne de —————
madame l'ambaſſadrice ; elle aura auſſi le plaiſir
d'entendre la meſſe dans une égliſe toute neuve, que
je viens de faire bâtir exprès pour vous. Le dernier
acte de miniſtre des affaires étrangères qu'a fait M. le
duc de *Choiſeul*, a été de m'envoyer des reliques de
la part du pape. Ainſi vous aurez chez moi le profane et le ſacré à choiſir, et nous vous donnerons
de plus une pièce nouvelle très-édifiante.

Si je n'étais pas guédé de vers, je crois que j'en
ferais pour M. de *Laudon*. La priſe de Schwednitz me
paraît la plus belle action de toute la guerre, et celle
que l'on fait aux jéſuites me paraît vive.

Il me vint ces jours paſſés un jéſuite portugais,
qui me dit qu'il ſortait de l'Italie parce qu'ils y étaient
trop mal-venus. Il me demanda de l'emploi dans
ma maiſon : cela me fit ſouvenir de l'aumônier
Pouſſatin. Je lui propoſai d'être laquais, il accepta ;
et, ſans madame *Denis* qui n'en voulut point, il
aurait eu l'honneur de vous ſervir à boire à votre
paſſage. C'eſt dommage que cette affaire ſoit man-
quée.

Je vous préſente mon très-tendre reſpect.

LETTRE CXXVI.

A M. LE MARÉCHAL DUC DE RICHELIEU.

A Ferney, 25 d'octobre.

Vous dites, monseigneur le Maréchal, que mes lettres ne sont point gaies. M. le duc de *Villars* m'en a averti ; mais il se porte bien , il digère, il s'en retourne gros et gras. Ce n'est guère qu'à ces conditions qu'on est de bonne humeur. D'ailleurs, il n'a rien à faire , et moi je compile , compile. Je veux laisser un petit monument des sottises humaines, à commencer par notre guerre , et à finir par *Malagrida*. Si je ne vous écris point , j'écris au moins quelques pages sur votre compte. Vous clorrez, s'il vous plaît , le Siècle de *Louis XIV;* car vous êtes né sous lui : vous êtes du bon temps. Songez donc qu'un homme , qui vit dans les Alpes, qui fait de l'histoire et des tragédies , doit être un homme un peu sérieux. Je ne vous ennuie point de mes rêveries, car, vous qui êtes très-gai, vous affubleriez votre serviteur de quelque bonne plaisanterie qui dérangerait ma gravité.

On dit qu'il ne faut pas pendre le prédicant de Caussade, parce que c'en ferait trop de griller des jésuites à Lisbonne , et de pendre des pasteurs évangéliques en France. Je m'en remets sur cela à votre conscience.

Rosalie m'intéresse davantage , si elle est bonne actrice; mais, des acteurs ! des acteurs ! donnez-nous-en donc. Nous ne sommes pas dans le siècle brillant

des

des hommes. Mademoifelle *Clairon* et madame *du*
Chappe (*) foutiennent la gloire de la France; mais
ce n'eft pas affez : nous dégringolons furieufement.
Jouiffez de votre gloire, de votre confidération, et
des plaifirs préfens, et des plaifirs paffés. Plus j'y
penfe, plus je me confirme dans l'idée que, de tous
les Français qui exiftent, c'eft vous qui avez reçu le
meilleur lot. Cela me flatte, cela m'énorgueillit au
pied de mes montagnes; car je vous ferai toujours
attaché avec le plus tendre refpect, fain ou malade,
trifte ou gai, honoré de vos lettres ou négligé.

Madame *Denis* fe joint à moi.

LETTRE CXXVII.

A M. LE MARQUIS D'ARGENCE DE DIRAC.

26 d'octobre.

Vous pardonnez, fans doute, Monfieur, mon peu
d'exactitude en faveur de mes fentimens, que vous
connaiffez, et en faveur de ma mauvaife fanté, que
vous ne connaiffez pas moins. Il me femble, mon
cher Monfieur, que les philofophes ont actuellement
affez beau jeu. Les ennemis de la raifon ont combattu
pour nous; les convulfionnaires et les jéfuites ont
montré toute leur turpitude et toute leur horreur. Il
eft certain que la fureur et l'atrocité janféniste ont
dirigé la cervelle et la main de ce monftre de *Damiens*.
Les jéfuites ont affaffiné le roi de Portugal. Banqueroutiers et condamnés en France, parricides et

(*) Marchande de modes.

Correfp. générale. Tome VI. R

brûlés à Lisbonne ; voilà nos maîtres ; voilà les gens
devant qui des bégueules fe profternent : les billets
de confeffion d'un côté, les miracles de St *Pâris*
de l'autre, font la farce de cette abominable pièce.
Il vient de fe paffer chez moi une farce plus réjouif-
fante. Un jéfuite portugais eft venu d'Italie fe préfenter à moi pour être mon fecrétaire : cela me fait
fouvenir de l'aumônier *Pouffatin*, que le comte de
Grammont prenait pour fon coureur.

J'ai propofé au jéfuite d'être mon laquais ; il l'a
accepté : fans madame *Denis* qui n'entend point le
jargon portugais, un jéfuite nous fervait à boire.
Peut-être a-t-elle craint d'être empoifonnée. Je vous
avoue que je ne me confole point d'avoir manqué ce
laquais-là.

Nous avons eu un monde prodigieux. J'ai cédé les
Délices, pendant trois mois, à M. le duc de *Villars*.
M. de *Lauraguais*, M. de *Ximenès* font venus philo-
fopher avec nous. M. le comte d'*Harcourt* a amené
madame fa femme à *Tronchin*: mais celle-là eft dévote,
cela ne nous regarde pas. J'ai bâti une églife et un
théâtre ; mais j'ai déjà célébré mes myftères fur le
théâtre, et je n'ai pas encore entendu la meffe dans
mon églife. J'ai reçu, le même jour, des reliques du
pape, et le portrait de madame de *Pompadour;* les
reliques font le cilice de St *François.* Si le faint-père
avait daigné m'envoyer le cordon au lieu du cilice,
il m'aurait fort obligé. Adieu, Monfieur ; goûtez,
dans le fein de votre famille et de vos amis, tout
le bonheur que vous méritez et que je vous fouhaite.
Madame *Denis* joint fes fentimens aux miens. Je
vous ferai tenedrment attaché toute ma vie.

LETTRE CXXVIII.

A M. DUCLOS.

A Ferney, 26 d'octobre.

JE vous supplie, Monsieur, d'engager l'académie à me continuer ses bontés. Il est impossible que mon sentiment s'accorde toujours avec le sien, avant que je sache comme elle pense ; et, quand je le sais, je m'y conforme, après avoir un peu disputé ; et, si je ne m'y conforme pas entièrement, je tire au moins cet avantage de ses observations, que je rapporte comme très-douteuse l'opinion contraire à ses sentimens ; et ce dernier cas arrivera très-rarement.

Presque tous les commentaires sont faits dans le goût des précédens ; ce sont des mémoires à consulter. M. d'*Argental* doit vous avoir remis Médée et Polyeucte. Il ne s'agit donc que de vouloir bien faire, sur les deux commentaires de ces pièces, ce qu'on a eu la bonté de faire sur les autres, c'est-à-dire de mettre en marge ce qu'on pense. Je suis un peu hardi sur Polyeucte, je le sais bien ; mais c'est une raison de plus pour engager l'académie à rectifier, par un mot en marge, ce qui peut m'être échappé de trop fort et de trop sévère : en un mot, il faut que l'ouvrage serve de grammaire et de poëtique, et je ne peux parvenir à ce but qu'en consultant l'académie.

Les libraires ne peuvent commencer à imprimer qu'au mois de janvier, et ne donneront leur programme que dans ce temps-là.

R 2

J'aurai l'honneur de vous envoyer la dédicace et la préface. L'une et l'autre feront conformes aux intentions de l'académie.

LETTRE CXXIX.

A M. LE COMTE D'ARGENTAL.

26 d'octobre.

MES anges ont terriblement affaire avec leur créature. Je pris la liberté de leur envoyer, il y a quelque temps, un paquet pour madame *du Deffant*. Il y avait, dans ce paquet, une lettre, et, dans cette lettre, je lui disais : Rendez le paquet aux anges quand vous l'aurez lu, afin qu'ils s'en amusent. Je n'ai point entendu parler depuis de mon paquet.

Le Droit du seigneur vaut mieux que Zulime ; et cependant vous faites jouer Zulime.

Olimpie ou Cassandre vaut mieux que le Droit du seigneur ; qu'en faites-vous ?

Nota bene qu'au commencement du troisième acte le curé d'Ephèse dit : *Peuple, secondez-moi.*

Je n'aime pas qu'on accoutume les prêtres à parler ainsi ; cela sent la sédition ; cela ressemble trop à *Malagrida* et à ce boucher de *Joad* : mes prêtres, chez moi, doivent prier DIEU, et ne point se battre. Je vous supplie de vouloir bien faire mettre à la place :

Dieu vous parle par moi.

Un petit mot de *Malagrida* et de l'Efpagne, je
vous en prie.

1761.

J'ignore l'auteur des Car ; mais *le Franc de Pompignan*
mérite correction ; il ferait un perfécuteur s'il était
en place. Il faut l'écarter à force de ridicules. Ah !
s'il s'agiffait d'un autre que d'un fils de France, quel
beau champ ! quel plaifir ! *Marie Alacoque* n'était pas
un plus heureux fujet. Mais apparemment l'auteur
des Car eft un homme fage, qui a craint de fouffleter
le Franc fur la joue refpectable d'un prince, dont la
mémoire eft auffi chère que la plume de fon hiftorien
eft impertinente.

Dites-moi donc quelque chofe de l'Efpagne, en
revenant d'Ephèfe.

J'ai lu le *Mémoire hiftorique; il m'a donné un foufflet;
mais je lui ai bien dit fon fait.*

Je crois que ce *Mémoire* échauffera tous les honnêtes gens, tous les bons citoyens.

L'île Miquelon et un commiffaire anglais font
quelque chofe de fi humiliant, qu'il faut donner la
moitié de fon bien pour courir après l'autre, et pour
faire la paix fur les cendres de Magdebourg : c'eft
mon avis. O Efpagne ! Secours-nous donc ; nous
t'avons tant fecourue !

Pardon, ô anges !

L E T T R E C X X X.

A M. SAURIN.

A Ferney. . . d'octobre.

Dieu soit loué, mon cher confrère, de votre
sacrement de mariage. Si *Moïse le Franc de Pompignan*
fait une famille d'hypocrites, il faut que vous en
fassiez une de philosophes. Travaillez tant que vous
pourrez à cette œuvre divine. Je présente mes respects
à madame la philosophe. Il y a beaucoup de jolies
sottes, beaucoup de jolies friponnes : vous avez
épousé beauté, bonté et esprit ; vous n'êtes pas à
plaindre. Tâchez de joindre à tout cela un peu de
fortune; mais il est quelquefois plus difficile d'avoir
de la richesse qu'une femme aimable.

Mes complimens, je vous prie, à frère *Helvétius* et
à tout frère initié. Il faut que les frères réunis écra-
sent les coquins; j'en viens toujours là : *Delenda est
Carthago.*

Ne soyez pas en peine de *Pierre Corneille*. Je suis
bien aise de recueillir d'abord les sentimens de l'académie; après quoi, je dirai hardiment, mais modeste-
ment, la vérité. Je l'ai dite sur *Louis XIV*, je ne la
tairai pas sur *Corneille*. La vérité triomphe de tout.
J'admirerai le beau, je distinguerai le médiocre, je
noterai le mauvais. Il faudrait être un lâche ou un
sot pour écrire autrement. Les notes que j'envoie à
l'académie sont des sujets de dissertations qui doivent

amufer les féances, et les notes de l'académie m'inftruifent. Je fuis comme la flèche, je fais mon profit 1761.
de tout.

Adieu, mon cher philofophe; je vis libre, je
mourrai libre; je vous aimerai jufqu'à ce qu'on me
porte dans la chienne de jolie églife que je viens de
bâtir, et où je vais placer des reliques‑ envoyées
par le faint-père.

LETTRE CXXXI.

A M. LE COMTE DE SCHOUVALOF.

A Ferney, 1 de novembre.

MONSIEUR,

JE reçois, par Vienne, votre paquet du 17 de
feptembre, que M. de *Czernichef* me fait parvenir.
Vos bontés redoublent toujours mon zèle, et j'en
attends la continuation. Le mémoire fur le czarovitz
n'eft pas rempli, comme le fait votre Excellence,
d'anecdotes qui jettent un grand jour fur cette
trifte et mémorable aventure. Vous favez, Monfieur,
que l'hiftoire parle à toutes les nations, et qu'il y a
plus d'un peuple confidérable qui n'approuve pas
l'extrême févérité dont on ufa envers ce prince. Plufieurs auteurs anglais très-eftimés fe font élevés hautement contre le jugement qui le condamna à la
mort. On ne trouve point ce qu'on appelle un *corps
de délit* dans le procès criminel : on n'y voit qu'un

jeune prince qui voyage dans un pays où fon père ne veut pas qu'il aille, qui revient au premier ordre de fon fouverain, qui n'a point confpiré, qui n'a point formé de faction, qui feulement a dit qu'un jour le peuple pourrait fe fouvenir de lui. Qu'aurait-on fait de plus s'il avait levé une armée contre fon père ? Je n'ai que trop lu, Monfieur, le prétendu *Neflerufanoi* et *Lamberti*, et je vous avoue mes peines avec la fincérité que vous me pardonnez, et que je regarde même comme un devoir. Ce pas eft très-délicat. Je tâcherai, à l'aide de vos inftructions, de m'en tirer d'une manière qui ne puiffe bleffer en rien la mémoire de *Pierre le grand*. Si nous avons contre nous les Anglais, nous aurons pour nous les anciens Romains, les *Manlius* et les *Brutus*. Il eft évident que, fi le czarovitz eût régné, il eût détruit l'ouvrage immenfe de fon père, et que le bien d'une nation entière eft préférable à un feul homme. C'eft-là, ce me femble, ce qui rend *Pierre le grand* refpectable dans ce malheur, et on peut, fans altérer la vérité, forcer le lecteur à révérer le monarque qui juge, et à plaindre le père qui condamne fon fils. Enfin, Monfieur, j'aurai l'honneur de vous envoyer, d'ici à Pâques, tous les nouveaux cahiers avec les anciens, corrigés et augmentés, comme j'ai eu l'honneur de le mander à votre Excellence dans mes précédentes lettres. Je vous ai marqué que j'attendais vos ordres pour favoir s'il n'eft pas plus convénable de mettre le tout en un feul volume qu'en deux. Je me confor-merai à vos intentions fur cette forme comme fur le refte ; mais nous n'en fommes pas encore là. Il faut commencer par mettre fous vos yeux l'ouvrage entier, et profiter de vos lumières. Il eſt triſte que j'aye trouvé ſi peu de mémoires ſur les négociations du baron de *Gortz*. C'eſt un point d'hiſtoire très-intéreſſant ; et c'eſt à de tels événemens que tous les lecteurs s'attachent beaucoup plus qu'à tous les détails militaires, qui ſe reſſemblent preſque tous , et dont les lecteurs ſont auſſi fatigués que l'Europe l'eſt de la guerre préſente.

J'ai déjà eu l'honneur de vous remercier , Monſieur, au nom de mademoiſelle *Corneille* et au mien , de la ſouſcription pour les *Oeuvres de Corneille*. J'y ſuis plus ſenſible que ſi c'était pour moi-même. Je reconnais bien là votre belle ame ; perſonne , en Europe, ne penſe plus dignement que vous. Tout augmente ma vénération pour votre perſonne , et les reſpectueux ſentimens que conſervera toute ſa vie pour votre Excellence ; ſon très , &c.

LETTRE CXXXII.

AU MEME.

A Ferney, 9 de novembre.

MONSIEUR,

QUOIQUE je ne vous aye promis qu'à Pâques de nouveaux cahiers de l'Hiſtoire de *Pierre le grand* , le déſir de vous ſatisfaire m'a fait prévenir d'aſſez loin le temps où je comptais travailler. Mon attachement pour votre Excellence , et mon goût pour l'ouvrage entrepris ſous vos auſpices , l'ont emporté ſur des devoirs affez preffans qui m'occupent. J'ai remis entre les mains de votre Excellence une copie de ce que je viens de hafarder, uniquement pour vous, fur ce fujet fi terrible et fi délicat de la condamnation et de la mort du czarovitz. J'ai été bien étonné du mémoire qui était joint à votre dernier paquet ; ce mémoire n'eft qu'une copie, prefque mot pour mot, de ce qu'on trouve dans le prétendu *Nefterufanoi*. Il femble que ce foit cet allemand, dont j'ai déjà reçu des mémoires, qui ait envoyé celui-là. Il doit favoir que ce n'eft point ainfi que l'on écrit l'hiftoire ; qu'on eft comptable de la vérité à toute l'Europe ; qu'il faut un ménagement et un art bien difficile pour détruire des préjugés répandus par-tout ; qu'on n'en croit pas un hiftorien fur fa parole ; qu'on ne peut attaquer de front l'opinion publique qu'avec des monumens authentiques ; que tout ce qui n'aurait même que la fanction d'une cour intéreffée à la mémoire de *Pierre le grand*, ferait fufpect ; et qu'enfin l'hiftoire que je compofe ne ferait qu'un fade panégyrique, qu'une apologie qui révolterait les efprits au lieu de les perfuader. Ce n'eft pas affez d'écrire et de flatter le pays où l'on eft, il faut fonger aux hommes de tous les pays. Vous favez mieux que moi, Monfieur, tout ce que j'ai l'honneur de vous repréfenter, et vos fentimens ont fans doute prévenu mes réflexions dans le fond de votre cœur.

J'ai eu, par un heureux hafard, des mémoires de miniftres accrédités, qui ont fuppléé aux matériaux qui me manquaient ; et, fans ce fecours, à quoi aurais-je été réduit ? J'ai ramaffé, dans toute l'Europe, des manufcrits ; j'ai été plus aidé que je n'ofais

l'efpérer. Je ne cacherai point à votre Excellence
que, parmi ces manufcrits, parmi ces lettres de minif- 1761.
tres, il y en a de plus atroces que les anecdotes de
Lamberti. Je crois réfuter *Lamberti* affez heureufement,
à l'aide des manufcrits qui nous font favorables, et
j'abandonne ceux qui nous font contraires. *Lamberti*
mérite une très-grande attention par la réputation
qu'il a d'être exact, de ne rien hafarder, et de rapporter des pièces originales; et comme il n'eft pas,
à beaucoup près, le feul qui ait rapporté les anecdotes affreufes répandues dans toute l'Europe, il me
paraît qu'il faut une réfutation complète de ces bruits
odieux. J'ai penfé auffi que je ne devais pas trop
charger le czarovitz; que je pafferais pour un hiftorien
lâchement partial, qui facrifierait tout à la branche
établie fur le trône, dont ce malheureux prince fut
privé. Il eft clair que le terme de *parricide*, dont on s'eft
fervi dans le jugement de ce prince, a dû révolter tous
les lecteurs; parce que, dans aucun pays de l'Europe,
on ne donne le nom de parricide qu'à celui qui a exécuté ou préparé effectivement le meurtre de fon
père. Nous ne donnons même le nom de révolté
qu'à celui qui eft en armes contre fon fouverain; et
nous appelons la conduite du czarovitz, défobéif-
fance puniffable, opiniâtreté fcandaleufe, efpérance
chimérique dans quelques mécontens fecrets qui
pouvaient éclater un jour, volonté funefte de remettre
les chofes fur l'ancien pied quand il en ferait le
maître. On force, après quatre mois d'un procès criminel, ce malheureux prince à écrire, *que s'il y avait*
eu des revoltés puiffans qui fe fuffent foulevés, et qu'il
l'euffent appelé, il fe ferait mis à leur tête.

Qui jamais a regardé une telle déclaration comme
valable, comme une pièce réelle d'un procès ? qui
jamais a jugé une penfée, une hypothèfe, une fup-
pofition d'un cas qui n'eft point arrivé ? où font ces
rebelles ? qui a pris les armes ? qui a propofé à ce
prince de fe mettre un jour à la tête des rebelles ? à
qui en a-t-il parlé ? à qui a-t-il été confronté fur ce
point important ? Voilà, Monfieur, ce que tout le
monde dit, et ce que vous ne pouvez vous empêcher
de vous dire à vous-même. Je m'en rapporte à votre
probité et à vos lumières. Ce que j'ai l'honneur de
vous écrire eft entre vous et moi : c'eft à vous feul
que je demande comment je dois me conduire dans
un pas fi délicat. Encore une fois, ne nous fefons
point illufion. Je vais comparaître devant l'Europe
en donnant cette hiftoire. Soyez très-convaincu,
Monfieur, qu'il n'y a pas un feul homme en Europe
qui penfe que le czarovitz foit mort naturellement.
On lève les épaules quand on entend dire qu'un
prince de vingt-trois ans eft mort d'apoplexie à la
lecture d'un arrêt qu'il devait efpérer qu'on n'exécu-
terait pas. Auffi s'eft-on bien donné de garde de
m'envoyer aucun mémoire de Pétersbourg fur cette
fatale aventure : on me renvoie au méprifable ouvrage
d'un prétendu *Nefterufanoi* ; encore cet écrivain, auffi
mercenaire que fot et groffier, ne peut diffimuler que
toute l'Europe a cru *Alexis* empoifonné. Voyez donc,
Monfieur, examinez avec votre prudence ordinaire
et votre bonté pour moi, et avec le fentiment de ce
qu'on doit à la vérité et aux bienféances, fi j'ai marché avec quelque fureté fur ces charbons ardens. Ce
que j'ai eu l'honneur de vous envoyer n'eft qu'une

confultation, un mémoire de mes doutes que je vous
fupplie de réfoudre. C'eft pour vous que je travaille, Monfieur; c'eft à vous à m'éclairer et à me
conduire : un mot en marge me fuffira, ou une
fimple lettre avec quelques inftructions fur les endroits
qui me font peine. Vous daignez, fans doute, com-
patir à mon extrême embarras; mais comptez fur
tous mes efforts, fur l'envie extrême que j'ai de vous
fatisfaire, fur les fentimens de refpect et de tendreffe
que vous m'avez infpirés. Reconnaiffez à ma franchife mon extrême attachement pour votre Excellence,
et foyez bien fûr que c'eft du fond de mon cœur
que je ferai toute ma vie, de votre Excellence, le
très, &c.

LETTRE CXXXIII.

A M. LE COMTE D'ARGENTAL.

10 de novembre.

Le vieux miniftre de *Statira*, ci-devant époufe
d'*Alexandre*, ayant reçu très-tard la déduction du
comité, ne peut aujourd'hui que remercier leurs
excellences, et leur faire les plus fincères proteftations
de la reconnaiffance qu'il leur doit. Mais n'ayant pu
confulter encore fa cour, il eft très-fâché de ne pas
apporter un auffi prompt redreffement qu'il le voudrait aux griefs de leurs excellences. Son augufte
fouveraine *Statira* a pris le mémoire *ad referendum ;*
mais comme elle eft malade d'une fuffocation qui

—— la fera mourir au quatrième acte, fon confeil aura
1761. l'honneur d'envoyer inceffamment à votre cour les
dernières volontés de cette augufte autocratrice.

J'aurai l'honneur de vous donner part que j'envoyai, il y a onze jours, la feuille importante concernant les intérêts de la demoifelle *Dangeville*, attachée
à la cour de France, et pour laquelle nous aurons
tous les égards à elle dus; que cette pièce importante était adreffée à M. *Damilaville*, avec un gros
paquet de Grizel, de Car, de Ah, ah! et de chanfons intitulées Moïfe-Aaron.

Nous craignons que, malgré la bonne harmonie
et correfpondance des deux cours, on n'ait faifi notre
paquet comme trop gros, et qu'on ne l'ait porté à
fa Majefté très-chrétienne qui, fans doute, en aura
ri, et auquel nous fouhaitons toutes fortes de prof-
pérités.

Nous avons auffi dépêché à vos excellences copie
defdits mémorials, intitulés Grizel, Gouju, Car, Ah,
ah! Moïfe et Aaron; et nous fommes en peine de tous
nos paquets, pour lefquels nous réclamons le droit
des gens.

Et, pour n'avoir rien à nous reprocher, non-feulement nous vous expédions, par le préfent courier,
les lettres patentes pour le cinquième acte de la
demoifelle *Dangeville*, mais encore la feule copie qui
nous refte des Grizel, Gouju, Car, Ah, ah! et Moïfe-
Aaron. Nous adreffons auffi copie de la fcène de
ladite damoifelle *Dangeville*, au confident *Damilaville*,
recommandant expreffément que le tout foit intitulé
le Droit du feigneur.

Nous vous ramentevons ici qu'il y a fix femaines

en çà, que nous prîmes la liberté de vous adresser un
paquet énorme pour madame *du Deffant*, duquel
paquet et de laquelle dame nous n'avons depuis
entendu parler.

Nous laissons le tout à considérer à votre haute
prudence, et nous vous renouvelons les assurances
de notre sincère et respectueux attachement. Donné
à Ephèse, dans la cellule de sœur *Statira*,

Le 10 de novembre, au soir.

LETTRE CXXXIV.

A M. DAMILAVILLE.

11 de novembre.

M E S frères, je renvoie fidellement les Ah, ah! et
les Car qu'on m'a confiés; car je suis homme de
parole, car je vous aime.

Ah, ah! quand vous n'écrivez point, frère, c'est
pure malice.

Ah, ah! vieux fou de *Crébillon*, vous ne voulez
pas lâcher votre scène : c'est bien dommage, vous
l'échappez belle. L'avocat *Moreau* n'a nulle part au
mémoire historique ; M. le duc de *Choiseul* l'a fait en
trente-six heures.

Y a-t-il une relation de l'auto-da-fé de Lisbonne ?

Il n'y a pas quatre pages de vérité et de bon sens
dans le *Nouveau testament*. L'auteur est un ex-capucin, ci-devant nommé *Maubert*, fugitif, escroc,

——— efpion, ivrogne, normand, de préfent à Paris, et
1761. qui mérite de faire le voyage de Marfeille.

Vous aurez, dans quelque temps, l'ouvrage des
fix jours : ce n'eft pas celui de l'abbé d'*Asfeld*,
ah, ah !

LETTRE CXXXV.

AU MÊME.

Le 13 de novembre.

JE fis partir, il y a onze jours, mes chers frères,
la fcène que les comédiens ordinaires du roi deman-
daient. Elle fut faite le même jour que je reçus
votre avis ; je le trouvai excellent, et la fcène partit
le lendemain, accompagnée des rogatons que je
renvoyais à M. *Carré*, comme Grizel, Car, Ah, ah!
et Gouju.

Je renvoie fidellement tout ce qu'on me confie.
Peut-être trouva-t-on le paquet trop gros à la pofte
de Paris ; peut-être M. *Jannel* en a fait rire le roi.
Je fouhaiterais bien que fa Majefté vît toutes mes
lettres, et les paquets que je reçois ; il ferait bien
convaincu qu'il n'a point de plus zélés et, j'ofe le
dire, de plus tendres ferviteurs que ceux qui font
appelés philofophes par des féditieux fanatiques,
ennemis du roi et de la patrie. J'exhorte tous mes
amis à payer gaiement la moitié de leur bien, s'il le
faut, pour fervir le roi contre fes injuftes ennemis.

Après cela, on peut faifir des Grizel, &c. On
verra

verra que les amateurs des lettres font plus amateurs
de la patrie que les convulfionnaires et les ennemis
des arts. Je figne hardiment cette lettre ; votre véritable ami, *Voltaire.*

LETTRE CXXXVI.

A M. LE COMTE DE SCHOUVALOF.

A Ferney, 14 de novembre.

MONSIEUR,

Vous voyez que je fuis plus diligent que je ne
l'avais cru. Mon âge, mes infirmités me font toujours craindre de ne pas achever l'hiftoire à laquelle
je me fuis dévoué ; ainfi je me hâte, fur la fin de
ma carrière, de remplir celle où vous me faites
marcher ; et l'envie de vous plaire preffe ma courfe.
Votre Excellence a dû recevoir le paquet contenant
la fin tragique du czarovitz, avec une lettre dans
laquelle je vous expofais mon embarras et mes
fcrupules avec la franchife que votre caractère vertueux autorife ; et que vos bontés m'infpirent. Je
vous répète que j'ai cru néceffaire de relever ce chapitre funefte par quelques autres qui miffent dans un
jour éclatant tout ce que le czar a fait d'utile pour
fa nation, afin que les grands fervices du légiflateur
fiffent tout d'un coup oublier la févérité du père, ou
même la fiffent approuver. Permettez, Monfieur,
que je vous dife encore que nous parlons à l'Europe

Correfp. générale. Tome VI. S

entière , que nous ne devons ni vous ni moi arrêter notre vue fur les clochers de Pétersbourg ; mais qu'il faut voir ceux des autres nations , et jufqu'aux minarets des Turcs. Ce qu'on dit dans une cour, ce qu'on y croit ou ce qu'on fait femblant d'y croire, n'eft pas une loi pour les autres pays ; et nous ne pouvons amener les lecteurs à notre façon de penfer, qu'avec d'extrêmes ménagemens. Je fuis perfuadé, Monfieur, que c'eft-là votre fentiment, et que votre Excellence fait combien j'ambitionne l'honneur de me conformer à vos idées. Vous penfez auffi, fans doute, qu'il ne faut jamais s'appefantir fur les petits détails qui ôtent aux grands événemens tout ce qu'ils ont d'important et d'augufte. Ce qui ferait convenable dans un traité de jurifprudence , de police et de marine, n'eft point du tout convenable dans une grande hiftoire. Les mémoires , les dupliques et les répliques font des monumens à conferver dans des archives ou dans les recueils des *Lamberti*, des *Dumont*, ou même des *Rouffet* ; mais rien n'eft plus infipide dans une hiftoire. On peut renvoyer le lecteur à ces documens ; mais ni *Polybe*, ni *Tite-Live*, ni *Tacite*, n'ont défiguré leurs hiftoires par ces pièces ; elles font l'échafaud avec lequel on bâtit, mais l'échafaud ne doit plus paraître quand on a conftruit l'édifice. Enfin le grand art eft d'arranger et de préfenter les événemens d'une manière intéreffante ; c'eft un art très-difficile, et qu'aucun allemand n'a connu. Autre chofe eft un hiftorien, autre chofe eft un compilateur.

Je finis, Monfieur, par l'article le plus effentiel, c'eft de forcer les lecteurs à voir *Pierre le grand*, à le

voir toujours fondateur et créateur au milieu des
guerres les plus difficiles, fe facrifiant et facrifiant
tout pour le bien de fon empire. Qu'un homme
trop intéreffé à rabaiffer votre gloire, dife tant qu'il
voudra que *Pierre le grand* n'était qu'un barbare qui
aimait à manier la hache, tantôt pour couper du bois,
et tantôt pour couper des têtes, et qu'il trancha
lui-même celle de fon fils innocent ; qu'il voulait
faire périr fa feconde femme, et qu'il fut prévenu
par elle ; que ce même homme dife et écrive les
chofes les plus offenfantes contre votre nation,
qu'enfin il me marque le mécontentement le plus
vif, et qu'il me traite avec indignité, parce que
j'écris l'hiftoire d'un règne admirable ; je n'en fuis
ni furpris ni fâché, et j'efpère qu'il fera obligé de
convenir lui-même de la fupériorité que votre nation
obtient en tout genre depuis *Pierre le grand*. Ce
travail, que vous m'avez bien voulu confier, Monfieur, me devient tous les jours plus cher par
l'honneur de votre correfpondance. M. de *Soltikof*
m'a dit que votre Excellence ne ferait pas fâchée
que je vous dédiaffe quelque autre ouvrage, et que
mon nom s'appuyât du vôtre. J'ai fait depuis peu
une tragédie d'un genre affez fingulier ; fi vous me le
permettez, je vous la dédierai ; et ma dédicace fera
un difcours fur l'art dramatique, dans lequel j'effaierai
de préfenter quelques idées neuves. Ce fera pour
moi un plaifir bien flatteur de vous dire publiquement
tout ce que je penfe de vous, des beaux arts et du
bien que vous leur faites. C'eft encore un des pro-
diges de *Pierre le grand* qu'il fe foit formé un *Mécène*
dans ces marécages où il n'y avait pas une feule

maifon dans mon enfance, et où il s'eft élevé une ville impériale qui fait l'admiration de l'Europe. C'eft une chofe dont je fuis bien vivement frappé. Adieu, Monfieur ; voilà une lettre fort longue : pardonnez fi je cherche à me dédommager, en vous écrivant, de la perte que je fais en ne pouvant être auprès de vous.

Vous ne doutez pas des tendres et refpectueux fentimens avec lefquels j'ai l'honneur d'être, &c.

LETTRE CXXXVII.

A MADAME

LA MARQUISE DU DEFFANT.

A Ferney, 18 de novembre.

Vous m'affligez, Madame ; je voudrais vous voir heureufe dans ce plus fot des mondes poffibles ; mais comment faire ? c'eft déjà beaucoup de n'être pas du nombre des imbécilles et des fanatiques qui peuplent la terre ; c'eft beaucoup d'avoir des amis : voilà deux confolations que vous devez fentir à tous les momens. Si, avec cela, vous digérez, votre état fera tolérable.

Je crois, toutes réflexions faites, qu'il ne faut jamais penfer à la mort ; cette penfée n'eft bonne qu'à empoifonner la vie. La grande affaire eft de ne point fouffrir ; car, pour la mort, on ne fent pas plus cet inftant que celui du fommeil. Les gens qui l'annoncent en cérémonie font les ennemis du genre-humain ; il faut défendre qu'ils n'approchent jamais

de nous. La mort n'eſt rien du tout ; l'idée ſeule
en eſt triſte. N'y ſongeons donc jamais, et vivons
au jour la journée. Levons-nous en diſant : Que
ferai-je aujourd'hui pour me procurer de la ſanté
et de l'amuſement ? c'eſt à quoi tout ſe réduit à l'âge
où nous ſommes.

J'avoue qu'il y a des ſituations intolérables ; et
c'eſt alors que les Anglais ont raiſon ; mais ces cas
ſont aſſez rares : on a preſque toujours quelques
conſolations ou quelques eſpérances qui ſoutiennent.
Enfin, Madame, je vous exhorte à être, toute la vie,
la plus heureuſe que vous pourrez.

Votre lettre m'a fait tant d'impreſſion que je vous
écris ſur le champ, moi qui n'écris guère. J'ai une
douzaine de fardeaux à porter ; je me ſuis impoſé
tous ces travaux pour n'avoir pas un inſtant déſœu-
vré et triſte ; je crois que c'eſt un ſecret infaillible.

Je ferai mettre dans la liſte de ceux qui retiennent
un *Corneille* commenté, les perſonnes dont vous
me faites l'honneur de me parler. J'aime paſſionnément à commenter *Corneille ;* car il a fait l'honneur de
la France dans le ſeul art peut-être qui met la France
au-deſſus des autres nations. De plus, je ſuis ſi
indigné de voir des hypocrites et des énergumènes
qui ſe déclarent contre nos ſpectacles, que je veux
les accabler d'un grand nom.

Je n'ai point encore *la Reine de Golconde* ; mais
j'ai vu de très-jolis vers de M. l'abbé de *Boufflers :*
il faut en faire un abbé de *Chaulieu*, avec cinquante
mille livres de rente en bénéfices ; cela vaut cinquante
mille fois mieux que de s'ennuyer en province avec
une croix d'or.

S 3

Avez-vous lu la converfation de l'abbé *Grizel* et d'un intendant des menus ? fi vous ne la connaiffez pas, je vous cèderai l'exemplaire qu'on m'a envoyé.

Recevez les tendres refpects du fuiffe *V.*

LETTRE CXXXVIII.

A M. LE COMTE D'ARGENTAL.

Ferney, 27 de novembre.

O ANGES,

CROYEZ-MOI, voilà comme il faut commencer à peu-près le rôle d'*Olimpie;* enfuite nous le fortifions dans quelques endroits. Mais commencer dans le goût de *Zaïre*, mais rendre froid dans *Olimpie* ce qui, dans *Zaïre*, eft piquant par fa première éducation dans le chriftianifme; mais difloquer le premier acte, et donner le change au fpectateur en difcutant la mémoire d'*Alexandre*, après avoir parlé d'amour; mais enfin détruire tout l'effet d'un coup de théâtre entièrement nouveau, fe priver de la furprife que caufe le mariage d'*Olimpie;* ah, mes anges! rejetez bien loin cette abominable idée, et laiffez-moi faire. Oubliez la pièce; renvoyez-la-moi, je vous la redépêcherai fur le champ; et, fi vous n'êtes pas contens, dites mal de moi.

Nous penfons que vous vous méprenez, fauf refpect, quand vous croyez qu'*Olimpie* eft le premier rôle; il ne l'eft que quand *Statira* eft morte : c'eft

Statira qui eſt le grand rôle. Ah ! comme nous
pleurions à ces vers :

> J'ai perdu Darius, Alexandre et ma fille,
> Dieu feul me reſte.

c'eſt que madame *Denis* déclame du cœur, et que
chez vous on déclame de la bouche.

Nous avons été plus févères que vous ſur quelques articles ; mais nous ſommes diamétralement
oppoſés ſur *Olimpie*. Songez qu'elle eſt bien réſolue
à ne point épouſer *Caſſandre ;* mais qu'elle ne peut
s'empêcher de l'aimer, et qu'elle ne lui dit qu'elle
l'aime qu'en s'élançant dans le bûcher. Si vous
ne trouvez pas cela honnêtement beau, par ma foi,
vous êtes difficiles.

Cette œuvre des ſix jours prouve que le ſujet
portait ſon homme, qu'il volait ſur les ailes de
l'enthouſiaſme. Si le ſujet n'eût pas été théâtral,
je n'aurais pas achevé la pièce en ſix ans. Tout
dépend du ſujet ; voyez le Cid et Pertharite, Cinna
et Suréna, &c.

Avez-vous lu le *Teſtament politique du maréchal
de Belliſle* ? c'eſt un ex-capucin de Rouen, nommé
jadis *Maubert*, fripon, eſpion, eſcroc, menteur et
ivrogne, ayant tous les talens de moinerie, qui
a compoſé cet impertinent ouvrage. Il eſt juſte
qu'un pareil maraud ſoit à Paris, et que j'en ſois
abſent.

L'académie ne veut pas paraître philoſophe.
Quelles pauvres obſervations que ſes obſervations
ſur mes remarques concernant Polyeucte ! Patience ;

je fuis un déterminé ; j'ai peu de temps à vivre ;
1761. je dirai la vérité.

Interim, je vous adore.

P. S. L'empereur prend . . . 100 exemplaires.
L'impératrice, ... 100.
L'impératrice ruffe, ... 200.
Le roi *Staniflas*, ... 1.

LETTRE CXXXIX.

A M. LE MARECHAL DUC DE RICHÉLIEU.

A Ferney, 27 de novembre.

Vous donnez, Monfeigneur, quatre-vingt-deux
ans à *Malagrida* auffi noblement que je fefais *Cerrati*
confeffeur d'un pape. *Malagrida* n'avait que foixante
et quatorze ans ; il ne commit point tout-à-fait le
péché d'*Onan*, mais DIEU lui donnait la grâce de
l'érection ; et c'eft la première fois qu'on a fait brûler
un homme pour avoir eu ce talent. On l'a accufé
de parricide, et fon procès porte qu'il a cru qu'*Anne*,
mère de *Marie*, était née impollue, et qu'il prétendait
que *Marie* avait reçu plus d'une vifite de *Gabriel*.
Tout cela fait pitié et fait horreur. L'inquifition a
trouvé le fecret d'infpirer de la compaffion pour les
jéfuites. J'aimerais mieux être né nègre que portugais.

Eh, miférables ! fi *Malagrida* a trempé dans l'affaffinat du roi, pourquoi n'avez-vous pas ofé l'interroger, le confronter, le juger, le condamner ? Si

vous êtes affez lâches, affez imbécilles pour n'ofer
juger un parricide, pourquoi vous déshonorez-vous
en le fefant condamner par l'inquifition pour des
fariboles ?

On m'a dit, Monfeigneur, que vous aviez favorifé
les jéfuites à Bordeaux. Tâchez d'ôter tout crédit
aux janféniftes et aux jéfuites, et DIEU vous bénira.

Mais furtout perfiftez dans la généreufe réfolution
de délivrer les comédiens, qui font fous vos ordres,
d'un joug et d'un opprobre qui rejaillit fur tous ceux
qui les emploient. Otez-nous ce refte de barbarie,
malgré maître *le Dain*, et malgré fon difcours
prononcé *du côté du greffe*.

Le poliffon, qui a fait le *Teftament du maréchal de
Bellifle*, mériterait un bonnet d'âne. Quelles omiffions
avez-vous donc faites dans la convention de Clofter-
Seven ? on n'en fit qu'une ; ce fut de ne la pas ratifier
fur le champ.

Ce n'eft pas que je fois fâché contre le fefeur de
teftament qui prétend que j'aurais été mauvais
miniftre. A la façon dont les chofes fe font paffées
quelquefois, on aurait pu croire que j'avais grande
part aux affaires.

Qu'on pende le prédicant *Rochette*, ou qu'on lui
donne une abbaye, cela eft fort indifférent pour la
profpérité du royaume des Francs ; mais j'eftime qu'il
faut que le parlement le condamne à être pendu,
et que le roi lui faffe grâce. Cette humanité le fera
aimer de plus en plus ; et, fi c'eft vous, Monfeigneur,
qui obtenez cette grâce du roi, vous ferez l'idole de
ces faquins de huguenots. Il eft toujours bon d'avoir
pour foi tout un parti.

Je joins au chiffon que j'ai l'honneur de vous écrire, le chiffon de Grizel. Il faut qu'un premier gentilhomme de la chambre ait toujours un Grizel en poche, pour l'inciter doucement à protéger notre tripot dans ce monde-ci et dans l'autre.

Agréez toujours mon profond refpect.

LETTRE C. X L.

A M. LE MARQUIS D'ARGENCE DE DIRAC.

Ferney, 2 de décembre.

PARDONNEZ à un ami qui écrit fi rarement. La philofophie et l'amitié en murmurent, mais elles n'en font point altérées, et la mauvaife fanté et l'âge ne font que des excufes trop valables. Aimez toujours, Monfieur, un folitaire que votre fageffe et les folies des hommes vous attachent pour jamais. Une efpèce de colporteur fuiffe m'a dit qu'il vous avait envoyé, il y a un mois, une brochure. Je foupçonne, par le titre, que vous n'en ferez pas trop content. C'eft, dit-il, l'ouvrage d'un curé; et ce n'eft pas un prône. Vous lifez tout, bon ou mauvais, et vous penfez que, dans les plus méchans livres, il y a toujours quelque chofe dont on peut faire fon profit.

La paix va nous rendre les plaifirs, et ne fera pas de tort à la philofophie; il vaut mieux cultiver fa raifon que fe battre. Je viens de détruire des maifons comme on fefait en Veftphalie; mais je les

ai changées en jardins, et à la guerre on ne les
change qu'en déferts. Je vous fouhaite, dans votre
agréable retraite, des journées remplies et heureufes,
des amis qui penfent, l'exclufion des fots, et une
bonne fanté. Je m'imagine que cela eft votre lot;
il ne manque au mien que d'être avec vous.

LETTRE CXLI.

A M. LE COMTE D'ARGENTAL.

2 de décembre.

DIVINS anges, fi vous êtes fi difficiles, je le
fuis auffi. Voyez, s'il vous plaît, combien il eft
mal-aifé de faire un ouvrage parfait; fi ces notes
fur Héraclius ne vous ennuient point, lifez-les, et
vous verrez que j'ai paffé fous filence plus de deux
cents fautes. Madame *du Châtelet* avait de l'efprit,
et l'efprit jufte: je lui lus un jour cet Héraclius;
elle y trouva quatre vers dignes de *Corneille*, et
crut que le refte était de l'abbé *Pellegrin*, avant que
cet abbé fût venu à Paris. Voulez-vous enfuite
avoir la bonté de donner mes remarques à *Duclos*?
Je fuis bien aife de voir comment l'académie penfe
ou feint de penfer. Je fais bien que c'eft avec une
extrême circonfpection que je dois dire la vérité;
mais enfin je ferai obligé de la dire. Je ferai poli;
c'eft, je crois, tout ce qu'on peut exiger.

Vous avez, fans doute, plus de droits fur moi,
mes anges, que je n'en ai fur *Corneille*. Il ne peut

plus profiter de mes critiques, et je peux tirer un grand avantage des vôtres.

Plus je rêve à *Olimpie*, plus il m'eſt impoſſible de lui donner un autre caractère. Elle n'a pas quinze ans, il ne faut pas la faire parler comme ſa mère. Elle me paraît, au cinquième acte, fort au-deſſus de ſon âge.

Ces initiés, ces expiations, cette religieuſe, ces combats, ce bûcher; en vérité, il y a là du neuf. Vous ne voulez pas jouer Caſſandre, eh bien, nous allons le jouer, nous.

Nous baiſons le bout de vos ailes.

LETTRE CXLII.

A M. L'ABBÉ IRAIL,

PRIEUR DE SAINT-VINCENT. (*)

A Ferney, le 4 de décembre.

VOUS ferez étonné, Monſieur, de recevoir, par la petite poſte de Paris, les remercîmens d'un homme qui demeure au pied des Alpes; mais j'ai éprouvé tant de contre-temps et d'embarras par la poſte ordinaire, que je ſuis obligé de prendre ce parti.

Vous vous occupez paiſiblement, Monſieur, des querelles des gens de lettres, pendant que les querelles des rois font un peu plus de tort à nos campagnes que toutes les diſputes littéraires n'en ont fait

(*) Auteur des *Querelles littéraires.*

au Parnaffe. Il faut être continuellement en guerre, —————
dans quelque état qu'on fe trouve.

Je combats aujourd'hui contre les fermiers généraux, au nom de notre petite province ; il ne tiendra
qu'à vous d'ajouter mes mémoires fur le blé, le
tabac et le fel, à toutes mes autres fottifes.

Je me fuis avifé de devenir citoyen, après avoir
été long-temps rimailleur et mauvais plaifant. J'ennuie le confeil de fa Majefté, au lieu d'ennuyer le
public.

Il me femble que vous dites un petit mot du
roi de Pruffe dans l'hiftoire des querelles. J'avais
remis mes intérêts à trois ou quatre cents mille
hommes qui ne m'ont pas fi bien fervi que vous ;
les Ruffes mêmes m'ont manqué de parole au fiége
de Colberg. Je dois vous regarder comme un de
mes alliés les plus fidelles.

Madame *Denis* et moi, nous vous prions, Monfieur,
de faire mille complimens à toute notre famille :
nous ne favons point encore les marches de madame
de *Fontaine* et de M. d'*Ornoi ;* nous nous flattons
d'en être inftruits quand elle fera à Paris, en bonne
fanté.

J'ai l'honneur d'être, &c.

LETTRE CXLIII.

A M. DAMILAVILLE.

Le 6 de décembre.

Je souhaite la bonne année 1762, aux frères : je m'y prends de bonne heure, car j'ai hâte.

Que font les frères ?

Quelle nouvelle du Parnasse et du théâtre, et même des affaires profanes ?

La raison gagne-t-elle un peu ? si les jésuites sont fessés, les jansénistes ne sont-ils pas trop fiers ? Gens de bien, opposez-vous aux uns et aux autres ; soyez hardis et fermes.

Frère *Helvétius* est-il revenu à Paris ?

Frère *Thiriot* augmentera-t-il de paresse ?

A quand l'*Encyclopédie* ? l'aurons-nous en 1762 ?

Que dit-on de la santé de *Clairon* et de la vive *Dangeville* ?

Le *Journal de Trévoux* continue-t-il toujours ?

Berthier est-il ressuscité ?

Crévier est-il mort ?

Qu'est-ce donc que ce livre *De la nature* ? est-ce un abrégé de *Lucrèce* ? est-ce du vieux ? est-ce du nouveau ? est-ce du bon ? S'il y a *mica salis*, envoyez-le à votre frère du désert.

Est-il vrai que le gouvernement emprunte quarante millions ? et à qui, bon Dieu ? où trouvera-t-on ces quarante millions ? Il y a des gens qui les ont gagnés,

mais ceux-là ne les prêteront pas. *Interim, valete,* ——
fratres.

Voici une lettre pour l'abbé *Irail*, auteur des belles querelles. Mais où demeure-t-il ce M. *Blin de Sain-More* qui a fait de très-jolis vers pour moi, et qui a tant fait parler *la belle Gabrielle* ?

LETTRE CXLIV.

A M. LE MARQUIS DE CHAUVELIN.

A Ferney, le 6 de décembre, *partira quand pourra.*

DISPOSEZ, ordonnez ; je pars avec douleur de Ferney où j'ai bâti un très-joli théâtre, pour aller fur le territoire damné de Genève, qui a déclaré la guerre aux théâtres. Ne trouvez-vous pas qu'il faudrait brûler cette ville ? En attendant que DIEU faffe juftice de ces hérétiques, ennemis de *Corneille* et du pape, je ferai tranfcrire l'œuvre des fix jours, tel qu'il eft ; je n'y veux rien changer. Je veux devoir les changemens à vos confeils, et furtout à l'impreffion que cela fera fur le cœur de madame de *Chauvelin;* car, foit dit fans vous déplaire, tous les raifonnemens des hommes ne valent pas un fentiment d'une femme. Je ne dis pas cela pour vous dénigrer ; mais je prétends que, fi vous approuvez, et que fi madame de *Chauvelin* eft émue, la pièce eft bonne, ou du moins touchante, ce qui eft encore mieux. En un mot, vous l'aurez, et je vous remercie de me l'avoir demandée.

Je me mets aux pieds de votre belle actrice.

Quand verrai-je le jour où elle jouera la fille, et madame *Denis* la mère, et moi le bon homme? Je perfiste fermement dans l'opinion où je fuis que DIEU nous a créés et mis au monde pour nous amufer, que tout le refte eft plat ou horrible.

Je fupplie votre Excellence de vouloir bien dire à M. *Guaftaldi* combien je l'eftime, j'ofe même dire, combien je l'aime.

Recevez mes tendres refpects.

AU MEME.

Le même jour.

Tout ce qui me fâche à préfent dans ce monde, je l'avoue à vos aimables Excellences, c'eft qu'il y ait deux rôles de femme dans la plupart des pièces; car où trouver le pendant de madame de *Chauvelin*? Je fais quel eft fon fingulier talent; mais, fi elle daigne jouer *Andromaque*, que devient *Hermione*? et fi elle fait *Hermione*, il faut jeter *Andromaque* par la fenêtre. Elle eft comme *il Ariofto fe fto chi va, fe vo, chi fta*?

Vous me paraiffez fi honnête homme, Monfieur, que je me confierais à vous, quoique vous autres miniftres, en général, ne valiez pas grand'chofe. Un certain Tancrède fut confié à M. le duc de *Choifeul*, et ce Tancrède, encore tout en maillot, courut Ver-failles, Paris et l'armée. Vous voulez mon œuvre des fix jours: je pourrai bien me repentir de mon œuvre, comme DIEU, mais je ne me repentirai pas de l'avoir

foumis

foumis ou foumife à vos lumières et à vos bontés. ———
Refte à favoir comment je vous le dépêcherai, et 1761.
comment vous me le redépêcherez. N'y a-t-il pas
un courier de Rome qui paffe toutes les femaines par
Lyon et par Turin? Ne pourriez-vous pas faire écrire
à M. *Taboureau*, directeur de la pofte de Lyon, de
vous faire tenir un paquet cacheté qui viendra de
Genève, contenant environ feize cents vers qui ne
valent pas le port?

LETTRE CXLV.

A M. LE COMTE D'ARGENTAL.

17 de décembre.

ILS diront, ces anges : Il n'y a pas de patience
d'ange qui puiffe y tenir ; nous avons là un dévot
infupportable. Renvoyez-moi donc votre exemplaire,
et prenez celui-là. Je ne fais plus qu'y faire, mes
tutélaires ; je fuis à bout, excédé, rebuté fur l'ouvrage ; mais, croyez-moi, le fuccès eft dans le fond
du fujet. S'il eft intéreffant, il ne peut pas l'être
médiocrement ; s'il n'y a point d'intérêt, rien ne
peut l'embellir.

La tête me fend ; et, fi Caffandre ne vous plaît pas,
vous me fendez le cœur.

L'imagination n'a pas encore dit fon dernier mot
fur cette pièce ; la bonne femme eft capricieufe et
ne répond jamais de ce qui lui paffera par la tête.
Si quelque embelliffement fe préfente à elle, elle

—— ne le manquera pas. Mes anges aiment Zulime; je ne saurais m'en fâcher contre eux ; mais assurément ils doivent aimer mieux Cassandre.

Mais que dirons-nous de notre philosophe de vingt-quatre ans ? comment fera-t-il avec une personne dont il faudra finir l'éducation ? comment s'accommodera-t-il d'être mari, précepteur et solitaire ? On se charge quelquefois de fardeaux difficiles à porter ; c'est son affaire : il aura *Cornélie-chiffon* quand il voudra.

Nous venons de répéter le Droit du seigneur ; *Cornélie-chiffon* jouera *Colette*, comme si elle était élève de mademoiselle *Dangeville*.

Le petit mémoire touchant l'ambassadeur prétendu de France à la Porte russe, est précisément ce qu'il me fallait ; je n'en demande pas davantage , et j'en remercie mes anges bien tendrement. Ils sont exacts, ils sont attentifs , ils veillent de loin sur leur créature. Je renvoie leur mémoire ou apostillé , ou combattu, ou victorieux , selon que mon humeur m'y a forcé.

Sur ce , je baise leurs ailes avec les plus saints transports.

LETTRE CXLVI.

A M. DE CIDEVILLE.

Aux Délices, le 20 de décembre.

J'AI peur, mon ancien ami, de ne vous avoir pas remercié de la defcription du presbytère. Je crois que *Corneille* aurait mieux réuffi s'il avait eu votre Launai à peindre ; il lui fallait de beaux fujets. *Cinna* infpirait mieux que *Pertharite.*

Ce *Corneille* m'a coûté tant de foins, il a fallu écrire tant de lettres, envoyer tant de paquets à l'académie, que je ne fais plus où j'en fuis ; la correfpondance a pris tout mon temps. Il fe pourrait très-bien que je ne vous euffe point écrit : fi j'ai fait cette faute, pardonnez-la-moi.

Nous allons pofer bientôt les fondemens du petit maufolée que nous élevons à la gloire de votre concitoyen, du père de notre théâtre, de ce théâtre que maître *le Dain* et maître *Fleuri* veulent abfolument excommunier ; de ce théâtre qui peut-être eft la feule chofe qui diftingue la France des autres nations ; de ce théâtre dont on adore les actrices qu'enfuite on jette à la voirie, &c.

Enfin mademoifelle *Corneille* a lu le Cid ; c'eft déjà quelque chofe. Vous favez que nous l'avons prife au berceau. Nous comptons qu'elle jouera, ce printemps, *Chimène* fur notre théâtre de Ferney ; elle fe tire déjà très-bien du comique. Il y a de quoi en faire une *Dangeville.* Elle joue des endroits à faire mourir de

T 2

—— rire; et, malgré cela, elle ne déparera pas le tragique. Sa voix eſt flexible, harmonieuſe et tendre : il eſt juſte qu'il y ait une actrice dans la maiſon de *Corneille*.

1761.

Pour madame *Denis*, c'eſt bien dommage qu'elle n'exerce pas ce talent plus ſouvent ; elle eſt admirable dans quelques rôles : mais il eſt plus aiſé de bâtir un théâtre que de trouver des acteurs. J'aimerais mieux avoir un procès à ſolliciter, que des acteurs à raſſembler. C'eſt beaucoup d'avoir trouvé quelquefois au pied des Alpes de quoi compoſer une aſſez bonne troupe. J'ai pris le parti de me bien amuſer ſur la fin de ma vie, de faire à la fois les pièces, le théâtre et les acteurs ; cela fait une vie pleine, pas un moment de perdu.

DIEU a eu pitié de moi, mon cher et ancien ami. Réjouiſſez-vous tant que vous pourrez ; tout ce qui n'eſt pas plaiſir eſt pitoyable. Etes-vous à Paris ? êtes-vous à Launai ? en quelque endroit que vous ſoyez, je vous aime de tout mon cœur.

LETTRE CXLVII.

A M. LE COMTE D'ARGENTAL.

23 de décembre.

C'EST pour le coup que nous rirons aux anges. Qu'il arrive de plaiſantes choſes dans la vie ! comme tout roule, comme tout s'arrange ! Mes divins anges, ſi c'eſt un honnête homme, comme il l'eſt ſans doute, puiſqu'il s'eſt adreſſé à vous, il n'a qu'à venir, fon affaire eft faite; il fe trouvera que fon marché fera meilleur qu'il ne croit. *Cornélie-chiffon* aura au moins quarante à cinquante mille livres de l'édition de *Pierre*; je lui en affure vingt mille; je lui ai déjà donné une petite rente; le tout fera un très-honnête mariage de province, et le futur aura la meilleure enfant du monde, toujours gaie, toujours douce, et qui faura, fi je ne me trompe, gouverner une maifon avec nobleffe et économie. Nous ne pourrions nous en féparer, madame *Denis* et moi, qu'avec une extrême douleur; mais je me flatte que le mari fera fa maifon de la nôtre.

Malgré tout cela, il m'eft impoffible d'aimer Héraclius, je vous l'avoue. Je crois vous avoir cité madame *du Châtelet* qui ne pouvait fouffrir cette pièce, dans laquelle il n'y a pas un fentiment qui foit vrai, et pas douze vers qui foient bons, et pas un événement qui ne foit forcé. J'ai ce genre-là en horreur; les Français n'ont point de goût. Eft-il poffible qu'on applaudiffe Héraclius quand on a lu, par exemple, le rôle de *Phèdre*? eft-ce que les beaux vers ne devraient pas dégoûter des mauvais? et puis, s'il vous plaît, qu'eft-ce qu'une tragédie qui ne fait pas pleurer? Mais je commente *Corneille* : oui, qu'il en remercie fa nièce.

Au refte, le futur doit être convaincu que jamais la future ne fera Héraclius, ni même ne l'entendra; elle en eft extrêmement loin : c'eft une bonne enfant. Le futur n'a qu'à venir. Notre embarras fera de bien loger notre nouveau ménage; car j'ai fait bâtir un petit château où une jeune fille eft fort à fon aife, et où monfieur et madame feront un peu à l'étroit. Il ferait plaifant que ce capitaine de chevaux fût un philofophe de vingt-quatre ans , qui vînt vivre avec nous , et qui sût refter dans fa chambre ! Enfin j'efpère que D I E U bénira cette plaifanterie.

Divins anges, nous ferons quatre qui baiferons le bout de vos ailes.

Et le roi d'Efpagne ? le roi d'Efpagne ?

LETTRE CXLVIII.

A M. LE COMTE DE SCHOUVALOF.

Aux Délices, 23 de décembre.

MONSIEUR,

JE dépêche à M. le comte de *Kaunitz* un gros paquet à votre adreffe. Il contient un volume de l'Hiftoire de *Pierre le grand*, imprimé avec les corrections au bas des pages, et les réponfes à des critiques. Votre Excellence jugera aifément des unes et des autres. J'en garde un double par devers moi. Quand vous aurez examiné à votre loifir ces remarques qui font très-lifibles , vous me donnerez vos derniers ordres , et ils feront exactement fuivis. J'ai réformé, avec la plus fcrupuleufe exactitude, les nouveaux chapitres qui doivent entrer dans le fecond volume , et je me fuis conformé à vos remarques fur ces premiers chapitres, en attendant vos ordres fur ceux qui commencent par le procès du czarovitz, et qui finiffent à la guerre de Perfe. Il reftera alors très-peu de chofe à faire pour achever tout l'ouvrage, et pour le rendre moins indigne de paraître fous vos aufpices. Je fuis perfuadé que vous ne voulez pas que j'entre dans les petits détails qui conviennent peu à la dignité de l'hiftoire, et que votre intention a été toujours d'avoir un grand tableau qui préfentât l'empereur *Pierre* dans un jour toujours lumineux. L'auteur d'une hiftoire particulière de la marine peut dire comment on a conftruit des chaloupes, et compter les cordages ; l'auteur d'une hiftoire des finances peut dire ce que valait un altin, en 1600, et ce qu'il vaut aujourd'hui ; mais celui qui préfente un héros aux nations étrangères, doit le préfenter en grand, et le rendre intéreffant pour tous les peuples ; il doit éviter le ton de la gazette et le ton du panégyrique. Je fuis convaincu que vous ne pouvez penfer autrement. J'ai eu l'honneur, Monfieur, de vous écrire plufieurs lettres ; je me flatte que vous les avez reçues, et que vous avez accepté l'hommage que je vous offre d'une tragédie nouvelle que nous repréfenterons en fociété, le printemps prochain, dans mon petit château de Ferney. J'aurai la confolation de dire au public tout ce que je penfe de votre perfonne. Je vous fouhaite d'heureufes et de nombreufes années ; je ferai, pendant celles où je vivrai, avec le plus tendre et le plus refpectueux attachement, &c.

LETTRE CXLIX.

A MADAME

LA COMTESSE DE BASSEWITZ.

Aux Délices, 25 de décembre.

MADAME,

VOUS m'infpirez autant d'étonnement que de reconnaiffance. Non-feulement vous écrivez des lettres charmantes à la barbe des houffards noirs, mais vous écrivez des mémoires qui méritent d'être imprimés ; et tout cela dans une langue qui n'eft point la vôtre, avec l'exactitude d'un favant, et avec les grâces de nos dames de la cour de *Louis XIV ;* car nous n'avons point aujourd'hui de dame que je vous compare.

Je n'ai reçu, Madame, aucune des lettres dont vous me faites l'honneur de me parler. Quand il n'y aurait que ce malheur attaché à la guerre, je la détefterais ; c'eft être véritablement pillé que de perdre les lettres dont vous m'honorez.

Je n'ai point changé de demeure, je conferve toujours mes Délices auprès de Genève ; elles me feront toujours chères, puifqu'un fils de notre ado-rable madame la ducheffe de *Gotha* a daigné les habiter. Mais, comme j'ai des terres en France dans le voifinage, et que, par les circonftances les plus fingulières et les plus heureufes, ces terres font

libres, j'y ai fait bâtir un château affez joli. Si je
n'étais que génevois, je dépendrais trop de Genève;
fi je n'étais que français, je dépendrais trop de la
France. Je me fuis fait une deftinée à moi tout feul,
et j'ai acquis cette précieufe liberté après laquelle
j'ai foupiré toute ma vie, et fans laquelle je ne
crois pas qu'un être penfant puiffe être heureux.

Je fuis pénétré de vos bontés, Madame; j'ai le
règlement eccléfiaftique de ce *Pierre le grand* qui
favait fi bien contenir les prêtres. J'ai fon oraifon
funèbre; et toute oraifon funèbre eft fufpecte. Les
matériaux ne me manquent point; mais rien n'approche de vos mémoires. L'aventure de la glace caffée,
et la réponfe de *Catherine*, font des anecdotes bien
précieufes. On voit bien tout ce que cela fignifie, mais
il n'eft pas encore temps de le dire; les vérités font
des fruits qui ne doivent être cueillis que bien mûrs.
Je n'avais jamais entendu parler, Madame, des
Mémoires du baron de Wiffen, qui avait élevé cet
infortuné czarovitz; ils doivent être fort curieux.
Je vous avoue que je vous aurais la plus grande
obligation de vouloir bien me les faire parvenir;
j'implore la protection de madame la ducheffe de
Gotha pour obtenir cette grâce; vous ne refuferez
rien à ce nom. Je fouhaite que ce baron *Wiffen* ait
dit la vérité : il devait bien connaître fon élève;
mais la vérité qu'il peut dire eft bien délicate. On
m'ouvre en Ruffie à deux battans les portes de l'ami-
rauté, des arfenaux, des fortereffes et des ports;
mais on ne communique guère la clef du cabinet et
de la chambre à coucher.

Quand j'ai un peu de fanté, Madame, il me

1761.

1761. prend une forte envie de faire un tour d'Allemagne, d'aller furtout à Gotha, puis à Hambourg, puis à Roftock, et de me préfenter en chevalier errant à la porte de Dalvitz; mais, après ce beau rêve, quand je confidère que j'ai bientôt foixante et dix ans, et que je deviens borgne, je refte à ma cheminée, et entre deux poêles, tout plein de la refpectueufe et tendre reconnaiffance avec laquelle j'ai l'honneur d'être, Madame, votre, &c.

LETTRE CL.

A M. DUCLOS.

Aux Délices, 25 de décembre.

JE préfente à l'académie ma refpectueufe reconnaiffance, de la bonté qu'elle a eue d'examiner mon Commentaire fur les tragédies du grand *Corneille*, et de me donner plufieurs avis dont je profite.

Nous allons commencer inceffamment l'édition. Les frères *Cramer* vont donner leur annonce au public; les noms des foufcripteurs feront imprimés dans cette annonce: on y verra l'empereur, l'impératrice-reine et l'impératrice de Ruffie, qui ont foufcrit pour autant d'exemplaires que le roi, notre protecteur. Cette entreprife eft regardée, par toute l'Europe, comme très-honorable à notre nation et à l'académie, et comme très-utile aux belles-lettres.

Le nom de *Corneille*, et l'attente où font tous les étrangers de favoir ce qu'ils doivent admirer ou

reprendre dans lui, ferviront encore à étendre la
langue françaife dans l'Europe.

L'académie a paru confirmer tous mes jugemens
fur ce qui concerne la langue, et me laiffe une liberté
entière fur tout ce qui concerne le goût : c'eft une
liberté dont je ne dois ufer qu'en me conformant à
fes fentimens, autant que je pourrai les bien connaître. Il eft difficile de s'expliquer entièrement de
fi loin, et en fi peu de temps.

Dans les premières efquiffes que j'eus l'honneur
d'envoyer, je remarque dans la Médée de *Corneille*
les enchantemens qu'elle emploie fur le théâtre; et
comme mon Commentaire eft hiftorique auffi-bien
que critique, et que je compare les autres théâtres
avec le nôtre, je dis que : *Dans la tragédie de*
Macbhet, qu'on regarde comme un chef-d'œuvre de
Shakefpeare, trois forcières font leurs enchantemens fur
le théâtre, &c.

Ces trois forcières arrivent au milieu des éclairs
et du tonnerre, avec un grand chaudron dans
lequel elles font bouillir des herbes. *Le chat a miaulé*
trois fois, difent-elles, *il eft temps, il eft temps;* elles
jettent un crapaud dans le chaudron, et apoftro-
phent le crapaud en criant en refrain, *double, double,*
chaudron trouble, que le feu brûle, que l'eau bouille,
double, double. Cela vaut bien les ferpens qui font
venus d'Afrique en un moment, et ces herbes que
Médée à cueillies, le pied nu, en fefant pâlir la lune,
et ce plumage noir d'une harpie, &c.

C'eft à l'opéra, c'eft à ce fpectacle confacré aux
fables, que ces enchantemens conviennent, et c'eft
là qu'ils ont été le mieux traités.

Voyez dans *Quinault*, supérieur en ce genre :

> Esprits malheureux et jaloux,
> Qui ne pouvez souffrir la vertu qu'avec peine,
> Vous dont la fureur inhumaine,
> Dans les maux qu'elle fait trouve un plaisir si doux ;
> Démons, préparez-vous à seconder ma haine ;
> Démons, préparez-vous
> A venger mon courroux.

Voyez, en un autre endroit, ce morceau encore plus fort que chante *Médée* :

> Sortez, ombres, sortez de la nuit éternelle ;
> Voyez le jour pour le troubler :
> Que l'affreux désespoir, que la rage cruelle
> Prennent soin de vous rassembler.
> Avancez, malheureux coupables,
> Soyez aujourd'hui déchaînés ;
> Goûtez l'unique bien des cœurs infortunés,
> Ne soyez pas seuls misérables.
> Ma rivale m'expose à des maux effroyables,
> Qu'elle ait part aux tourmens qui vous sont destinés.
> Non, les enfers impitoyables
> Ne pourront inventer des horreurs comparables
> Aux tourmens qu'elle m'a donnés.
> Goûtons l'unique bien des cœurs infortunés,
> Ne soyons pas seuls misérables.

Ce seul couplet est peut-être un chef-d'œuvre ; il est fort et naturel, harmonieux et sublime. Observons que c'est-là ce *Quinault* que *Boileau* affectait de mépriser, et apprenons à être justes.

J'ai l'attention de préfenter ainfi aux yeux du lecteur des objets de comparaifon, et je préfume que rien n'eft plus inftructif. Par exemple, *Maxime* dit :

Vous n'aviez point tantôt ces agitations ,
Vous paraiffiez plus ferme en vos intentions ,
Vous ne fentiez au cœur ni remords ni reproche.

CINNA.

On ne les fent auffi que quand le coup approche ,
Et l'on ne reconnaît de femblables forfaits
Que quand la main s'apprête à venir aux effets.
L'ame, de fon deffein jufqu'alors poffédée , &c.

Shakefpeare , foixante ans auparavant, avait dit la même chofe, dans les mêmes circonflances; *Brutus*, fur le point d'affaffiner *Céfar*, parle ainfi :

„ Entre le deffein et l'exécution d'une chofe fi
„ terrible , tout l'intervalle n'eft qu'un rêve affreux.
„ Le génie de Rome et les inftrumens mortels de
„ fa ruine femblent tenir confeil dans notre ame
„ bouleverfée. Cet état funefte de l'ame tient de
„ l'horreur de nos guerres civiles. „

Je mets fous les yeux ces objets de comparaifon, et je laiffe au lecteur à juger.

J'avais oublié d'inférer , dans mes remarques envoyées à l'académie, une anecdote qui me paraît curieufe. Le dernier maréchal de *la Feuillade* , homme qui avait dans l'efprit les faillies les plus lumineufes, étant dans l'orcheftre à une repréfentation de Cinna, ne put fouffrir ces vers d'*Augufte* :

Mais tu ferais pitié, même à ceux que j'irrite ,
Si je t'abandonnais à ton peu de mérite.

Ofe me démentir, dis-moi ce que tu vaux,
Conte-moi tes vertus, tes glorieux travaux,
Les rares qualités par où tu m'as fu plaire, &c.

,, Ah! dit-il, voilà qui me gâte toute la beauté
,, du *foyons amis*, *Cinna*. Comment peut-on dire,
,, *foyons amis*, à un homme qu'on accable d'un fi
,, profond mépris. On peut lui pardonner pour fe
,, donner la réputation de clémence, mais on ne
,, peut l'appeler *ami*; il fallait que *Cinna* eût du
,, mérite, même aux yeux d'*Augufte*. ,,

Cette réflexion me parut auffi jufte que fine, et
j'en fais juge l'académie.

Cette confidération fur le perfonnage de *Cinna*
me ramène ici à l'examen de fon caractère. Je penfe,
avec l'académie, que c'eft à *Augufte* qu'on s'intéreffe
pendant les deux derniers actes; mais certainement,
dans les premiers, *Cinna* et *Emilie* s'emparent de
tout l'intérêt; et, dans la belle fcène de *Cinna* et
d'*Emilie*, au premier acte où *Augufte* eft rendu exécrable, tous les fpectateurs deviennent autant de
conjurés au récit des profcriptions. Il eft donc
évident que l'intérêt change dans cette pièce, et
c'eft probablement par cette raifon qu'elle occupe
plus l'efprit qu'elle ne touche le cœur.

Nota bene, c'eft prefque le feul endroit où je me fois
écarté du fentiment de l'académie, et j'ai pour moi
quelques académiciens que j'ai confultés.

Les remords tardifs de *Cinna* me font toujours
beaucoup de peine; je fens toujours que ces remords
me toucheraient bien davantage, fi, dans la confé-
rence avec *Augufte*, *Cinna* n'avait pas donné des
confeils perfides, s'il ne s'était pas affermi enfuite

1761.

dans cette même perfidie. J'aime des remords après un grand crime conçu par enthoufiafme, cela me paraît dans la nature, et dans la belle nature ; mais je ne puis fouffrir des remords après la plus lâche fourberie, ils ne me paraiffent alors qu'une contradiction.

Je ne parle ici que pour la perfection de l'art, c'eft le but de tous mes commentaires ; la gloire de *Corneille* eft en fureté. Je regarde Cinna comme un chef-d'œuvre, quoiqu'il ne foit pas de ce tragique qui tranfporte l'ame et qui la déchire ; il l'occupe, il l'élève. La pièce a des morceaux fublimes ; elle eft régulière, c'en eft bien affez.

J'ai été un peu févère fur Héraclius ; mais j'envoie à l'académie mes premières penfées, afin de les rectifier. M. *Magens*, éditeur de *Don Quichotte* et de la *Vie de Cervantes*, prétend que l'Héraclius efpagnol eft bien antérieur à l'Héraclius français ; et cela eft bien vraifemblable, puifque les Efpagnols n'ont daigné rien prendre de nous, et que nous avons beaucoup puifé chez eux : *Corneille* leur a pris le Menteur, la Suite du Menteur, Don Sanche.

Je demande permiffion à l'académie d'être quelquefois d'un avis différent de nos prédéceffeurs qui donnèrent leur fentiment fur le Cid. Elle m'approuvera, fans doute, quand je dis que fuir eft d'une feule fyllabe, quoiqu'on ait décidé autrefois qu'il était de deux. J'excufe ce vers :

Le premier dont ma race ait vu rougir fon front.

Je trouve ce vers beau ; la race y eft perfonnifiée, et en ce cas fon front peut rougir.

1761.

J'approuve ces vers :

> Mon ame eſt ſatisfaite,
> Et mes yeux à ma main reprochent ta défaite.

L'académie y trouve une contradiction ; mais il me paraît que ces deux vers veulent dire : *Je ſuis ſatis-fait, je ſuis vengé, mais je l'ai été trop aiſément;* et je demande alors où eſt la contradiction. On a con-damné *inſtruiſez-le d'exemple;* je trouve cette hardieſſe très-heureuſe. *Inſtruiſez-le par exemple,* ſerait languiſ-ſant; c'eſt ce qu'on appelle *une expreſſion trouvée,* comme dit *Deſpréaux.* J'ai oſé imiter cette expreſſion dans la Henriade :

> Il m'inſtruiſait d'exemple au grand art des héros.

et cela n'a révolté perſonne.

Je prends auſſi la liberté d'avoir quelquefois un avis particulier ſur l'économie de la pièce. Ceux qui rédigèrent le jugement de l'académie diſent qu'il y aurait eu, ſans comparaiſon, moins d'inconvé-nient dans la diſpoſition du Cid, de feindre, contre la vérité, que le comte ne fût pas trouvé à la fin véritable père de *Chimène;* ou que, contre l'opi-nion de tout le monde, il ne fût pas mort de ſa bleſſure.

Je ſuis très-ſûr que ces inventions, d'ailleurs communes et peu heureuſes, auraient produit un mauvais roman ſans intérêt. Je ſouſcris à une autre propoſition ; c'eſt que le ſalut de l'Etat eût dépendu abſolument du mariage de *Chimène* et de *Rodrigue.* Je trouve cette idée fort belle, mais j'ajoute

qu'en

qu'en ce cas il eût fallu changer la constitution du
poëme.

En rendant ainsi compte à l'académie de mon
travail, j'ajouterai que je suis souvent de l'avis de
l'auteur de *Télémaque*, qui, dans sa lettre à l'académie sur l'éloquence, prétend que *Corneille* a donné
souvent aux Romains une enflure et une emphase
qui est précisément l'opposé du caractère de ce
peuple-roi. Les Romains disaient des choses simples,
et en fesaient de grandes. Je conviens que le théâtre
veut une dignité et une grandeur au-dessus de la
vérité de l'histoire; mais il me semble qu'on a passé
quelquefois ces bornes.

Il ne s'agit pas ici de faire un commentaire qui
soit un simple panégyrique; cet ouvrage doit être à
la fois une histoire des progrès de l'esprit humain,
une grammaire et une poëtique.

Je n'atteindrai pas à ce but, je suis trop éloigné
de mes maîtres que je voudrais consulter tous les
jours; mais l'envie de mériter leurs suffrages, en
me rendant plus laborieux et plus circonspect,
rendra peut-être mon entreprise de quelque utilité.

Nota bene que je ne puis me servir dans *le Cid* de
l'édition de 1664, parce qu'il faut absolument que
je mette sous les yeux celle que l'académie jugea
quand elle prononça entre *Corneille* et *Scudéri*.

J'ajoute que, si l'académie voulait bien encore
avoir la bonté d'examiner le commentaire sur Cinna,
que j'ai beaucoup réformé et augmenté, suivant ses
avis, elle rendrait un grand service aux lettres. Cinna
est de toutes les pièces de *Corneille* celle que les

——— hommes en place liront le plus dans toute l'Europe,
1761. et par conféquent celle qui exige l'examen le plus
approfondi.

Je fupplie l'académie d'agréer mes refpects.

LETTRE CLI.

A MADAME DE FONTAINE.

4 de janvier.

——— Enfin donc, ma chère nièce, je reçois une lettre
1762. de vous; mais je vois que vous n'êtes pas dévote, et
je tremble pour votre falut. J'avais cru qu'une religieufe, un confeffeur, un pénitent, une tourière,
pourraient toucher les ames timorées. Les myftères
facrés font, en grande partie, l'origine de notre fainte
religion : les ames dévotes fe prêtent volontiers à ces
beaux ufages. Il n'y a ni religieufe, ni femme, ni
fille à marier, qui ne fe plaife à voir un amant fe
purifier pour être plus digne de fa maîtreffe.

Vous me dites que la confeffion et la communion
ne font pas fuivies ici d'événemens terribles; mais
n'eft-ce rien qu'une fille qui fe brûle, et qu'un amant
qui fe poignarde ?

Où avez-vous pêché que *Caffandre eft un coupable,
entraîné au crime par les motifs les plus bas?* 1°. Il n'a
point cru empoifonner *Alexandre;* 2°. on n'a jamais
appelé la plus grande ambition un motif bas; 3°. il
n'a pas même cette ambition; il n'a donné autrefois
à *Statira* un coup d'épée, qu'en défendant fon père;

1762.

4°. il n'a de violens remords que parce qu'il aime la fille de *Statira* éperdument, et il se regarde comme plus criminel qu'il ne l'eft en effet : c'eft l'excès de fon amour qui groffit le crime à fes yeux.

Pourquoi ne voulez-vous pas que *Statira* expire de douleur ? *Lufignan* ne meurt que de vieilleffe : c'était cela qui pouvait être tourné en ridicule par les méchantes gens. *Corneille* fait bien mourir la maî-treffe de *Suréna* fur le théâtre :

Non, je ne pleure point, Madame, mais je meurs.

Vous êtes tout étonnée que, dans l'églife, deux princes refpectent leur curé : mais les myftères facrés ne pouvaient être fouillés, et c'eft une chofe affez connue.

Au refte, nous ne comptons point jouer fitôt Caffandre ; M. d'*Argental* n'en a qu'une copie très-informe. Si vous aviez lu la véritable, vous auriez vu que *Statira*, par exemple, ne meurt pas fubite-ment. Ces vers vous auraient peut-être défarmée :

> Caffandre à cette reine eft fatal en tout temps.
> Elle tourne fur lui fes regards expirans,
> Et croyant voir encore un ennemi funefte
> Qui venait de fa vie arracher ce qui refte,
> Faible et ne pouvant plus foutenir fa terreur,
> Dans les bras de fa fille expire avec horreur ;
> Soit que de tant de maux la pénible carrière
> Précipitât l'inftant de fon heure dernière,
> Ou foit que des poifons empruntant le fecours,
> Elle-même ait tranché la trame de fes jours.

Si vous aviez vu, encore une fois, mon manufcrit,

V 2

vous auriez vu tout le contraire de ce que vous
me reprochez. J'ai cru d'ailleurs m'apercevoir que
les remords et la religion fefaient toujours un très-
grand effet fur le public ; j'ai cru que la fingularité
du fpectacle produirait encore quelque fenfation. Je
me fuis preffé d'envoyer à M. et à madame d'*Argental*
la première efquiffe. Je n'ai pas imaginé affurément
qu'une pièce faite en fix jours n'exigeât pas un très-
long temps pour la corriger. J'y ai travaillé depuis
avec beaucoup de foin ; elle a fait pleurer et frémir
tous ceux à qui je l'ai lue, et il s'en faut bien encore
que je fois content.

Vous voyez, par tout ce long détail, que je fais
cas de votre eftime, et que vos critiques font autant
d'impreffion fur moi que les louanges de votre fœur.
Elle eft auffi enthoufiafmée de Caffandre que vous en
êtes mécontente ; mais c'eft qu'elle a vu une autre
pièce que vous, et qu'une différence de foixante à
quatre-vingts vers, répandus à propos, changent
prodigieufement l'efpèce.

Je ne fais ce qu'eft devenu un gros paquet d'amufemens de campagne, que j'avais envoyé à Ornoi, et
que j'avais adreffé à un intendant des poftes. Il y
avait un petit livre relié, avec une lettre pour vous,
et quelques manufcrits : tout cela était très-indiffé-
rent ; mais apparemment le livre relié fit retenir le
paquet. J'ai appris depuis qu'il ne fallait envoyer par
la pofte aucun livre relié : on apprend toujours
quelque chofe en ce monde.

Vous ne m'avez pas dit un mot de l'alliance avec
l'Efpagne. Je vois que, vous et moi, nous fommes
napolitains, ficiliens, catalans ; mais je ne vois pas

que l'on donne encore fur les oreilles aux Anglais, et c'eft-là le grand point.

Revenons au tripot. Vous allez donc bientôt voir Zulime? Je vous avoue que je fais plus de cas d'une fcène de Caffandre que de tout Zulime. Elle peut réuffir, parce qu'on y parle continuellement d'une chofe qui plaît affez généralement ; mais il n'y a ni invention, ni caractères, ni fituations extraordinaires : on y aime à la rage ; *Clairon* joue, et puis c'eft tout.

Bonfoir, ma chère nièce ; je vous regrette, vous aime, et vous aimerai tant que je vivrai.

On dit que nous aurons *Florian* au printemps : il verra mon églife et mon théâtre. Je voudrais vous voir à la meffe et à la comédie.

LETTRE CLII.

A M. DAMILAVILLE.

9 de janvier.

VRAIMENT, mes chers frères, j'apprends de belles nouvelles ! Frère *Thiriot* refte indolemment au coin de fon feu, et on va jouer le Droit du feigneur tout mutilé, tout altéré ; et ce qui était plaifant ne le fera plus ; et la pièce fera froide, et elle fera fifflée ; et frère *Thiriot* en fera pour fa mine de féve. Un autre inconvénient qui n'eft pas moins à craindre, c'eft qu'on ne prenne votre frère pour le fieur *Picardet*, de l'académie de Dijon ; alors il n'y aurait plus d'efpérance, et tout ferait perdu fans reffource. Je demande deux chofes très-importantes; la première, c'eft qu'on m'envoye la pièce telle qu'on la jouera; la feconde, qu'on jure à tort et à travers que je n'ai nulle part à cet ouvrage : mon nom eft trop dangereux, il réveille les cabales. Il n'y en a point encore de formée contre M. *Picardet*, et M. *Picardet* doit répondre de tout.

Mes chers frères, *interim eftote fortes in Lucrecio et in philofophiâ.*

J'efpère que je contribuerai, avec les Etats de Bourgogne (dont nous avons l'honneur d'être), à donner un vaiffeau au roi; mais fi les Anglais me le prennent, je ferai contre eux une violente fatire.

Frère *V....* eft tout ébahi de recevoir, dans l'inftant, une pancarte du roi, adreffée aux gardes de fon tréfor royal, avec un bon, rétabliffant une penfion que frère *V....* croyait anéantie depuis douze ans. Que dira à cela *Catherin Fréron?* que dira *le Franc de Pompignan? V...* embraffe les frères.

Qu'eft-ce donc que *Zarucma?* quel diable de nom! J'aimerais mieux *Childebrand.*

Je vous prie de me dire où demeure ce pédant de *Crévier.* Eft-il recteur, profeffeur? Je lui dois mille tendres remercîmens.

LETTRE CLIII.

A M. LE COMTE D'ARGENTAL.

10 de janvier.

IL faut que je faſſe part à mes anges gardiens de ce qui m'arrive ſur terre. Pourquoi M. *Ménard*, premier commis, m'écrit-il ? pourquoi m'envoie-t-il une pan-carte du roi ? *Garde de mon tréſor royal, payez comptant à V.... bon, Louis.* Il eſt vrai qu'il y a douze ans que j'avais une penſion; mais je l'avais oubliée, et je n'avais pas l'impudence de la demander ; je la croyais anéantie. Que veut dire cette plaiſanterie ? ne ſerait-ce pas un tour de noſſeigneurs de *Choiſeul* ? Je ne ſais à qui m'en prendre ; mes anges, ne ſeriez-vous point dans la bouteille ?

Cependant, renvoyez-moi donc Caſſandre.

1°. Il ne faut pas qu'il ait été complice de l'empoi-ſonnement d'*Alexandre*.

2°. S'il a donné un coup d'épée à la veuve, c'eſt dans la chaleur du combat; et il en eſt encore plus contrit que ci-devant.

3°. Il aime, et eſt encore plus aimé qu'il n'était, et il en parle davantage dès le premier acte.

4°. *Antigone* a encore plus de raiſon qu'il n'en avait de ſoupçonner *Olimpie* d'être la fille de ſa mère.

5°. *Antigone* traitait trop *Caſſandre* en petit garçon, et cela rendait *Caſſandre* bien moins intéreſſant.

6°. Les lois touchant le mariage ſemblaient trop

V 4

faites pour le befoin préfent, et il faut les préparer de plus loin.

7°. L'acte quatrième, finiffant par *Caffandre* et non par *Antigone*, eft bien plus touchant.

8°. L'afpect de *Caffandre* augmentant les maux de nerfs de *Statira*, rend fa mort bien plus vraifemblable.

9°. Bien des gens croient que *Statira*, voyant que fa fille aime *Caffandre*, s'eft aidée d'un peu de fublimé.

16°. Des détails plus forts et plus tendres font quelque chofe.

Enfin, on ne peut faire qu'en fefant.

Mais renvoyez-moi donc ma guenille, fi vous voulez que je baife le bout de vos ailes.

P. S. Mais, M. le comte de *Choifeul*, dites donc à l'Efpagne qu'elle envoye cinquante vaiffeaux à notre fecours. Que voulez-vous que nous faffions avec des complimens ?

Gardez-vous d'avoir jamais affaire aux Ruffes.

Quand vous n'aurez rien à faire, daignez vous informer fi le roi mon maître a été propofé jadis à *Elifabeth* l'autocratrice.

LETTRE CLIV.

A M. LE MARQUIS DE CHAUVELIN.

Aux Délices, 19 de janvier.

IL faut abfolument que votre Excellence foit du métier; vous ne pouvez en parler fi bien fans en avoir un peu tâté. *Pourceaugnac*, à qui d'ailleurs vous ne reffemblez point, a beau dire qu'il a pris dans les romans qu'il doit être reçu à fes *faits juftificatifs*, on voit bien qu'il a étudié le droit. Ce n'eft ni en Corfe ni à Turin qu'on apprend toutes les fineffes de l'art du théâtre. Vous avez mis la main à la pâte; avouez-le. Tout l'efprit que vous avez ne fuffit pas pour entrer dans la profondeur de nos myftères: vos réflexions font une excellente poëtique. Soyez très-perfuadé qu'il n'y a point d'ambaffadeur ni de lieutenant général qui en puiffe faire autant. Je fuis fort aife à préfent de ne vous avoir pas envoyé la bonne copie, puifque le brouillon m'a valu une fi bonne leçon.

Vous avez très-grande raifon, Monfieur, de vouloir que *Caffandre* puiffe n'avoir rien à fe reprocher auprès d'*Olimpie*. En toute tragédie, comme en toute affaire, il y a un point principal, un centre où toutes les lignes doivent aboutir. Ce centre eft ici l'amour de *Caffandre* et d'*Olimpie*: j'avais été affez heureux pour remplir votre objet. Ce n'eft point *Caffandre* qui a enlevé *Olimpie* à Babylone, c'eft *Antipatre* fon père. *Antipatre* vient de mourir; et le premier devoir dont s'acquitte *Caffandre*, eft de reftituer à la fille d'*Alexandre* le royaume de fon père dont il fe trouve en poffeffion. Il eft à la fois innocent devant DIEU, et coupable devant *Statira* et devant *Olimpie*. Il eft vrai qu'il a préfenté la coupe empoifonnée à *Alexandre*, mais il n'était pas dans le fecret de la confpiration ; il eft vrai qu'il a répandu le fang de *Statira*, mais c'eft dans la fureur d'un combat, c'eft en défendant fon père. Il fe trouve enfin dans la fituation la plus tragique, amoureux à l'excès d'une fille dont il eft l'unique bienfaiteur, meurtrier de la mère, empoifonneur du père, adoré de la fille, exécrable à *Statira*, odieux à *Olimpie* qui l'aime, pénétré de remords et de défefpoir. Il n'y a perfonne qui ne fouhaite ardemment qu'*Olimpie* lui pardonne, et *Olimpie* n'ofe lui pardonner. Voilà le fond, voilà le fujet de la pièce. Elle eft bien autrement traitée que dans la malheureufe minute qu'on vous a envoyée par pure méprife. Je fuis tout glorieux d'avoir prévenu prefque toutes vos objections.

Il s'en faut bien, par exemple, que mon grand-prêtre puiffe être foupçonné de prendre aucun parti ; car, lorfque *Caffandre* lui dit :

Du parti d'Antigone êtes-vous contre moi ?

Il répond :

Me préfervent les cieux de paffer les limites
Que mon culte paifible à mon zèle a prefcrites.
Les intrigues des cours, les cris des factions,
Des humains que je fuis les triftes paffions,
Seigneur, ne troublent point nos retraites obfcures.
Au Dieu que nous fervons nous levons des mains pures :

Les débats des grands rois prompts à se diviser,
Ne sont connus de moi que pour les apaiser ;
Et nous ignorerions leurs grandeurs passagères,
Sans le fatal besoin qu'ils ont de nos prières.

Enfin, il y a, de compte fait, quatre cents vers dans la pièce qui la changent entièrement, et que vous ne connaissez pas. Encore une fois, j'en bénis DIEU , puisque le quiproquo m'a valu vos bontés et vos lumières ; vous m'enchantez et vous m'é-clairez. Venez donc voir jouer la pièce ; madame l'ambassadrice , embellissez donc *Olimpie*. Je vais tâcher de rendre son rôle plus touchant, pour le rendre moins indigne de vous. Je suis un bon diable d'hiérophante pénétré, reconnaissant, attaché pour ma pauvre vie à vos Excellences , *V*.

LETTRE CLV.

A M. LE COMTE D'ARGENTAL.

Aux Délices , 20 de janvier.

MES anges sont terriblement importunés de leur créature. Leur créature considère qu'il faut toujours plus de six femaines pour rapetasser ce qu'on a fait en six jours (comme on l'a déjà confessé).

En toute tragédie, comme en toute affaire , il y a un point principal d'où dépend le succès, et auquel tout doit être subordonné. Ce point principal , dans l'affaire de *Cassandre* , est qu'il ne soit pas odieux au public, et qu'il le foit horriblement à *Statira*. Il faut que fon amour intéreffe, et, pour qu'il intéreffe, il ne faut pas qu'on ait le plus léger foupçon que ce foit un lâche qui ait empoifonné *Alexandre*. Quelque foin que j'aye pris d'écarter cette idée, je vois qu'elle fe loge dans beaucoup de têtes. Mes anges verront le foin que j'ai pris pour prévenir cette fauffe opinion, par les deux fcènes ci-jointes. Il me femble que ces deux fcènes écartent toutes les objections qu'on pourrait faire au rôle de *Caffandre*. Il n'y a plus de reproches à faire qu'à *Antipatre* fon père; c'eft lui qui fit périr fon maître, c'eft lui qui emmena *Olimpie* en efclavage; et *Caffandre* a élevé avec des foins paternels la prifonnière de fon père. Rien ne peut plus s'oppofer à l'intérêt qu'on doit prendre à lui : il a tout réparé, il a tout fait pour mériter *Olimpie*; et c'eft, à mon fens, un coup de l'art affez fingulier, que l'empoifonneur du père d'*Olimpie*, et le meurtrier de fa mère, mérite d'être aimé de la fille.

Voici une autre affaire bien importante et bien délicate. *Le Kain* fe plaint amèrement de ce qu'un nommé *Brizard* veut s'appeler *Marc-Tulle Cicéron*; le *Kain* prétend que c'eft lui qui doit être *Cicéron*, mais il ne lui reffemble point du tout. Ce *Cicéron* avait un grand cou, un grand nez, des yeux perçans, une voix fonore, pleine, harmonieufe; toutes fes phrafes avaient quatre parties, dont la dernière était la plus longue; il fe fefait entendre, du haut de la tribune, jufque dans les derniers rangs des marmitons romains. Ce n'eft point là du tout le caractère de mon ami *le Kain*; mais où font les gens qui fe rendent juftice? Ce finge de *la Noue* ne me déclarait-il

pas une haine mortelle, parce que je lui avais dit que
Dufrefne avait une face plus propre que la fienne à
repréfenter *Orofmane*.

Je ne puis donc flatter *le Kain* dans fon goût cicéronien ; je m'en remets à la décifion de mes anges :
c'eft aux premiers gentilshommes de la chambre à
donner les rôles ; un pauvre auteur ne doit jamais fe
mêler de rien que d'être fifflé.

Autre requête à mes anges, concernant le Droit
du feigneur. On dit qu'on a tout mutilé, tout boule-
verfé. La pièce fera huée, je vous en avertis. J'écris
à frère *Damilaville;* je le prie de m'envoyer la pièce
telle qu'on la doit jouer : ce qu'il y a encore de très-
important, c'eft qu'il faut jurer toujours qu'on ne
connaît point l'auteur. Le public cherche à me
deviner pour fe moquer de moi ; je vois cela de cent
lieues.

Mes divins anges, ce n'eft pas tout. Renvoyez-moi,
je vous prie, tous mes chiffons, c'eft-à-dire les deux
leçons de cette œuvre des fix jours, que je mets plus
de fix fois fix autres jours à reprendre en fous-œuvre.
Ou je fuis un fot, ou cela fera déchirant, et vous en
viendrez à votre honneur. Vous pouvez être fûrs
que fi je reçois le matin votre paquet, un autre partira le foir pour aller fe mettre à l'ombre de vos
ailes. Ah ! que vous m'avez fait aimer le tripot ! Je
relifais tout à l'heure une première fcène d'un drame
commencé et abandonné. Cette première fcène me
réchauffe ; je reprendrai ce drame : mais il faut
fonger férieufement à *Pierre I*.

La vie eft courte ; il n'y a pas un moment à perdre
à l'âge où je fuis. La vie des talens eft encore plus

courte. Travaillons tandis que nous avons encore du feu dans les veines.

Je fuis content de l'Efpagne. Il vaut mieux tard que jamais.

Il y a long-temps que je dis, gare à vous, *Joseph* : je dis auffi, gare à vous, *Luc*.

Aux pieds des anges.

LETTRE CLVI.

A M. DUCLOS.

Aux Délices, 20 de janvier.

NI le petit mémoire, Monfieur, que vous avez eu la bonté de communiquer à l'académie, ni aucun des commentaires qu'elle a bien voulu examiner, ne font deftinés à l'impreffion : ce ne font, je le répète encore, que des doutes et des confultations. Je demande les avis de l'académie, pour preffentir le jugement du public éclairé, et pour avoir un guide fûr qui me conduife dans un travail très-épineux et très-pénible. Non-feulement je confulte l'académie en corps, mais je m'adreffe à des membres qui ne peuvent affifter aux affemblées. M. le cardinal de *Bernis*, par exemple, a préfentement entre les mains mes doutes fur Rodogune, et je vous les enverrai dès qu'il me les aura rendus. Encore une fois, il s'agit d'avoir toujours raifon, et je ne peux demander trop de confeils.

Je tâche d'égayer et de varier l'ouvrage par tous

les objets de comparaifon que je trouve fous ma
main; voilà pourquoi je rapporte la chanfon des forcières de *Shakefpeare*, qui arrivent fur un manche à
ballai, et qui jettent un crapaud dans leur chaudron.
Il n'eft pas mal de rabattre un peu l'orgueil des
Anglais, qui fe croient fouverains du théâtre comme
des mers, et qui mettent fans façon *Shakefpeare* au-
deffus de *Corneille*.

J'ai une chofe particulière à vous mander, dont
peut-être l'académie ne fera pas fâchée pour l'honneur des lettres. Vous favez que j'avais autrefois une
penfion; je l'avais oubliée depuis douze ans, non-
feulement parce que je n'en ai pas befoin, mais parce
qu'étant retiré et inutile, je n'y avais aucun droit.
Sa Majefté, de fon propre mouvement, et fans que
je puffe m'y attendre, ni que perfonne au monde
l'eût follicitée, a daigné me faire envoyer un brevet
et une ordonnance. Peut-être eft-il bon que cette
nouvelle parvienne aux ennemis de la littérature et
de la philofophie. Je me recommande toujours aux
bontés de l'académie, et je vous prie de me conferver
les vôtres.

LETTRE CLVII.

A M. THIRIOT.

Aux Délices, 26 de janvier.

Le frère hermite embraſſe tendrement les frères de Paris. Il a un peu de fièvre, mais il eſpère que DIEU le conſervera pour être le fléau des fanatiques et des barbares. Ni lui, ni M. *Picardet*, ne ſont contens de l'altération du texte du Droit du ſeigneur; et il eſpère que, quand il s'agira d'imprimer, le texte ſacré ſera rétabli dans toute ſa pureté.

' Je ſuis enthouſiaſmé du petit livre de l'inquiſition; jamais l'abbé *Mords-les* n'a mieux mordu, et la préface eſt un des meilleurs coups de dent qu'ait jamais donné *Protagoras*.

Je ſuis d'ailleurs très-mécontent de frère *Thiriot*, dont les lettres ſont toujours inſtructives, et qui écrit une fois en ſix mois. Ce frère aura pourtant, dans ſix mois, un ouvrage d'un de nos frères de la propagande, qui pourra lui être utile, et faire proſpérer la vigne du Seigneur.

Allons donc, pareſſeux, écrivez-moi donc comment on a reçu la réplique foudroyante de l'abbé de *Chauvelin* aux jéſuites.

Quelles nouvelles du tripot de la comédie? quelle tragédie jouera-t-on? quelles ſottiſes fait-on? envoyez-moi donc celles de *Piron*, puiſque j'ai lu celles de *Greſſet*.

LETTRE

LETTRE CLVIII.

A M. DAMILAVILLE.

26 de janvier.

MES chers frères, je vous remercie, au nom de l'humanité, du *Manuel de l'inquisition*. C'est bien dommage que les philosophes ne soient encore ni assez nombreux, ni assez zélés, ni assez riches pour aller détruire, par le fer et par la flamme, ces ennemis du genre-humain, et la secte abominable qui a produit tant d'horreurs.

M. *Picardin* me mande qu'il est assez content du succès du Droit du seigneur : on dit qu'on l'a gâté encore après la première représentation. Il faudrait avoir un peu plus de fermeté, et savoir résister à la première fougue des critiques, qui fait du bruit les premiers jours, et qui se tait à la longue. On ne peut que corriger très-mal quand on corrige sur le champ, et sans consulter l'esprit de l'auteur : cela même enhardit les censeurs ; ils critiquent ces corrections faites à la hâte, et la pièce n'en va pas mieux.

Je vais écrire aux frères *Cramer*, et j'enverrai, par la poste suivante, les deux exemplaires qu'on demande concernant *le Despotisme oriental*. Ce livre, très-médiocre, n'est point fait pour notre heureux gouvernement occidental. Il prend très-mal son temps, lorsque la nation bénit son roi et applaudit au ministère. Nous n'avons de monstres à étouffer que les jésuites et les convulsionnaires.

M. *Picardin* demande abfolument la préface du Droit du feigneur : cela eft de la dernière conféquence; il y a quelque chofe d'effentiel à y changer. Je fupplie donc qu'on me l'envoye par la première pofte, et M. *Picardin* la renverra incontinent.

On n'a point reçu de lettre de frère *Thiriot ;* cela n'a pas trop bon air ; il devait, ce me femble, montrer un peu plus de fenfibilité.

J'embraffe tendrement tous les frères. S'ils ne deffillent pas les yeux de tous les honnêtes gens, ils en répondront devant DIEU. Jamais le temps de cultiver la vigne du Seigneur n'a été plus propice. Nos infames ennemis fe déchirent les uns les autres ; c'eft à nous à tirer fur ces bêtes féroces pendant qu'elles fe mordent, et que nous pouvons les mirer à notre aife.

Soyez perféverans, mes chers frères, et priez DIEU pour moi qui ne me porte pas trop bien.

Elevons nos cœurs à l'Eternel. *Amen.*

LETTRE CLIX.

A M. LE COMTE D'ARGENTAL.

Aux Délices, 26 de janvier.

O Mes anges ! je vous remercie d'abord, vous et M. le comte de *Choifeul*, de l'éclairciffement que je reçois fur les propofitions de mariage faites, en 1725, entre deux têtes couronnées. Je vous prie de dire à M. le comte de *Choifeul* qu'un jour le maréchal *Keit* me difait : *Ah ! Monfieur, on ment, dans cette cour-là, encore plus que dans la cour de Rome.*

Mais vous m'avouerez que fi les Scythes favent
mentir, ils favent encore mieux fe battre, et qu'ils
deviennent un peuple bien redoutable. Je fuis leur
ferviteur, comme vous favez, et un peu le favori du
favori; mais j'avoue qu'ils mentent beaucoup, et je
ne l'avoue qu'à mes anges.

Il eſt fort difficile de trouver à préfent les fermons
du rabbin *Akib*; on tâchera d'en faire venir de
Smyrne inceſſamment.

A l'égard du capitaine de chevaux, fi fiançailles ne
font pas époufailles, défir paſſager n'eſt pas fiançailles;
on attendra tranquillement que DIEU et le hafard
mettent à fin cette belle aventure.

Je vais tâcher, tout malingre que je fuis, d'écrire un
mot à M. le préfident de *la Marche*, et le remercier
de fon beau zèle pour mon nom. Vous devriez bien
le détourner du malheureux penchant qu'il femble
avoir encore pour cette fecte abominable, contre
laquelle le rabbin *Akib* femble porter de fi juſtes
plaintes.

Les jéfuites et les janféniſtes continuent à fe déchirer à belles dents; il faudrait tirer à balles fur eux
tandis qu'ils fe mordent, et les aider eux-mêmes à
purger la terre de ces monſtres. Vous me trouverez
peut-être un peu févère dans ce moment, mais c'eſt
que la fièvre me prend, et je vais me coucher pour
adoucir mon humeur.

Je vous demande en grâce, mes divins anges, de
me renvoyer mes deux Caſſandre, et fi la fièvre me
quitte, vous aurez bientôt un Caſſandre felon vos
défirs. Mille tendres refpects.

Encore un mot, tandis que j'ai le fang en

X 2

mouvement. Je fuis douloureufement affligé qu'on ait retranché l'homme qui paye noblement quand il perd une gageure (*), et la réponfe délicieufe à mon gré, *ai-je perdu ?* Nous nous gardons bien, fur notre petit théâtre, de fupprimer ce qui eft fi fort dans la nature; car nous n'avons point le goût fophiftiqué comme on l'a dans Paris, et nos lumières ne font point obfcurcies par la rage de critiquer mal à propos, comme c'eft la mode chez vous, à une première repréfentation. Il faut avoir le courage de réfifter à ces premières critiques, qui s'évanouiffent bientôt.

Je crois que ce qui me donne la fièvre, eft qu'on ait retranché, dans Zulime, le *j'en fuis indigne.* du cinquième acte, qui fait chez nous le plus grand effet, et qui vaut mieux que *eh bien, mon père !* dans Tancrède. Puifqu'on m'a ôté ce trait de la pièce, qui eft le meilleur, je n'ai plus qu'à mourir, et je meurs (du moins je me couche). Adieu.

LETTRE CLX.

A M. LE MARECHAL DUC DE RICHELIEU.

Aux Délices, 27 de janvier.

IL y a, Monfeigneur, une prodigieufe différence, comme vous favez, entre vous et votre chétif ancien fervitéur. Vous êtes frais, brillant, vous avez une fanté de général d'armée, et je fuis un pauvre diable d'hermite, accablé de maux, et furchargé d'un

(*) Dans le Droit du feigneur.

travail ingrat et pénible; c'eſt ce qui fait que votre ſer- 1762.
viteur vous écrit ſi rarement. Je me flatte bien que
notre doyen a fait l'honneur à l'académie de lui préſenter notre Dictionnaire. Je le crois fort bon : ce
n'eſt pas parce que j'y ai travaillé, mais c'eſt qu'il eſt
fait par mes confrères.

Je vous exhorte à voir le Droit du ſeigneur,
qu'on a follement appelé l'Ecueil du ſage. On dit
qu'on en a retranché beaucoup de bonnes plaiſan-
teries, mais qu'il en reſte aſſez pour amuſer le ſeigneur
de France qui a le plus uſé de ce beau droit. Si vous
veniez dans nos déſerts, vous me verriez jouer le
bailli, et je vous aſſure que vous recevriez madame
Denis et moi dans la troupe de ſa Majeſté. On dit
qu'on a donné des Etrennes aux ſots. Aſſurément ces
étrennes-là ne vous ſont pas dédiées; mais s'il fallait
envoyer ce petit préſent à tous ceux pour qui il eſt
fait, il n'y aurait pas aſſez de papier en France. Je
vous avertis que mademoiſelle *Corneille* eſt une lai-
dron extrêmement piquante, et que, ſi vous voulez
jouir du droit du ſeigneur avant qu'on la marie, il
faut faire un petit tour aux Délices; mais malheu-
reuſement les Délices ne ſont pas ſur le chemin du
Bec d'Ambaye.

Je crois *Luc* extrêmement embarraſſé. Vous ſavez
qui eſt *Luc :* cependant il fait toujours de mauvais
vers, et moi auſſi. Agréez mon éternel et tendre
reſpect.

LETTRE CLXI.

A M. DAMILAVILLE.

30 de janvier.

JE m'étais trompé, mon frère; ce n'était point *le Despotisme oriental* que j'avais lu en manuscrit. Je viens de lire votre imprimé; il y a de l'érudition et du génie. Il est vrai que ce système ressemble un peu à tous les autres; il n'est pas prouvé; on y parle trop affirmativement quand on doit douter, et c'est malheureusement ce qu'on reproche à nos frères.

D'ailleurs je suis très-fâché du titre; il indisposera beaucoup le gouvernement, s'il vient à sa connaissance. On dira que l'auteur veut qu'on ne soit gouverné ni par DIEU ni par les hommes; on sera irrité contre *Helvétius* à qui le livre est dédié. Il semble que l'auteur ait tâché de réunir les princes et les prêtres contre lui; il faut tâcher de faire voir, au contraire, que les prêtres ont toujours été les ennemis des rois. Les prêtres, il est vrai, sont odieux dans ce livre, mais les rois le sont aussi. Ce n'est pas le but de l'auteur, mais c'est malheureusement le résultat de son ouvrage. Rien n'est plus dangereux ni plus mal-adroit. Je souhaite que le livre ne fasse pas l'effet que je crains; les frères doivent toujours respecter la morale et le trône. La morale est trop blessée dans le livre d'*Helvétius*, et le trône est trop peu respecté dans ce livre qui lui est dédié.

Les frères seraient bien abandonnés de DIEU s'ils

ne profitaient pas des heureuſes circonſtances où ils
ſe trouvent. Les janféniſtes et les moliniſtes ſe déchi- 1762.
rent et découvrent leurs plaies honteuſes; il faut les
écraſer les uns par les autres, et que leur ruine ſoit
le marche-pied du trône de la vérité.

J'embraſſe tendrement les frères en *Lucrèce*, en
Cicéron, en *Socrate*, en *Marc-Antonin*, en *Julien*, et
en la communion de tous nos ſaints patriarches.

LETTRE CLXII.

A M. LE COMTE D'ARGENTAL.

1 de février.

Quels diables d'anges! Je reçois le paquet avec
ma romancine. Vraiment, comme on me lave la tête!
La poſte va partir: je dicte à la fois ma réponſe, et
j'écris ma juſtification dans mon lit, où je ſuis
aſſez malade.

Mes divins anges, vous ne ſavez ce que vous dites.
Faites-vous repréſenter la lettre à *Duchefne*, et vous
verrez que je n'ai pas tort, et le cœur vous ſaignera
de m'avoir grondé.

Plus j'y penſe, plus je crois ne lui avoir point
donné poſitivement permiſſion d'imprimer Zulime;
ou ma vieilleſſe et mes travaux m'ont fait perdre
la mémoire, ou il y a dans la lettre ces propres
mots :

" M. de *V*. vous donnera volontiers la permiſſion
" que vous demandez; mais il croit qu'il faudrait y
" ajouter quelques morceaux de littérature, &c. ".

X 4

La lettre, ce me femble, n'était qu'un compliment, une recommandation auprès de ceux qui font les dépofitaires de l'ouvrage. Je ne doute pas que vous ne vous foyez fait repréfenter la lettre, et que vous n'ayez jugé felon votre grande prudence et équité ordinaire. Au refte, c'eft un bien mince préfent pour *le Kain* et mademoifelle *Clairon* ; et, en effet, la pièce ne fe vendra guère fans quelques morceaux de littérature intéreffans, qui piquent un peu la curiofité. Comment, d'ailleurs, la donner au public ? fera-ce avec les coupures qu'on y a faites ? ces coupures font toujours du dialogue un propos interrompu. Ces nuances délicates échappent aux fpectateurs, et font remarquées avec dégoût par les yeux févères du lecteur ; d'où il arrive que le pauvre auteur eft juftement vilipendé par les *Frérons*, fans que perfonne prenne le parti du pauvre diable.

Le métier eft rude, mes anges ; je mets à vos pieds Caffandre. Voilà comme nous jouerons la pièce fur notre théâtre de Ferney, et le grand-prêtre aura plus d'onction que *Brizard*.

Ce qui me fâche, c'eft que voilà la czarine morte. J'y perds un peu, mais je me confole : les têtes couronnées et les libraires m'ont toujours joué quelques tours. Nous verrons quelle fera la face du Nord, cela m'intéreffe beaucoup ; et d'ailleurs, en qualité de fefeur de tragédies, j'aime beaucoup les péripéties.

Vous allez donc reffufciter Rome fauvée. Que dira notre bon homme *Crébillon* ? Il demandera qu'on joue fon Catilina qui *a fait affaffiner Nonnius cette nuit*, et qui veut qu'un chef de parti foit bien imprudent,

et débite furtout des vers à la diable. Il eft plaifant que ce galimatias ait réuffi en fon temps. Notre 1762.
nation eft folle, mais je lui pardonne : on ne fefait
femblant d'aimer Catilina que pour me faire enrager.
Madame de *Pompadour* et le bon homme *Tournemine*
appelaient *Crébillon*, *Sophocle*, et moi on m'accablait
de lardons. Oh, le bon temps que c'était !

Je reprends la plume pour vous dire que je ne fais
plus comment faire avec Don Pèdre. Du grand, du
noble, du furieux, j'en trouve ; du pathétique qui
arrache des larmes, je n'en trouve point. Il faut ou
déchirer le cœur ou fe taire. Je n'aime, fur le théâtre,
ni les églogues ni la politique. Cinq actes demandent
cinq grands tableaux ; ils font dans Caffandre. Croyez-
moi, faites jouer Caffandre quand vous n'aurez rien
à faire, cela vous amufera.

Mes chers anges, je n'en peux plus ; ne me tuez
pas. Je ne fais ce que je deviendrai. J'ai fur les
bras l'édition de *Corneille*, qu'on commença hier,
et toujours un peu de fièvre. J'ai bien peur que les
dernières pièces de *Pierre Corneille* ne fe paffent de
commentaire et du commentateur.

Vivez, mes anges, et réjouiffez-vous.

LETTRE CLXIII.

A M. LE MARQUIS ALBERGATI CAPACELLI.

Aux Délices, 2 de février.

Vous envoyez, Monfieur, une paire de lunettes à un aveugle, et un violon à un manchot. Je fens tout le prix de vos bontés et de votre fouvenir, tout indigne que j'en fuis. Heureux ceux qui ont *æs triplex* à l'eftomac, et qui pourront manger de vos excellentes mortadelles, qui reffemblent au *phallum* des Egyptiens! heureux les intrépides gofiers qui avaleront votre roffolis! Je vais déclarer au grand médecin *Tronchin* qu'il faut abfolument qu'il me guériffe, et que j'aye ma part du plaifir de mes convives. Ils s'écrient tous : *Ah! la bonne chofe que ce fauciffon! donnez-moi encore un petit coup de ce roffolis.* Et moi, je fuis là comme l'eunuque du férail, qui voit faire et qui ne fait rien. J'ai donné votre recette au cuifinier. Vous dites très-agréablement que le docteur *Bianchi* n'en a pas de meilleure. Ah! Monfieur, je vous crois, et je crois même que tous les médecins du monde font dans le cas de M. *Bianchi*.

Si je peux guérir, je viendrai à votre beau théâtre. Il eft bien trifte pour moi de n'être pas témoin de l'honneur que vous faites aux lettres.

Quand notre peintre de la nature honorera mes petits pénates de fa préfence, il verra mon théâtre achevé, et nous pourrons jouer devant lui; mais il faudrait jouer fes pièces. Je pourrais tout au plus faire le vieux *Pantalon Bifognofi*. J'ai quelquefois deux ou trois heures de bon dans la journée, c'eft-à-dire deux ou trois heures où je ne fouffre pas beaucoup. Je les confacrerai à M. *Goldoni;* et, fi j'avais de la fanté, je le mènerais à Paris avant de faire mon voyage plus long.

Je ne laiffe pas de travailler, tout malade que je fuis : je broche des comédies dans mon lit ; et quand j'ai fait quelque fcène dans ma tête, je la dicte, j'envoie la pièce à Paris, on la joue ; les comédiens gagnent beaucoup d'argent, et ne me remercient feulement pas. On en joue une actuellement dont le fujet eft le droit qu'avaient autrefois les feigneurs de coucher avec les nouvelles mariées, le premier jour de leurs noces. On dit qu'il y a du comique et de l'intérêt dans cette pièce ; elle réuffit beaucoup ; mais je n'en fuis pas juge, parce que c'eft moi qui l'ai faite. J'aurai l'honneur de vous l'envoyer dès qu'elle aura été imprimée.

In tanto l'amo, l'onoro, la riverifco, la ringrazio.

LETTRE CLXLV.

A M. DAMILAVILLE.

4 de février.

Mon cher frère saura que je lui ai écrit toutes les postes, que j'ai déterré les deux exemplaires de l'oriental avec les sentimens du curé (*), dont j'ai fait trois envois à trois postes différentes. Je suis frère fidèle, et frère exact.

M. *Picardin*, de l'académie de Dijon, attend toujours, avec grande impatience, le Droit du seigneur, tel qu'on l'a châtré et mutilé. Il me le prêtera, et nous le jouerons incontinent à Ferney sur un très-joli théâtre. Et si jamais frère *Thiriot*, qui n'est pas retenu par le vingtième, et qui n'a rien à faire, vient voir nos petites drôleries, il trouvera peut-être que mademoiselle *Clairon* ne désavouerait pas madame *Denis* pour son élève, et que mademoiselle *Corneille* pourrait passer pour celle de mademoiselle *Dangeville*.

M. *Picardin* vous prie très-instamment, mon cher frère, de continuer vos bontés à cet Ecueil du sage. Il ne serait peut-être pas mal de faire mettre, dans l'*Avant-coureur*, qu'on s'est trompé quand on m'a attribué cet ouvrage, et qu'on n'est point du tout sûr qu'il soit de moi. Cela servirait à dérouter le public que les grands politiques doivent toujours tromper.

M. *Picardin* vous supplie de faire deux lots du produit de l'histrionage ; l'un sera pour le cher frère *Thiriot*, le plus grand paresseux de la cité ; l'autre sera

(*) *Meslier*.

en dépôt chez M. *de Laleu*, notaire, pour être perçu par celui à qui il est promis.

M. *Picardin*, qui a du goût, a été fort irrité que les histrions aient retranché à la fin , *ai-je perdu la gageure* ? Ce n'est pas la peine de faire une gageure pour n'en pas parler; c'est la discrétion qu'il faut que le marquis paye. On s'est mis, depuis quelque temps, à proscrire le comique de la comédie ; c'est-là le sceau de la décadence du génie. Le goût est égaré dans tous les genres, et il n'appartient qu'à un siècle ridicule de ne vouloir pas qu'on rie.

Je lis toujours avec édification le *Manuel de l'inqui-sition*, et je suis très-fâché que *Candide* n'ait tué qu'un inquisiteur.

Mandez-moi, je vous prie, mon cher frère, si vous avez reçu tous mes paquets, et engagez tous mes frères à poursuivre l'*inf*..... de vive voix et par écrit, sans lui donner un moment de relâche.

Votre passionné frère *V*.

LETTRE CLXV.

A M. LE COMTE D'ARGENTAL.

Aux Délices, 6 de février.

MES anges grondeurs doivent à présent avoir exa-miné et jugé mon délit. On a écrit à *Gui Duchesne*, qui demeure pourtant au Temple du goût, et on l'a traité comme si sa demeure était dans la maison de maître *Gonin*. En effet, il avait attrapé la pièce

—— du souffleur, moyennant quelques écus et quelques bouteilles. Encore une fois, je me trompe fort, ou ma lettre n'était qu'un compliment.

Ou je me trompe encore, ou Zulime produira peu à *le Kain* et à mademoiselle *Clairon* ; et je ne crois pas qu'ils trouvent un libraire qui leur en donne plus de 800 livres, attendu que c'est un ouvrage déjà livré à l'impression, et rapetassé au théâtre.

Si M. *Picardin* ou *Picardet* a fait le Droit du seigneur ou l'Ecueil du sage, j'ai fait Cassandre, moi, et ce sont cinq tableaux pour le salon. Coup de théâtre du mariage, premier tableau.

Statira reconnue et reconnaissant sa fille, second tableau.

Le grand-prêtre mettant les holà ; *Statira* levant son voile et pétrifiant *Cassandre*, troisième tableau.

Statira mourante, sa fille à ses pieds, et *Cassandre* effaré, quatrième tableau.

Le bûcher, cinquième tableau.

Le tout avec des notes instructives au bas des pages, sur les personnages, sur les initiés, sur les sacrés mystères, sur la prière d'*Orphée* : *Etre unique, éternel*, &c., sur les bûchers, sur l'usage où les dames étaient alors de se brûler. Voilà de quoi faire une jolie édition avec estampes.

Mes divins anges doivent se tenir pour dit que je suis tiré au sec, qu'il ne me reste pas une goutte de sang dans la veine poétique, pas un esprit animal.

Pourquoi ne pas donner cinq ou six représentations de Cassandre à la mi-carême, et reprendre

après Pâques? On pourrait me r'ouvrir la veine pendant la quinzaine où le théâtre eft fermé. Je laiffe 1762.
le tout à la difcrétion de mes anges.

On a commencé l'édition de *Pierre*; c'eft une
rude et appefantiffante befogne d'être commentateur
et éditeur; cela ne m'arrivera plus.

Vous n'êtes pas affez fâchés de la mort de mon
impératrice.

Si j'ai fait une fottife avec *Gui Duchefne*,

> Dieu fit du repentir la vertu des rimeurs.

Mille tendres refpects aux anges.

LETTRE CLXVI.

AU MEME.

8 de février.

Non, mes anges, non, jamais M. l'ambaffadeur
Chauvelin ne réuffira dans fa négociation auprès du
roi *Caffandre* mon maître. Il veut que *Caffandre*
ignore qui eft *Olimpie*. Alors reffemblance avec Zaïre,
alors plus de ce mélange heureux et terrible de
remords et d'amour, alors le coup de théâtre du
mariage eft affaibli, &c. &c. Je ne propoferai jamais
ce traité au roi mon maître; il me répondrait qu'on
le prendrait pour un imbécille s'il ignorait la naiffance de fa captive, tandis qu'un étranger en eft
informé. Monfieur l'ambaffadeur doit favoir qu'il
n'en eft pas de fa cour comme de la mienne; que

——— nous ferrons nos filles ; que les étrangers les aper-
çoivent rarement , et que ce n'eſt qu'en qualité
d'ami de la maiſon qu'*Antigone* a pu ſe douter
de quelque choſe.

N. B. Quiconque lit Caſſandre, frémit et pleure.

Mais quand je la lis , je tranſporte , je fais
fondre.

Il faut ſe donner le plaiſir de faire jouer trois
pièces nouvelles en trois mois.

Vraiment madame *Scaliger* ne borne pas ſon goût
au théâtre ; ſon vaiſſeau pour les verres eſt malheu-
reuſement le plus beau vaiſſeau qui ſoit en France.

Les Eſpagnols ne ſe preſſent pas , à ce que je
vois. Ah, quels lambins !

Je baiſe le bout de vos ailes.

LETTRE CLXVII.

A MADAME DE FONTAINE, *à Paris.*

8 de février.

MA chère nièce, voilà Caſſandre tel que je l'ai
fait lire à M. le cardinal de *Bernis*, à M. le duc de
Villars, à M. de *Chauvelin*, à des connaiſſeurs, à
ceux qui n'ont que de l'inſtinct. Tous l'ont également approuvé.

Je voudrais que vous donnaſſiez un jour à dîner
à d'*Alembert* et à *Diderot* : il y a auſſi un *Damilaville*,

premier

premier commis du vingtième ; c'eſt la meilleure
ame du monde , c'eſt mon correſpondant, c'eſt
l'intime ami de tous les philoſophes. Vous pourriez
mettre mademoiſelle *Clairon* de la fête. Je ne ſais
pas ſi on la récitera jamais comme je l'ai lue ; j'ai
toujours fait frémir et fondre en larmes ; mais ,
comme je me défie de l'illuſion que peut faire un
auteur, je l'ai toujours ſoumiſe au jugement des
yeux qui ſont plus difficiles que les oreilles.

Je ne vois pas ce qui empêcherait de jouer Caſſandre
vers la mi-carême. On ne riſquerait rien ; et, en cas de
ſuccès, on le reprendrait à la rentrée ; en cas de ſifflets,
on ferait ſes pâques.

Je vous avoue que je me meurs d'envie de voir ſur
le théâtre un prêtre bon homme, qui ſera le contraire
du fanatique *Joad* , qui me fait chérir la perſonne
d'*Athalie.*

Mais non ; je change d'avis, j'abandonne Paris
à la comédie italienne réunie avec l'opéra-comique
contre Cinna et contre Phèdre. Je crois Caſſandre
très - ſingulier , très - théâtral , très - neuf ; c'eſt
préciſément pour cela que je ne veux pas qu'on
le joue.

Je me ſuis aviſé de mettre des notes à la fin de
la pièce ; ces notes ſeront pour les philoſophes. J'y
révèle les ſecrets des anciens myſtères : l'hiérophante
me fournit le prétexte d'apprendre aux prêtres à
prier DIEU pour les princes, et à ne pas ſe mêler
des affaires d'Etat. Je prends vigoureuſement le parti
d'*Athalie* contre *Joad* : tout cela m'amuſe beaucoup
plus qu'une repréſentation que je ne verrais pas ,
qui n'eſt pas faite pour les partiſans d'*Arlequin.*

Nous ne perdons point notre temps , comme vous voyez ; mais le plus agréable emploi que j'en puiſſe faire eſt de vous écrire.

LETTRE CLXVIII.

A M. DAMILAVILLE.

8 de février.

Cher frère , que le Dieu de nos pères m'a donné , liſez cette lettre à cachet volant, et envoyez-la.

Puiſqu'il n'y a eu que neuf repréſentations , il faut, mon cher frère , en donner tout le profit à frère *Thiriot ;* je trouverai d'ailleurs le moyen de récompenſer la perſonne qui devait partager. Je ne vois pas ſur quoi l'on s'obſtine à me croire l'auteur de l'Ecueil du ſage , puiſque j'ai toujours mandé que je ne le ſuis pas. Si les comédiens avaient une certitude que cette pièce eſt de moi , ils feraient très-fâchés que j'en euſſe abandonné le profit à d'autres qu'à eux. Au reſte , Nanine n'eut pas tant de repréſentations , et le Droit du ſeigneur vaut mieux que Nanine.

Oh , le bon livre que le *Manuel* des monſtres inquiſitoriaux ! *ut* , *ut eſt.* Mon frère aura un *Meſlier* dès que j'aurai reçu l'ordre : il paraît que mon frère n'eſt pas au fait. Il y a quinze à vingt ans qu'on vendait le manuſcrit de cet ouvrage huit louis d'or. C'était un très-gros in 4° ; il y en a plus de cent exemplaires dans Paris. Frère *Thiriot* eſt très au fait. On ne ſait qui a fait l'extrait , mais il eſt tiré tout entier , mot pour mot , de l'original. Il y a encore beaucoup de

perfonnes qui ont vu le curé *Meſlier* : il ferait très- — — —
utile qu'on fît une édition nouvelle de ce petit 1762.
ouvrage à Paris; on peut la faire aifément en trois
ou quatre jours. On dit, mes chers frères, qu'on
y a imprimé une petite feuille intitulée, *le Sermon du
rabbin Akib*. M. le duc de *la Vallière*, qui eſt ramaſſeur
de rogatons, me prie de chercher cette feuille que je
ne peux trouver. Il eſt expédient que mes frères
l'envoyent à Verfailles, à M. le duc de *la Vallière*.
Au reſte, il eſt bien à défirer que le nom du frère
hermite ne foit jamais prôné quand il s'agit de petits
envois aux frères.

Les frères *Cramer* fupprimeront foigneufement la
préface de l'oriental. *Helvétius* eſt véhémentement
foupçonné d'avoir fait cet ouvrage. Eſt-il à Paris
frère *Helvétius*?

Je voudrais favoir quel eſt l'auteur d'un libelle de
l'année paſſée, oublié cette année-ci, intitulé, *le
Citoyen de Montmartre*.

Que *Socrate*, *Platon*, *Lucrèce*, *Epictète*, *Marc-
Antonin*, *Julien*, *Bayle*, *Shaftesbury*, *Bolingbroke*,
Midleton, aient tous mes chers frères en leur fainte
et digne garde!

LETTRE CLXIX.

A M. LE MARQUIS DE CHAUVELIN.

Aux Délices, 9 de février.

J'AI préfenté au roi *Caffandre* mon maître, dans
fa maifon de campagne d'Ephèfe, ce projet de négociation de votre Excellence. Le roi mon maître eft
prévenu pour vous de la plus haute eftime; il connaît
votre efprit conciliant, fécond, jufte, auffi eftimable
qu'aimable. Il m'a affuré qu'il fent tout le prix de
vos confeils, et qu'il en a profité; mais, comme
tous les princes ont leurs défauts, je vous avouerai
qu'il y a des articles fur lefquels le roi mon maître
eft têtu comme un mulet. Il dit qu'on le regarderait
en Macédoine comme un imbécille, s'il ignorait la
naiffance d'*Olimpie* élevée dans fa cour, tandis
qu'*Antigone* étranger eft inftruit de cette naiffance;
que fes remords alors n'auraient aucun fondement,
qu'ils feraient ridicules, au lieu d'être terribles;
que de plus cette ignorance de la naiffance d'*Olimpie*
rentrerait dans les intrigues vulgaires des cent tragédies
où un prince reconnaît dans fa maîtreffe un ennemi;
et qu'enfin ce que vous croyez capable de foutenir
l'intérêt, ferait capable de le détruire. Il m'a ajouté
que les éclairciffemens, les préparations, les longues
hiftoires que cet arrangement exigerait, jetteraient
un froid mortel fur un fujet qui marche avec rapidité, et qui eft plein de chaleur. Je lui ai repréfenté
toutes vos raifons, rien n'a pu le faire changer de

fentiment. Affurez, me dit-il, monfieur l'ambaffa- 1762.
deur d'Athènes qu'en tout le refte je défère à fes
avis, que je fuis pénétré pour lui de la plus vive
reconnaiffance, que je lui préfenterai *Olimpie*, fi
jamais il paffe par la Macédoine pour aller en Afie.

Je vous confierai qu'il eft infiniment touché des
charmes de madame l'ambaffadrice; mais, comme
il n'a que foixante et neuf ans, il attend qu'il
en ait foixante et douze pour faire fa déclaration.
Pour moi, Monfieur, il y a long-temps que je vous
ai fait la mienne, et que je vous fuis attaché bien
refpectueufement avec la plus tendre reconnaiffance.

Savez-vous que je perds infiniment dans l'impératrice de Ruffie? vous ne m'en foupçonneriez pas.

LETTRE CLXX.

A MADAME

LA MARQUISE DU DEFFANT.

Aux Délices, 14 de février.

Il y a, long-temps, Madame, que le pédant
commentateur de *Pierre Corneille* n'a eu l'honneur de
vous écrire; il faut que je vous dife une chofe très-
confolante pour les femmes.

Il y a dans mon voifinage de Genève une petite
femme qui a toujours été d'un tempérament faible:
elle a eu hier cent-quatre ans, très-régulièrement,
et vous jugez bien que les plaifans lui ont propofé

de fe remarier ; mais elle aime trop fa famille pour donner des frères à fes enfans. La partie par où l'on penfe ne s'eſt point affaiblie en elle ; elle marche, elle digère, elle écrit, gouverne très-bien les affaires de fa maifon. Je vous propofe cet exemple à fuivre un jour.

Pour des hommes de ce caractère, je n'en connais point : *Bernard de Fontenelle* n'était qu'un petit garçon auprès de ma génevoife. Je fouhaite à M. le préfident *Hénault* la centaine au moins de *Fontenelle ;* mais je crois que *Moncrif* nous enterrera tous. On dit que fa perruque eſt mieux arrangée et mieux poudrée que jamais. Tout ce qui me fâche, c'eſt qu'il ne faſſe plus de petits vers ; c'eſt grand dommage.

A propos de *Moncrif*, j'ai fait une perte confidérable dans l'impératrice ruffe ; mais fur le champ j'ai pris l'impératrice-reine, et elle a foufcrit pour mademoifelle *Corneille*, tout comme le roi de France. Il faut toujours avoir quelques têtes couronnées dans fa manche. Mademoifelle *Corneille* d'ailleurs joue très-joliment les foubrettes.

Si j'avais de plus grandes nouvelles, Madame, je vous en dirais pour vous amufer ; mais vous avez la meilleure compagnie de Paris chez vous, et vous n'avez pas befoin de ce qui fe paffe au pied des Alpes.

Vivez, Madame, digérez, penfez, et même riez de toutes les fottifes de ce monde, depuis l'inquifition de Lisbonne jufqu'aux pauvretés de Paris, et agréez mon tendre refpect.

LETTRE CLXXI.

A M. LE COMTE D'ARGENTAL.

16 de février.

LA créature du pied des Alpes reçoit la lettre de ses anges, du 9 du courant. Je réponds d'abord à l'article de M. de *la Marche* : il s'y eft pris trop tard : j'ai le vol des préfidens. Un M. d'*Albertas*, d'Aix en Provence, vient de me prendre tout ce qui me reftait ; M. de la *Marche*, huit jours plutôt, aurait eu certainement la préférence ; et, dès que j'aurai quelques fonds, ils feront à lui. Voilà pour le temporel.

Le fpirituel m'abafourdit. Vous devenez durs et impitoyables ; vous abufez de la bonté que j'ai eue d'avertir, à la tête des fcènes de Caffandre, que le temple eft tantôt ouvert, tantôt fermé ; et vous avez la oruauté de me dire en face que, quand le temple fera ouvert, les acteurs viendront jufque dans le périftile. Eft-ce ma faute, à moi malheureux, fi vos acteurs n'ont point de voix, s'il faut qu'ils viennent fur le bord du théâtre pour fe faire entendre ? De plus, quand le temple eft ouvert, ne fuppofe-t-on pas toujours les perfonnages dans l'endroit où ils doivent être ? Et nommez-moi donc la pièce où quatre fcènes de fuite peuvent naturellement fe paffer dans la même chambre. Les acteurs ne font-ils pas tacitement fuppofés par le fpectateur bénévole paffer d'une chambre à l'autre ? Mais

Y 4

vous n'êtes point bénévoles, et vous avez juré de m'exterminer. Eh bien, je vous facrifie la place publique : on fe battra dans le parvis ; et cela même peut produire quelques vers vigoureux fur le facri-lége. Enfuite vous m'accablez toujours de reproches au fujet d'une fille qui *veut fervir fa mère*, et vous favez en votre confcience que j'ai changé ce paffage.

Je ne vous entends point, ou plutôt vous ne m'avez pas entendu quand vous m'écriviez que *c'eſt une énigme inconcevable, dans Olimpie, de dire à Caſſandre : De ce temple furtout garde-toi de fortir.* Quoi ! fa mère vient de lui dire que *Caſſandre* doit être affaffiné au fortir du temple, et *Olimpie* qui aime *Caſſandre* ne l'avertira-t-elle pas malgré elle ? et ce n'eſt pas là une belle fituation ? Je préfume que vous avez lu trop rapidement la fcène du quatrième acte entre la mère et la fille ; je foupçonne qu'il faut appuyer davantage fur cet affaffinat qui doit fe commettre au fortir du temple, afin que vous n'ayez plus de prétexte de me perfécuter. Vous avez encore la barbarie de ne pas vouloir que *Caſſandre*, le fils de la maifon, eût eu mille attentions pour l'efclave de fon père. Où eſt donc la contradiction ?

D'ailleurs, chaque jour on colle un petit papier ; je vous en ai envoyé trois ou quatre, et j'en ai dix ou douze. Je travaille fans relâche, et pour qui ? pour un peuple ignorant, égaré, volage, qui s'en-nuiera aux fcènes de *Catilina* et de *Céfar*, et qui courra en foule à la fatale union d'*Arlequin* et de la foire.

Voilà ce qui devrait allumer en vous une fainte et courageufe haine.

Hélas ! j'avais renoncé au tripot ; vous m'avez rembâté, vous m'avez renquinaudé, et je fuis dans l'amertume.

De vous accabler encore de petits papiers à coller, cela vous ferait très-incommode à la longue ; il vaut mieux reprendre la louable coutume de renvoyer l'exemplaire, d'autant plus que, pendant qu'il fera en route, on aura fait encore peut-être force changemens nouveaux pour plaire à mes anges.

Mais ils ne m'ont rien dit du livre infernal de ce curé *Jean Meflier*, ouvrage très-néceffaire aux anges de ténèbres, excellent catéchifme de *Belzébuth*. Sachez que ce livre eft très-rare, c'eft un tréfor. Faites tant que vous pourrez les plus fages efforts contre l'*inf*...., vous rendrez fervice au genre-humain. Mille tendres refpects.

LETTRE CLXXII.

AU MEME.

Humble réponfe à l'édit de mes anges, donné rue de la Sourdière, 16 de février.

A Ferney, 24 de février.

La créature *V.* fera ponctuellement tout ce que fes anges lui ont fignifié.

Il enverra lettres, déclarations conformes à leur fage et bénigne volonté, et ne fera pas comme le parlement de Bourgogne, qui ceffe fes fonctions parce qu'il croit qu'on lui a dit des injures.

Il n'attend que la pièce pour la faire repartir fur le champ avec force corrections ; il avife fes divins anges qu'on a plus étendu , plus circonftancié le meurtre de *Caffandre* , qui doit s'exécuter au fortir du temple, afin que nul ne foit furpris de voir que la pauvre *Olimpie* , après avoir précédemment prié *Caffandre* de vider le temple , lui dife toute effarée de n'en pas fortir. Si mes anges s'y font mépris, bien d'autres s'y méprendraient.

Quant au local, je ne vous entends point, ou vous ne m'entendez pas , et dans l'un et l'autre cas c'eft ma faute. Peut-être a-t-on oublié dans la copie de marquer que le temple eft fermé à la première fcène du quatrième acte, et ouvert enfuite. C'eft aux pieds d'un autel , et près d'une colonne , que *Caffandre* trouve *Olimpie ;* ils fe parlent vers cet autel qui eft dans le temple. Si les acteurs n'ont pas la voix affez forte pour fe faire entendre de l'intérieur de ce temple, ce n'eft pas ma faute ; s'ils avancent un peu dans le parvis, le public fuppofe toujours qu'ils font dans l'intérieur , et, tant qu'il voit le temple ouvert, il eft affez fous-entendu que la fcène eft dans ce temple. Jamais l'unité du lieu n'a été plus rigoureu- fement obfervée. Il ferait à fouhaiter que la façade du temple ne laifsât que huit pieds pour le veftibule ; que , les portes du temple étant ouvertes, les acteurs ne s'avançaffent jamais jufque dans ce veftibule ouvert, jufque dans ce parvis. Mais, encore une fois, fi léur voix alors ne fefait pas affez d'effet , il faudrait bien leur paffer de s'avancer deux ou trois pas dans ce parvis. Je foupçonne que vous avez cru que la porte du temple devait être , comme à l'ordinaire,

dans le fond du théâtre ; mais non, elle eft fur le
devant. Imaginez qu'au premier acte la toile fe lève ; 1762.
on voit fur le bord du théâtre la façade d'un temple
fermé ; *Softène* eft à la porte du temple ; cette porte
s'ouvre. Dès que la toile eft levée, *Caffandre* fort du
temple pour parler à *Softène* , et la porte fe referme
incontinent , après avoir laiffé voir au fpectateur deux
longues files de prêtres et de prêtreffes couronnés de
fleurs, et une décoration magnifiquement illuminée
au fond du fanctuaire. L'œil toujours curieux et
avide eft fâché de ne voir qu'un inftant ce beau
fpectacle ; mais il eft ravi lorfqu'à la troifième fcène
il voit la pompe de la cérémor.ie du mariage dans
ce temple , et *Antigone* qui frémit de colère à la
porte.

Il ne s'agit donc que de marquer en marge expreffément les endroits où les acteurs doivent être.

Il ferait à fouhaiter qu'on pût repréfenter une
place , un parvis , un temple ; mais, puifque dans
nos petis tripots parifiens nous ne pouvons imiter la
magnificence du théâtre de Lyon , il faut fuppléer
comme on peut à notre mefquinerie. On fermera
donc le temple au commencement du quatrième acte,
et *Caffandre* et *Antigone* , qui étaient dans l'intérieur
à la fin du troifième, feront dans le veftibule ou parvis
au commencement du quatrième; ils feront prêts à
fondre l'un fur l'autre , partant châcun de la première couliffe , le grand-prêtre et fa fuite au milieu.
Cela doit faire un très-beau fpectacle. Tout parle
aux yeux dans cette pièce, tout y forme des tableaux,
tantôt attendriffans , tantôt terribles.

Ce genre un peu nouveau demande le plus grand

concert de tous les acteurs et du décorateur , et ce n'eſt peut-être pas l'ouvrage de ſix jours.

Un des tableaux les plus difficiles à exécuter eſt celui où *Statira* eſt mourante entre les mains d'*Olimpie* qui , embraſſant ſa mère et repouſſant *Caſſandre*, appelant du ſecours, et craignant en même temps pour ſon amant et pour ſa mère, doit exprimer un mélange de mouvemens et de paſſions qui ne peut être rendu que par une actrice conſommée. Le tableau du cinquième acte eſt d'une exécution encore plus difficile ; ainſi j'avoue avec mes anges qu'il n'y a que mademoiſelle *Clairon* qui puiſſe jouer *Olimpie*. Il me ſemble qu'elle a pour elle le premier acte, le quatre et le cinq ; *Statira* n'en a que deux où elle efface ſa fille. De plus , on peut donner à la pièce le nom d'Olimpie afin que mademoiſelle *Clairon* ait encore plus d'avantages , et paraiſſe jouer le premier rôle.

J'avouerai encore, après y avoir bien penſé , qu'il vaut mieux ne point donner la pièce au théâtre que de la haſarder entre des mains qui ne ſoient pas exercées et accoutumées à faire approcher celles du parterre l'une de l'autre.

LETTRE CLXXIII.

A M. LE MARQUIS DE CHAUVELIN.

A Ephèfe, 26 de février.

VOTRE Excellence eft bien perfuadée de tous les fentimens que le roi mon maître a pour elle. Il s'intéreffe à votre fanté ; il m'en a parlé avec une fenfibilité qui eft bien rare dans les perfonnes occupées de grandes affaires. C'eft un exemple que vous lui avez donné : il fait que, dans la guerre et dans les négociations, vous avez toujours cultivé l'amitié, et que vous paraiffez toujours occupé de vos amis comme fi vous aviez du temps de refte. Votre caractère l'enchante. Il a été lui-même affez malade ; mais dès que fa Majefté macédonienne a été en état de raifonner, je lui ai fait part de vos remontrances. Il admire toujours la fagacité de votre génie, et la facilité de vos moyens ; il dit qu'il n'a jamais connu d'efprit plus conciliant. J'ai pris ce temps pour lui dire : faites donc ce qu'il vous propofe ; il m'a répondu que cela lui était impoffible. » Mettez-vous à ma place, m'a-t-il dit. Que m'importe d'avoir autrefois donné un coup de fabre à une perfanne ? quels fi grands remords pourrais-je en avoir, fi je n'étais pas éperdument amoureux de fa fille ? n'ai-je pas dit exprès à mon maître de la garde-robe :

Ces expiations, ces myftères cachés,
Indifférens aux rois et par moi recherchés,

Elle en était l'objet ; mon ame criminelle
N'ofait parler aux Dieux que pour approcher d'elle.

Vous favez, a-t-il ajouté, qu'on ne s'intéreffe
guère qu'à nos paffions, et très-peu à nos dévotions ;
fi je me fuis confeffé, et fi j'ai communié, on
fent bien que c'eft pour *Olimpie*. J'infifte encore fur
les ridicules qu'on me donnerait fi mon père et moi
avions eu pendant treize ans la fille d'*Alexandre* entre
nos mains, après l'avoir prife dans fon palais, et
que nous n'en fuffions rien. ,,

Je ne vois d'autre réponfe à cet argument que de
bâtir un roman à la façon de *Calprenède*, et de fuppofer un tas d'aventures improbables, d'amener
quelque vieillard, quelque nourrice qu'il faudrait
interroger ; et ce nouveau fil romprait infailliblement
le fil de la pièce. L'efprit partagé entre tant d'événemens perdrait de vue le principal intérêt. ,, Il y a
bien plus, dit-il ; une reconnaiffance eft touchante
quand elle fe fait entre deux perfonnes qui ont intérêt
de fe reconnaître ; mais *Caffandre*, en apprenant que
fa maîtreffe eft la fille de *Statira*, n'apprendrait qu'une
très-fâcheufe nouvelle. De plus, il faudrait deux
reconnaiffances au lieu d'une, celle d'*Olimpie* et celle
de *Statira ;* l'une ferait tort à l'autre. ,,

Je vous avoue que j'ai été fort ébranlé de toutes ces
raifons que le roi mon maître m'a déduites fort au long,
et dont je communique le faible précis à votre Excellence. Je l'en fais juge, et je la fupplie de confidérer
dans quel embarras elle nous jetterait s'il fallait
refondre toute la pièce uniquement pour faire apprendre par *Antigone* ce qu'on peut très-bien favoir fans lui.

On m'a envoyé du petit royaume des Gaules, fitué au bout de l'Occident, un petit écrit concernant des prêtres des idoles, qu'on appelle jéfuites : je ne fais ce que c'eft que cette affaire ; on ne s'en foucie guère à Ephéfe. J'en fais part, à tout hafard, à votre Excellence. *Statira*, *Olimpie* et l'hiérophante font mille vœux pour vous et madame l'ambaffadrice.

LETTRE CLXXIV.

A M. LE MARQUIS D'ARGENCE DÉ DIRAC.

A Ferney, 26 de février.

JE ne favais où vous prendre, Monfieur ; vous ne m'avez point informé de votre demeure à Paris : je ne pouvais vous remercier ni de votre fouvenir, ni de votre excellent pâté. Je vous crois actuellement dans votre château ; le mien eft un peu entouré de neiges. Je crois le climat d'Angoulème plus tempéré que le nôtre, et je vous avoue que, fi je m'applaudis en été d'avoir fixé mon féjour entre les Alpes et le mont Jura, je m'en repens beaucoup pendant l'hiver. Si on pouvait être périgourdin en janvier, et fuiffe en mai, ce ferait une affez jolie vie. Eft-il vrai que vous avez des fleurs au mois de février ? pour moi je n'ai que des glaces et des rhumatifmes.

Je reçois dans ce moment, Monfieur, votre lettre du 13 de février ; je vois que je ne me fuis pas trompé. Je vous tiens très-heureux d'être loin de toutes les tracafferies qui affligent Paris, la cour et le royaume. Je n'ai point encore vu le mémoire de M. le maréchal de *Broglie*, mais j'augure mal de cette division. Voici un petit mémoire en faveur des jéfuites ; j'ai cru qu'il vous amuferait.

On me mande que madame de *Pompadour* eſt attaquée d'une goutte fereine qui lui a déjà fait perdre un œil, et qui menace l'autre. L'Amour était aveugle, mais il ne faut pas que *Vénus* le foit. Il y a un autre dieu aveugle, c'eſt *Plutus*; celui-là a non-feulement perdu les yeux, mais les mains, j'entends les mains avec lefquelles on donne ; car pour celles avec lefquelles on prend, il en a plus que *Briarée*. J'ai fait une très-grande perte dans l'impératrice de Ruſſie, et je ne la réparerai pas ; elle m'accablait de bontés. Elle venait de foufcrire pour deux cents exemplaires, en faveur de mademoiſelle *Corneille*. La philofophie confole de tout ; et il n'y a de philofophie que dans la retraite. Jouiſſez de la vôtre, jouiſſez de vous-même, et confervez-moi vos bontés.

LETTRE CLXXV.

A MADAME DE FONTAINE.

Février.

MA chère nièce, fans doute j'irai vous voir fi vous ne venez pas chez moi ; mais il faut conduire l'édition de *Corneille*, qui eſt commencée. En voilà pour un an. Je vous renverrai Caſſandre dès que ceux à qui je l'ai confié me l'auront rendu ; il eſt

juſte

jufte que vous l'ayez entre les mains. Vous verrez ——
fi chaque acte ne forme pas un tableau que *Vanloo* 1762.
pourrait deffiner.

On a mutilé, eftropié trois actes du Droit du
feigneur, ou de l'Ecueil du fage, à la police ; c'eft
le bon homme *Crébillon* qui a fait ce carnage, croyant
que ces gens-là étaient mes fujets. Il faut permettre
à *Crébillon* le radotage et l'envie ; le bon homme eft
un peu fâché qu'on fe foit enfin aperçu qu'une partie
carrée ne fied point du tout dans Electre.

Je voudrais, pour la rareté du fait, que vous
euffiez lu ou que vous luffiez fon Catilina que madame
de *Pompadour* protégea tant, par lequel on voulut
m'écrafer, et dont on fe fervit pour me faire avaler
des couleuvres dont on n'aurait pas régalé *Pradon*.
C'eft ce qui me fit aller en Pruffe, et ce qui me
tient encore éloigné de ma patrie. J'ai connu parfaitement de quel prix font les éloges et les cenfures
de la multitude, et je finis par tout méprifer.

Le Droit du feigneur n'a été livré aux comédiens
que pour procurer quelque argent à *Thiriot* qui n'en
dira pas moins du mal de moi à la première occafion, quand mes ennemis voudront fe donner ce
plaifir-là. Il doit avoir la moitié du profit, et un
jeune homme qui m'a bien fervi doit avoir l'autre.

Mon impératrice de Ruffie eft morte ; et, par la
fingularité de mon étoile, fuppofé que j'aye une
étoile, il fe trouve que je fais une très-grande perte.

Je vous embraffe le plus tendrement du monde,
et votre gros garçon.

LETTRE CLXXVI.

A M. LE COMTE D'ARGENTAL.

A Ferney, 2 de mars.

O Mes anges, vous aurez inceſſamment *Acante*
conforme à la prud'hommie de la police, et aux
volontés du parterre, volontés qui ſont ſouvent des
caprices auxquels il ne faut pas ſe rendre aveu-
glément, mais qu'il ne faut pas choquer avec trop
d'obſtination.

A l'égard de Caſſandre, nous avons du temps; et
ſi mon ours de ſix jours demande ſix mois pour
être léché, nous lécherons ſix mois entiers ſans
plaindre notre peine, puiſque vous ne la plaignez pas.
Vous êtes, vous dis-je, d'impitoyables anges; vous
ne faites pas ſeulement attention que j'ai tout *Pierre
Corneille* ſur les bras, et encore l'Hiſtoire générale
des ſottiſes des hommes, depuis *Charlemagne* juſqu'à
notre temps; que je ſuis vieux et malade, et que
je me tue pour une nation un peu ingrate; mais
mes anges me tiennent lieu de ma nation.

Vous ne m'avez rien dit de la façon dont le public
a appliqué certains vers d'*Aménaïde* au maréchal de
Broglie.

Vous ne daignez pas me raſſurer ſur la prétendue
intelligence de *Pierre III* et de *Frédéric III*; j'y
ſuis pourtant très-intéreſſé en qualité d'hiſtoriographe
ruſſe; mais vous ne me croyez que citoyen des
faubourgs d'Epheſe. Vous ſavez que ma chère

impératrice *Elifabeth* avait foufcrit deux cents exemplaires pour *Marie Corneille*.

Vous ne me dites rien non plus du parlement de
Bourgogne qui s'eſt aviſé auffi de ceſſer de rendre
juſtice pour faire dépit au roi qui, ſans doute, eſt
fort affligé qu'on ne juge point mes procès. Le monde
eſt bien fou, mes chers anges. Pour le parlement de
Touloufe, il juge; il vient de condamner un miniſtre
de mes amis à être pendu, trois gentilshommes à
être décapités, et cinq ou fix bourgeois aux galères;
le tout pour avoir chanté des chanfons de *David*.
Ce parlement de Touloufe n'aime pas les mauvais
vers.

Je baife vos ailes avec componction.

LETTRE CLXXVII.

AU MEME.

Ferney, 8 de mars.

PAIRE D'ANGES,

Madame *Scaliger* eſt plus que *Scaliger*; elle a
du génie: je fuis plein de reconnaiſſance et de vénération. C'eſt encore peu que du génie, elle eſt bon
génie. Affez de dames difent leurs dégoûts, affez
difent, en tournant la tête: *Ah, l'horreur!* et puis
vont jouer et fouper; mais trouver le mal et le
remède, cela n'eſt pas du train ordinaire. Je ne
peux encore prendre un parti fur ce qu'elle propofe;

Z 2

—— j'avais fait ce Caffandre ou cette Olimpie uniquement
pour le cinquième acte. Je voulais hafarder de faire
voir une femme mourant de douleur ; je me difais :
Le préfident *Hénault*, dans fon petit livre, fait mourir
vingt miniftres de chagrin ; pourquoi *Statira* n'en
mourrait-elle pas ? En la peignant, furtout dès le
fecond acte, accablée de fes douleurs, et languif-
fante, et invoquant la mort, et n'attendant que ce
moment, cela n'était-il pas cent fois plus touchant,
cent fois plus naturel que de faire expirer de douleur,
en un feul vers et d'une feule bouchée, une fotte
princeffe, dans Suréna ? Ah, que cela eft beau !
difaient les cornéliens que j'ai vus dans ma jeuneffe :
Non, je n'expire point, Madame ; mais je meurs. Et moi
je dis : que cela eft froid ! que cela eft pauvre ! Ah,
ce que je commente ne me plaît guère ! Enfin, pourquoi un bûcher ne vaudrait-il pas le pont aux ânes
du coup de poignard ?

Pourquoi, avant-hier, un acteur qui lifait la pièce
aux autres acteurs qui vont la jouer chez moi, dans
huit jours, nous fit-il tous fondre en larmes ?
Attendons ces huit jours ; laiffez-moi jouer la pièce
telle que je l'ai achevée, laiffez-moi reprendre mes
efprits ; je n'en peux plus, je fors du bal, ma tête
n'eft point à moi. — Un bal, vieux fou ? un bal dans
tes montagnes ? et à qui l'as-tu donné ? aux blaireaux ?
— Non, s'il vous plaît ; à très-bonne compagnie ; car
voici le fait : nous jouâmes hier le Droit du feigneur,
et cela, fur un théâtre qui eft plus joli, plus brillant
que le vôtre, affurément. Notre théâtre eft favorable
aux cinquièmes actes ; la fin du quatrième fut reçue
très-froidement, comme elle mérite de l'être ; mais

à ces vers : *Je vais partir…. je ne partirai plus ; avouez donc la gageure perdue…. j'aime…. et bien donc régnez ,* à ces vers si vrais, si naturels, si indignement retranchés, il partait des applaudissemens des mains et du cœur. J'avoue que la pièce est bien arrondie ; mais enfin c'est notre cinquième acte qui a plu. A des allobroges, direz-vous ? non ; à des gens d'un goût très-sûr , et dont l'esprit n'est ni frelaté ni jaloux, qui ne cherchent que leur plaisir, qui ne connaissent pas celui de critiquer à tort et à travers , comme il arrive toujours à Paris à une première représentation, comme il arriva à l'Enfant prodigue , à Nanine, à Sémiramis, à Mahomet, à Zaïre, oui, à Zaïre. On est assez lâche pour céder quelquefois à d'impertinentes critiques ; on sacrifie des traits noblement hasardés auxquels le public s'accoutumerait en quatre jours. Il y a un beau milieu à tenir entre l'obstination contre les critiques des sages , et l'esclavage de la critique des fous. Vous êtes mes sages, mais soyez fermes. Oui, le Droit du seigneur a enchanté trois cents personnes de tout état et de tout âge, seigneurs et fermiers , dévotes et galantes. On y est venu de Lyon, de Dijon , de Turin. Croiriez-vous que mademoiselle *Corneille* a enlevé tous les suffrages ? Comme elle était naturelle, vive , gaie ! comme elle était maîtresse du théâtre, tapant du pied quand on la soufflait mal à propos. Il y a un endroit où le public l'a forcée de répéter. J'ai fait le bailli ; et, ne vous déplaise, à faire pouffer de rire. Mais que faire de trois cents personnes au milieu des neiges, à minuit que le spectacle a fini ? il a fallu leur donner à souper à toutes, ensuite il a fallu les faire danser : c'était

1762,

—— une fête *assez bien troussée*. Je ne comptais que sur cinquante personnes ; mais passons, c'est trop me vanter.

Nous jouons Cassandre dans huit ou dix jours ; je vous dirai l'effet. Comptez que nous sommes très-bons juges, parce que nous sommes la nature pure et éclairée ; fiez-vous à nous.

Je reviens de Cassandre à mon impératrice. Je savais bien qu'*Ivan Schouvalof*, mon favori et celui d'*Elisabeth*, avait raccommodé la princesse impériale avec la mourante ; mais on me dit que dans le fond il est fort mal avec l'empereur germanico-russe, aujourd'hui buvant et régnant. C'est son cousin de l'artillerie qui était en grâce ; il n'y est plus ; il vient de mourir.

Cet empire russe deviendra l'arbitre du Nord ; je vous en avertis, messieurs les Français.

Faut-il que les Anglais se moquent par-tout de vous ? Il y a là un *Keat*, qui fait boire, qui a captivé l'empereur, et votre *B*... n'a captivé personne. Ah, pauvres Français, avec vos vaisseaux de province ! vous êtes dans le temps de la décadence, et vous y serez long-temps. Faites votre provision de café et de sucre ; vous le payerez cher avant qu'il soit peu.

Mes anges, neige-t-il à Paris ?

Mille tendres respects.

V. la créature.

LETTRE CLXXVIII.

A M. DAMILAVILLE.

8 de mars.

A MES FRERES EN BELZEBUTH.

MES frères, vous avez le diable au corps. Un peintre fait en fix jours l'efquiffe d'un tableau, et, avant d'y mettre des couleurs et d'en arrêter toute l'ordonnance, il le fait voir à des amateurs. Comment peuvent-ils s'étonner que le tableau n'ait pas été achevé ? comment peuvent-ils critiquer des couleurs qui ne font pas encore fur la toile ? comment mes frères ont-ils pu imaginer que la pièce était faite ? eft-ce parce que ce léger croquis a été deffiné en vers, au lieu de l'être en profe ? mais ne favez-vous pas que je fais toujours toutes mes efquiffes en vers, parce que la profe me glace ? N'en parlons plus, et attendez ; mais fongez, comme dit *Rabelais*, qu'il y a des chofes profondes fous cette écorce. On a voulu mettre au théâtre la religion des prétendus païens, faire voir, dans des notes, que notre fainte religion a tout pris de l'ancienne, jufqu'à la confeffion et à la communion, à laquelle nous avons feulement ajouté, avec le temps, la tranffubftantiation qui eft le dernier effort de l'efprit. Je crois rendre, par ces notes, un très-grand fervice au chriftianifme que les impies attaquent de tous côtés. Ainfi, mes frères, priez DIEU que la pièce réuffiffe, pour l'édification publique.

Z 4

On joua, famedi dernier, le Droit du feigneur fur un théâtre un peu mieux entendu et mieux décoré que celui de la comédie françaife. Tous les gens qui fe piquent d'avoir de l'efprit, depuis Dijon jufqu'à Turin, vinrent à cette fête. La pièce fut très-bien jouée. Nous avions un excellent *Mathurin*, mademoifelle *Corneille* était *Colette* elle-même; c'était la nature pure. Je doute que mademoifelle *Dangeville* ait plus de talent; elle ne peut avoir que plus d'art.

Tout ce qu'on a ridiculement retranché à la police de Paris a été rétabli à la nôtre; auffi n'a-t-on jamais tant ri, et *Acante*, de fon côté, n'a jamais tant intéreffé. Le bailli conduifait la noce fur le théâtre; fix femmes jolies, habillées en bergères, fix jeunes gens très-galans, précédés de violons, fe préfentaient avec les acteurs devant monfeigneur: c'était un tableau de *Téniers*.

Nous jouons, dans dix jours, Caffandre qui commence à être colorié; nous verrons l'effet qu'il fera, avant que nous terminions l'ouvrage. La nature eft la même par-tout: ce qui aura touché les bons efprits de ce pays-ci, et il y en a beaucoup, touchera fans doute à Paris; ce qui aura déplu aura dû déplaire, et fera réformé. On ne peut pas prendre un parti plus fûr. Jouez une pièce en fociété, vous n'avez que des flatteurs; jouez-la devant quatre cents perfonnes, vous avez des critiques; et quatre cents perfonnes affemblées font comme quatre mille. Les juges de ce pays-ci valent bien ceux de Paris.

N. B. Frère *Thiriot* me dit qu'il m'envoie le difcours de l'avocat général *la Chalotais*; et, au

lieu de ce difcours intéreffant, il m'envoie des chiffons hebdomadaires; je le prie de ne plus fe tromper
à ce point.

Valete, fratres; eftote fortes contra fanaticos.

LETTRE CLXXIX.

A M. LE COMTE DE SCHOUVALOF.

A Ferney, 15 de mars.

MONSIEUR,

JE reçois la lettre dont vous m'honorez, en date
du $\frac{14}{25}$ de janvier. J'avais eu l'honneur d'écrire à votre
Excellence par la voie de M. le comte de *Kaunitz* qui
eut la bonté de fe charger de mon paquet. Je vous
écrivis trois lettres, dès que je fus la trifte nouvelle
qui m'a fait verfer des larmes. Je crois que, des
trois lettres, vous en avez reçu deux; la troifième,
qui accompagnait un gros paquet, a eu un fort
funefte : le maître de pofte de Nuremberg, à qui il
était adreffé, m'a mandé que le courier qui le
portait a été affaffiné par des inconnus qui ont pris
l'argent dont il était chargé, un paquet deftiné
pour Vienne, et un autre pour la Suède. J'en rends
compte à M. le comte de *Kaunitz* qui, fans doute,
en eft déjà informé. Je vois, Monfieur, par votre
lettre, que vous prenez un parti bien digne d'un
philofophe; vous voulez vous borner à cultiver les
lettres. Vous ferez l'*Anacharfis* moderne. Mais,

1762.

puifque vous avez une intention fi fage et fi noble ,
pourquoi ne feriez-vous pas comme *Anacharfis* ?
pourquoi ne voyageriez-vous point ? Je parle un peu
pour mon intérêt ; je me trouverais peut-être fur
votre route, j'aurais le bonheur de voir et d'entretenir
celui dont les lettres m'ont fait tant de plaifir. Il
ferait difficile qu'en paffant d'Allemagne en France
ou en Italie , vous ne vous trouvaffiez pas à portée
de mon hermitage ; je vous en ferais les honneurs
de mon mieux , et ce ferait le cœur qui les ferait.
Je fuis trop vieux pour venir vous trouver ; vous
êtes jeune , et , fi votre fanté eft un peu altérée ,
ce voyage, dans des climats plus doux que le vôtre ,
la raffermirait. Je vois avec douleur que, fi la nature
donne à vos compatriotes une conftitution robufte,
elle leur accorde rarement une longue vie. Voyez
à quel âge meurent tous vos fouverains ; aucun
n'atteint à une heureufe vieilleffe. Je fouhaite que
l'empereur régnant, dont vous faites un fi bel éloge,
ait ce nombre de jours que je fouhaitais à l'impératrice que je pleure. Il mérite de vivre long-temps,
lui et fon augufte époufe, puifqu'ils ne vivent que pour
le bonheur des hommes. Sans doute, Monfieur , ils
vous attachent l'un et l'autre à Pétersbourg ; et
d'ailleurs je fens bien que vous ne voulez pas quitter
une patrie qui vous aime et que vous illuftrez. Si
vous êtes toujours, Monfieur, dans le deffein d'achever le monument auquel vous avez bien voulu que
je travaillaffe , je vous prierai de faire adreffer les
gros paquets à M. de *Czernichef* à Vienne , qui les
remettra à notre ambaffadeur, M. le comte *du Châtelet ;*
il aura la bonté de me les faire tenir.

Je fuis charmé que vous daigniez, Monfieur,
accepter le témoignage public que je veux vous donner
de ma très-refpectueufe et très-tendre eftime. Si le
petit ouvrage dont il eft queftion eft reçu favorable-
ment du public, je vous le préfenterai avec plus de
confiance. Il me faut les fuffrages de ma nation
pour mériter le vôtre. Votre Excellence fait combien
je lui fuis dévoué pour jamais.

Votre très-humble ferviteur, *Voltaire.*

LETTRE CLXXX.

A M. LE DUC DE VILLARS.

Relation de ma petite drôlerie.

25 de mars.

HIER, mercredi 24 de mars, nous effayâmes
Caffandre. Notre falle eft fur le modèle de celle de
Lyon; le même peintre a fait nos décorations; la
perfpective en eft étonnante : on n'imagine pas d'abord
qu'on puiffe entendre les acteurs qui font au milieu
du théâtre; ils paraiffent éloignés de cinq cents toifes.
Ce milieu était occupé par un autel; un périftile
régnait jufqu'aux portes du temple. La fcène s'eft
toujours paffée dans ce périftile; mais quand les
portes de l'intérieur étaient ouvertes, alors les perfonnages paraiffaient être dans le temple, qui, par
fon ordre d'architecture, fe confondait avec le veftibule; de forte que, fans aucun embarras, cette

différence essentielle de position a toujours été très-bien marquée.

Le grand intérêt commença dès la première scène, grâce aux conseils d'un de nos confrères de l'académie, qui daigna me suggérer l'idée de supposer d'abord que *Cassandre* avait sauvé la vie d'*Olimpie*.

> Seul je pris pitié d'elle, et je fléchis mon père,
> Seul je sauvai la fille, ayant frappé la mère.

Dès ce moment, je sentis que *Cassandre* devenait le personnage le plus intéressant.

Le mariage, la cérémonie, la procession des initiés, des prêtres et des prêtresses couronnés de fleurs, &c. les sermens faits sur l'autel, tout cela forma un spectacle auguste.

Au second acte, *Statira* enfermée dans le temple, obscure, inconnue, accablée de ses infortunes, et n'attendant que la fin d'une vie usée par le malheur, reconnue enfin dans cette assemblée, l'hiérophante à ses genoux, les prêtresses courbées vers elle, ensuite *Olimpie* présentée à sa mère, leur reconnaissance, firent le plus grand effet.

Cassandre, au troisième acte, venant prendre sa femme des mains de la prêtresse qui doit la lui remettre, et trouvant *Statira* dans cette prêtresse, fit un effet beaucoup plus grand encore. Tout le monde sentit, par ce seul vers,

> *Bienfaits trop dangereux, pourquoi m'a-t-il aimée?*

qu'*Olimpie* aimerait toujours le meurtrier de sa mère; de sorte qu'on ne savait qui on devait plaindre

davantage, ou *Caſſandre*, ou *Olimpie*, ou la veuve 1762.
d'*Alexandre*.

. Au quatrième, les deux rivaux, *Antigone* et *Caſſandre*,
ont déjà fondu l'un ſur l'autre, dans le périſtile
même ; les initiés, les Ephéſiens les ont ſéparés. Ils
ſont tous dans les couliſſes du périſtile ; ils en ſortent
tous à la fois, diviſés en deux bandes ; les portes du
temple s'ouvrent au même inſtant, l'hiérophante et
les prêtres rempliſſent le milieu du théâtre ; *Antigone*
et *Caſſandre* ſont encore l'épée à la main. C'eſt par
cet appareil que commence le quatrième acte. L'hiérophante, après avoir dit aux deux rois,

> Qu'oſiez-vous attenter, inhumains que vous êtes ? &c.

continue ainſi :

> Rendez-vous à la loi, reſpectez ſa juſtice ; &c.

Alors *Caſſandre* prend la réſolution d'enlever ſon
épouſe dans le temple même. Il la trouve aux pieds
d'un autel. Cette ſcène a été très-attendriſſante ; et à
ces mots,

> Ma haine eſt-elle juſte, et l'as-tu méritée ?
> Caſſandre, ſi ta main féroce, enſanglantée,
> Ta main qui de ma mère a déchiré le flanc,
> N'eût frappé que moi ſeule, et verſé que mon ſang,
> Je te pardonnerais, je t'aimerais .... barbare.

les deux acteurs pleuraient, et tous les ſpectateurs
étaient en larmes.

Cet amour d'*Olimpie* attendriſſait d'autant plus,
qu'elle avait voulu ſe le cacher à elle-même, qu'elle

—— ne s'était point laiſſé aller à ces lieux communs des combats entre l'amour et le devoir, et que ſa paſſion avait été plutôt devinée que déployée.

Immédiatement après cette ſcène, *Statira*, qui a ſu qu'on allait enlever ſa fille, vient lui apprendre qu'*Antigone* va la ſecourir, que ſon hymen était réprouvé par les lois ; elle la donne à ſon vengeur. Alors *Olimpie* avoue à ſa mère qu'elle a le malheur d'aimer *Caſſandre. Statira* évanouie de douleur entre ſes bras, *Caſſandre* qui accourt, les divers mouvemens dont ils ſont agités, forment un tableau ſupérieur aux trois premiers actes.

Au cinquième, *Antigone*, arrivant pour ſoutenir ſes droits, pour venger *Olimpie* du meurtrier d'*Alexandre* et de *Statira*, apprend que *Statira* vient d'expirer entre les bras de ſa fille ; elle a conjuré *Olimpie*, en mourant, d'épouſer *Antigone*. Les voilà donc tous deux dans le temple, forcés d'attendre la déciſion d'*Olimpie*, et elle obligée de choiſir ; elle promet qu'elle ſe déclarera quand elle aura rendu les derniers devoirs au bûcher de ſa mère. Le bûcher paraît, elle parle aux deux rivaux, et n'avouant ſon amour qu'au dernier vers, elle ſe jette dans le bûcher.

La ſcène a été tellement diſpoſée, que tout a été exécuté avec la préciſion néceſſaire. Deux fermes, ſur leſquelles on avait peint des charbons ardens, des flammes véritables qui s'élançaient à travers les découpemens de la première ferme, percée de pluſieurs trous ; cette première ferme s'ouvrant pour recevoir *Olimpie*, et ſe refermant en un clin d'œil ; tout cet artifice enfin a été ſi bien ménagé, que la pitié et la terreur étaient au comble.

Les larmes ont coulé pendant toute la pièce. Les 1762. larmes viennent du cœur. Trois cents perſonnes de tout rang et de tout âge ne s'attendriſſent pas, à moins que la nature ne s'en mêle. Mais, pour produire cet effet, il fallait des acteurs et de l'action; tout a été tableau, tout a été animé. Madame *Denis* a joué *Statira* comme mademoiſelle *Duménil* joue *Mérope*. Madame d'*Hermenches*, qui feſait *Olimpie*, a la voix de mademoiſelle *Gauſſin*, avec des inflexions et de l'ame : mais ce qui m'a le plus ſurpris, c'eſt notre ami *Gabriel Cramer*. Je n'exagère point; je n'ai jamais vu d'acteur, à commencer par *Baron*, qui eût pu jouer *Caſſandre* comme lui; il a attendri et effrayé pendant toute la pièce. Je ne lui connaiſſais pas ce talent ſupérieur. M. *Rillet* a joué le grand-prêtre, comme j'aurais voulu que *Sarraſin* l'eût repréſenté. *Antigone* a été rendu par M. d'*Hermenches* avec la plus grande nobleſſe. Je ne reviens point de mon étonnement, et je ne me conſole point de n'avoir pas vu ce ſpectacle honoré de la préſence des deux illuſtres académiciens qui m'ont daigné aider de leurs conſeils pour finir mon œuvre des ſix jours. Eux, et deux reſpectables amis à qui je dois tout, et que je conſulte à Paris, ont fait mon ouvrage; car, malheur à qui ne conſulte pas.

LETTRE CLXXXI.

A M. LE COMTE D'ARGENTAL.

A Ferney, 27 de mars.

Vous me demanderez peut-être, mes divins anges, pourquoi je m'intéresse si fort à ce *Calas* qu'on a roué, c'est que je suis homme, c'est que je vois tous les étrangers indignés, c'est que tous vos officiers suisses protestans disent qu'ils ne combattront pas de grand cœur pour une nation qui fait rouer leurs frères sans aucune preuve.

Je me suis trompé sur le nombre des juges, dans ma lettre à M. de *la Marche*. Ils étaient treize; cinq ont constamment déclaré *Calas* innocent. S'il avait eu une voix de plus en sa faveur, il était absous. A quoi tient donc la vie des hommes? à quoi tiennent les plus horribles supplices? Quoi! parce qu'il ne s'est pas trouvé un sixième juge raisonnable, on aura fait rouer un père de famille! on l'aura accusé d'avoir pendu son propre fils, tandis que ses quatre autres enfans crient qu'il était le meilleur des pères! Le témoignage de la conscience de cet infortuné ne prévaut-il pas sur l'illusion de huit juges animés par une confrérie de pénitens blancs, qui a soulevé les esprits de Toulouse contre un calviniste? Ce pauvre homme criait sur la roue qu'il était innocent; il pardonnait à ses juges, il pleurait son fils auquel on prétendait qu'il avait donné la mort. Un dominicain, qui l'assistait d'office sur l'échafaud, dit qu'il voudrait mourir

aussi

auffi faintement qu'il eft mort. Il ne m'appartient
pas de condamner le parlement de Touloufe; mais
enfin il n'y a eu aucun témoin oculaire ; le fanatifme
du peuple a pu paffer jufqu'à des juges prévenus.
Plufieurs d'entre eux étaient pénitens blancs ; ils peuvent s'être trompés. N'eft il pas de la juftice du roi
et de fa prudence, de fe faire au moins repréfenter
les motifs de l'arrêt ? Cette feule démarche confole-
rait tous les proteftans de l'Europe, et apaiferait
leurs clameurs. Avons-nous befoin de nous rendre
odieux ? ne pourriez-vous pas engager M. le comte
de *Choifeul* à s'informer de cette horrible aventure
qui déshonore la nature humaine, foit que *Calas* foit
coupable, foit qu'il foit innocent ? Il y a certainement, d'un côté ou d'un autre, un fanatifme horrible; et il eft utile d'approfondir la vérité.

Mille tendres refpects à mes anges.

LETTRE CLXXXII.

A M. LE DUC DE CHOISEUL.

Mars.

MON PROTECTEUR,

Si on me demande comment il faut défricher un défert et donner du pain à des familles qui n'en avaient pas, je le dirai bien. Mais j'ignore comment il faut préfenter au roi le détail de Fontenoi, l'érection de l'école militaire, et les autres événemens qui ne peuvent choquer que fa modeftie. J'ignore furtout fi on peut lui préfenter cette édition, qui eft pourtant la neuvième. Tout ce que je fais, c'eft que je prends la liberté de l'adreffer à mon protecteur, qui en fera tout ce qu'il voudra. Il fait mieux que moi *quid deceat, quid non.*

Je ne demanderai jamais rien qui puiffe être le moins du monde hafardé. Sa bonté pour moi me tient lieu de tout. Je fuis comme le bourgeois gentilhomme; j'aime mieux être incivil qu'importun.

Je lui fouhaite du fond de mon ame fuccès dans toutes fes entreprifes, gaieté inaltérable, et point de gravelle.

La vieille marmotte des Alpes eft à fes pieds avec le plus tendre refpect. *V.*

Fragment d'une autre lettre au même.

J'ignore ce que mes oreilles ont pu faire aux *Pompignans*. L'un me les fatigue par fes mandemens, l'autre me les écorche par fes vers, et le troifième me menace de les couper. Je vous prie de me garantir du fpadaffin ; je me charge des deux écrivains. Si quelque chofe, Monfeigneur, me fefait regretter la perte de mes oreilles, ce ferait de ne pas entendre tout le bien que l'on dit de vous à Paris.

LETTRE CLXXXIII.

A M. DAMILAVILLE.

4 d'avril.

MES chers frères, il eft avéré que les juges toulou-fains ont roué le plus innocent des hommes. Prefque tout le Languedoc en gémit avec horreur. Les nations étrangères, qui nous haïffent et qui nous battent, font faifies d'indignation. Jamais, depuis le jour de la Saint-Barthelemi, rien n'a tant déshonoré la nature humaine. Criez, et qu'on crie.

Voici un petit ouvrage auquel je n'ai d'autre part que d'en avoir retranché une page de louanges injuftes qu'on m'y donnait. Je ferais très-fâché qu'on crût que j'en aye eu la moindre connaiffance ; mais je ferais très-aife qu'il parût, parce qu'il eft, d'un bout à l'autre, de la vérité la plus exacte, et que j'aime la vérité. Il faut qu'on la connaiffe jufque dans les plus petites chofes. Il n'y a qu'à donner cette brochure à imprimer à *Grangé* ou à *Duchefne*.

J'ai envoyé à mes frères cette petite relation, adreffée à M. le duc de *Villars*, qui me vit efquiffer Caffandre fi vîte, lorfqu'il était chez moi. Je prie mon cher frère, de dire au frère *Platon*, que ce qu'il appelle pantomime, je l'ai toujours appelé action. Je n'aime point le terme de *pantomime* pour la tragédie. J'ai toujours fongé autant que je l'ai pu à rendre les fcènes tragiques pittorefques. Elles le font dans Mahomet, dans Mérope, dans l'Orphelin de la Chine, furtout dans Tancrède. Mais ici toute la pièce eft un tableau continuel. Auffi a-t-elle fait le plus prodigieux effet. Mérope n'en approche pas, quant à l'appareil et à l'action; et cette action eft toujours néceffaire. Elle eft toujours annoncée par les acteurs mêmes. Je voudrais qu'on perfectionnât ce genre qui eft le feul tragique, car les converfations politiques font à la glace, et les converfations amoureufes font à l'eau rofe.

Je fuis affligé de la Martinique et de mon roué. Nous fommes bien fots et bien fanatiques; mais l'opéra comique répare tout.

Je bénis DIEU de m'avoir donné un frère tel que vous.

LETTRE CLXXXIV.

A M. LE COMTE D'ARGENTAL.

4 d'avril.

Mes anges, mes anges, rit-on encore à Paris? va-t-on en foule au favetier *Blaife* et au *Maréchal*? Pour moi je pleure. Vos Parifiens ne voient que des parifiennes, et moi je vois des étrangers, des gens de tous les pays; et je vous réponds que toutes les nations nous infultent et nous méprifent. Voilà un commencement bien douloureux pour meffieurs de *Choifeul.* Ce n'eft certainement pas la fauté de monfieur le comte fi *Pierre* s'unit avec *Luc;* ce n'eft pas la faute de monfieur le duc fi les Anglais nous ont pris la Martinique, et s'ils vont peut-être détruire la feule flotte qui nous reftait : mais ces événemens funeftes doivent percer le cœur des deux miniftres que vous aimez, et à qui je fuis attaché. Que faire? jouer le Droit du feigneur. Il n'y a pas d'autre parti à prendre après le faint temps de Pâques. Les Anglais auront dépouillé le vieil homme ; on aura oublié la Martinique; il ne fera plus queftion de rien. Je ne crains que *Blaife* et les *Amours de Nannette.* Le Droit du feigneur, en d'autres temps, devrait plaire à une nation qui ne laiffe pas d'avoir du bon, et qui avait autrefois du goût.

Nous avons *le Kain;* il a l'air d'un gros chanoine;

Et fon corps ramaffé dans fa courte groffeur
Fait gémir les couffins fous fa molle épaiffeur.

1762.

Faites comme il vous plaira, Meffieurs ; mais nous allons nous réjouir pour oublier vos tribulations. Nous allons jouer Caffandre, le Droit du feigneur, Sémiramis et l'Ecoffaife. Notre ami *le Kain* nous dit que le tripot ne va pas mieux que le refte de la France, que les quatre premiers gentilshommes ont la grandeur d'ame d'entrer à la comédie pour rien, eux, leurs parens, leurs laquais, et les commères de leurs laquais. Cela eft tout-à-fait noble. Les grands feigneurs d'Angleterre font d'une pâte un peu différente. Ils ont de leur côté la gloire, et nous avons la petite vanité.

Pendant que nous fommes la chiaffe du genre-humain, on parle français à Mofcou et à Yaffi ; mais à qui doit-on ce petit honneur ? à une douzaine de citoyens qu'on perfécute dans leur patrie.

Mes chers anges, je vous remercie très-humblement, très-tendrement pour notre artilleur. J'aurai l'honneur d'écrire à M. le comte de *Choifeul* ; mais, dans la crife où je le crois, je lui épargne mes importunités pour le préfent.

Je crois qu'on eft fi occupé des défaftres publics, qu'on ne fongera pas à mon roué.

Nous fommes tous à vos pieds et à vos ailes.

LETTRE CLXXXV. 1762.

AU MEME.

10 d'avril.

O Mes anges ! daignez recevoir, pour vos œufs de Pâques, ce Droit du feigneur, que je crois dans fon cadre. Je vous demande en grâce qu'il foit joué tel qu'il eft. J'ai, malgré toute ma modeftie, la fincérité infolente de vous dire que je le crois très-bon ; tâchez de penfer comme moi ; car, depuis l'effet que cette pièce a fait fur mes Suiffes et fur mes Savoyards, j'aurai bien mauvaife opinion de vos pauvres Français, s'ils ne rient pas et s'ils ne font pas touchés. Je veux qu'une comédie foit intéreffante ; mais je la tiens un monftre fi elle ne fait pas rire.

Je ne mets pas encore Olimpie à vos pieds ; j'attends que nous l'ayons jouée, et que je puiffe vous rendre compte du jugement de nos allobroges, et de la manière admirable dont nous difpofons notre veftibule, notre temple, nos autels et notre bûcher. Ce bûcher fervira à jeter la pièce au feu, fi elle n'eft pas reçue avec tranfport par nos montagnards. Vous êtes bien à plaindre de ne pas voir mes fêtes ; mais auffi pourquoi êtes-vous condamnés à demeurer dans votre vilaine ville de Paris ?

Au lieu d'Olimpie, je vous fupplie d'agréer le préfent mémoire. Pouvez-vous, mes divins anges, avoir la bonté de le faire recommander par M. le comte de *Choifeul*? Le frère du capitaine qui veut tirer du

1762. canon contre les Hanovriens et Pruffiens, eft connu de M. le comte de *Choifeul*, et reçoit quelquefois des ordres de lui pour nos limites.

On ne demande qu'un mot; ce mot eft jufte. L'officier qui a la rage de fervir, eft très-bon; enfin je vous demande inftamment cette grâce.

Je ne fais plus que penfer de mon *Schouvalof* : on n'a rien fait pour lui; il voulait voyager, et il refte à fa cour. Je fuis encore très-incertain fur le traité des Boruffes avec les Ruffes. Qui vous eût dit, quand nous étions petits, qu'un jour ces Scythes tiendraient la balance de l'Europe? Pauvres petits Français, ce n'eft pas vous encore qui la tenez. Il faut efpérer que nous ne ferons pas toujours dans la boue; mais jufqu'ici nous jouons un trifte rôle, malgré le prodigieux fuccès de la farce italienne.

Divins anges, continuez vos bontés à la marmotte des Alpes.

LETTRE CLXXXVI.

A MADEMOISELLE ***.

Aux Délices, le 15 d'avril.

Il eft vrai, Mademoifelle, que, dans une réponfe que j'ai faite à M. de *Chazel*, je lui ai demandé des éclairciffemens fur l'aventure horrible de *Calas*, dont le fils a excité ma douleur autant que ma curiofité. J'ai rendu compte à M. de *Chazel* des fentimens et des clameurs de tous les étrangers dont je fuis environné;

mais je ne peux lui avoir parlé de mon opinion fur
cette affaire cruelle, puifque je n'en ai aucune. Je ne 1762.
connais que les factums faits en faveur des *Calas*, et
ce n'eft pas affez pour ofer prendre parti.

J'ai voulu m'inftruire en qualité d'hiftorien. Un
événement auffi épouvantable que celui d'une famille
entière accufée d'un parricide commis par efprit de
religion ; un père expirant fur la roue pour avoir
étranglé de fes mains fon propre fils , fur le fimple
foupçon que ce fils voulait quitter les opinions de
Jean-Calvin; un frère violemment chargé d'avoir
aidé à étrangler fon frère ; la mère accufée ; un jeune
avocat foupçonné d'avoir fervi de bourreau dans
cette exécution inouie ; cet événement, dis-je, appartient effentiellement à l'hiftoire de l'efprit humain,
et au vafte tableau de nos fureurs et de nos faibleffes,
dont j'ai déjà donné une efquiffe.

Je demandais donc à M. de *Chazel* des inftructions ;
mais je n'attendais pas qu'il dût montrer ma lettre.
Quoi qu'il en foit, je perfifte à fouhaiter que le parlement de Touloufe daigne rendre public le procès
de *Calas*, comme on a publié celui de *Damiens*. On
fe met au-deffus des ufages dans des cas auffi extraordinaires. Ces deux procès intéreffent le genre-humain ;
et fi quelque chofe peut arrêter chez les hommes
la rage du fanatifme, c'eft la publicité et la preuve
du parricide et du facrilége qui ont conduit *Calas* fur
la roue , et qui laiffent la famille entière en proie aux
plus violens foupçons. Tel eft mon fentiment.

J'ai l'honneur d'être , &c.

LETTRE CLXXXVII.

A M. DAMILAVILLE.

17 d'avril.

J'AI l'honneur de vous envoyer, Monſieur, de la part de M. *Frichebeaume*, libraire, la brochure ci-jointe. Vous êtes aſſez affermi dans notre ſainte religion pour lire ſans danger ces impiétés ; mais je ne voudrais pas que cet ouvrage tombât entre les mains de jeunes gens qu'il pourrait ſéduire.

On eſt toujours indigné ici de l'abſurde et abominable jugement de Touloufe. On ne s'en ſoucie guère à Paris où l'on ne ſonge qu'à ſon plaiſir, et où la Saint-Barthelemi ferait à peine une ſenſation. *Damiens*, *Calas*, *Malagrida*, une guerre de ſept années ſans ſavoir pourquoi, des convulſions, des billets de confeſſion, des jéſuites, le diſcours et le réquiſitoire de *Joli de Fleuri*, la perte de nos colonies, de nos vaiſſeaux, de notre argent ; voilà donc notre ſiècle ! Ajoutez-y l'opéra comique, et vous aurez le tableau complet.

On m'a donné cette lettre pour M. *Saurin* ; je vous ſupplie de vouloir bien la lui faire parvenir.

J'ai l'honneur d'être, Monſieur,

votre très-humble et très-obéiſſant ſerviteur,

RIBIENBOTTE.

LETTRE CLXXXVIII.

A M. LE COMTE D'ARGENTAL.

17 d'avril.

M ES divins anges, je ne voulais vous écrire qu'après que *le Kain* aurait vu *Statira;* mais je commence toujours par vous remercier de la bonté que vous avez eue pour mon capitaine d'artillerie, qui voudrait bien pointer quelques canons contre *Pierre III* qui n'eſt pas *Pierre le grand.*

Il eſt vrai que M. le comte de *Saxe* ne fit que monter dans le vaiſſeau à Dunkerque, et que, grâce au ciel, nous ne mîmes point en mer; mais je ne prends aucun intérêt à cette miſérable hiſtoire, dont on a imprimé des fragmens très-incorrects qu'on m'a volés.

A l'égard de *Conculix*, c'eſt autre choſe. Il faut que j'aye été abandonné de DIEU pour laiſſer cet animal-là en ſi bonne compagnie.

Nous avons déjà joué Tancrède. *Le Kain* m'a paru admirable; je lui ai même trouvé une belle figure. J'étais le bon homme *Argire*; je ne m'en ſuis pas mal tiré: mais ni lui ni moi ne jouons dans Olimpie. Nous ferons tous deux ſpectateurs bénévoles. Je devais naturellement jouer le grand-prêtre : ce ſont mes triomphes, vu le goût que j'ai pour l'Egliſe; mais je ſuis honoré du même catarre qui a oſé ſouffler ſur mes anges : j'ai la fièvre. Je continuerai ma lettre quand on aura joué Olimpie ou Caſſandre, et je vous en rendrai compte, en oubliant la petite part que je peux y avoir.

18 d'avril.

Mes anges fauront qu'hier *le Kain* nous joua *Zamore;* il était encore plus beau que je n'avais cru. Il joua le fecond acte de façon à me faire rougir d'avoir loué autrefois *Baron* et *Dufrefne.* Je ne croyais pas qu'on pût pouffer auffi loin l'art tragique. Il eft vrai qu'il ne fut pas fi brillant dans les autres actes. Il a quelquefois des filences trop longs; il en faut, comme en mufique, mais il ne faut pas les prodiguer; ils gâtent tout quand ils n'embelliffent pas. Il fut bien mal fecondé; ma nièce ne jouait point. *Cramer,* qui avait joué *Caffandre* fupérieurement, joua *Alvarès* précifément comme le bon homme *Caffandre.* Mais enfin, nous voulions voir *le Kain,* et nous l'avons vu.

En attendant qu'on répète Caffandre ou Olimpie, il faut que je vous dife un mot de la Jamaïque, qu'un de nos acteurs, armateur de fon métier, prétend que vous avez prife à la fuite des Efpagnols; car vous êtes à préfent *à la fuite* fur mer et fur terre. Votre rôle n'eft pas beau. Puiffe mon armateur comique avoir raifon. Mais pourquoi dit-on que madame de *Pompadour* eft borgne, et M. *d'Argenfon* aveugle? eft-il vrai qu'en effet l'une ait perdu un œil, l'autre deux? Vous voyez toutes les mauvaifes plaifanteries que font, fur cette aventure, ceux qui ne favent pas que les railleries fur les malheureux font odieufes. Il faut que cette nouvelle ait un fondement. Il y a long-temps qu'on m'a mandé que l'un et l'autre avaient une violente fluxion sur les yeux.

Parlons un peu de mon roué. Il s'en faut bien qu'on ait découvert l'auteur de l'affaffinat attribué au père ; il s'en faut bien qu'on fonge à réhabiliter la mémoire du fupplicié. Tout le Languedoc eft divifé en deux factions, dont l'une foutient que *Calas* père avait pendu lui-même un de fes fils, parce que ce fils devait abjurer le calvinifme ; l'autre crie que l'efprit de parti, et furtout celui des pénitens blancs, a fait expirer un homme innocent et vertueux fur la roue.

Je crois vous avoir dit que *Calas* père était âgé de foixante et neuf ans, et que le fils qu'on prétend qu'il a pendu, nommé *Marc-Antoine*, garçon de vingt-huit ans, était haut de cinq pieds cinq pouces, le plus robufte et le plus adroit de la province ; j'ajoute que le père avait les jambes très-affaiblies depuis deux ans, ce que je fais d'un de fes enfans. Il était poffible à toute force que le fils pendît le père ; mais il n'était nullement poffible que le père pendît le fils. Il faut qu'il ait été aidé par fa femme, par un de fes autres fils, par un jeune homme de dix-neuf ans qui foupait avec eux, encore auraient-ils eu bien de la peine à en venir à bout. Un jeune homme vigoureux ne fe laiffe pas pendre ainfi. Vous favez, fans doute, que la plupart des juges voulaient rouer toute la famille, fuppofant toujours que *Marc-Antoine Calas* n'avait été étranglé et pendu de leurs mains que pour prévenir l'abjuration du calvinifme qu'il devait faire le lendemain. Or, j'ai des preuves certaines que ce malheureux n'avait nulle envie de fe faire catholique.

Enfin, les juges prévenus ayant ordonné l'enterre-
ment de *Marc-Antoine* dans une églife, les pénitens
blancs lui ayant fait un fervice folennel, et l'ayant
invoqué comme un martyr, n'ont point voulu fe déta-
cher de leur opinion. Ils ont condamné d'abord le
père feul à mourir fur la roue, fe flattant qu'en mourant il accuferait fa famille. Le condamné eft mort
en appelant à DIEU, et les juges ont été confondus.
Voilà en deux pages la fubftance de quatre factums.
Ajoutez à cette aventure abominable la perfuafion
où ces juges (au moins quelques-uns) font encore,
que l'on avait réfolu, dans une affemblée de réfor-
més, de faire étrangler fans miféricorde celui de
leurs frères qui voudrait abjurer, et que ce jeune
homme de dix-neuf ans, nommé *Lavaiffe*, qui avait
foupé avec les accufés, était le bourreau nommé par
les proteftans. Vous remarquerez que ce *Lavaiffe* eft
le fils d'un avocat foupçonné, il eft vrai, d'être calvinifte, mais de mœurs douces et irréprochables.

Lorfque nous avons joué Tancrède, il y a eu un
terrible battement de mains, accompagné de cris et
de hurlemens à ces vers :

O juges malheureux, qui dans vos faibles mains, &c.

Mais voilà toute la réparation qu'on a faite à la
mémoire du plus malheureux des pères. Je ne connais point, après la Saint-Barthelemi et les autres
excès du fanatifme commis par tout un peuple, une
aventure particulière plus effrayante.

Voilà bien écrire, pour un homme qui a la fièvre.
Je continuerai après Caffandre.

Je n'ai rien écrit hier 19, parce que j'avais une fièvre violente. Nous fommes accablés de contre-temps dans notre tripot. Un oncle d'un acteur s'eft avifé de mourir ; nous voilà tous dérangés. Notre fpectacle fe démanche comme le vôtre : vous perdez *Grandval;* on dit que mademoifelle *Duménil* va fe retirer; il faut que tout finiffe. Le théâtre de France avait de la réputation dans l'Europe, et c'était prefque le feul de nos beaux arts qui fût eftimé ; il va tomber. On dit que M. le maréchal de *Richelieu* n'aura pas eu peu de part à cette révolution.

Je fuis fâché que les autres comédiens, nommés jéfuites, tombent auffi. C'eft une grande perte pour mes menus plaifirs. Les univerfités, jointes au parlement, vont établir un terrible pédantifme. Je n'aime pas les mœurs pédantes.

Nous devions jouer aujourd'hui Caffandre-Olimpie, et *le Français à Londres.* Figurez-vous que milord *Craff* était joué par un anglais qui s'appelle *Craff;* mais, comme je vous l'ai dit, un maudit oncle nous dérange. Tout ce que nous pourrons faire, ce fera de répéter devant *le Kain,* en habits pontificaux, afin qu'il juge. En attendant qu'on joue, il faut que je vous dife que je fais un gré infini à *Collet* d'avoir mis *Henri IV* fur le théâtre. Son nom feul attirera tout Paris pendant fix mois, et l'opéra comique trouvera à qui parler.

Voici la nuit; on va jouer Caffandre et *le Français à Londres*, malgré tous les contre-temps : je vais juger.

——
1762.

Parlons d'abord de milord *Hufai*. Il eft fi plaifant de voir un anglais du même nom jouer ce rôle, que j'en ris encore, quoique je fois bien malade. Pour Caffandre, le porteur vous pourra dire fi cela fait un beau fpectacle, s'il y a de l'intérêt, fi la fin eft terrible, et fi tout n'eft pas hors du train ordinaire, depuis le commencement jufqu'à la fin. Je voulais lui donner la pièce pour vous l'apporter; mais j'ai fenti, à la repréfentation, qu'il y avait plus d'une nuance à donner encore au tableau. Tout ce que je vous peux dire, c'eft qu'il ne faut pas qu'il y ait dans cet ouvrage un feul trait qui reffemble aux tragédies auxquelles on eft accoutumé. C'eft affurément un fpectacle d'un genre nouveau, auffi difficile peut-être à bien repréfenter qu'à bien traiter.

Je vous l'enverrai, mes divins anges, avant qu'il foit un mois. Laiffez-moi me guérir; la tête me fend et me tourne.

Finie à deux heures après minuit.

LETTRE CLXXXIX.

A M. DUCLOS.

A Ferney, 23 d'avril.

IL faut vous avouer, Monfieur, que le théâtre de Ferney a fait un peu de tort à nos commentaires, et que nous avons, pendant quelques jours, abandonné *Corneille* pour *le Kain*. Nous avons fait de mademoifelle *Corneille* une affez bonne actrice, au

lieu

lieu de travailler à l'édition de son oncle. Le commentateur, les libraires, la nièce de *Corneille*, la nièce du commentateur, tout cela a joué la comédie. Cela n'a pas pourtant interrompu notre entreprise, mais il y a eu du relâchement. Une autre raison encore qui a arrêté le cours de mes consultations, c'est que je me suis mis à traduire l'Héraclius espagnol, imprimé à Madrid en 1643, sous ce titre : *la famosa comedia. En esta vida todo es verdad, y todo es mentira, fiesta que se represento a sus Magestades, en el salon Real del palacio.* Le savant qui m'a déterré cette édition prodigieusement rare, prétend que *sus Magestades* veut dire *Philippe* et *Elisabeth*, fille de *Henri IV*, qui aimait passionnément la comédie, et qui y menait son grave mari. Elle s'en repentit ; car *Philippe IV* devint amoureux d'une comédienne, et en eut don *Juan d'Autriche.* Il devint dévot et n'alla plus au spectacle après la mort d'*Elisabeth*. Or *Elisabeth* mourut en 1644, et mon savant prétend que la *Famosa comedia*, jouée en 1640, fut imprimée en 1643 ; mais comme mon exemplaire est sans date, il faut en croire mon savant sur sa parole. Le fait est que cette tragédie est à faire mourir de rire d'un bout à l'autre ; les *Mille et une nuits* sont beaucoup moins merveilleuses. Si quelque chose dans le monde a jamais eu l'air original, c'est assurément cette extravagance dont aucun roman n'approche. Il suffit d'en lire deux pages pour être convaincu que l'auteur a tout pris dans sa tête. Je la ferai imprimer, afin qu'on puisse aisément apercevoir la petite différence qui se trouve entre notre Héraclius et la *Comedia famosa.*

Je dois vous donner avis que le premier volume,

—— contenant feulement Médée et le Cid, eft déjà fi énorme, que je ferai obligé de rejeter à la fin du dernier tome la vie de l'auteur, et les anecdotes et réflexions que je mettrai dans mon épître dédicatoire à l'académie. L'épître ne pourra plus contenir qu'un fimple témoignage de ma refpectueufe reconnaiffance, et une note avertira que la vie de *Pierre Corneille* fe trouvera au dernier volume, avec quelques pièces curieufes. Cette vie, rejetée à ce dernier tome, fera au moins ouvrir quelquefois un tome que, fans cela, on n'ouvrirait jamais : car qui peut lire la *Galerie du Palais royal* et la *Place royale*. Ce dernier tome fera uniquement deftiné à la comédie, avec un difcours fur la comédie efpagnole, anglaife et italienne; mais il faut fe bien porter, et je fuis un peu fur le côté.

Je tâcherai de vous envoyer dans peu les remarques fur Rodogune et fur Sertorius.

J'ai repris cette lettre cinq ou fix fois; je n'en peux plus. J'ai bien peur de ne pas achever cette édition, et de dire : *Medium folvar et inter opus.*

LETTRE CXC.

A M. LE COMTE D'ARGENTAL.

26 d'avril.

Madame la ducheſſe d'*Enville*, mes anges, fait bien de l'honneur aux Délices. Elle peut arriver quand il lui plaira ; il y aura de quoi loger quatre maîtres de plain pied, même cinq. Mais que monſieur l'archevêque de Rouen ne s'imagine pas être à Gaillon. Que toute cette illuſtre compagnie penſe être aux eaux, et s'attende à être un peu à l'étroit. Tout le monde ſera bien couché ; c'eſt la ſeule choſe dont je réponds. On y trouvera de la batterie de cuiſine ; mais, comme la moitié de notre linge a été brûlée dans nos fêtes de Ferney, nous ne pouvons en fournir. Je ſens combien il eſt déſagréable de ne pas faire la galanterie complète ; mais il eſt bon d'avertir de ce qu'on peut et de ce qu'on ne peut pas.

Je ſuppoſe que madame la ducheſſe d'*Enville* enverra à l'avance quelque fourrier, quelque maréchal de ſes logis qui viendra préparer les lieux. Tous les ſecours poſſibles ſe trouvent à Genève ſous la main. Il ne ſera pas mal de me faire avertir du jour de l'arrivée du maréchal de ſes logis. Madame *Denis* arrangera tout avec lui ; car, pour moi, il n'y a pas d'apparence que je puiſſe ſitôt ſortir de Ferney. Je ſuis toujours malade, je n'ai point porté ſanté depuis les journées de Tancrède et de Caſſandre,

Bb 2

et madame la ducheffe d'*Enville* aura en moi un courtifan très-peu affidu ; elle fera maîtreffe abfolue de la maifon, et ne fera point gênée par fon hôte. Voilà, mes divins anges, tout ce que je puis faire en confcience. Je ne doute pas que mes anges ne faffent mes très-humbles excufes aux perfonnes que je voudrais mieux recevoir. Après tout, elles feront infiniment mieux qu'en aucune maifon de Genève. Elles jouiront d'un affez joli jardin, d'un très-beau payfage ; elles feront à l'abri de tout bruit et de toute importunité. Je crois que je dois au moins réparer, par une lettre, la mince réception que je fais à madame d'*Enville ;* permettez donc que j'insère ici ce petit billet, et que je prenne la liberté de vous l'adreffer.

Voulez-vous à préfent un petit mot pour Caffandre ? Je perfifte à croire que cette pièce ne fouffre aucun moyen ordinaire. *Le Kain* a dû le fentir à la repréfentation. Les chofes font tellement amenées, qu'il n'eft ni décent ni poffible que les deux rivaux agiffent.

Caffandre, au quatrième acte, vient enlever fa femme, mais il trouve la belle - mère expirante. *Antigone* difpofe tout pour tuer *Caffandre* aux portes du temple, mais il n'en fort pas. Au cinquième, il n'y a pas moyen de troubler la cérémonie du bûcher ; les deux princes ne peuvent fe douter qu'*Olimpie* va fe jeter dedans, puifqu'ils voient les offrandes qu'on apporte à *Olimpie* fur un autel, et qu'elle doit préfenter à fa mère avec fes voiles et fes cheveux. Croyez que le tout fait le fpectacle le plus fingulier, et le plus grand tableau qu'on ait jamais vu au théâtre : mais, encore une fois, il faut des nuances ;

et je ne peux travailler dans l'état où je fuis ; à peine puis-je fuffire à *Pierre Corneille*.

Nous avons ici le père de la petite, qui vient d'arriver de Caffel pour voir fa fille. Celui-ci ne fera jamais commenté, ou je fuis le plus trompé du monde.

Eh bien, on vient encore de vous prendre Sainte-Lucie et le dernier de vos vaiffeaux qui revenait de l'île de Bourbon.

Pauvres Français ! vous n'aviez autre chofe à faire qu'à vous réjouir ; de quoi vous êtes - vous avifés de faire la guerre ?

Mes anges, vivez heureux. Je baife le bout de vos ailes plus que jamais.

J'ai une fluxion de poitrine, et je ceffe tout travail.

LETTRE CXCI.

AU MEME.

Aux Délices , 15 de mai.

JE vous écris enfin, mes divins anges ; je reffufcite, et il eft bon que vous fachiez que c'eft vous qui m'aviez tué ; c'eft le tripot, c'eft un travail forcé, c'eft la rage de vous plaire qui m'avait allumé le fang. J'avais , depuis trois mois, une fièvre lente, et je voulais toujours travailler et toujours me réjouir ; j'ai fuccombé, je le mérite bien. Je n'ai pas encore

Bb 3

affez de tête pour vous parler d'Olimpie; mais j'entrevois que, de toutes les pièces du théâtre, ce fera la plus pittorefque, et que les marionnettes que *Servandoni* donne au Louvre, n'en approcheront jamais. Il me faudra une *Statira* malade, et une *Olimpie* innocente; DIEU y pourvoira peut-être.

Mandez - moi, je vous prie, des nouvelles du tripot, cela m'égaiera dans ma convalefcence. Avez-vous quelqu'un qui remplace *Grandval* ? reprendra-t-on le Droit du feigneur ?

Mais parlez-moi donc, je vous en prie, de l'œil de madame de *Pompadour*. Il eft bien fingulier qu'une femme fur qui tous les yeux font fixés, en perde un incognito. On parle encore fort mal des deux de M. d'*Argenfon*.

M. le maréchal de *Richelieu* m'a écrit une grande lettre fur les *Calas*, mais il n'eft pas plus au fait que moi. Le parlement de Touloufe, qui voit qu'il a fait un horrible pas de clerc, empêche que la vérité ne foit connue. Il a toujours été dans l'idée que toute la famille de *Calas*, affiftée de fes amis, avait pendu le jeune *Calas*, pour empêcher qu'il ne fe fît catholique. Dans cette idée, il avait fait rouer le père par provifion, efpérant que ce bon homme, âgé de foixante-neuf ans, avouerait le tout fur la roue. Le bon homme, au lieu d'avouer, a pris DIEU à témoin de fon innocence. Les juges, qui l'avaient fait rouer fur de fimples conjectures, manquant abfolument de preuves juridiques, mais perfiftant toujours dans leur opinion, ont condamné au banniffement un des fils de *Calas* foupçonné d'avoir aidé à étrangler fon frère; ils l'ont fait conduire, la corde au cou, par le bourreau, à une porte de la

ville, et l'ont fait enfuite rentrer par une autre, l'ont enfermé dans un couvent, et l'ont obligé de changer de religion.

Tout cela eft fi illégal, et l'efprit de parti fe fait tellement fentir dans cette horrible aventure, les étrangers en font fi fcandalifés, qu'il eft inconcevable que monfieur le chancelier ne fe faffe pas repréfenter cet étrange arrêt. Si jamais la vérité a dû être éclaircie, c'eft, ce me femble, dans une telle occafion.

Je paffe à d'autres objets plus intéreffans. Vous me paraiffez, vous autres, méprifer le nouveau czar ; mais prenez garde à vous : un homme, qui vient d'ôter tout d'un coup cent mille efclaves aux moines, et qui met tous ces moines dans fa dépendance, en ne les fefant fubfifter que de penfions de la cour, eft bien loin d'être un homme méprifable. Le voilà uni avec les Anglais et les Pruffiens, gens moins méprifables encore. Prenez garde à vous, vous dis-je ; comptez que vous ne voyez point les chofes, à Paris et à Verfailles, comme on les voit au milieu des étrangers. Je fuis dans le point de perfpective ; je vois les chofes comme elles font, et c'eft avec la plus grande douleur.

Parlons maintenant de madame la duchelle d'*Enville*. A peine vous eus-je envoyé, mes divins anges, la lettre par laquelle je lui offrais les Délices, que je fus attaqué d'une fièvre violente et d'une inflammation de poitrine ; *Tronchin* me fit tranfporter fur le champ aux Délices ; il ne me quitta prefque point ; la nature et lui m'ont fauvé ; je fuis encore

dans la plus grande faibleſſe, et je ne puis ni marcher ni écrire.

J'apprends que, pendant ma maladie, on a loué
aſſez indiſcrétement un ſimple appartement à Genève
pour madame la ducheſſe d'*Enville* et ſa compagnie,
à raiſon de 4800 livres pour trois mois, ſans compter les écuries, les remiſes et les chambres pour
les principaux domeſtiques, qu'il faudra encore louer
très-cher. Ajoutez à cela qu'à Genève toutes les
commodités, toutes les choſes de recherche ſe vendent au poids de l'or; qu'il faut faire cent vingt-
cinq lieues pour arriver, et cent vingt-cinq pour s'en
retourner; et qu'une malade, qui a la force de faire
deux cents cinquante lieues, n'eſt pas exceſſivement
malade. Le payſage eſt charmant, je l'avoue, il
n'y a rien de ſi agréable dans la nature; mais nous
avons des ouragans formés dans des montagnes couvertes de neiges éternelles, qui viennent contriſter
la nature dans ſes plus beaux jours, et qui n'ont
pas peu contribué à me mettre dans le bel état
où je ſuis. Ces vents cruels font beaucoup plus
de mal que *Tronchin* ne peut faire de bien.

Adieu, mes divins anges; je n'ai plus ni voix
pour dicter, ni main pour écrire, ni tête pour penſer; mais j'eſpère que tout cela reviendra.

Je crois ne pouvoir mieux remercier DIEU de
mon retour à la vie, qu'en vous envoyant cet
ouvrage édifiant (*). On devrait bien l'imprimer à
Paris.

(*) Le *Teſtament du curé Meſlier*.

LETTRE CXCII.

A M. DE LA CHALOTAIS,

PROCUREUR GENERAL DU PARLEMENT DE BRETAGNE.

Aux Délices, 17 de mai.

J'ETAIS à la mort, Monsieur, lorsque j'ai reçu la lettre dont vous m'avez honoré; je souhaite de vivre pour voir les effets de votre excellent compte rendu. Je ne savais pas que vous m'eussiez fait l'honneur de me l'envoyer, et que j'avais deux remercîmens à vous faire, celui d'avoir éclairé la France, et celui de vous être ressouvenu de moi.

Votre réquisitoire a été imprimé à Genève, et répandu dans toute l'Europe avec le succès que mérite le seul ouvrage philosophique qui soit jamais sorti du barreau. Il faut espérer qu'après avoir purgé la France des jésuites, on sentira combien il est honteux d'être soumis à la puissance ridicule qui les a établis. Vous avez fait sentir bien finement l'absurdité d'être soumis à cette puissance, et le danger, ou du moins l'inutilité de tous les autres moines qui sont perdus pour l'Etat, et qui en dévorent la substance.

Je vous avoue, Monsieur, que c'est une grande consolation pour moi de voir mes sentimens justifiés par un magistrat tel que vous. Il faut que je me vante d'avoir le premier attaqué les jésuites en France. J'ai une terre dans le pays de Gex, tout

1762.

auprès d'un domaine que les jéfuites ont ufurpé. A force de diftinctions, ils avaient ajouté à l'ufurpation de ce domaine le bien de fix gentilshommes, tous frères, tous pauvres, et tous au fervice. Ils avaient obtenu des lettres patentes qui leur permettaient d'acquérir ce bien. Ces lettres avaient été enregiftrées au parlement de Dijon; et vous noterez qu'ils s'étaient affociés avec un huguenot dans cette manœuvre. Ils fe fondaient uniquement fur l'efpérance que ces fix gentilshommes n'auraient jamais le moyen de rentrer dans leurs biens. Je prêtai de l'argent aux orphelins dépouillés; ils fommèrent les jéfuites et le huguenot de leur rendre leur patrimoine. Les jéfuites confultèrent leur général, le père *Ricci*, qui fut cette fois affez fage pour leur ordonner de fe défifter. Les pauvres gentilshommes font rentrés dans leur domaine; et j'efpère des excommunications dans ce monde-ci, et le paradis dans l'autre pour cette bonne œuvre.

Je vous envoie cette plaifanterie (*Extrait de la gazette de Londres*) (*) qui m'eft tombée entre les mains. Le bâtiment d'un million fept cents mille livres eft une chofe vraie, et qui excite l'indignation de tout le monde.

J'ai l'honneur d'être, &c.

(*) Volume de Facéties.

LETTRE CXCIII.

A M. DUCLOS.

Aux Délices , 17 de mai.

J'ETAIS très-malade, Monfieur , lorfque j'eus l'honneur de vous écrire touchant l'édition de *Corneille.* J'ai été depuis à la mort , et je fuis encore affez mal. J'ofe me flatter que l'édition n'en fouffrira pas beaucoup , les meilleures pièces étant commentées , et les autres ne méritant pas de l'être. Ce qui m'afflige , c'eft l'obftacle que mettent les libraires de Paris à cette édition que j'ai été obligé de diriger moi-même , et qui ne pouvait commencer que fous mes yeux. On a arrêté tous les profpectus chargés des noms des foufcripteurs, à la chambre fyndicale, fous prétexte qu'il y a des libraires de Paris qui ont le privilége des *Oeuvres de Corneille ;* mais ce privilége doit être expiré et appartient naturellement à la famille. D'ailleurs mademoifelle *Corneille* ne pourrait-elle pas demander le privilége d'un livre intitulé , *Commentaires fur plufieurs tragédies de Pierre Corneille,* et fur quelques autres pièces françaifes et efpagnoles. On ne pourrait , ce me femble , refufer cette juftice, et le livre ferait imprimé fous le nom de la veuve *Brunet,* qui pourrait s'accommoder avec mademoifelle *Corneille* d'une manière avantageufe pour l'une et pour l'autre.

Ayez la bonté de me mander , Monfieur , fi vous approuvez cette idée, et fi vous pouvez contribuer à la faire réuffir. Il y a déjà deux volumes d'imprimés ; fi la nature veut que je vive encore quelque temps, l'édition fera achevée dans dix-huit mois.

LETTRE CXCIV.

AU SIEUR FEZ, *libraire d'Avignon.* (*)

Aux Délices, 17 de mai.

V̄ous me propofez, par votre lettre datée d'Avignon, du 30 d'avril, de me vendre pour mille écus l'édition entière d'un recueil de mes erreurs fur *les faits hiftoriques et dogmatiques*, que vous avez, dites-vous, imprimé en terre papale. Je fuis obligé,

---

(*)   *Réponfe à cette lettre du fieur Fez.*

Avignon, le 30 d'avril.

MONSIEUR,

AVANT de mettre en vente un ouvrage qui vous eft relatif, j'ai cru devoir décemment vous en donner avis. Le titre porte : *Erreurs de M. de Voltaire fur les faits hiftoriques, dogmatiques,* &c., en deux volumes in-12, par un auteur anonyme. En conféquence, je prends la liberté de vous propofer un parti. Le voici : je vous offre mon édition de *quinze cents exemplaires*, à quarante fous *en feuilles ;* montant 3000 livres. L'ouvrage eft défiré univerfellement.

Je vous l'offre, dis-je, cette édition, de bon cœur, et je ne la ferai paraître que je n'aye auparavant reçu quelque ordre de votre part.

J'ai l'honneur d'être avec le refpect le plus profond,
     Monfieur,

                    Votre très-humble et très-obéiffant
                         ferviteur,
          FEZ, *imprimeur-libraire, à Avignon.*

en confcience, de vous avertir qu'en relifant, en
dernier lieu, une nouvelle édition de mes ouvrages,
j'ai découvert dans la précédente pour plus de
deux mille écus d'erreurs; et comme, en qualité
d'auteur, je me fuis probablement trompé de moitié
à mon avantage, en voilà au moins pour 12000 livres.
Il eft donc clair que je vous ferais tort de 9000 francs
fi j'acceptais votre marché.

De plus, voyez ce que vous gagnerez au débit
du *Dogmatique*, c'eft une chofe qui intéreffe particulièrement toutes les puiffances qui font en guerre,
depuis la mer Baltique júfqu'à Gibraltar. Ainfi je
ne fuis pas étonné que vous me mandiez *que l'ouvrage eft défiré univerfellement.*

M. le général *Laudon*, et toute l'armée impériale, ne manqueront pas d'en prendre au moins
trente mille exempláires, que vous
vendez, dites-vous, 2 livres pièce,
ci . . . . 60,000 liv.

Le roi de Pruffe, qui aime paffionnément le *Dogmatique*, et qui en eft
occupé plus que jamais, en fera débiter à peu-près la même quantité, ci 60,000

Vous devez auffi compter beaucoup
fur monfeigneur le prince *Ferdinand*;
car j'ai toujours remarqué, quand
j'avais l'honneur de lui faire ma cour,
qu'il était enchanté qu'on relevât mes
erreurs dogmatiques; ainfi vous pouvez lui en envoyer vingt mille exemplaires, ci 40,000
                                   ——————
                                   160,000 liv.

1762.

De l'autre part	160,000 liv.

A l'égard de l'armée françaife, où l'on parle encore plus français que dans les armées autrichiennes et pruf-fiennes, vous y en enverrez au moins cent mille exemplaires qui, à 40 fous la pièce, font 200,000

Vous avez fans doute écrit à M. l'amiral *Anfon*, qui vous procurera en Angleterre et dans les colonies le débit de cent mille de vos recueils, ci 200,000

Quant aux moines et aux théolo-giens que le *Dogmatique* regarde plus particulièrement, vous ne pouvez en débiter auprès d'eux moins de trois cents mille dans toute l'Europe, ce qui forme tout d'un coup un objet de 600,000

Joignez à cette lifte environ cent mille amateurs du *Dogmatique*, parmi les féculiers, pofe 200,000

Somme totale . . . . . . 1360,000 liv.

Sur quoi il y aura peut-être quelques frais, mais le produit net fera au moins d'un million pour vous.

Je ne puis donc affez admirer votre défintéref-fement de me facrifier de fi grands intérêts pour la fomme de 3000 livres, une fois payée.

Ce qui pourrait m'empêcher d'accepter votre pro-pofition, ce ferait la crainte de déplaire à monfieur

1762.

l'inquifiteur de la foi, ou pour la foi, qui a fans doute approuvé votre édition. Son approbation, une fois donnée, ne doit point être vaine; il faut que les fidelles en jouiffent; et je craindrais d'être excommunié fi je fupprimais une édition fi utile, approuvée par un jacobin, et imprimée dans Avignon.

A l'égard de votre auteur anonyme (*), qui a confacré fes veilles à cet important ouvrage, j'admire fa modeftie : je vous prie de lui faire mes tendres complimens, auffi-bien qu'à votre marchand d'encre.

LETTRE CXCV.

A M. LE COMTE D'ARGENTAL.

19 de mai.

Mes divins anges, je fuis un peu retombé, mais *Tronchin* dit toujours que je me relèverai. Je voudrais qu'on pût en dire autant de la France et de la comédie; je les crois pour le moins auffi malades que moi; je crois *le Kain* furieufement occupé. Il était naturel qu'il écrivît un petit mot à madame *Denis* qui ne l'a pas mal reçu; mais les héros négligent volontiers les campagnards.

Me permettrez-vous de vous adreffer cette lettre d'un anglais pour M. le comte de *Choifeul*. Il demande un paffe-port pour s'en retourner en Angleterre par la France; je ne fais fi cela s'accorde, et fi vous permettez à vos vainqueurs d'être témoins de votre

(*) Le jéfuite *Nonotte*.

misère. Au reste, le suppliant ne vous a jamais battus ; c'est un jeune homme qui aime tous les arts, et qui jouait parfaitement du violon dans notre orchestre. Je doute, malgré tout cela, qu'il lui soit permis de passer par Calais. Je serais bien fâché de demander à M. le comte de *Choiseul* quelque chose qui ne fût pas convenable.

Je vous supplie d'ailleurs de lui dite combien je suis touché de la bonté qu'il a eue de s'intéresser pour mon triste état.

Vous ne me répondez jamais sur l'œil de madame de *Pompadour ;* cependant je m'y intéresse ; j'ai vu, il y a quinze ans, cet œil fort beau, et je serais fâché de sa perte. Dites-moi donc aussi quelque chose de la comédie d'*Henri IV;* il me semble qu'elle doit tourner la tête à la nation.

Je me flatte de voir M. de *Pont-de-Vesle* à la Marche, au mois de juillet ; mais, si ma mauvaise santé et *Pierre Corneille* me privent de ce plaisir, je lui conseillerai de passer par Ferney en s'en retournant par Lyon, et je lui donnerai la comédie.

Adieu, mes adorables anges. *Tronchin* nous quitte probablement au mois d'octobre pour M. le duc d'*Orléans*, et il fait fort bien; et moi je veux prendre le prétexte un jour de l'aller consulter, afin de n'avoir pas à me reprocher de mourir sans avoir eu la consolation de vous revoir.

LETTRE

LETTRE CXCVI.

A MADAME DE FLORIAN, *à Ornoy*.

Aux Délices, 20 de mai.

JE fuis encore affez mal ; mais tous mes maux font adoucis par l'idée que M. et madame de *Florian* font heureux. Je les félicite de vivre enfemble, et furtout de vivre à la campagne dans un temps auffi malheureux, où les plaifirs font auffi dérangés que les affaires.

Je ne fais fi M. de *Florian* a entendu parler de l'horrible aventure de la famille des *Calas* en Languedoc. Il s'agit de favoir fi un père et une mère ont pendu leur fils par tendreffe pour la fecte de *Calvin*, et fi un frère a aidé à pendre fon frère, ou fi les juges ont fait expirer fur la roue un père innocent par amitié pour la religion romaine. L'un ou l'autre cas eft digne des fiècles les plus barbares, et n'eft pas indigne du fiècle des *Malagrida*, des *Damiens* et des billets de confeffion. Heureux les philofophes qui paffent leur vie loin des fous et des fanatiques !

Je fuppofe que M. l'abbé *Mignot* eft dans votre beau château d'Ornoy, et qu'il partage votre bonheur. N'avez-vous pas auffi un oncle de M. de *Florian*? Voilà un heureux oncle. Ceux qui font malades, et furtout à cent cinquante lieues de vous, ne font pas fi heureux. Je fens très-bien qu'un beau lac,

Correfp. générale. Tome VI. C c

un payſage de *Claude Lorrain*, un château d'une
architecture charmante, un théâtre des plus jolis
de l'Europe, ne font pas la félicité, et qu'il vaudrait mieux achever ſa vie avec toute ſa famille.

Ma chère nièce, il eſt bien triſte d'être loin de
vous. Liſez et reliſez *Jean Meſlier* ; c'eſt un bon
curé.

LETTRE CXCVII.

A M. LE MARQUIS D'ARGENCE DE DIRAC.

Aux Délices, 20 de mai.

Non-seulement je ſuis pareſſeux, Monſieur,
mais il s'eſt joint à ce vice une maladie qui a paſſé
quelque temps pour mortelle ; je ſuis encore très-
faible. Je ne peux avoir l'honneur de vous écrire
de ma main. On a trouvé vos fauciſſons excellens ;
pour moi j'ai été bien loin d'en pouvoir manger,
mais je vous en remercie au nom de tout ce qui
eſt aux Délices.

Que vous êtes ſage et heureux, Monſieur, d'habiter dans vos terres, et de ne point voir de près
tous les malheurs de la France ! Notre ſeule félicité conſiſte à chaſſer des jéſuites, et à conſerver
environ quatre-vingts mille autres moines qui dévorent le peu de ſubſtance qui nous reſte. Il eſt bien
ridicule d'avoir tant de moines et ſi peu de matelots. Adieu, Monſieur ; un malade ne peut faire
de longues lettres. Je regrette toujours que les Délices

et Ferney foient fi loin d'Angoulême, et je vous regretterai toute ma vie. Comptez que vous n'avez point de ferviteur plus inviolablement attaché que *V.*

LETTRE CXCVIII.

A M. DE CIDEVILLE.

Aux Délices, le 24 de mai.

Mon cher et ancien ami, nous commençons l'un et l'autre à être dans l'âge où il faut s'occuper foigneufement de conferver les reftes de fa machine. Nous avons vu mourir notre cher abbé du *Refnel* ; vous avez été malade, mais vous êtes né heureufement. Vous êtes un chêne, et je fuis un'arbufte ; je me fens encore de la tempête que j'ai effuyée ; je parie que vous buvez du vin de Champagne quand je bois du lait, et que vous mangez des perdrix et des turbots, quand je fuis réduit à une aile de poularde. Vous allez chez de belles dames, vous courez de Paris à votre terre, et moi je fuis confiné.

Le travail, qui était ma confolation, m'eft interdit. Je ne peux plus me moquer de frère *Berthier*, de *Pompignan* et de *Fréron*. Je baiffe fenfiblement. L'édition de *Corneille* ira pourtant toujours fon train.

Il y avait une grande difpute pour favoir fi *Corneille* avait pris Héraclius de *Calderon*. Pour terminer la difpute j'ai traduit cette farce efpagnole

Cc 2

qu'on appelle tragédie. Il a fallu me remettre à l'espagnol que j'avais presque oublié ; cela m'a coûté quelques peines, mais je vous assure que j'en ai été bien payé. Il est bon de voir ce que c'était que ce *Caldéron* tant vanté ; c'est le fou le plus extravagant et le plus absurde qui se soit jamais mêlé d'écrire. Je ferai imprimer sa drôlerie à côté de l'Héraclius de *Corneille* (*), et toutes les nations de l'Europe qui souscrivent pour cet ouvrage pourront juger que le bon goût n'est qu'en France. Ce n'est pas qu'il n'y ait des étincelles de génie dans *Caldéron*, mais c'est le génie des petites-maisons.

Au reste, je suis bien sûr que vous ne pensez pas que mon commentaire soit à la *Dacier*. Je critique avec sévérité, et je loue avec transport. Je crois que l'ouvrage sera utile, parce que je ne cherche jamais que la vérité. Mademoiselle *Corneille* n'entendra point mon commentaire ; elle récite assez joliment des vers. Nous en avons fait une actrice ; mais il se passera encore bien du temps avant qu'elle puisse lire son oncle.

Voilà son père réformé avec M. de *Chamousset*, son protecteur. Il est déjà venu chez nous, il y revient encore ; nous lui avons donné quelque petite avance sur l'édition. Il va à Paris. Qu'y deviendra-t-il, quand il n'aura que son nom ?

Adieu, mon cher ami ; j'espère que ma lettre vous trouvera ou à Paris ou à Launai. Madame *Denis* doit vous écrire. Nous sommes deux ici à qui vous coûtez bien des regrets. Je vous embrasse tendrement.

(*) On la trouve dans cette édition, volume IX du Théâtre.

LETTRE CXCIX.

A M. DAMILAVILLE.

28 de mai.

Mon cher frère, je fuis bien languiffant : je ferai bien charmé de revoir frère *Thiriot* avant de mourir, et très-fâché de ne vous avoir jamais vu ; mais en vérité je ne vous en aime pas moins.

Nous vous avons adreffé, en dernier lieu, une lettre ouverte pour M. de *la Chalotais*, procureur général du parlement de Bretagne : quand je dis nous, j'entends celui qui tient la plume et moi. Je vous envoie un livre exécrable; mais votre ami veut l'avoir, et j'obéis à fes ordres.

Je voudrais favoir comment réuffit la nouvelle édition du *Dictionnaire* de notre académie. Les étrangers fe plaignent qu'il eft fec et décharné, et qu'aucun des doutes qui embarraffent tous ceux qui veulent écrire, n'y eft éclairci. Il eft trifte que nous ne puiffions parvenir à donner un dictionnaire tel que ceux de la Crufca et de Madrid.

Je fuis enchanté que *Zelmire* réuffiffe. Je m'intéreffe à l'auteur, et je m'intéfferai toujours au fuccès de la fcène françaife ; mais je m'intéreffe bien davantage aux frères et à la deftruction de l'*inf*... qu'il ne faut jamais perdre de vue.

Valete, fratres.

P. S. Je n'ai point encore cette *Education* de

—— l'homme le plus mal élevé qui foit au monde ;
1762. je l'aurai inceffamment. Je fais, en attendant, que
l'auteur eft un monftre d'ingratitude et d'infolence.

LETTRE CC.

A M. LE COMTE D'ARGENTAL.

Aux Délices, 31 de mai.

MES divins anges, je fuis pénétré de vos bontés,
et je vous dois celles de M. le comte de *Choifeul*.
Je vais tâcher de lui écrire deux lignes de ma faible
main ; elles feront bien reçues en paffant par les
vôtres.

Je trouve que M. de *Chavigny* fait fort bien de fe
retirer dans fes terres ; j'approuve tous ceux qui
prennent ce parti : il faut favoir mettre un temps
entre les affaires et la mort, et n'imiter ni le cardinal
de *Fleuri* ni le maréchal de *Bellifle*.

Madame la ducheffe d'*Enville* a fait un trifte
voyage, à mon gré. Elle défirait paffionnément une
maifon de campagne ; madame la ducheffe de *Graffion*
en a une pour cent louis, jufqu'à l'hiver, et madame
d'*Enville* paye deux cents louis un fimple appartement
pour trois mois. Pour comble de défagrément, elle
eft logée tout auprès d'un temple où elle entend
détonner des chanfons hébraïques, mifes en vers
français déteftables. De plus, toute la bonne compagnie eft à la campagne, et il ne refte à la ville
que des pédans.

Je voudrais pouvoir lui céder les Délices ; mais j'ai trop befoin de *Tronchin*, et malheureufement on vernit actuellement tous les dedans de Ferney. Tout ce que je peux faire, eft de lui donner une repré-fentation de Caffandre. Je n'y jouerai pas mon rôle de grand-prêtre ; je fuis obligé de renoncer au théâtre, comme *Grandval*; mais la pièce ne fera pas mal repréfentée, et je vous affure que c'eft l'appareil le plus impofant qui foit au théâtre.

Pour le Droit du feigneur, vous êtes maître abfolu de le faire jouer par qui il vous plaira, et quand vous voudrez ; c'eft un fervice que vous rendrez à *Thiriot*. Il prétend qu'il vient me voir après les fêtes de la Pentecôte ; mais c'eft de quoi je doute très-fort.

Il eft jufte de vous envoyer un exemplaire de la feconde édition de *Meflier;* on avait oublié, dans la première, fon *Avant-propos* qui eft très-curieux. Vous avez des amis fages qui ne feront pas fâchés d'avoir ce livre dans leur arrière-cabinet ; il eft tout propre d'ailleurs à former la jeuneffe. L'in-folio qu'on ven-dait en manufcrit huit louis d'or, eft inlifible ; ce petit extrait eft très-édifiant. Remercions les bonnes ames qui le donnent pour rien, et prions DIEU qu'il répande fes bénédictions fur cette lecture utile.

Je crois que monfieur l'abbé le coadjuteur fera bien étonné d'avoir été comparé à la fois à *Efope* et à *Goliath*. J'efpère, Dieu aidant, que le libelle du jéfuite rendra les parlemens irréconciliables, et qu'avec le temps on tombera fur tous les autres moines. Je n'en ferai pas témoin, mais je mourrai dans cette douce efpérance.

Je ne compte pas non plus voir la fin de la guerre.

—— On difait hier Drefde pris par le prince *Henri*,
1762. immédiatement après la déconfiture de l'armée des
cercles ; cette nouvelle, qui n'eſt pas encore vraie,
pourra l'être dans quelque temps : vous verrez,
avant la fin de la campagne, feize mille ruſſes rendre
viſite à M. le maréchal d'*Eſtrée*. La flotte anglaiſe
eſt actuellement dans Lisbonne ; il n'y a qu'un nouveau tremblement de terre qui puiſſe faire dénicher
cette flotte. Tant de malheurs publics influent ſur la
fortune des particuliers, excepté de ceux qui pillent
les autres : je m'en reſſens autant que perſonne.
Mademoiſelle *Corneille* en ſentira auſſi le contre-coup ;
la guerre fait tort aux fouſcriptions. La chambre
ſyndicale des libraires de Paris nous fait plus de tort
encore ; elle arrête, depuis quatre mois, le ballot
des annonces des *Cramer*, où ſe trouvent les noms
des fouſcripteurs. M. de *Malesherbes* ſouffre cette
injuſtice, laquelle eſt une inſulte au public. Il me
ſemble que les affaires particulières vont à peu-près
comme les générales.

Le parlement de Dijon continue dans ſon obſtination.

J'admire toujours qu'on ne veuille point rendre
la juſtice au peuple, pour faire de la peine au roi.
Les claſſes du parlement feront un peu de mal ; et
j'ai bien peur que les claſſes des matelots ne rendent
pas de grands ſervices. Je conclus que tout ceci eſt
un naufrage univerſel, et je dis toujours : ſauve
qui peut.

Mille tendres reſpects.

LETTRE CCI.　1762.

AU MEME.

5 de juin.

MES divins anges, je suis auffi honteux que pénétré de toutes vos bontés ; je vous remercie de celles de M. le comte de *Choiseul.*

M. *Duclos* me mande qu'on a rendu les annonces des *Cramer*, fi ridiculement faifies. Mes Commentaires font très-févères, et doivent l'être, parce qu'il faut qu'ils foient utiles ; mais, après avoir critiqué en détail, je prodigue les éloges en gros, j'encenfe *Corneille* en général, et je dis la vérité à chaque ligne de l'examen de fes pièces.

Je donne au public beaucoup plus que je n'avais promis. Vous aurez bientôt le Jules-Céfar de *Shakefpeare*, traduit en vers blancs, imprimé à la fuite de Cinna, et la comparaifon de la confpiration contre *Céfar* avec celle contre *Augufte ;* vous verrez fi je loue *Corneille*, et *Shakefpeare* vous fera bien rire.

La Place n'a pas traduit un mot de *Shakefpeare.*

Vous aurez auffi la traduction de l'Héraclius de *Caldéron*, et vous rirez bien davantage. Que les Français ne font-ils dans la tactique ce qu'ils font dans le dramatique !

Tronchin ne fait ce qu'il dit ; le lait d'âneffe m'a fait mal. J'ai eu le malheur de travailler ; mais il eft trop affreux de ne rien faire.

J'apprends dans l'inftant qu'on vient d'enfermer,

dans des couvens féparés, la veuve *Calas* et fes deux filles. La famille entière des *Calas* ferait-elle coupable, comme on l'affure, d'un parricide horrible ? M. de *Saint-Florentin* eft entièrement au fait ; je vous demande à genoux de vous en informer. Parlez-en à M. le comte de *Choifeul*; il eft très-aifé de favoir de M. de *Saint-Florentin* la vérité ; et, à mon avis, cette vérité importe au genre-humain.

La pofte part ; je vous adore.

LETTRE CCII.

AU MEME.

7 de juin.

M ES divins anges, vous ne me difiez pas que M. le chevalier de *Solar* négociait la paix avec l'Angleterre ; cela eft fi intéreffant pour mille parti-culiers menacés d'une ruine entière, que vous par-donnerez, à moi particulier, de vous parler de mes efpérances et de ma joie.

M. le comte de *Choifeul* ne fera-t-il point curieux de favoir de M. de *Saint-Florentin* la vérité touchant l'horrible aventure des *Calas*, fuppofé que M. de *Saint-Florentin* en foit inftruit ? Peut-être ne fait-il autre chofe finon qu'il a figné des lettres de cachet ?

On croit à Paris que c'eft une bagatelle de rouer un père de famille, et de tenir tous les enfans dans les prifons d'un couvent, fans forme de procès ; on ne fait pas quel effet cela produit dans l'Europe.

Permettez-vous que mademoifelle *Corneille* prenne la liberté de vous adreffer cette lettre ? M. le comte de *la Tour-du-Pin* a pris l'occafion de la mort de fon père pour écrire enfin à mademoifelle *Corneille*, conjointement avec l'abbé de *la Tour-du-Pin*. Ils la félicitent, ils l'approuvent d'être chez moi, ils me remercient, ils lui témoignent beaucoup d'amitié. Elle leur répond comme elle le doit ; mais elle ne fait point la demeure de M. de *la Tour-du-Pin*. On s'adreffe à mes anges dans tous fes embarras.

1762.

La petite pofte eft d'une commodité extrême pour ces envois.

Je vous demande pardon des extrêmes libertés que nous prenons.

Il eft clair qu'on n'a pas voulu fouffrir à la tête des hôpitaux des hommes vertueux. M. de *Fontanieu* veut donc qu'on pille les vivans, les mourans et les morts.

Le Kain nous a enfin écrit, et j'ai répondu.

LETTRE CCIII.

A M. DUCLOS.

Aux Délices, 7 de juin.

MADEMOISELLE *Corneille*, les frères *Cramer* et moi, Monfieur, nous vous devons des remercîmens. Vous trouverez, fans doute, les commentaires fur *Rodogune* un peu févères ; mais il faut dire la vérité. J'ai foin de mettre, à la tête et à la fin de chaque commentaire, une demi-once d'encens pour *Corneille* ;

—— mais dans les remarques je ne connais perfonne, je ne fonge qu'à être utile. On dira, de mon vivant, que je fuis fort infolent ; mais, après ma mort, on dira que je fuis très-jufte : et comme je mourrai bientôt, je n'ai rien à craindre.

Voici une petite annonce que je vous prie de montrer à l'académie ; je la ferai inférer dans les papiers publics : on verra que je donne beaucoup plus que je n'ai promis. Je compte vous envoyer, dans un mois, la traduction de la confpiration contre *Augufte*; vous verrez ce que c'eft que *Shâkefpeare* qu'on oppofe à *Corneille* : c'eft madame *Gigogne* qu'on met à côté de mademoifelle *Clairon*.

L'Héraclius de *Caldéron* eft encore pis. Il eft bon de faire connaître le génie des nations. La queftion de favoir fi *Corneille* a pris une demi-douzaine de vers de *Caldéron*, comme il en a pris deux mille des autres auteurs efpagnols, eft une queftion très-frivole.

Ce qui eft important, c'eft de faire connaître combien *Corneille*, malgré tous fes défauts, était fublime et fage dans le temps qu'on ne repréfentait fur les autres théâtres de l'Europe que des rêves extravagans.

Le père *Tournemine* qu'on cite, et qu'on a tort de citer, était connu chez les jéfuites par ces deux petits vers :

C'eft notre père Tournemine
Qui croit tout ce qu'il imagine.

Le confeffeur du roi d'Efpagne, qu'il avait con- fulté, n'en favait pas plus que lui ; et l'ancien bibliothécaire du roi d'Efpagne, qui m'a envoyé la

première édition de l'Héraclius de *Caldéron*, en fait
beaucoup plus que le confeſſeur et le père *Tournemine*.
Ce que dit *Corneille* dans l'examen d'Héraclius, loin
d'être une preuve que l'Héraclius eſpagnol eſt une
imitation du français, ſemble prouver tout le contraire. Car, premièrement, il n'y a pas d'imitation ;
l'Héraclius eſpagnol ne reſſemble pas plus à celui de
Corneille, que les *Mille et une nuits* ne reſſemblent à
l'*Enéide ;* et il ne s'agit, encore une fois, que d'une
douzaine de vers. Secondement, *Corneille* dit que ſa
pièce eſt un original dont il s'eſt fait pluſieurs belles
copies ; or certainement la pièce de *Caldéron* n'eſt pas
une belle copie, c'eſt un monſtre ridicule.

Remarquez de plus que, ſi *Corneille* avait eu un
eſpagnol en vue, ſi un eſpagnol avait pu prendre
deux lignes d'un français, ce qui n'eſt jamais arrivé,
Corneille n'eût pas manqué de dire que *Caldéron* avait
fait le même honneur à notre théâtre que *Corneille*
avait fait au théâtre de Madrid, en imitant le Cid,
le Menteur, la Suite du Menteur, et Don Sanche
d'Aragon. *Corneille*, en parlant de ces prétendues
belles copies, entend pluſieurs tragédies, ſoit de ſon
frère, ſoit d'autres poëtes, dans leſquelles les héros
ſont méconnus et pris pour d'autres, juſqu'à la
fin de la pièce.

Enfin, il n'y a qu'à lire l'Héraclius de *Caldéron ;*
cela ſeul terminera le procès. Vous pouvez lire,
Monſieur, ma lettre à l'académie, ne fût-ce que
pour l'amuſer ; mais je me flatte qu'elle voudra bien
peſer mes raiſons. Vous aimez le vrai plus que
perſonne : il y a tant de préjugés dans ce monde
qu'il faut au moins n'en point avoir en littérature.

LETTRE CCIV.

A M. LE COMTE D'ARGENTAL.

11 de juin.

Mes divins anges, je me jette réellement à vos pieds et à ceux de M. le comte de *Choiseul.* La veuve *Calas* eft à Paris, dans le deffein de demander juftice ; l'oferait-elle fi fon mari eût été coupable ? Elle eft de l'ancienne maifon de *Montefquieu*, par fa mère (ces *Montefquieu* font de Languedoc) ; elle a des fentimens dignes de fa naiffance, et au-deffus de fon horrible malheur. Elle a vu fon fils renoncer à la vie et fe pendre de défefpoir, fon mari accufé d'avoir étranglé fon fils, condamné à la roue, et atteftant DIEU de fon innocence, en expirant ; un fecond fils accufé d'être complice d'un parricide, banni, conduit à une porte de la ville, et reconduit, par une autre porte, dans un couvent ; fes deux filles enlevées ; elle-même enfin interrogée fur la fellette, accufée d'avoir tué fon fils, élargie, déclarée innocente, et cependant privée de fa dot. Les gens les plus inftruits me jurent que la famille eft auffi innocente qu'infortunée. Enfin fi, malgré toutes les preuves que j'ai, malgré les fermens qu'on m'a faits, cette femme avait quelque chofe à fe reprocher, qu'on la puniffe ; mais fi c'eft, comme je le crois, la plus vertueufe et la plus malheureufe femme du monde, au nom du genre-humain, protégez-la. Que M. le comte de *Choiseul* daigne l'écouter ! Je lui fais tenir un petit papier qui fera fon paffe-port pour être admife chez

vous ; ce papier contient ces mots : *La perſonne en*
, queſtion vient ſe préſenter chez M. d'Argental , conſeiller 1762.
d'honneur du parlement , envoyé de Parme , rue de la
Sourdière.

Mes anges , cette bonne œuvre eſt digne de votre
cœur.

LETTRE CCV.

A M. MAYANS Y SISCAR,

ANCIEN BIBLIOTHECAIRE DU ROI D'ESPAGNE , *à Valence.*

Aux Délices , 15 de juin.

MONSIEUR ,

JE ne vous écris point en chaldéen , parce que je
ne le fais pas , ni en latin , quoique je l'aye pas
oublié , ni en eſpagnol , quoique je l'aye appris pour
vous plaire ; mais en français , que vous entendez
très-bien , parce que je ſuis obligé de dicter ma
lettre , étant très-malade.

J'ai renoncé à la cour comme vous ; ne m'appelez
plus *aulicus*. Mais vous êtes trop *generoſus* , de toutes
les façons , puiſque vous avez la généroſité de me
fournir les inſtructions que je vous ai demandées.
Je ne ſavais pas que vos auteurs euſſent jamais rien
pris , même des Italiens ; je les croyais autocthones
en fait de littérature ; mais je ſais bien qu'ils n'ont
jamais rien pris de nous , et que nous avons beaucoup
pris d'eux.

Entre nous , je penſe que *Corneille* a puiſé tout
le ſujet d'Héraclius dans *Caldéron*. Ce *Caldéron* me

paraît une tête fi chaude (fauf refpect), fi extrava-
gante, et quelquefois fi fublime, qu'il eft impoffible
que ce ne foit pas la nature pure. *Corneille* a mis
dans les règles ce que l'autre avait inventé hors des
règles. Le point important eft de favoir en quelle
année *la Famofa comedia* fut jouée devant *ambas
Mageftades;* c'eft ce que je vous ai demandé, et je vois
qu'il eft impoffible de le favoir.

Je ne fais pas pourquoi vous vous êtes donné la
peine de tranfcrire les vers de *Lopez de Vega*, que
vous avez autrefois rapportés dans la vie de *Cervantes;*
vous imaginez-vous donc que je ne vous aye pas lu?
Sachez, Monfieur, que je vous ai lu avec grande
attention, et que vous m'avez beaucoup éclairé.
Non-feulement je favais ces vers, mais je les ai
traduits en vers français, et je les fais imprimer
au-devant de *la Famofa comedia* que j'ai traduite auffi.

Je crois qu'il fuffit de mettre fous les yeux *la
Famofa comedia*, pour faire voir que *Calderon* ne l'a pas
volée.

Vous me permettrez de faire ufage du paffage de
maître *Emmanuel de Guerra;* je n'omettrai pas les
actes facramentaux du pieux *Calderon*. Tout ce qui
me fâche, c'eft que ces actes facramentaux n'aient
pas fait partie des pièces amoureufes et ordurières
dont le bon homme régalait fon auditoire.

Votre lettre eft auffi pleine de grâces que d'érudition. Si vous voulez faire paffer quelque inftruction
de votre voifinage de l'Afrique à mon voifinage des
Alpes, je vous aurai beaucoup d'obligation.

Soyez très-perfuadé qu'on ne trouve point de
feigneur d'*Oliva* en Savoie.

LETTRE

LETTRE CCVI.

A M. ROMAN.

Aux Délices, 16 de juin.

IL y a long-temps, Monſieur, que je vous dois des remercîmens ; une maladie aſſez longue et aſſez fâcheuſe ne m'a pas permis de remplir ce devoir.

Vous faites voir qu'on peut tout traduire, puiſque vous traduiſez les poëtes allemands. L'auteur d'*Adam* n'eſt pas, comme ſon héros, le premier homme du monde ; je ſuis d'ailleurs un peu fâché pour notre mangeur de pomme qu'à l'âge de neuf cents trente ans il faſſe tant de façons pour mourir. Si DIEU daigne m'accorder les trois vingtièmes des années de notre père, je vous donne ma parole de mourir très-gaiement ; et je vous prie de vouloir bien alors m'aider à paſſer, en traduiſant tout doucement quelque ouvrage plus plaiſant que les lamentations du mari d'*Eve*, qui devait ſavoir que tout ce qui eſt né eſt fait pour mourir, puiſqu'il avait la ſcience infuſe.

Au reſte, vous écrivez ſi bien que je vous exhorte à vous faire traduire, au lieu de traduire des tragédies allemandes. Je fais mes complimens à votre pupille, et je vous en fais à tous deux de vivre l'un avec l'autre. Je ferai très-fâché quand madame d'*Albertas* quittera notre petit pays où elle eſt adorée.

J'ai l'honneur d'être, &c.

LETTRE CCVII.

A M. LE BARON DE BIELFELD.

Aux Délices, 20 de juin.

JE crois, Monfieur, que votre lettre m'a guéri ; car le plaifir eft un fouverain remède, et j'ai fenti un plaifir bien vif en voyant que vous vous fouvenez de moi. Je ne fonge plus qu'à m'amufer et à finir gaiement ma carrière ; mais je m'intéreffe beaucoup aux ouvrages férieux que vous donnez au public. J'attends avec impatience celui que vous m'annoncez. Apprenez aux princes à être juftes ; c'eft toujours une confolation pour ceux qui fouffrent de leur ambition, de leurs caprices, de leurs injuftices, de leurs méchancetés. Les hommes aiment à entendre parler du droit des gens ; ce font des malades à qui on parle du remède univerfel. N'avez-vous pas dit auffi quelque petit mot fur la liberté ? Je m'imagine que vous la goûtez à votre aife dans Hambourg ; pour moi j'en jouis, et je fuis, depuis fix ans, dans l'ivreffe de la jouiffance, étant affez heureux pour poffeder des terres libres fur la frontière de France, et me trouvant dans une indépendance entière. Vous fouvient-il du temps où il ne vous était pas permis d'aller dans vos terres ? c'eft bien cela qui eft contre le droit des gens.

Je fouhaite la paix à votre Allemagne ; mais je ne peux exalter mon ame au point de deviner le temps où toutes ces horreurs cefferont. Le fecret

de prévoir l'avenir s'eſt perdu avec le modeſte préſident. Je vous embraſſe de tout mon cœur, ſans
cérémonie; il n'en faut point entre les philoſophes :
c'eſt aſſez de dater ſa lettre, et de ſigner la première
lettre de ſon nom , *V*.

LETTRE CCVIII.

A M. LE COMTE D'ARGENTAL.

21 de juin.

MES divins anges , je ſuis perſuadé plus que
jamais de l'innocence des *Calas*, et de la cruelle
bonne foi du parlement de Toulouſe qui a rendu
le jugement le plus inique , ſur les indices les plus
trompeurs. Il y a quelques mois que le conſeil
caſſa un arrêt de ce même parlement qui condamnait
des créanciers légitimes à faire réparation à des
banqueroutiers frauduleux. L'affaire préſente eſt
d'une toute autre conſéquence ; elle intéreſſe des
nations entières , et elle fait frémir d'horreur. On
cherche toutes les protections poſſibles auprès de
M. le comte de *Saint-Florentin ;* on a imaginé que *la
Poplinière* pourrait faire préſenter à ce miniſtre la
veuve *Calas* par *André* ou *la Guerche*.

Probablement *la Poplinière* m'écrira une lettre
qu'il adreſſera chez vous ; je vous ſupplie de l'ouvrir.
La veuve *Calas*, qui doit venir vous demander votre
protection , lira cette lettre de *la Poplinière*, et ſe
conduira en conſéquence.

Daignez, mes anges, mettre toute votre humanité, toute votre vertu, toutes vos bontés, à faire connaître la vérité dans une affaire auffi effentielle. La pofte va partir; je n'ai ni le temps, ni la force de vous parler d'autre chofe que de l'innocence opprimée qui trouvera des protecteurs tels que vous.

Mille tendres refpects.

LETTRE CCIX.

A M. LE MARECHAL DUC DE RICHELIEU.

A Genève, le 22 de juin.

MA miférable fanté, Monfeigneur, me confine à préfent auprès du docteur *Tronchin*. Je me joins à la foule de fes dévots qui vont au temple d'Epidaure. Je vous affure que, quoique je fois dans la patrie de *J. J. Rouffeau*, je trouve que vous avez très-grande raifon, et je ne fuis point du tout de fon avis.

Je me flatte que vous diftinguez les gens de lettres de Paris de ce philofophe des petites-maifons; mais vous favez que, dans la littérature comme dans les autres états, il y a un peu de jaloufie. On accufait *Corneille* d'avoir favorifé le duel, et d'avoir violé toutes les bienféances dans le Cid; on reprochait à *Racine* d'avoir mis les principes du janfénifme dans le rôle de *Phèdre*; *Defcartes* fut accufé d'athéifme, et *Gaffendi* d'épicuréifme : la mode, aujourd'hui, eft de prétendre que les géomètres et les métaphyfi-ciens infpirent à la nation le dégoût des armes, et que, si on a été battu sur terre et sur mer, c'est évidemment la faute des philosophes. Mais vous savez que les Anglais sont bien plus philosophes que nous, et que cela ne les a pas empêchés de nous battre.

Vous vous doutez bien, dans le fond de votre cœur, qu'il y a eu d'autres causes de nos malheurs, lesquelles ne ressemblent en rien à la philosophie. Vous êtes trop clairvoyant et trop juste pour vous laisser séduire par les cris de quelques envieux qui, ne pouvant atteindre au mérite de quelques génies que vous avez encore en France, tâchent de les décrier, afin qu'il ne reste plus à la nation aucune gloire. Vous êtes fait pour protéger le mérite ; c'est-là, dans tous les temps, le partage des hommes supérieurs.

Les bontés même que vous avez toujours eues pour moi, me font croire que vous en aurez pour ceux qui valent mieux que moi. Si la calomnie m'impute quelquefois des ouvrages que je n'ai point faits, elle empoisonne ceux dont ils sont les auteurs. Voyez comme on a traité ce pauvre *Helvétius* pour un livre qui n'est qu'une paraphrase des *Pensées du duc de la Rochefoucauld !*

Il n'y a qu'heur et malheur en ce monde. Mon heur est de vous être attaché jusqu'au dernier moment de ma vie avec le plus tendre et le plus profond respect.

LETTRE CCX.

A M. DAMILAVILLE.

Le 25 de juin.

LES frères des Délices ont reçu les lettres du
19 de juin de leur cher frère. Ils chercheront le
Contrat social : ce petit livre a été brûlé à Genève
dans le même bûcher que le fade roman d'*Emile ;*
et *J. J.* a été décrété de prise de corps comme à
Paris. Ce *Contrat social* ou insocial n'est remarquable
que par quelques injures dites grossièrement aux
rois par le citoyen du bourg de Genève, et par
quatre pages insipides contre la religion chrétienne.
Ces quatre pages ne sont que des centons de *Bayle.*
Ce n'était pas la peine d'être plagiaire. L'orgueilleux
Jean-Jacques est à Amsterdam, où l'on fait plus de
cas d'une cargaison de poivre que de ses paradoxes.

L'affaire de mon frère m'intéresse bien davantage;
mais, si monsieur le contrôleur général a promis à
un ancien ami, personne ne pourra s'y opposer,
ni être bien reçu à le solliciter. Tout ce qu'on doit
faire, à mon avis, c'est de remontrer fortement qu'il
est de son intérêt et de son honneur d'employer
utilement un homme qui a été quinze ans utile ;
et je suis persuadé que, par cette voie, on pourra
obtenir un poste avantageux.

Je suis toujours en peine d'un *Meslier* envoyé à
mon frère pour M. le marquis d'*Argence*, en son
château de Dirac, près d'Angoulème : je prie mon

frère de m'en donner des nouvelles. Je répète que 1762.
le defpotifme oriental pourrait bien avoir été pincé
pour avoir été indifcrètement envoyé en forme de
livre.

La mort de *Socrate* eft un beau fujet dans une
république où l'on peut mettre fur le théâtre l'injuf-
tice, l'ignorance, la fottife et la cruauté des juges.
Je fouhaite que ce fujet réuffiffe en France. Voulez-
vous des *Meflier* et autres drogues ? j'en pourrai
découvrir dans les greniers du pays.

LETTRE CCXI.

A M. DE LA MOTTE-GEFRARD. (*)

Aux Délices, 26 de juin.

Tout ce qui eft de la main d'*Henri IV*, Monfieur,
eft bien précieux. C'était un homme adorable avec
fes ennemis et avec fes maîtreffes. Des lettres
d'amour de ce grand roi valent mieux que tous les
édits de fes prédéceffeurs. Je ne fais comment reconnaître le plaifir que vous me faites ; j'attends votre
bienfait avec autant d'impatience que de reconnaiffance. J'ai des lettres de lui à la reine *Elifabeth*, dans
lefquelles il paraît plus embarraffé qu'il ne l'eft avec
fes maîtreffes. S'il avait pu coucher avec cette reine,
il n'aurait pas fait le faut périlleux, et il n'aurait
point rappelé les jéfuites que nos parlemens chaffent

(*) Cette lettre eft en réponfe à l'offre que fit M. de *la Motte* à
M. de *Voltaire*, des lettres manufcrites d'*Henri IV* à *Corifandre d'Andouin*.

Dd 4

comme les Anglais ont autrefois chaffé les loups. Je ne fais pas combien on donne à préfent de la tête d'un jéfuite ; celle du cardinal *Mazarin* fut autrefois à cinquante mille écus ; c'eft beaucoup trop payer.

LETTRE CCXII.

A M. LAVAISSE, *père.*

4 de juillet.

LES perfonnes qui protégent à Paris la famille *Calas* font très-étonnées que le fieur *Gobert-Lavaiffe* ne faffe pas caufe commune avec elle. Non-feulement il a fon honneur à foutenir, fes fers à venger, le rapporteur, qui conclut au banniffement, à confondre ; mais il doit la vérité au public, et fon fecours à l'innocence. Le père fe couvrirait d'une gloire immortelle, s'il quittait une ville fuperftitieufe et un tribunal ignorant et barbare.

Un avocat favant et eftimé eft certainement au-deffus de ceux qui ont acheté, pour un peu d'argent, le droit d'être injuftes ; un tel avocat ferait un excellent confeiller ; mais où eft le confeiller qui ferait un bon avocat ?

M. *Lavaiffe* peut être sûr que, s'il perd quelque chofe à fon déplacement, il le retrouvera au décuple. On répond que plufieurs princes d'Allemagne, plufieurs perfonnes de France, d'Angleterre et de Hollande vont faire un fonds très-confidérable. Voilà de ces occafions où il ferait beau de prendre

un parti ferme. M. *Lavaiffe*, en élevant la voix, ——
n'a rien à craindre : il fera rougir le parlement de   1762.
Touloufe, en quittant cette ville pour Paris; et, s'il
veut aller ailleurs, il fera par-tout refpecté.

Quoi qu'il arrive, fon fils fe rendrait très-fufpect
dans l'efprit des protecteurs des *Calas*, et ferait très-
grand tort à la caufe s'il ne fefait pas fon devoir,
tandis que tant de perfonnes indifférentes font
au-delà de leur devoir.

Je prie la perfonne qui peut faire rendre cette lettre à
M. Lavaiffe père, de l'envoyer promptement par une
voie fûre.

LETTRE CCXIII.

A M. LE COMTE D'ARGENTAL.

Aux Délices, 5 de juillet.

MES divins anges, cette malheureufe veuve a
donc eu la confolation de paraître en votre préfence;
vous avez bien voulu l'affurer de votre protection.
Vous avez lu, fans doute, les pièces originales que
je vous ai envoyées par M. de *Courteille* : comment
peut-on tenir contre les faits avérés que ces pièces
contiennent ? et que demandons-nous ? rien autre
chofe finon que la juftice ne foit pas muette comme
elle eft aveugle; qu'elle parle, qu'elle dife pourquoi
elle a condamné *Calas*. Quelle horreur qu'un jugement fecret, une condamnation fans motifs ! y-a-t-il
une plus exécrable tyrannie que celle de verfer le

—— fang à fon gré, fans en rendre la moindre raifon ? Ce n'eft pas l'ufage, difent les juges. Eh, monftres ! il faut que cela devienne l'ufage : vous devez compte aux hommes du fang des hommes. Le chancelier ferait-il affez.... pour ne pas faire venir la procédure ?

Pour moi, je perfifte à ne vouloir autre chofe que la production publique de cette procédure. On imagine qu'il faut préalablement que cette pauvre femme faffe venir des pièces de Touloufe. Où les trouvera-t-elle ? qui lui ouvrira l'antre du greffe ? où la renvoie-t-on, fi elle eft réduite à faire elle-même ce que le chancelier ou le confeil feul peut faire ? Je ne conçois pas l'idée de ceux qui confeillent cette pauvre infortunée. D'ailleurs, ce n'eft pas elle feulement qui m'intéreffe, c'eft le public, c'eft l'humanité. Il importe à tout le monde qu'on motive de tels arrêts. Le parlement de Touloufe doit fentir qu'on le regardera comme coupable tant qu'il ne daignera pas montrer que les *Calas* le font ; il peut s'affurer qu'il fera l'exécration d'une grande partie de l'Europe.

Cette tragédie me fait oublier toutes les autres, jufqu'aux miennes. Puiffe celle qu'on joue en Allemagne finir bientôt !

Mes charmans anges, je remercie encore une fois votre belle ame de votre belle action.

LETTRE CCXIV.

AU MEME.

Aux Délices, 7 de juillet.

Mes divins anges, nous ne demandons autre chofe au confeil finon que, fur le fimple expofé des jugemens contradictoires du parlement de Touloufe, et fur l'impoffibilité phyfique qu'un vieillard faible, de foixante-huit ans, ait pendu un jeune homme de vingt-huit ans, le plus robufte de la province, fans le fecours de perfonne, on fe faffe repréfenter la procédure.

A cet effet, un des fils de *Calas*, qui eft chez moi, envoie fa requête à M. *Mariette* avocat au confeil, lequel la rédigera; et nous efpérons qu'elle fera fignée de la mère.

Nous craignons que le parti fanatique qui accable cette famille infortunée à Touloufe, et qui a eu le crédit de faire enfermer les deux filles dans un couvent, n'ait encore celui de faire enfermer la mère, pour lui fermer toutes les avenues au confeil du roi.

Mais le fils, qui eft en fureté, remplira l'Europe de fes cris, et foulèvera le ciel et la terre contre cette iniquité horrible.

Je répète qu'il eft peu vraifemblable que la veuve *Calas* puiffe tirer les pièces de l'antre du greffe de Touloufe, puifqu'il y a des défenfes févères de les communiquer à perfonne.

Cette feule défenfe prouve affez que les juges fentent leur faute.

Si, par impoffible, les juges ont eu des convictions que les accufés étaient coupables, s'ils n'ont puni que le père, et fi, contre les lois, ils ont élargi les autres, en ce cas, il eft toujours très-important de découvrir la vérité. Il y a d'un côté ou d'un autre le plus abominable fanatifme, et il faut le découvrir.

J'implore M. de *Courteille*, uniquement pour que la vérité foit connue; la juftice viendra enfuite.

Tous les étrangers frémiffent de cette ayenture. Il eft important pour l'honneur de la France que le jugement de Touloufe foit ou confirmé ou condamné.

Je préfente mon refpect à M. et à madame de *Courteille*, à M. et madame d'*Argental*. Cette affaire eft digne de toute leur bonté.

LETTRE CCXV.

A M. DAMILAVILLE.

8 de juillet.

VOUS favez, mon cher frère, que la place fur laquelle vous avez des vues eft promife depuis long-temps, et que vous déplairiez fi vous infiftiez. Toutes les raifons de juftice et de convenance font pour vous; mais elles doivent céder à l'autorité de M. le con-trôleur général, et à fon amitié pour M. de *Morival*. S'il vous avait connu, ce ferait vous qu'il aimerait, fans doute. Faites-vous un mérite, auprès de lui, de votre facrifice, afin qu'il vous aime à votre tour.

Tâchez de lui parler ; donnez-lui des éloges fur ce que
l'amitié lui fait faire ; remettez votre fort entre fes
mains. Cette conduite, la feule que vous deviez
tenir, peut contribuer à votre fortune. Mon cher
frère, je vous prierai toujours de prendre votre
parti en philofophe fur l'affaire de cette direction.
Plût à Dieu que vous puiffiez demander et obtenir
celle de Lyon ! Il y a déjà un philofophe dans cette
ville ; vous feriez deux, et l'archevêque, s'il ofait,
ferait le troifième.

Vous devez avoir reçu un paquet contenant les
pièces originales imprimées ; je vous prie d'en envoyer
un exemplaire à M. *Mignot*, confeiller au grand
confeil, et un chez MM. *Dufour* et *Mallet*, banquiers :
c'eft chez eux que demeure cette veuve fi à plaindre.
Il eft bien à fouhaiter qu'on puiffe imprimer à fon
profit ces pièces qui me paraiffent convaincantes,
et qu'elles puiffent être portées au pied du trône par
le public foulevé en faveur de l'innocence. Faites-les
imprimer, criez, je vous en prie, et faites crier. Il n'y
a que le cri public qui puiffe nous obtenir juftice. Les
formes ont été inventées pour perdre les innocens.

Mon frère *Thiriot* vous embraffe ; mon frère
d'*Alembert* me néglige pofitivement.

LETTRE CCXVI.

A M. AUDIBERT,

NEGOCIANT A MARSEILLE, ET DE L'ACADEMIE DE
LA MEME VILLE.

Aux Délices, le 9 de juillet.

Vous avez pu voir, Monfieur, les lettres de la
veuve *Calas* et de fon fils. J'ai examiné cette affaire
pendant trois mois ; je peux me tromper, mais il me
paraît clair comme le jour que la ferveur de la faction et la fingularité de la deftinée ont concouru à
faire affaffiner juridiquement fur la roue le plus innocent et le plus malheureux des hommes, à difperfer
fa famille, et à la réduire à la mendicité. J'ai bien
peur qu'à Paris on fonge peu à cette affaire. On
aurait beau rouer cent innocens, on ne parlera à
Paris que d'une pièce nouvelle, et on ne fongera
qu'à un bon fouper.

Cependant, à force d'élever la voix, on fe fait
entendre des oreilles les plus dures, et quelquefois
même les cris des infortunés parviennent jufqu'à la
cour. La veuve *Calas* eft à Paris chez MM. *Dufour*
et *Mallet*, rue Montmartre ; le jeune *Lavaiffe* y eft
auffi. Je crois qu'il a changé de nom ; mais la pauvre
veuve pourra vous faire parler à lui. Je vous demande
en grâce d'avoir la curiofité de les voir l'un et l'autre ;
c'eft une tragédie dont le dénouement eft horrible et
abfurde, mais dont le nœud n'eft pas encore bien
débrouillé.

Mandez-moi auffi, Monfieur, je vous en conjure, fi la veuve *Calas* eft dans le befoin ; je ne doute pas qu'en ce cas meffieufs *** ne fe joignent à vous pour la foulager. Je me fuis chargé de payer les frais du procès qu'elle doit intenter au confeil du roi. Je l'ai adreffée à M. *Mariette*, avocat au confeil, qui demande, pour agir, l'extrait de la procédure de Touloufe. Le parlement, qui paraît honteux de fon jugement, a défendu qu'on donnât communication des pièces, et même de l'arrêt. Il n'y a qu'une extrême protection auprès du roi qui puiffe forcer ce parlement à mettre au jour la vérité. Nous fefons l'impoffible pour avoir cette protection, et nous croyons que le cri public eft le meilleur moyen pour y parvenir.

Il me paraît qu'il eft de l'intérêt de tous les hommes d'approfondir cette affaire qui, d'une part ou d'une autre, eft le comble du plus horrible fanatifme. C'eft renoncer à l'humanité que de traiter une telle aventure avec indifférence. Je fuis fûr de votre zèle : il échauffera celui des autres, fans vous compromettre.

Je vous embraffe tendrement, mon cher camarade, et fuis avec tous les fentimens que vous méritez, &c.

LETTRE CCXVII.

A M. DE LA CHALOTAIS.

Aux Délices, le 11 de juillet.

MONSIEUR,

Je suis presque aveugle, et cependant j'écris; mais c'est que les passions donnent de la force, et les sentimens que vos bontés m'inspirent font une passion. Vous confondez les jésuites, et vous instruisez les historiens. Le mémoire que vous avez daigné m'envoyer est très-plausible : si vous étiez procureur général de quelque parlement de mon voisinage, je volerais pour venir vous remercier, quoique je ne sorte plus de ma chaumière; je viendrais vous prier de guérir les scrupules qui me restent. Si la chose était comme vous le dites, le parlement de Paris, capitale de l'ancienne France, aurait été l'assemblée des états généraux. Pourquoi, dans les états du quatorzième siècle, les parlemens n'y eurent-ils pas de séance ? pourquoi *le banc du roi* en Angleterre est-il différent des états nommés *parlement* ? pourquoi le gouvernement anglais, ayant en tout imité nos usages, et les ayant conservés, a-t-il encore ses états généraux, qui sont abolis en France ? pourquoi le procureur général du roi d'Angleterre conclut-il à ce banc royal, et non au parlement de la nation ? Ce que l'on appelle le grand banc en France, est encore le grand banc à Londres; la formule ancienne de vos sessions s'y est conservée, le procureur général

n'agit

n'agit qu'à ce banc. Ce qu'on appelle *parlement en France* est donc le *banc du roi;* ainsi que ce qu'on nomme *parlement en Angleterre*, représente nos *états généraux.*

Pourquoi, le gouvernement goth, tudesque et vandale ayant été par-tout le même, serions-nous les seuls chez qui une cour suprême de justice aurait été substituée aux représentans des chefs de la nation? Les audiences d'Espagne ne sont point les *las cortes*, et n'y ont aucun rapport; la *chambre impériale* de Vetzlar, quoique toujours présidée par un prince, n'a aucune analogie avec la *diète de l'Empire.*

Aucune cour supérieure ne représente la nation dans aucun pays de l'Europe. Comment la France seule aurait-elle établi ce droit public? et, si elle l'avait établi, comment ne serait-il pas authentique? Si chaque parlement tient lieu des états généraux, pendant la vacance de ces états, il est clair qu'il est à leur place : que devient donc alors le conseil du roi?

Vous sentez bien que cela est embarrassant. Mettez la main sur la conscience. Au reste, je suis sans intérêt, ne descendant, que je sache, d'aucun franc qui ait ravagé les Gaules avec *Ildovic* nommé *Clovis*, ni d'aucun seigneur qui ait trahi *Louis V* et *Charles de Lorraine;* n'étant d'aucun corps, n'étant ni tonsuré ni maître ès arts, ayant un pied en France, et l'autre en Suisse, et les deux sur le bord de la fosse. Je suis assez de l'avis d'un anglais qui disait que toutes les origines, tous les droits, tous les établissemens ressemblent au *plumpudding :* le premier n'y mit que de la farine, un second y ajouta des œufs, un troisième du sucre, un quatrième des raisins, et ainsi se forma le *plumpudding.*

Voyez ce qu'étaient *Lin* et *Clet*, fuppofé qu'il y ait eu des *Clet* et des *Lin ;* reconnaîtraient-ils aujourd'hui leurs fucceffeurs ? le fils de *Marie* même reconnaîtrait-il fa religion ? Tout dans l'univers eft fait de pièces et de morceaux. La fociété humaine me paraît reffembler à un grand naufrage : *fauve qui peut* eft la devife des pauvres diables comme moi. Pour vous, Monfieur, qui avez une belle place dans le vaiffeau, c'eft tout autre chofe. Vous avez jeté *Loyola* à la mer, et votre vaiffeau n'en va que mieux. Il y a une chofe dont on doit s'apercevoir à Paris, fuppofé qu'on réfléchiffe, c'eft que la vraie éloquence n'eft plus qu'en province. Les *Comptes rendus* en Bretagne et en Provence font des chefs-d'œuvre ; Paris n'a rien à leur oppofer, il s'en faut beaucoup.

Cependant il y a toujours une douzaine de jéfuites à la cour ; ils triomphent à Strasbourg, à Nancy ; le pape donne en Bretagne, chez vous, oui, chez vous, des bénéfices, quatre mois de l'année ; vos évêques, *proh pudor !* s'intitulent évêques *par la grâce du faint fiége,* &c., &c.

Monfieur, vous me rempliffez de refpect et d'efpérance.

LETTRE CCXVIII.

A M. LE COMTE D'ARGENTAL.

14 de juillet.

MES chers anges, votre vertu courageufe n'aban-donnera pas l'innocence opprimée qui attend tout de votre protection : vous achèverez ce que vous ávez fi noblement commencé. Mais, avant de mettre la chofe en règle, il eft d'une néceffité abfolue d'avoir des réponfes pofitives à la colonne des queftions que je prends la liberté de vous envoyer. Je vous conjure de vouloir bien envoyer chercher la veuve *Calas* ; elle demeure chez MM. *Dufour* et *Mallet*, rue Montmartre.

Le fils de l'avocat *Lavaiffe* eft caché à Paris. Son malheureux père, qui craint de fe compromettre avec le parlement de Touloufe, tremble que fon fils n'éclate contre ce même parlement. Joignez à toutes vos bontés celle d'encourager ce jeune homme contre une crainte fi infame. Donnez-vous du moins la fatisfaction de le faire venir chez vous. Daignez l'interroger ; ce fera une conviction de plus que vous aurez de l'abomination touloufaine. Daignez faire écrire tout ce que la veuve *Calas* et *Lavaiffe* vous auront répondu ; faites-nous-en part, je vous en fupplie.

Tous ceux qui prennent part à cette affaire efpè-rent qu'enfin on rendra juftice. Vous favez fans doute que M. de *Saint-Florentin* a écrit à Touloufe.

—— et eſt très-bien diſpoſé. M. le chancelier eſt déjà
1762. inſtruit par M. de *Nicolaï* et par M. d'*Auriac*. S'il
a autant de fermeté que de bienveillance, tout ira
bien. Madame de *Pompadour* parlera. Nous comptons, grâce à vos bontés, ſur la vertu éclairée
de M. le comte de *Choiſeul*.

Je ſens bien, après tout, que nous n'obtiendrons
qu'une pitié impuiſſante, ſi nous n'avons pas la
plus grande faveur ; mais du moins la mémoire de
Calas ſera rétablie dans l'eſprit du public, et c'eſt la
vraie réhabilitation ; le public condamnera les juges,
et un arrêt du public vaut un arrêt du conſeil.

Mes anges, je n'abandonnerai cette affaire qu'en
mourant. J'ai vu et j'ai eſſuyé des injuſtices pendant
ſoixante années ; je veux me donner le plaiſir de
confondre celle-ci. J'abandonnerai juſqu'à Caſſandre,
pourvu que je vienne à bout de mes pauvres roués.
Je ne connais point de pièce plus intéreſſante. Au
nom de Dieu, faites réuſſir la tragédie de *Calas*,
malgré la cabale des dévots et des gaſcons. Je baiſe
plus que jamais le bout des ailes de mes anges.

N. B. Madame *Calas* ſait où demeure *Lavaiſſe* :
vous pourrez le faire triompher de ſa timidité.

LETTRE CCXIX.

AU MEME.

17 de juillet.

MES divins anges, vous voyez que la tragédie de *Calas* m'occupe toujours. Daignez faire réuffir cette pièce, et je vous promets des tragédies pour le tripot. Permettez-vous que je vous adreffe ce petit paquet pour l'abbé du grand confeil.

Avez-vous daigné lire la préface et les notes de ce M. *Poliffot*? Mais comment M. le duc de *Choifeul* a-t-il pu protéger cela, et faire le pacte de famille? Hélas! le cardinal de *Richelieu* protégeait *Scudéri*; mais *Scudéri* valait mieux.

Je n'ai point affez remercié madame d'*Argental* qui a eu la bonté d'ordonner un petit bateau pour *Tronchin*.

Je baife plus que jamais le bout de ailes de mes anges.

Elie de Beaumont ne pourrait-il pas foulever le corps ou l'ordre des avocats en faveur de mon roué? Je crois que ce *Beaumont* - là vaut mieux que le *Beaumont* votre archevêque. Cet archevêque et fes billets de confeffion m'occupent à préfent; je rapporte fon procès. Ces temps-là font auffi abfurdes que ceux de la fronde, et bien plus plats. Mes contemporains n'ont qu'à fe bien tenir.

LETTRE CCXX.

A M. DAMILAVILLE.

18 de juillet.

Est-il bien vrai que l'archevêque de Paris ait puni le curé de Saint-Jean-de-Latran d'avoir prié DIEU pour les trépaſſés ? Il ne ſe contente donc pas d'avoir perſécuté les mourans, il en veut encore aux morts ! Mais il paraît qu'il ſe brouille toujours avec les vivans. Au reſte qu'on ait mis ou non le curé de Saint-Jean-de-Latran au ſéminaire, en tout cas, voici ce qu'un tolérant écrit ſur cette matière :

„ Il paraît bien injuſte de refuſer des *De profundis* à *Crébillon*, tandis que toutes ſes pièces en méritent, hors *Rhadamiſte;* et l'on ne voit pas en quoi a péché ce pauvre curé quand il a fait un ſervice pour l'ame poëtique de M. de *Crébillon*. En effet, quoique cet auteur ait traité le ſujet d'*Atrée*, il était chrétien, et ſon *Rhadamiſte* durera peut-être auſſi long-temps que les mandemens de monſieur l'archevêque. Si le curé a été ſuſpendu, pour avoir fait ce ſervice aux dépens des comédiens du roi, le ſervice n'eſt-il pas toujours fort bon ? et l'argent des comédiens n'a-t-il pas de cours ? Il faudrait donc excommunier monſieur l'archevêque pour recevoir tous les ans environ trois cents mille livres que lui fourniſſent les ſpectacles de Paris, et qui ſont le plus fort revenu de l'Hôtel-Dieu.

L'abbé *Griſel* qui ſait ce que vaut l'argent, et à quoi il faut l'employer, vous dira que le prélat rifque beaucoup ; car , fi les comédiens fermaient leurs fpectacles , l'Eglife ferait privée d'un fecours confidérable. Il eft vrai qu'on peut perfuader aux comédiens de continuer toujours à jouer, malgré la perfécution , parce que *la crainte d'une excommuni-cation, injufte ne doit empêcher perfonne de faire fon devoir ;* mais , cette propofition ayant été condamnée par les frères jéfuites et par le pape, il fe pourrait bien faire qu'on manquât de fpectacles à Paris, dans la crainte d'être excommunié par monfieur l'archevêque.

Si un turc vient en cette ville , comme en effet un fils circoncis de M. le bacha de *Bonneval* y vien-dra dans quelque temps ; s'il fait célébrer un fervice pour l'ame de quelque chrétien de fa maifon, fon argent fera reçu fans difficulté; et, tandis qu'il criera *allah, allah,* on chantera des *De profundis.*

Pourquoi traiter les comédiens plus mal que les Turcs ? ils font baptifés ; ils n'ont point renoncé à leur baptême. Leur fort eft bien à plaindre. Ils font gagés par le roi, et excommuniés par les curés. Le roi leur ordonne de jouer tous les jours, et le rituel de Paris le leur défend. S'ils ne jouent pas, on les met en prifon ; s'ils font leur devoir, on les jette à la voirie. Ils font défendus dans l'ordre des lois , dans l'ordre des mœurs, dans l'ordre des raifonnemens par Mᵉ *Huerne* de l'ordre des avocats, et ils font condamnés par l'avocat *le Dain.* On les traite chrétiennement pendant leur vie et après leur mort, en Italie, en Efpagne, en Angleterre, en Allemagne, tandis qu'à Paris, où ils réuffiffent le mieux, on cherche à les couvrir d'opprobre. Tout le monde veut entrer pour rien chez eux, et on leur ferme la porte du paradis. On fe fait un plaifir de vivre avec eux, et on ne veut pas y être enterré. Nous les admettons à nos tables, et nous leur fermons nos cimetières. Il faut avouer que nous fommes des gens bien raifonnables et bien conféquens. ,,

Mon cher frère, vous nous faites efpérer qu'on pourra enfin demander juftice pour les *Calas*. Il eft plaifant qu'il faille s'adreffer à l'abbé de *Chauvelin* pour imprimer en fureté une lettre de *Donat Calas*. Votre zèle et votre prudence n'ont rien négligé. Nous vous avons, mon cher frère, plus d'obligation qu'àperfonne.

Eft-il poffible qu'il foit fi aifé d'être roué et fi difficile d'obtenir la permiffion de s'en plaindre!

LETTRE CCXXI.

A M. DE LA CHALOTAIS.

Aux Délices, le 21 de juillet.

JE crois, Monfieur, que c'eft à vos bontés que je dois la réception de votre nouveau chef-d'œuvre. Tous les deux font d'autant plus forts, qu'ils font ou paraiffent être plus modérés. Les jéfuites diront: *hæc eft ærugo mera*. Tous les bons français vous doivent des remercîmens de ces mots : *en un mot, des maximes ultramontaines*.

Ces deux ouvrages font la voix de la patrie qui s'explique par l'organe de l'éloquence et de l'érudition. Vous avez jeté des germes qui produiront un jour plus qu'on ne penfe. Et quand la France

n'aura plus un maître italien qu'il faut payer, elle
dira : C'eſt à M. de *la Chalotais* que nous en ſommes
redevables.

Vous m'avez donné tant d'enthouſiaſme, Monſieur,
que je m'emporte juſqu'à prendre la liberté de
recommander à votre juſtice l'affaire de M. *Cathala*,
négociant de Genève. Il implore le parlement pour
être payé d'une dette. C'eſt un très-honnête homme,
très-exact, incapable de redemander ce qui ne lui
eſt pas dû. Je ſais bien qu'en qualité d'huguenot
il ſera damné ; mais, en attendant, il faut qu'il ait
ſon argent en ce monde.

Pardonnez-moi, Monſieur, la démarche que je
fais auprès de vous. Je ſais qu'il eſt très-inutile
de vous ſolliciter, mais je n'ai pu m'empêcher de
vous dire combien j'eſtime la probité de mon huguenot. Je ne ſuis point ſuſpect de favoriſer les mécréans,
puiſque je viens de faire bâtir une égliſe.

Je n'ai point d'expreſſions pour vous dire avec quel
reſpect j'ai l'honneur d'être, &c.

LETTRE CCXXII.

A M. DE CIDEVILLE.

Aux Délices, le 21 de juillet.

Mon cher et ancien ami, nous oublions donc
tous deux ce monde frivole et méchant, à cent
cinquante lieues l'un de l'autre. Il vaudrait mieux
l'oublier enſemble ; mais la deſtinée a arrangé les
choſes autrement. Cette deſtinée, qui m'a fait tantôt

goguenard , tantôt férieux , qui m'a rendu maçon et laboureur , me force à préfent de foutenir un roué contre un parlement. Le fils du roué m'avait fait verfer des larmes ; je me fuis trouvé enchaîné infenfiblement à cette épouvantable affaire qui commence à émouvoir tout Paris. Nous ne réuffirons peut-être qu'à faire redire : *tantùm relligio potuit fuadere malorum !* mais il êft important qu'on le redife fouvent , et que les hommes puiffent apprendre enfin que la religion ne doit pas faire des tigres.

Jean-Jacques, qui a écrit à la fois contre les prêtres et contre les philofophes , a été brûlé à Genève dans la perfonne de fon plat *Emile* , et banni du canton de Berne où il s'était réfugié. Il eft à préfent entre deux rochers , dans le pays de Neuchâtel , croyant toujours avoir raifon , et regardant les humains en pitié. Je crois que la chienne d'*Eroftrate*, ayant rencontré le chien de *Diogène* , fit des petits dont *J. J.* eft defcendu en droite ligne.

Pour moi, je crois que je fuis devenu dévot. J'ai , dans certaine tragédie de Caffandre , un grand-prêtre qui eft auffi modéré que *Joad* eft brutal et fanatique ; j'ai une veuve d'*Alexandre* religieufe dans un couvent ; les initiés s'y confeffent et communient. Je veux que vous affiftiez à cette œuvre pie, quand vous ferez à Paris. Jouiffez , en attendant , des agrémens de la campagne ; cultivez votre aimable efprit, et fouvenez-vous que vous avez au pied des Alpes des amis qui vous chériffent tendrement.

LETTRE CCXXIII. 1762.

A M. PINTO, *juif portugais, à Paris.*

Aux Délices, 21 de juillet.

LES lignes dont vous vous plaignez, Monfieur, font violentes et injuftes. Il y a parmi vous des hommes très-inftruits et très-refpectables; votre lettre m'en convainc affez. J'aurai foin de faire un carton dans la nouvelle édition. Quand on a un tort, il faut le réparer; et j'ai eu tort d'attribuer à toute une nation les vices de plufieurs particuliers.

Je vous dirai, avec la même franchife, que bien des gens ne peuvent fouffrir ni vos lois, ni vos livres, ni vos fuperftitions. Ils difent que votre nation s'eft fait de tout temps beaucoup de mal à elle-même, et en a fait au genre-humain. Si vous êtes philofophe, comme vous paraiffez l'être, vous penfez comme ces meffieurs; mais vous ne le direz pas. La fuperftition eft le plus abominable fléau de la terre; c'eft elle qui, de tous les temps, a fait égorger tant de juifs et tant de chrétiens; c'eft elle qui vous envoie encore au bûcher chez des péuples d'ailleurs eftimables. Il y a des afpects fous lefquels la nature humaine eft la nature infernale. On fécherait d'horreur fi on la regardait toujours par ces côtés; mais les honnêtes gens, en paffant par la Grêve où l'on roue, ordonnent à leur cocher d'aller vîte, et vont fe diftraire à l'opéra du fpectacle affreux qu'ils ont vu fur leur chemin.

—— Je pourrais difputer avec vous fur les fciences
1762. que vous attribuez aux anciens Juifs, et vous montrer qu'ils n'en favaient pas plus que les Français
du temps de *Chilpéric* ; je pourrais vous faire convenir que le jargon d'une petite province, mêlé
de chaldéen, de phénicien et d'arabe, était une
langue auffi indigente et auffi rude que notre ancien
gaulois ; mais je vous fâcherais peut-être, et vous
me paraiffez trop galant homme pour que je veuille
vous déplaire. Reftez juif, puifque vous l'êtes ; vous
n'égorgerez point quarante-deux mille hommes pour
n'avoir pas bien prononcé *shiboleth*, ni vingt-quatre
mille pour avoir couché avec des madianites ; mais
foyez philofophe, c'eft tout ce que je peux vous fouhaiter de mieux dans cette courte vie.

J'ai l'honneur d'être, Monfieur, avec tous les
fentimens qui vous font dus, votre très-humble, &c.

V O L T A I R E, *chrétien,*
et gentilhomme ordinaire de la chambre
du roi très-chrétien.

L E T T R E   C C X X I V.

A M. DE LA MOTTE-GEFRARD.

Aux Délices, le 25 de juillet.

Vous m'avez envoyé un tréfor, Monfieur, j'en ferai
bientôt ufage. Il y a des mots d'*Henri IV* qui pénètrent
l'ame. Il y a des anecdotes curieufes, mais les paroles
de ce grand roi font plus curieufes encore. *Il aime-*
rait mieux, dit-il, *être turc que catholique;* mais dans

quel temps s'exprime-t-il ainfi ? c'eft lorfque les pré-
dicateurs canonnifaient en chaire l'empoifonneur du
prince de *Condé*, et qu'ils excitaient les bons catholiques à empoifonner ou à affaffiner le grand *Henri*.
Dieu préferve fon fucceffeur des billets de confeffion, et des *Damiens*, et de la guerre avec les
Anglais. Je vous fouhaite, Monfieur, l'avancement
que vous méritez, et au roi beaucoup d'officiers qui
penfent comme vous. Recevez les très-humbles et
très - refpectueux remercîmens de votre obligé
ferviteur.

LETTRE CCXXV.

A M. DAMILAVILLE.

26 de juillet.

JE fuis actuellement fi occupé de l'affaire épouvantable des *Calas*, que je fuis bien loin de penfer
à *Mathurin* et à *Colette* ; je m'intéreffe plus à cette
tragédie qu'à toutes les comédies du monde.

Les comédiens de Saint-Sulpice, et le chef de troupe
qui a défendu la pièce aux cordeliers, ont-ils prétendu envelopper le fieur *Crébillon* dans l'anathème ?
En ce cas, voilà tous les auteurs dramatiques obligés
en confcience de fe déclarer contre leurs ennemis.
Mais l'horreur de Touloufe m'occupe plus que
l'impertinence fulpicienne. Je vous demande en
grâce de faire imprimer les pièces originales. Monfieur *Diderot* peut aifément engager quelque libraire

à faire cette bonne œuvre. Il nous paraît que ces pièces nous ont déjà attiré quelques partisans. Que votre bon cœur, mon cher frère, rende ce service à la famille la plus infortunée! Voilà la véritable philosophie, et non pas celle de *Jean-Jacques*. Ce pauvre chien de *Diogène* n'a pu trouver de loge dans le pays de Berne; il s'est retiré dans celui de Neuchâtel : c'était bien la peine d'aboyer contre les philosophes et contre les spectacles.

Palissot m'a envoyé une étrange pièce, avec sa préface et ses notes plus étranges. Cette pièce est imprimée aussi mal qu'elle le mérite. J'espère que l'éloge de *Crébillon* le fera mieux.

J'ai reçu le troisième tome, que vous avez eu la bonté de m'envoyer, des remarques du petit *Racine* sur le grand *Racine*, et je me suis aperçu que c'est un ouvrage différent de celui que j'ai. Je vois qu'il y a trois tomes de ce dernier ouvrage, et que le troisième est intitulé : *Traité de la poësie dramatique ancienne et moderne*. Il me manque les deux premiers. Voulez-vous avoir la bonté de me les faire tenir; ils pourront m'être utiles pour les commentaires de *Corneille*.

Frère *Thiriot* vous embrasse. Je finis toutes mes lettres par dire : *écr. l'inf.*, comme *Caton* disait toujours : *Tel est mon avis, et qu'on ruine Carthage.*

LETTRE CCXXVI.

AU MEME.

31 de juillet.

Est-il vrai que nous pourrons posséder notre frère, au mois de septembre, dans le pays de parpaillots? Il est juste que les initiés communient ensemble. Frère *Diderot* ne peut quitter l'*Encyclopédie*, mais frère *d'Alembert* ne pourrait-il pas venir se moquer des sociniens honteux de Genève?

On ne trouve plus ici aucun contrat *insocial* de *Jean-Jacques*, et sa personne est cachée entre deux rochers de Neuchâtel. Oh! comme nous aurions chéri ce fou, s'il n'avait pas été faux frère! et qu'il a été un grand sot d'injurier les seuls hommes qui pouvaient lui pardonner!

Est-il possible qu'on n'imprime pas à Paris les mémoires des *Calas*? Eh bien, en voilà d'autres: lisez et frémissez, mon frère. On a imprimé ces lettres à la Haie et à Lyon. Tous les étrangers parlent de cette aventure avec un attendrissement mêlé d'horreur. Il faut espérer que la cour sauvera l'honneur de la France, en cassant l'indigne arrêt qui révolte l'Europe. Mon Dieu, mes frères, que la vérité est forte! Un parlement a beau employer les bras de ses bourreaux, a beau fermer son greffe, a beau ordonner le silence, la vérité s'élève de toutes parts contre lui, et le force à rougir de lui-même.

Efpérez-vous la paix? Tout le monde en parle; mais j'ai bien peur qu'il n'en foit comme de la pluie que nous demandons, et que DIEU nous refufe. Tout eft tari dans notre pays, excepté notre lac.

Ne vous livrez pas, mon frère, au dégoût et au dépit; et tâchez de tirer parti du paffe-droit que vous effuyez.

Thiriot et moi nous embraffons notre frère.

LETTRE CCXXVII.

A M. LE COMTE D'ARGENTAL.

4 d'augufte.

MES divins anges, voici ce que je dis à votre lettre du 27 de juillet. C'eft une lettre defcendue du ciel; mes anges font les protecteurs de l'innocence, et les ennemis du fanatifme. Ils font le bien, et ils le font fagement. J'envoie au hafard des mémoires, des projets, des idées. Mes anges rectifient tout; il faudra bien qu'ils viennent à bout de réprimer des juges de fang, et de venger l'honneur de la France. J'ai toujours mandé qu'on ne trouverait jamais d'huiffier qui ofât faire une fommation au greffier du parlement touloufain, après que ce parlement a défendu fi févèrement la communication des pièces, c'eft-à-dire de fa honte. Comment trouverait-on un huiffier à Touloufe qui fignifiât au parlement fon opprobre, puifque je n'en ai point

point trouvé en Bourgogne qui osât préfenter un arrêt du confeil au fieur de *Broffes*, préfident à mortier. J'en aurais trouvé dans le fiècle de *Louis XIV*.

Mes anges font adroits; ils ont gagné le coadjuteur. Hélas! il eft bien trifte qu'on foit obligé de prendre des précautions pour faire paraître deux lettres où l'on parle refpectueufement des moins refpectables des hommes, et où la vertu la plus opprimée s'exprime en termes fi modeftes!

Enfin, nous fommes environ cent mille hommes qui nous remettons de tout aux deux anges.

Les Anglais commencent une magnifique foufcription, dont les *Calas* ont déjà reffenti les effets.

On a écrit à *Lavaiffe* père une lettre qui doit le faire rentrer en lui-même, ou plutôt l'élever au-deffus de lui-même.

Il faut qu'il abandonne une ville fuperftitieufe et barbare, auffi ridicule par fes recueils des jeux floraux que par fes pénitens des quatre couleurs. Il trouvera des fecours honorables qui l'empêcheront de regretter fon barreau. Je fupplie mes anges de vouloir bien envoyer le paquet ci-joint à M. le maréchal de *Richelieu*.

Je me jette aux pieds de madame d'*Argental*, et je la remercie du bateau qui parera la table de *Tronchin*. Elle eft trop bonne. C'eft de madame d'*Argental* dont je parle, et non de la table du docteur.

J'ai lu un factum d'*Elie* pour des bourguignons contre un médecin irlandais. Depuis ma maladie j'aime affez les médecins, mais ce factum ne me fait pas aimer les Irlandais. Je prie mes anges de

—— vouloir bien dire à *Elie* le moderne que je le préfère à *Elie* l'évêque de Jérufalem l'infame, et à *Elie*
évêque de Paris la folle.

Mais eſt-il bien vrai que l'*Elie* de Paris, ce
Beaumont à billets de confeſſion, ait ofé mettre au
féminaire, pour deux ans, le curé de Saint-Jean-de-
Latran, pour avoir prié DIEU? quoi! il ne fera pas
même permis aux acteurs penfionnés du roi de faire
dire des pfaumes pour un homme qui les a fait
vivre! eh! que deviendrai-je donc? quoi! il n'y aura
point pour moi de *libera!* Oh! je crierai pendant
ma vie, fi on ne veut pas brailler pour moi après
ma mort.

Mes divins anges, je ne vous parle ni de Caſſandre
ni du Droit du feigneur; il fait trop chaud.

J'ai *Crébillon* fur le cœur. Ses vers étaient durs;
mais *Beaumont* l'archevêque l'eſt davantage.

LETTRE CCXXVIII.

AU MEME.

7 d'auguſte.

MES divins anges, mon cœur eſt bien gros. Je
fuis atterré de la piété du bailli de *Froulai*, et j'aime
cent fois mieux le bailli du Droit du feigneur.
Eſt-il poſſible qu'il fe foit déclaré contre les comédiens, et contre ce bon curé de Saint-Jean-de-Latran.
Il n'aurait jamais fait pareille infamie du temps de
mademoifelle *le Couvreur* et du chevalier *d'Aidie.*

Mon fecond tourment eft l'inquiétude que j'ai
pour dame *Catherine*; j'ai bien peur que ce vieux
héros de comte de Munich n'ait pris le parti de
l'ivrogne *Pierre Ulric*. Il eft généraliffime; il aime
peu les dames, depuis qu'une d'elles l'a envoyé
en Sibérie; il eft un peu pruffien; tout cela me
donne beaucoup d'embarras.

Ma troifième douleur eft l'affaire des *Calas*. Je
crains toujours que monfieur le chancelier ne
prenne le prétexte d'un défaut de formalités, pour
ne pas choquer le parlement de Touloufe. Je voudrais que quelque bonne ame pût dire au roi : *Sire,*
voyez à quel point vous devez aimer ce parlement; ce
fut lui qui, le premier, remercia DIEU *de l'affaffinat de*
Henri III, et ordonna une proceffion annuelle pour célé-
brer la mémoire de St Jacques Clément; en ajoutant
la claufe, qu'on pendrait, fans forme de procès, qui-
conque parlerait jamais de reconnaître pour roi votre
aïeul Henri IV.

Henri IV gagna enfin fon procès; mais je ne
fais fi les *Calas* feront auffi heureux. Je n'ai d'efpoir
que dans mes chers anges, et dans le cri public.
Je crois qu'il faut que MM. de *Beaumont* et *Mallard*
faffent brailler en notre faveur tout l'ordre des avocats,
et que, de bouche en bouche, on faffe tinter les
oreilles du chancelier ; qu'on ne lui donne ni repos
ni trève ; qu'on lui crie toujours *Calas* ! *Calas* !

Ma quatrième inquiétude vient de la famille
d'*Alexandre*. Je l'ai envoyée à l'électeur palatin, en
lui difant qu'il ne fallait point la faire jouer, et
fur le champ il a diftribué les rôles. Je vais lui
écrire pour le prier de ne la point imprimer, et

1762.

—— il l'imprimera. Je crois que, pour me dépiquer, je ferai obligé d'en faire autant. Je fuis prefque auffi content de Caffandre qu'un palatin; mais il fe pourrait faire que mon extrême dévotion dans cet ouvrage, ma confeffion, ma communion, ma *Statira* mourant de mort fubite, mon bûcher, &c., donnaffent quelque prife à mes bons amis les *Frérons* et conforts. J'ai écrit la pièce de mon mieux; mais je crois qu'il faut accoutumer le public, par la voie de l'impreffion, à toutes ces fingularités théâtrales; c'eft, à mon fens, le meilleur parti, d'autant plus qu'étant dans le goût des commentaires, j'en ai fait un fur cette pièce, qui eft extrêmement profond et merveilleux. Me *Joli de Fleuri* pourrait en être tout ébouriffé.

Je vous enverrai Hérode et Mariamne inceffamment; vous y verrez une efpèce de janféniste, effénien de fon métier, que j'ai fubftitué à *Varus*, comme je crois vous l'avoir déjà dit. Ce *Varus* m'avait paru prodigieufement fade. Je baife toujours du meilleur de mon cœur le bout de vos ailes, et préfente mes refpects et remercîmens à madame d'*Argental*. V.

LETTRE CCXXIX.

A M. LE MARQUIS ALBERGATI CAPACELLI.

Aux Délices, 13 d'augufte.

JE fuis prefque toujours réduit, Monfieur, à vous écrire d'une main-étrangère; cela gêne beaucoup mon cœur et mon impatience. Vous êtes, fans doute, actuellement dans votre beau château, l'afile des Mufes et furtout de *Melpomène*. Le favori de *Thalie* a donc pris une autre route que Genève. Je ne faurais me confoler qu'il ait donné la préférence à Lyon; nous lui aurions fait l'accueil qu'on fefait ou qu'on devait faire à *Ménandre*. Je ne fais pas s'il fera fort content de Paris; il trouvera la comédie italienne réunie avec la foire, et ne donnant plus que des opéra comiques. D'ailleurs, la malheureufe guerre dans laquelle nous fommes engagés depuis fept ans, n'eft guère favorable aux beaux arts. Je fuis fûr que les connaiffeurs rendront ce qu'ils doivent au mérite de M. *Goldoni*, mais je voudrais que fon voyage lui fût utile.

Voilà, Monfieur, bien des fujets de tragédies dans ce fiècle. L'empereur de Ruffie détrôné par fa femme, et mort, dit-on, d'une colique violente; le prince *Ivan*, empereur légitime, enfermé, depuis plus de vingt ans, dans une île de la mer glaciale, où fa mère eft morte; la reine de Pologne expirant de douleur fur les ruines de fa capitale; le prince *Edouard*, héritier du trône de la Grande-Bretagne, traînant fa misère obfcure dans les Ardennes; les rois de France et de Portugal affaffinés. Vous m'avouerez qu'on aurait tort de ne pas convenir que notre fiècle eft fertile en fujets de théâtre. Heureux ceux qui voient du port tant d'orages ! Il n'y a point de retraite qui ne foit préférable à des trônes élevés au milieu de tant d'écueils.

Jouiffez, Monfieur, des douceurs de la paix, de votre confidération, de votre tranquillité, des beaux arts que vous protégez. Je m'intéreffe vivement à vos fuccès et à vos plaifirs. Confervez-moi vos bontés; vous favez combien elles me font chères, et combien je vous refpecte. *V.*

LETTRE CCXXX.

A M. LE COMTE D'ARGENTAL.

18 d'auguſte.

Divins anges, le bout de vos ailes m'eft plus facré que jamais. Je vous remercie du bateau : voilà ce qu'on peut donner de plus agréable à M. *Tronchin.* Je vous prie de joindre à toutes vos bontés celle d'ordonner à l'orfèvre d'envoyer, par la diligence, fon bateau à M. *Camp*, banquier à Lyon, lequel M. *Camp* me le dépêchera fur le champ.

J'efpère que je vous aurai bientôt une obligation encore plus grande, et que votre protection fera réformer l'abominable arrêt de Touloufe.

En vérité, fi le roi connaiffait les conféquences funeftes de cette horrible extravagance, il prendrait

l'affaire des *Calas* plus à cœur que moi. Voilà déjà 1762.
sept familles qui font sorties de France. Avons-nous
donc trop de manufacturiers et de cultivateurs ? Je
soumets ce petit article à la considération dé M. le
comte de *Choiseul*. La France le bénit de travailler
à la paix ; mais *Marie-Thérèse* poursuivra toujours
Luc.

Catherine se joindra à *Marie-Thérèse ;* don *Carlos*
voudra délivrer don *Joseph* du soin de régir la
Lusitanie.

Cette pièce vraiment n'est pas aisée à faire ; et
l'auteur y aura assurément bien de l'honneur. On lui
battra des mains sur les bords de mon lac, comme
sur les bords de la Seine. Il daigne donc aussi protéger le tripot et les curés ! DIEU le bénira. Il faut
que nous lui ayons l'obligation, à lui et à M. le
maréchal de *Richelieu*, d'être débarbarisés.

J'entends madame *Scaliger* à demi-mot ; elle veut
un Cassandre : vous l'aurez, Madame ; mais je doute
que vous et mon autre ange veuilliez l'exposer au
théâtre et à la dent des malins, qui se moqueront de
père *Voltaire*, et du curé d'Ephèse, et de ma religieuse,
et de mon *Cassandre* dûment confessé. Cependant,
je vous jure que le tout fait un effet auguste et terrible. J'en ai pour garans des huguenots qui se
moquent des sacremens, et à qui pourtant ma con-
fession a fait grand plaisir : enfin vous en jugerez.
Je vous soumets tout ce que j'ai de sacré et de profane.

M. le maréchal de *Richelieu* vient-il ? nous lui
jouerons Cassandre.

Mille tendres réspects. *V.*

LETTRE CCXXXI.

A M. LE MARQUIS D'ARGENCE DE DIRAC.

Aux Délices, 21 d'augufte.

Le vieux pareffeux malade a rarement la confolation d'écrire à fon philofophe d'Angoulème. Vous
avez dû recevoir un petit imprimé qu'on dit affez
curieux, et qui eft dans votre goût. Je penfe qu'il vous
fut envoyé par votre libraire de Genève, avant votre
voyage de Paris. Le libraire m'a dit que vous ne lui
en aviez point accufé la réception. Il prétend que
c'eft un ouvrage très rare, et qu'il a eu beaucoup dé
peine à vous trouver. Si vous aviez quelque envie de
voir les mémoires des *Calas*, il faudrait donner une
adreffe par laquelle on pût vous épargner un port
confidérable; ce qui n'eft pas à préfent trop aifé. Ces
Calas font, comme peut-être vous l'avez déjà ouï dire,
des proteftans imbécilles, que des catholiques un
peu fanatiques ont fait rouer à Touloufe. Si notre
fiècle a des momens de raifon, il en a de folies bien
atroces.

Les Turcs prétendent que leur Alcoran a tantôt
un vifage d'ange, et tantôt un vifage de bête. Cette
définition de l'Alcoran convient affez au temps où
nous vivons : il y a quelques philofophes; voilà les
vifages d'anges : tout ce qui fe fait ailleurs reffemble
fort à des vifages de bêtes.

Je crois que nous aurons bientôt ici le gouverneur
de votre Guienne; il fait, comme vous, un petit

pélerinage chez le vieux gymnofophifte ; mais, de
tous les fages qui font venus dans cet hermitage, **1762.**
vous ferez toujours celui que je regretterai et que
j'aimerai le plus.

Nous n'avons point eu de nouvelles intéreffantes
depuis la dernière colique du czar. Il n'y a eu ni
roi détrôné, ni moines abolis, ni batailles données
la femaine dernière. *V.*

LETTRE CCXXXII.

A M. LE MARQUIS ALBERGATI CAPACELLI.

Aux Délices, 25 d'augufte.

IL caro *Goldoni*, il figlio della natura, veut donc,
Monfieur, me laiffer mourir fans me donner la confolation de le voir. Il m'a écrit de Lyon qu'il n'avait
pu paffer chez moi parce qu'il a fa femme ; mais certainement je ne lui aurais pas pris fa femme, et je les
aurais reçus tous deux avec autant d'empreffement
qu'il le fera par-tout ailleurs. Il m'a mandé que de
Lyon il allait à Paris, mais il ne m'a point donné
d'adreffe ; ainfi je ne fais où lui répondre.

Je fuis tout-à-fait anguftiato. Vous m'étonnez,
Monfieur, de m'apprendre que vous voulez reffufciter en Italie la tragédie d'*Idoménée* (*), qui eft
morte à Paris dès fa naiffance, il y a quelque foixante
ans. C'eft un des plus infipides ouvrages qu'on ait
jamais donnés au théâtre, et auffi mal écrit que mal

(*) *Idoménée* fut traduit par MM. *Paradifi* et *Albergati*, non par
choix, mais par complaifance.

—— conduit. Affurément *Phèdre* et *Polyeucte* feraient bien étonnés de fe trouver en pareille compagnie. Non, vous ne ferez pas comme ceux qui tiennent table ouverte, et qui reçoivent également les gens aimables et les importuns.

DIEU a béni votre théâtre, et n'a pas accordé au mien beaucoup de faveurs cette année. J'ai été fi malade, qu'il m'a fallu quitter le château de Ferney, pour aller aux Délices près de Genève, et pour être long-temps entre les mains des médecins. Pendant ce temps-là, vous donniez de belles fêtes ; et il vous eft plus aifé de trouver des acteurs à Bologne, qu'à moi d'en trouver à Genève. Bologna la dotta vaut mieux que Genève la pédante, où il n'y a que des prédicans, des marchands et des truites. Je ne m'accommode pas tout-à-fait de cela, moi qui aime la bonne tragédie. Ce que nous avons de plus agréable dans ce pays-ci, c'eft que nous fommes inftruits les premiers de toutes les fottifes fanguinaires qui fe paffent dans le Nord. Nous fommes tout jufte entre la France, l'Allemagne et l'Italie, et on ne tue perfonne vers Drefde que nous ne le fachions les premiers. Avec tout cela, j'aimerais beaucoup mieux avoir bâti un château vers Bologna que vers les Allobroges, et être votre voifin que celui des Savoyards ; mais DIEU n'a pas voulu que je viffe la belle Italie. Il faut que je vive et que je meure où je fuis ; j'y vivrai et j'y mourrai plein d'eftime et de refpect pour vous.

LETTRE CCXXXIII. 1762.

A M. GOLDONI.

Aux Délices, près de Genève, 28 d'augulte.

A D A S I O un poco, caro fior; cofa che avete ditto
che avete una moglie al lato, vol dir che fiete un
contade perfetto. Bafta, che il fior e la fiora
moglie farebbero ftati ricevuti con ogni rifpetto, e
col più gran zelo nelle mie capanne, e che la via di
Genevra e cofi bella come quella di Lyone; e che
me difpiafe che la fia deguftada, e che non habbia
avu la volontà de vegnir, e xe un pezzo che l'afpet-
tava, e che jo vo mi ramaricando; varde, che cofa
fa di non aver prefo la via di Genevra. Varde che
bifogna che diga tutto, e po vedrà fe le cofe va
ben.

Volete dunque, mio caro fior, fanar la piaga
che mi fate, col l'onore della voftra dedicazione,
mà fe quefta gloria in alza il mio fpirito e luzinga
la vanità mia, il dolor di non haver vi tenuto nelle
mie braccia, non e meno acerbó nel mio cuore. Leg-
gero le voftre vezzofe comedie fino al giorno che
potero riverire l'autore.

Non fo dove fiete adeffo. Non fo come indirizare
la mia lettera. Mà il voftro nome bafta; e mi confido
che fiete già connofciuto a Parigi, come a Venezia.
Non ho ancora ricevuto il regalo che mi accenate.
Mà non poffo differire i miei ringraziamenti.

Già che fiete, o farete ben prefto cittadino di

1762.

Parigi, vorrei far vi una visità, mà il *Corneille* non lo permettera. Mi ritrovo frà il *Corneille* ed il *Goldoni.* Stampero l'uno ed aspetterò l'altro quando egli fornera a riveder la sua bella Italia. Mà di grazia none mi deludete più colle illusioni della speranza.

Adio; vi stimo, vi onoro, vi amo senza illusione veruna., E farò sempre il vostro ammiratore, amico e servitore.

LETTRE CCXXXIV.

A M. LE COMTE D'ARGENTAL.

29 d'augusto.

Divins anges, je m'aperçois pourtant qu'il est difficile de faire à la fois une tragédie, l'Histoire du czar, l'Histoire générale, les Remarques sur *Corneille*, et de défricher, le tout avec un procès pour un cimetière.

J'apprends que vous n'êtes plus chez vous, et que la petite vérole vous en a chassés : voilà ce que c'est que de ne pas faire inoculer tous les petits garçons et toutes les petites filles d'un pays, à l'âge de sept ans ; mais j'ai peur que *Tronchin* et *la Condamine* n'aient décrédité l'inoculation „ l'un en excitant trop d'envie, et l'autre en y mêlant un peu de ridicule.

Je vous envoie Mariamne pour vous amuser dans votre exil ; vous avez dû recevoir le Jules-César de *Shakespeare.* Je crois que vous serez convaincus que *la Place* est fort loin d'avoir fait connaître le théâtre anglais ; avouez que l'excès énorme de son extravagance était pourtant bon à connaître.

J'ai vu la requête de *Mariette* pour les *Calas* ; j'ai ———
vu l'arrêt. La jurifprudence de Touloufe eft bien 1762.
étrange ; cet arrêt ne dit pas feulement de quoi *Jean*
Calas était accufé. Je ne regarde ce jugement
que comme un affaffinat fait en robe et en bonnet
carré. Je me flatte qu'enfin votre protection fera rendre
juftice à l'innocence. Je fais bien que les lois ne permettent pas les dédommagemens que l'équité exigerait ; les juges devraient au moins demander pardon à
la famille, et la nourrir. Que pourra faire le confeil ?
Il dira que *Calas* n'a point pendu fon fils, nous le
favions bien ; et quand le confeil fe laifferait féduire
par le parlement de Touloufe, l'Europe ne croira
pas moins *Calas* innocent. Le cri public l'emporte
fur tous les arrêts ; mais enfin c'eft toujours beaucoup que le confeil réprime un peu le fanatifme.

Mes chers anges, je ne ferai point imprimer
Caffandre : que votre volonté foit faite dans la terre
comme aux cieux ; mais il arrivera furement quelque
malheur dans le Palatinat.

L'électeur fait une belle dépenfe pour cette repréfentation : nous jouerons la pièce à Ferney ; mais,
quoique ce ne foit pas en électeurs, le fpectacle ne
laiffera pas que d'être beau. J'efpère que nous en
régalerons M. le maréchal de *Richelieu*. Nous verrons, à cette repréfentation, s'il y a encore quelque
chofe à changer, et enfuite nous l'enverrons à nos
juges en dernier reffort.

Mes divins anges, nous avons des fluxions qui ne
permettent pas trop d'écrire.

Mille tendres refpects.

LETTRE CCXXXV.

A M. DAMILAVILLE.

Aux Délices, 29 d'augufte.

MON cher frère, il y a deux pièces dont je fuis fort content ; l'une eft l'arrêt du parlement qui nous débarraffe des jéfuites, l'autre eft la requête de M. *Mariette* contre le parlement de Touloufe. Je me flatte qu'à la fin nous viendrons à bout de faire rendre juftice à l'innocence. Mais quelle juftice ! elle fe bornera à déclarer que *Jean Calas* a été roué mal à propos. Le fang innocent, dans d'autres pays, obtiendrait une autre vengeance. Je regarde le fupplice de *Calas* comme un affaffinat revêtu des formes de la juftice. Les affaffins devraient bien être condamnés au moins à demander pardon à la famille, et à la nourrir.

Vous ne vous fouvenez peut-être pas d'une lettre qui eft, je crois, la première que je vous écrivis fur cette affaire, et qui était adreffée à M. *d'Alembert*. Je vous l'envoyai afin que tous les frères fuffent inftruits de cet horrible exemple de fanatifme. Je ne fais quel exécrable poliffon a pris cette lettre pour fon texte, et y a ajouté tout ce qu'on peut dire de plus extravagant, de plus offenfant et de plus puniffable contre le gouvernement. L'auteur a pouffé la fottife jufqu'à dire du mal du roi, et du bien du *poëme du Balai ;* le tout, écrit dans les charniers Saints-Innocens, a été mis dans les papiers publics d'Angleterre.

Il se trouve encore que le *Journal encyclopédique*, qui est le seul journal que j'aime, est attaqué violemment dans ce bel écrit qu'on m'attribue. Les auteurs de ce journal s'en sont plaints à moi; enfin j'ai été obligé d'avoir la condescendance de désavouer publiquement cette impertinence, par la raison qu'il y a bien plus de gens qui se connaissent en méchancetés, qu'il n'y en a qui se connaissent en style. Il faut avouer que la lettre est si insolente, que monsieur *d'Alembert* serait presque aussi coupable de l'avoir reçue que moi de l'avoir écrite.

Quand vous verrez M. *d'Alembert*, je vous prie de l'instruire de tout cela.

Mon frère *Thiriot* a trouvé ici de la santé, et moi je perds la mienne. Je suis accablé de fluxions; je deviens sourd. Les tempéramens faibles à mon âge s'en vont pièce à pièce. Nous allons jouer ici la comédie : je ne pourrai être tout au plus que spectateur; c'est bien dommage, je ne fesais pas mal mes rôles de vieillard.

Ne pensez-vous pas qu'il faut attendre, pour reprendre à Paris le Droit du seigneur, que la comédie française soit sur un autre pied et sur un autre ton? Je crois que vous avez à Paris *Goldoni*. Vous me ferez plaisir de me dire comment il réussira. Je ne parle pas de ses pièces; je crois la chose décidée. On dit l'auteur très-bon homme et fort naturel.

J'embrasse tendrement mon cher frère.

LETTRE CCXXXVI.

A M. LE COMTE D'ARGENTAL.

Au château de Ferney, par Genève, 14 de septembre.

JE reçois la lettre de mes divins anges, du 7 de
septembre, avec les plus tendres remerçîmens.
Madame *Scaliger* a donc aussi une fluxion; je la plains
bien, non pas à cause de ma triste expérience, mais
par extrême sensibilité. Cependant il y a fluxion et
fluxion; j'en connais qui rendent sourd et borgne
vers les soixante-neuf ans, et qui glacent ce génie que
vous prétendez qui me reste. Je ne suis pas trop
actuellement en état de raboter des vers; j'attends
quelques petits momens favorables pour obéir à tout
ce que mes anges m'ordonnent: mais, si malheureusement mon imbécillité présente se prolongeait, ne
pourrait-on pas toujours jouer Mariamne à Fontai-
nebleau, en attendant que le sens commun de la
poësie me fût revenu?'

La barque à *Tronchin* est extrêmement jolie; elle
semble convenir très-fort à celui qui sauve les gens
de la barque à *Caron*.

J'ai écrit à l'électeur palatin, pour lui demander
en grâce qu'il empêche, par son autorité électorale,
que Cassandre ne soit livré au bras séculier, et
imprimé. Il m'a déjà promis d'avoir cette attention,
et je me flatte qu'il tiendra sa parole.

Il a fait, en dernier lieu, exécuter Tancrède d'une
façon qui ne laisse pas soupçonner qu'on viole la
terrible

terrible unité de lieu. On voit la maifon d'*Argire*, un
temple, l'hôtel des chevaliers et deux rues : voilà le
goût antique dans toute fa régularité.

Je relis la lettre de mes anges. Je foupçonne qu'il
y a quelque mal-entendu dans la copie de Mariamne
que j'ai envoyée ; et, dès que j'aurai la tête moins
emmitouflée, je reverrai ce procès avec attention.

Celui des *Calas* me paraît en bon train, grâce à
votre protection.

Je ne connais ni le nom du rapporteur ni celui
des juges, tant la veuve a pris foin de me bien informer. J'attendrai patiemment le mémoire de *Mariette ;*
mais je vous avoue que j'attends avec impatience
celui d'*Elie*.

Ne faudra-t-il pas, quand les juges feront nommés,
les faire folliciter fort et long-temps, foir et matin,
par leurs amis, leurs parens, leurs confeffeurs, leurs
maîtreffes ? Ceci eft la caufe du bon fens contre
l'abfurdité, et de l'humanité contre la barbarie fanatique. Il fera bien doux de gagner ce procès contre
les pénitens blancs. Eft-il poffible qu'il y ait encore
de pareils mafques en France ?

Mes anges, il y a long-temps que j'ai envie de vous
écrire fur le philofophe qui veut époufer. Voici l'état
des chofes. Quand l'extrême protection et la grande
confidération qu'on me prodiguait, força ma modeftie
à quitter la France, j'avais des rentes viagères et de
l'argent comptant. Je me fuis défait de ce dernier embarras, en affurant à madame *Denis* feize mille livres de
rentes ; j'en ai donné trois à madame de *Fontaine ;* j'en ai
affuré quinze cents livres ou environ à mademoifelle
Corneille ; le refte a été englouti en maifons, châteaux,

—— meubles et théâtre. Je ne sais pas encore ce qui reviendra à mademoiselle *Corneille* de l'édition de *Pierre*, mais je crois que cela lui formera un fonds d'environ quarante mille livres. Je lui donnerai une petite rente pour ma souscription. Il ne faut pas se flatter que je puisse davantage. Ne comptons même l'édition de *Corneille* que pour trente mille livres, afin de ne pas porter nos espérances trop haut, et de n'être pas obligés de décompter.

Si le philosophe est vraiment philosophe, et veut demeurer avec nous jusqu'à ce que son père lui cède son château, il jouira d'une assez bonne maison ; mais qu'il ne croye pas épouser une philosophe formée. Nous commençons à écrire un peu, nous lisons avec quelque peine, nous apprenons aisément des vers par cœur, et nous ne les récitons pas mal : la santé est très-faible, le caractère est doux, gai, caressant ; le mot de bonne enfant semble avoir été fait pour elle. J'ai rendu un compte fidelle du spirituel et du temporel, du physique et du moral ; et je m'en tiens là en me remettant à la Providence.

Voilà les juges nommés pour la révision du procès des *Calas*. On est instruit du nom des juges ; on espère que nos anges protecteurs les feront bien solliciter, et on se flatte que la cause elle-même les sollicite.

Mille tendres respects.

LETTRE CCXXXVII.

A M. DAMILAVILLE.

18 de septembre.

AH ! ah ! mon frère, on croit donc que je veux immoler *Corneille* fur l'autel que je lui dreſſe ! Il eſt vrai que je reſpecte la vérité beaucoup plus que *Pierre;* mais liſez, et renvoyez-moi ces cahiers, après les avoir fait lire à frère *Platon.*

J'attends la prophétie d'*Elie - Beaumont*, qui fera condamner les juges iniques, comme l'autre *Elie* fit condamner les prêtres de *Baal.* Nous prions mon cher frère de dire au fecond *Elie* que cent mille hommes le loueront, le béniront et le remercîront.

Nous envoyons au cher frère la belle lettre de *J. J. Rouſſeau* au cuiſtre de Motier-Travers. On peut juger de la conduite noble et conféquente de ce *J. J.* Ne trouvez-vous pas que voilà une belle fin ? Je mourrai avec le chagrin d'avoir vu la philoſophie trahie par les philoſophes et des hommes qui pouvaient éclairer le monde, s'ils avaient été réunis. Mais, mon cher frère, malgré la trahiſon de *Judas*, les apôtres perſévérèrent.

On cherche à connaître quel eſt l'auteur d'un libelle intitulé, *les Erreurs de Voltaire*, imprimé à Avignon : on prétend que c'eſt un jéfuite. Son livre contient en effet beaucoup d'erreurs, mais ce font les fiennes : cela eſt tout-à-fait jéſuitique. C'eſt un tiſſu de fottiſes et d'injures, le tout pour la plus grande gloire de DIEU. Il eſt bon de lui donner fur les oreilles. M. *Diderot* eft prié de favoir le nom du porteur d'oreilles.

Les farceurs de Paris joueront le Droit du feigneur quand ils voudront ; mais ils n'auront Caffandre que quand ils auront fatisfait à ce devoir.

Je défire chrétiennement que le teftament du curé fe multiplie comme les cinq pains, et nourriffe les ames de quatre à cinq mille hommes ; car j'ai plus que jamais l'*inf*..... en horreur, et j'aime plus que jamais mon frère.

LETTRE CCXXXVIII.

A M. LE MARQUIS DE CHAUVELIN.

A Ferney, 21 de feptembre.

Dieu m'a rendu une oreille et un œil ; votre Excellence m'avouera que je ne peux pas chanter la chanfon de l'aveugle :

> Dieu, qui fait tout pour le mieux,
> M'a fait une grande grâce ;
> Il m'a crevé les deux yeux,
> Et réduit à la beface.

J'ai lu très-aifément la lettre dont vous m'avez honoré ; mais c'eft que le plaifir rend la vifière plus nette. Je ne fais, Monfieur, fi vous en aurez beau-coup en relifant Caffandre : elle eft mieux qu'elle n'était ; mais je crois qu'elle a encore grand befoin de

vos lumières et de vos bontés. Un moine, très-honnête homme, doit vous l'avoir remife : vous le connaiffez déjà, fans doute ; c'eft le bibliothécaire de
l'infant, qui accompagne M. le prince *Lanti*. Je
l'aurais bien chargé d'un paquet de *Calas*, mais
j'étais à Ferney ; je n'avais plus d'exemplaires de
ces mémoires ; *Cramer* n'était point à Genève. J'ai
manqué l'occafion, je vous en demande pardon.
J'envoie chez M. de *Montpérou* un petit ballot de ces
écritures ou écrits : il pourra aifément vous le faire
tenir ; il y a toujours quelqu'un qui va à Turin :
mais je vous avertis que ces mémoires ne font que
de faibles efcarmouches ; la vraie bataille fe donne
actuellement par feize avocats de Paris, qui ont figné
une confultation. Cet ouvrage me paraît un chef-
d'œuvre de raifon, de jurifprudence et d'éloquence.
Cette affaire devient bien importante ; elle intéreffe
les nations et les religions. Quelle fatisfaction le parlement de Touloufe pourra-t-il jamais faire à une
veuve dont il a roué le mari, et qu'il a réduite à la
mendicité, avec deux filles et trois garçons, qui ne
peuvent plus avoir d'état ? Pour moi, je ne connais
point d'affaffinat plus horrible et plus puniffable que
celui qui eft commis avec le glaive de la loi.

Je ne crois pas que *Catherine II* jouiffe long-temps
de la mort de fon mari. Vous favez quel défordre
agite à préfent la Ruffie.

DIEU veuille que le duc de *Betford* ne vienne pas
jouer à Paris le rôle de M. *Stanley*.

Mille profonds refpects à vos Excellences. *V.*

G g 3

LETTRE CCXXXIX.

A M. ELIE DE BEAUMONT, *avocat.*

A Ferney, 22 de feptembre.

JUSQU'A préfent il ne s'était trouvé qu'une voix dans le défert qui avait crié : *Parate vias Domini.* Votre mémoire eft affurément l'ouvrage du maître : je ne fais rien de fi convaincant et de fi touchant. Mon indignation contre l'arrêt de Touloufe en a redoublé, et mes larmes ont recommencé à couler.

Je fuis convaincu que vous parviendrez à faire réformer l'arrêt de Touloufe. Votre conduite généreufe eft digne de votre éloquence. Cette cruelle affaire, qui doit vous faire un honneur infini, achève de me prouver ce que j'ai toujours penfé, que nos lois font bien imparfaites. Prefque tout me paraît abandonné au fentiment arbitraire des juges. Il eft bien étrange que l'ordonnance criminelle de *Louis XIV* ait fi peu pourvu à la fureté de la vie des hommes, et qu'on foit obligé de recourir aux capitulaires de *Charlemagne.*

Votre mémoire doit déformais fervir de règle dans des cas pareils. Le fanatifme en fournit quelquefois. J'ai lu trois fois votre ouvrage ; j'ai été auffi touché à la troifième lecture qu'à la première.

J'ajoute aux trois impoffibilités que vous mettez dans un fi beau jour, une quatrième : c'eft celle de réfifter à vos raifons. Je joins ma reconnaiffance à celle que les *Calas* vous doivent. J'ofe dire que les

juges de Touloufe vous en doivent auſſi; vous les
avez éclairés ſur leurs fautes. Si j'avais le malheur
d'être de leur corps, je leur propoſerais, ſur la ſeule
lecture de votre factum, de demander pardon à la
famille qu'ils ont perdue, et de lui faire une penſion.
Je les tiens indignes de leur place, s'ils ne prennent
pas ce parti.

L'eſtime que vous m'inſpirez, Monſieur, me met
preſque en droit de vous demander inſtamment votre
amitié. Vous avez une femme digne de vous; agréez
mes reſpects l'un et l'autre, et tous les ſentimens
avec leſquels je ferai toute ma vie, Monſieur,
votre, &c.

LETTRE CCXL.

A M. LE COMTE D'ARGENTAL.

Au château de Ferney, 23 de ſeptembre.

MES divins anges, je dois d'abord vous dire combien j'ai été frappé du mémoire de M. de *Beaumont.*
Il me ſemble que chaque ligne porte la conviction
avec elle. Je lui en ai fait mon compliment. Je crois
qu'il eſt impoſſible que les juges réſiſtent à la vérité
et à l'éloquence.

Voici une autre affaire dont les objets peuvent être
plus importans, quoique moins tragiques. C'eſt à M. le
comte de *Choiſeul* à voir s'il trouvera mon idée prati-
cable. Je la ſoumets à ſes lumières et à ſa prudence.
Le ſecrétaire de l'ambaſſade anglaiſe eſt, comme vous

favez, l'ame unique de cette négociation, et elle peut avoir quelques épines. Ce fecrétaire a un beau-frère et un ami dans un homme de la famille des *Tronchin*. Vous n'ignorez pas combien cette famille eft attachée à la France. Celui dont je vous parle y a tout fon bien ; il eft fils d'un premier fyndic de Genève, homme d'efprit et de probité, comme tous les *Tronchin* le font; très-capable de rendre des fervices avec autant d'honneur que de zèle. Son beau-frère a en lui une entière confiance. Peut-être n'y a-t-il pas de moyen plus fûr et plus honnête d'aplanir les difficultés qui pourront furvenir, et de faire agréer des infinuations contre lefquelles on ferait en garde fi elles venaient de la part du miniftère de France, et qu'on recevrait avec moins de défiance fi elles étaient infpirées par un parent et par un ami. Je peux vous répondre que M. *Tronchin* fervira la France avec le plus grand empreffement, fans manquer en rien à ce qu'il doit à fon beau-frère. Je n'imagine pas que M. le comte de *Choifeul* puiffe jamais trouver une perfonne plus capable de répondre à fes vues pacifiques et généreufes, et plus digne de toute fa confiance dans une négociation fi importante.

C'eft une idée qui m'eft venue, et qui, peut-être, mérite d'être approfondie et fuivie. Mon fuffrage eft bien peu de chofe ; mais foyez bien perfuadé que je ne ferais pas une telle propofition, fi je n'étais fûr de la probité et du zèle de M. *Tronchin*. Si on ne trouve pas mon offre déraifonnable, que M. le comte de *Choifeul* me donne fes ordres, ou par lui-même ou par vous, c'eft la même chofe; et que DIEU nous donne la paix. Je ne fais s'il eft bien vrai qu'il y ait une

guerre commencée en Ruffie, mais je fuis sûr qu'il
y a des nuages.

Je n'ai point encore eu de nouvelles de M. le
maréchal de *Richelieu* ; je le crois à Lyon avec
madame la comtesse de *Lauraguais*. S'ils viennent tous
deux chez *Baucis* et *Philémon*, Ferney fera bien étonné
d'être la cour des pairs.

Nous avons joué aujourd'hui Olimpie devant
MM. de la *Rocheguyon* et de *Villars*. Cela n'a pas été
trop mal, mais cela pourrait être mieux. Il n'y avait
que moi qui ne favais pas mon rôle, tant je fongeais
à ceux des autres.

Mille tendres refpects.

LETTRE CCXLI.

A M. LE COMTE DE SCHOUVALOF.

A Ferney, 25 de feptembre.

MONSIEUR,

J'AI reçu votre lettre à table, et nous avons tous
pris la liberté de boire à la fanté de fa Majefté impériale, et de lui fouhaiter une vie aufli longue et aufli
heureufe qu'elle le mérite. M. le duc de *Villars*, fils
de l'illuftre maréchal dont le nom a pénétré, fans
doute, dans votre cour, était à la tête de nos buveurs.
Nous avions quelques philofophes qui s'intéreffent
à l'*Encyclopédie*. Nous avons tous fenti les tranfports
que la magnanimité de votre augufte fouveraine

doit inspirer. Nous vous avons béni, Monsieur; et, sans manquer au respect que nous avons pour sa Majesté, nous avons joint votre nom au sien, comme on joignait autrefois celui de *Mécène* à celui d'*Auguste*. Je doute que les savans, qui ont entrepris l'*Encyclopédie*, puissent profiter des bontés de sa Majesté impériale, attendu les engagemens qu'ils ont pris en France. Mais surement l'offre que votre Excellence leur fait, sera regardée par eux comme la plus digne récompense de leurs travaux, et votre nom sera célébré par eux comme il doit l'être. Il faut avouer qu'il y a beaucoup d'articles, dans ce dictionnaire utile, qui ne sont pas dignes de MM. d'*Alembert* et *Diderot*, parce qu'ils ne sont pas de leur main. Il faudra absolument les refondre dans une seconde édition, et mon avis serait que cette seconde édition se fît dans votre empire. Rien ne serait plus honorable aux lettres : j'ose dire que la gloire de votre illustre souveraine n'en serait pas diminuée. Il n'y a jamais eu que les grands-hommes qui aient fait fleurir les arts. L'impératrice sera regardée comme un grand-homme. J'écris fortement à M. *Diderot* pour lui persuader, s'il est possible, d'achever la première édition sous vos auspices. Votre Excellence a dû recevoir, par la poste de Strasbourg, ma réponse aux nouvelles heureuses dont vous m'avez honoré. Je vous réitère mes hommages, ma reconnaissance et tous les sentimens que je vous dois. On commencera l'Histoire de *Pierre le grand* dans peu de mois ; on fait fondre de nouveaux caractères. Il y a déjà six volumes imprimés du *Corneille*, et il n'est pas possible d'imprimer à la fois deux ouvrages, dont chacun demande la plus grande attention. Puiſſe bientôt la paix rendue à l'Europe, laiſſer aux eſprits la liberté de cultiver les arts et de vous imiter. J'ai écrit à M. *Boris de Soltikof*. Je ferais bien fâché qu'un homme de ſon mérite, et d'un mérite formé par vous, ne conſervât pas pour moi un peu d'amitié.

Agréez le tendre reſpect avec lequel je ſerai toute ma vie, &c.

LETTRE CCXLII.

A M. DIDEROT.

25 de ſeptembre.

Eh bien, illuſtre philoſophe, que dites-vous de l'impératrice de Ruſſie? ne trouvez-vous pas que ſa propoſition eſt le plus énorme foufflet qu'on pût appliquer ſur la joue d'un *Omer*? En quel temps ſommes-nous! c'eſt la France qui perſécute la philoſophie, et ce ſont les Scythes qui la favoriſent! M. de *Schouvalof* me charge d'obtenir de vous que la Ruſſie ſoit honorée de l'impreſſion de votre *Encyclopédie*. Monſieur de *Schouvalof* eſt fort au-deſſus d'*Anacharſis*, et il a toute la ferveur de ce zèle que donnent les arts naiſſans, et que nous avions ſous *François I*.

Je doute que vos engagemens pris à Paris vous permettent de faire à Riga la faveur qu'on demande; mais goûtez la conſolation et l'honneur d'être recherché par une héroïne, tandis que des *Chaumeix*, des

—— *Berthier* et des *Omer* ofent vous perfécuter. Quelque
1762. parti que vous preniez , je vous recommande l'*inf...;*
il faut la détruire chez les honnêtes gens, et la laiffer à
la canaille, grande ou petite, pour laquelle elle eft faite.

Je vous révère autant que je le dois. Voulez-vous
m'envoyer votre réponfe à M. de *Schouvalof*? il n'y
a qu'à la donner à notre frère.

LETTRE CCXLIII.

A M. LE COMTE D'ARGENTAL.

28 de feptembre.

Je réponds , ô mes anges gardiens, à votre béati-
fique lettre dont *Rofcius* a été le fcribe, et je vous
envoie la façon dont nous jouons toujours Zulime.
Je peux vous répondre que cette fin eft déchirante,
et que, fi on fuit notre leçon, on ne s'en trouvera
pas mal.

Ce n'eft pas que j'aye jamais regardé Zulime
comme une tragédie du premier ordre. Vous favez
combien j'ai réfifté à ceux qui avaient le malheur de
la préférer à Tancrède, qui eft, à mon gré, un
ouvrage très-théâtral , un véritable fpectacle, et qui
a de plus le mérite de l'invention et de la fingularité ; mérite que n'a point Zulime.

Je vous fupplie très-inftamment de vous oppofer
à cette fureur d'écourter toutes les fins des pièces :
il vaut bien mieux ne les point jouer. Quel eft le
père qui voulût qu'on coupât les pieds à fon
fils ?

Le Kain m'a envoyé la façon dont il dit qu'on ——
joue Zaïre; cela eſt abominable. Pourquoi eſtropier 1762.
ma pièce au bout de vingt ans? Il me ſemble qu'il
ſe prépare un ſiècle d'un goût bien dépravé. Je n'ai
pas mal fait de renoncer au monde; je ne regrette
que vous dans Paris.

Je n'aurai M. le maréchal de *Richelieu* que dans
quelques jours. Notre tripot ne laiſſe pas de nous
donner de la peine. Ce n'eſt pas toujours une choſe
aiſée de raſſembler une quinzaine d'acteurs aux pieds
du mont Jura; et il eſt encore plus difficile de conſerver ſes yeux et ſes oreilles à ſoixante et huit ans
paſſés, avec un corps des plus minces et des plus
frêles.

Je vous ai écrit ſur les *Calas*. Je vous ai adreſſé
mon petit compliment à M. le comte de *Choïſeul*.
Vous ne m'avez point dit s'il en eſt bien mécontent.

Je vous ai adreſſé un petit mémoire très-politique
qui ne me regarde pas.

Je ſuis un peu en peine de mon impératrice
Catherine. Vous ſavez qu'elle m'avait engagé à obtenir
des encyclopédiſtes perſécutés par cet *Omer*, de venir
imprimer leur dictionnaire chez elle. Ce ſoufflet,
donné aux ſots et aux fripons, du fond de la Scythie,
était pour moi une grande conſolation, et devait
vous plaire; mais je crains bien qu'*Ivan* ne détrône
notre bienfaitrice, et que ce jeune ruſſe, élevé en
ruſſe chez des moines ruſſes, ne ſoit point du tout
philoſophe.

Je vous conjure, mes divins anges, de me dire ce
que vous ſavez de ma *Catherine*.

Je baiſe le bout de vos ailes plus que jamais.

LETTRE CCXLIV.

A M. LÉ COMTE DE LA TOURAILLE.

Genève, 30 de septembre.

JE vous félicite, Monfieur, fur les deux derniers
avantages que M. le prince de *Condé* vient de rempor-
ter à Groningue et à Jonansberk. Les héros de cette
maifon fe font tous fait une habitude de vaincre ;
ils ont été fucceffivement la terreur et la gloire de
leurs fouverains.

Quand reviendrez-vous à Paris ? Je vous aimerais
tout autant à l'hôtel de Condé, qu'à la pourfuite du
prince héréditaire.

Vous penferez peut-être un jour, Monfieur,
comme un de vos précurfeurs, homme de qualité,
attaché à un autre grand *Condé*, qu'il fe laffa d'accompagner dans fes dernières campagnes.

Autant que je m'en fouviens, voici de petits vers
qu'il fit en fe retirant dans fes terres. Ces vers font
très-bons pour un militaire, et prouvent du moins
que l'âge amène quelquefois la fageffe.

> Je laiffe mon illuftre maître,
> Infatiable de lauriers ;
> Philofophe, autant qu'on peut l'être,
> Je vais mourir dans mes foyers,
> Où traînant ma faible vieilleffe
> Dont je fens déjà le fardeau,
> J'irai, conduit par la pareffe,
> Occuper mon petit tombeau.

Je fuis las du bruit que vous faites,
Dieu des combats, terrible Mars ;
Et fans tambours et fans trompettes,
Je vais quitter vos étendards
Pour aller dans ma folitude,
Au lieu de foudres entouré,
Commencer ma béatitude
Près de mon paifible curé
Qui, s'en tenant à fon bréviaire,
Doux, charitable, et point cafard,
Ne recommande à tout hafard
Que l'aumône et que la prière, &c. &c.

Vous vous plaignez de votre fanté, Monfieur ; c'eft bien à vous d'en parler à un homme qui attend la mort dans fon lit de douleur, tandis que vous courez la chercher fur des champs de bataille. Dans tous les cas, Monfieur, appelez à votre fecours la bonne philofophie, qui foutient le faible et qui confole le malade.

Mais j'ofe à peine prononcer ce mot de philofophie. Tant de gens font payés pour la craindre et pour la combattre, qu'on ne fait à qui l'on parle. Vous me paraiffez, Monfieur, digne d'en fentir et d'en prouver les avantages. Recevez avec vos bontés ordinaires le fincère hommage du vieux malade.

LETTRE CCXLV.

A M. DAMILAVILLE.

10 d'octobre.

MES frères et maîtres ont donc envoyé leur réponſe à M. de *Schouvalof*. Il eſt plaiſant qu'un ruſſe favoriſe des philoſophes français, et il eſt bien horrible que des français perſécutent ces philoſophes. J'avais déjà aſſuré la cour ruſſe de la reconnaiſſance et des refus de nos ſages.

Mes chers frères, continuez à éclairer le monde que vous devez tant mépriſer. Que de biens on ferait, ſi on s'entendait ! *Jean-Jacques* eût été un *Paul*, s'il n'avait pas mieux aimé être un *Judas*. *Helvétius* a eu le malheur d'avouer un livre qui l'empêchera d'en faire d'utiles : mais j'en reviens toujours à *Jean Meſlier*. Je ne crois pas que rien puiſſe jamais faire plus d'effet que le teſtament d'un prêtre qui demande pardon à DIEU, en mourant, d'avoir trompé les hommes. Son écrit eſt trop long, trop ennuyeux, et même trop révoltant ; mais l'extrait eſt court, et contient tout ce qui mérite d'être lu dans l'original.

Le Sermon des cinquante, attribué à *la Métrie*, à *du Marſais*, à un grand prince, eſt tout-à-fait édifiant. Il y a vingt exemplaires de ces deux opuſcules dans le coin du monde que j'habite. Ils ont fait beaucoup de fruit. Les ſages prêtent l'Evangile aux ſages ; les jeunes gens ſe forment, les eſprits s'éclairent. Quatre ou cinq perſonnes à Verſailles ont de ces exemplaires ſacrés.

facrés. J'en ai attrapé deux pour ma part, et j'en fuis tout-à-fait édifié. Pourquoi la lampe refte-t-elle fous le boiffeau à Paris ? Mes frères, *in hoc non laudo*. Le brave libraire, qui imprime des factums en faveur de l'innocence, ne pourrait-il pas imprimer auffi en faveur de la vérité ?

Quoi ! la *Gazette eccléfiaflique* s'imprimera hardiment, et on ne trouvera perfonne qui fe charge de *Meflier* ? J'ai vu *Wolfton* à Londres vendre chez lui vingt mille exemplaires de fon livre contre les miracles. Les Anglais, vainqueurs dans les quatre parties du monde, font encore les vainqueurs des préjugés ; et nous, nous ne chaffons que des jéfuites, et ne chaffons point les erreurs. Qu'importe d'être empoifonné par frère *Berthier* ou par un janféniste ? Mes frères, écrafez cette canaille. Nous n'avons pas la marine des Anglais, ayons du moins leur raifon. Mes chers frères, c'eft à vous à donner cette raifon à nos pauvres Français.

Thiriot eft parti pour embraffer nos frères. Ne pourrai-je point rendre quelque fervice à ce bon libraire *Marlin* ou *Merlin* ? car je n'ai pu lire fon nom.

J'embraffe mes frères en *Confucius*, en *Platon*, &c. Ah, l'*inf....* !

Je voudrais que mon frère me fît avoir le livre de l'abbé *Houteville*, avec les lettres de l'abbé *Desfontaines* contre l'auteur.

Il eft plaifant de voir le mercure du fermier général *Laugeois* et du cardinal *Dubois*, écrire pour notre fainte religion, et un b..... comme *Desfontaines* écrire contre. Mais enfin, la grâce tire parti de tout.

LETTRE CCXLVI.

A M. LE COMTE D'ARGENTAL.

A Ferney, 10 d'octobre.

MES divins anges, j'ai bien des tribulations ; la première, c'eſt de ne point recevoir de vos nouvelles.

La ſeconde, c'eſt d'avoir vu jouer Caſſandre, d'avoir été glacé de l'évanouiſſement de *Statira*, et d'avoir été obligé de refaire la valeur de deux actes.

La troiſième, c'eſt d'être malade.

La quatrième, c'eſt la belle lettre qu'on m'impute, et que je vous envoie. Je voudrais qu'on en connût l'auteur et qu'il fût pendu. Il y a, dit-on, des perſonnes à Verſailles qui croient ce bel ouvrage de moi, et c'eſt de Verſailles qu'on me l'envoie. Il y a apparemment peu de goût dans ce pays-là ; mais je n'imagine pas qu'on puiſſe m'attribuer long-temps de ſi énormes bêtiſes et de ſi grandes abſurdités. Pour peu qu'on réfléchiſſe, l'impoſſibilité ſaute aux yeux. D'ailleurs, je ſuis accoutumé à la calomnie.

Vous ne m'avez jamais dit ſi vous aviez préſenté ma petite félicitation à M. le comte de *Choiſeul*. J'attends votre réponſe ſur le *Tronchin* qui peut lui être utile, et qui a aſſez de mérite et de bien pour ſe paſſer d'être utile.

Vous penſez bien qu'en refeſant Olimpie, je nai pu ſonger ni à Mariamne ni à Oedipe. Je ne me

porte pas affez bien pour avoir à la fois trois tragédies fur le métier, et une calomnie fur les bras.

1762.

Je vous renouvelle mes tendres refpects.

LETTRE CCXLVII.

AU MEME.

11 d'octobre.

Je reçois la lettre, du 4 d'octobre, de mes divins
anges. Tant mieux que M. le comte de *Choifeul* n'ait
befoin de perfonne; tant mieux que la prife de la
Havane (que nous favions il y a huit jours) ne nuife
point aux négociations de la paix; tant mieux que les
malheurs de la France et de l'Efpagne, qui réunies à la
maifon d'Autriche auraient dû donner la loi à l'Europe, contribuent à cette paix devenue fi néceffaire.

Pour revenir au tripot, M. le maréchal de *Richelieu*
m'a montré un projet de déclaration du roi, enre-
giftrable au parlement, en faveur des comédiens.
J'ai pris la liberté d'y mettre quelques mots qu'il a
approuvés.

Il faut que mes anges n'aient pas reçu en leur
temps les vers qui terminent la tragédie de Zulime,
tels qu'ils ont été en dernier lieu récités dans notre
tripot, et tels qu'ils doivent faire effet à Paris, à
moins qu'on n'ait le diable au corps.

J'ai mandé que nous avions joué Olimpie; j'étais
fouffleur: j'ai jugé, j'ai condamné, j'ai refait, et
tout va bien. Le rôle d'*Olimpie* eft devenu le rôle
principal; cela était abfolument néceffaire.

H h 2

1762. J'ai fait part à mes anges de l'infame tracaſſerie qu'on me fait; je leur ai envoyé la lettre qu'on m'impute. Je ferais bien fâché, pour M. le duc de *Choiſeul*, qu'il m'eût ſoupçonné un moment. Comment, avec le goût et l'eſprit qu'il a, pourrait-il avoir eu un ſi abominable moment de diſtraction ? J'avoue que je voudrais qu'on pût trouver et punir l'auteur de cette coupable impertinence.

Mes anges ne m'ont jamais dit s'ils avaient donné mon petit compliment à M. le comte de *Choiſeul*.

LETTRE CCXLVIII.

A M. DAMILAVILLE.

15 d'octobre.

JE vous ai déjà, mon cher frère, envoyé une lettre importante pour M. d'*Alembert*; en voici une ſeconde : la choſe preſſe; c'eſt une bleſſure qui demande un prompt appareil. Mais comment ſe peut-il faire qu'un billet innocent à vous envoyé, il y a près de cinq mois, ait pu produire une pareille horreur ? tâchez, mes frères, de remonter à la ſource. Vous voyez quels coups on veut porter aux bons citoyens qu'on appelle par dériſion *philoſophes*, et qu'on ne doit nommer ainſi que par reſpect. La calomnie ſerà confondue.

M. le duc de *Choiſeul* m'a écrit quatre pages ſur cette horreur dont il m'a cru coupable. Mais comment m'a-t-il pu ſoupçonner d'une telle bêtiſe, d'une telle folie, de telles expreffions, d'un tel ftyle, lui qui a de l'efprit et du goût ? Le poids des affaires publiques empêche qu'on ne voye avec attention les affaires des particuliers ; on juge rapidement, on juge au hafard, on n'examine rien ; on avale la calomnie comme du vin de Champagne, et on rend fon vin fur le vifage du calomnié. Je fuis pénétré de colère et de douleur. J'envoie à M. le duc de *Choifeul* le duplicata de ma lettre à M. d'*Alembert* ; j'écrirai jufqu'à ce que je fois mort.

Je crois que j'envoyai à mon frère le billet qui a caufé tant de fracas, et produit tant de calomnies ; c'était au mois de mai, ou je fuis fort trompé. A qui l'a-t-on montré ? Ce billet, autant qu'il m'en fouvient, était très-vif et très-innocent ; on l'a brodé d'infamies et d'horreurs.

Recherche et vengeance.

LETTRE CCXLIX.

A M. LE MARQUIS DE CHAUVELIN.

17 d'octobre.

Vous me donnez une furieufe vanité. Que votre Excellence m'écoute. Je fis jouer cette famille d'*Alexandre* le jour que je vous envoyai le quatrième acte ; je m'aperçus que *Statira*, en s'évanouiffant fur le théâtre, tuait la pièce : car pourquoi mourir quand votre fille vous dit qu'elle aime fon mari, et qu'elle l'abandonne pour vous ? Je vis encore clairement que le duel propofé à la fin du troifième

H h 3

devenait ridicule au commencement du quatrième. Je confiai ma critique à M. le maréchal de *Richelieu* qui me dit que ces défauts lui avaient fait la même impreſſion, et qu'il me faudrait ſix mois pour les corriger. Je fus piqué des ſix mois : cette lenteur ne s'accorde pas avec ma manière d'être : je corrigeai en deux jours. Plus de duel à la fin du troiſième acte, mais une ſcène attendriſſante entre la mère et la fille. *Olimpie*, en pleurant, avoue ſon amour.

OLIMPIE.

Hélas, écoutez-moi.

STATIRA.

Que veux-tu ?

OLIMPIE.

Je vous jure,
Par les dieux, par mon nom, par vous, par la nature,
Que je m'en punirai; qu'Olimpie aujourd'hui
Répandra tout ſon ſang plutôt que d'être à lui.
Mon cœur vous eſt connu : Je vous ai dit que j'aime.
Jugez par ma faibleſſe, et par mon aveu même
Si ce cœur eſt à vous, et ſi vous l'emportez
Sur mes ſens éperdus que l'amour a domptés.
Ne conſidérez point ma faibleſſe et mon âge ;
Du ſang dont je naquis je me ſens le courage.
J'ai pu vous offenſer, je ne peux vous trahir,
Et vous me connaîtrez en me voyant mourir.

Remarquons que l'amour d'*Olimpie* avait beſoin d'être plus développé, pour être plus touchant.

N'oublions pas que *Caſſandre*, en revenant, pour la ſeconde fois, pour enlever ſa femme, feſait un mauvais effet, parce qu'on ſuppoſait alors qu'il était

1762.

vainqueur d'*Antigone*, et qu'effectivement il ne l'était pas. Il a donc fallu supprimer tout cela, et mettre en récit son irruption dans le temple, l'effroi, l'évanouissement et la mort de *Statira ;* moyennant ces arrangemens, tout est plus naturel, et rien ne me choque.

Vous voyez que je vous avais deviné ; et voilà ce qui me rend si vain. Reste à rendre *Cassandre* moins odieux, en lui fesant frapper *Statira* uniquement pour sauver son père. Je ne l'ai pas assez dit, et votre critique est excellente.

Pour l'amour emporté de *Cassandre*, qui jure d'enlever sa femme, au troisième acte, et de l'arracher aux dieux et à sa mère, ce morceau a enlevé tous les suffrages, et même le mien ; il est dans la nature, dans la passion, dans le caractère de *Cassandre*. Je ne diffère donc de vous que dans ce seul point : mais je suis bien moins échauffé sur une pièce que sur la reconnaissance que je vous dois. Votre goût m'enchante ; vous ne vous êtes pas rouillé à Turin. Mon Dieu, que je voudrais vous jouer Olimpie ! Madame l'ambassadrice daignerait-elle prendre ce rôle ? elle ferait fondre en larmes. Pourquoi ne pas venir passer huit jours à Ferney ? il n'y a qu'à dire qu'on est malade. Venez, venez ; nous donnerons de belles audiences à vos Excellences. Venez, vous serez reçus comme il faut. La vie est courte ; pourquoi se gêner ? Vous m'avez enthousiasmé.

Mille tendres respects. V.

LETTRE CCL.

A M. LE MARQUIS ALBERGATI CAPACELLI.

A Ferney, 27 d'octobre.

Je craindrais, Monſieur, de vous écrire de l'autre monde, ſi je différais plus long-temps. La journée n'a que vingt-quatre heures ; j'en ſouffre dix-huit, et je ne me porte pas trop bien pendant les ſix autres, malgré le docteur *Tronchin* et le régime le plus ſévère.

Je fais comme les anciens Romains qui donnèrent la comédie pour guérir de la peſte. Mais apparemment que les ſpectacles ne ſont bons que contre la peſte, et ne valent rien contre l'accablement d'un homme de ſoixante et neuf ans ; auſſi, tout mon plaiſir ſe bornera à jouir de celui des autres. J'ai pourtant fait un effort pour écrire deux lettres à notre cher ami, M. *Goldoni.* Je ne ſais où le prendre, je ne ſais où il loge à Paris ; il ne m'a point envoyé ſon adreſſe. Le voilà englouti dans le tourbillon de cette grande ville ; chacun, ſans doute, le veut avoir, et je ſuis perſuadé qu'il n'a pas un moment à lui.

Je voudrais bien que ſon voyage lui fût auſſi utile qu'agréable, et que ma patrie eût la gloire de rendre ſolidement juſtice à ſon mérite.

Pour moi je ne lui pardonnerai pas, s'il ne revient point par Ferney. Je veux abſolument avoir la conſolation de m'entretenir de vous avec lui, avant

que je meure. On dit qu'il eſt auſſi aimable par la
douceur et la faćilité de ſes mœurs, que par ſes
talens.

Je ſuis toujours émerveillé de la bonté qu'ont vos
virtuoſes de traduire la malheureuſe pièce d'Idoménée;
c'eſt bien pis que d'admettre à ſa table un ennuyeux,
parmi des gens d'eſprit; c'eſt aller ſoi-même choiſir
dans ſa cuiſine tout ce qu'il y a de plus mauvais,
et ſe donner la peine de préparer de ſes mains un
fort méchant dîner.

Je n'ai pu, Monſieur, vous envoyer la tragédie
que je vous ai promiſe; mes ſouffrances continuelles
ne m'ont pas permis d'y mettre la dernière main, et
j'ai bien peur qu'elle ne ſoit qu'une eſpèce d'Idoménée.
Si M. *Goldoni* paſſe par chez moi, je la lui donnerai
pour vous. Je vous jure que j'aurai la plus vive
tentation d'accompagner M. *Goldoni* à Bologne; et,
ſi j'étais un peu moins vieux et un peu moins malade,
je ne réſiſterais pas à la tentation. Je ſuis né avec
la paſſion des voyages; vous l'augmentez furieuſement en moi, et cependant il y a huit ans que je
ne ſuis ſorti de l'enceinte de mes montagnes.

Il faut que je ſois un mauvais phyſicien, car
j'avais imaginé que la ceinture des Alpes et du mont
Jura ferait une barrière contre les vents; mais nous
en avons ici d'épouvantables, et la faibleſſe de mon
tempérament ne s'en accommode guère. J'avais déſiré
de finir ma vie dans une entière liberté et dans un
beau climat; je n'ai que la moitié de ce que je
déſirais : cela eſt encore bien honnête. Je crois que
Bologna la graſſa vaut mieux que le pays de Gex,
mais je crois ſurtout que vous l'embelliſſez. Votre

goût pour la littérature, vos fpectacles, vos fêtes, doivent attirer chez vous la meilleure compagnie d'Italie. Vous êtes à la fois auteur et protecteur : *Mécène* n'avait qu'un de vos avantages. Vous ne fauriez croire, Monfieur, à quel point je vous révère ; j'ofe encore ajouter que je prends la liberté de vous aimer de tout mon cœur. Jouiffez long-temps de votre confidération, de votre fortune, de votre mérite et de vos plaifirs ; ce font les vœux de votre ferviteur le plus fincère et le plus tendre. *V.*

LETTRE CCLI.

A M. DAMILAVILLE.

Octobre.

IL eft heureux que M. *Mariette* n'ait pas encore imprimé fa requête au confeil. C'eft fur cette requête qu'on jugera. Les erreurs où M. de *Beaumont* peut être tombé feront rectifiées dans le mémoire juridique de M. *Mariette*.

La plus importante de ces erreurs, et peut-être la feule importante, eft celle où M. de *Beaumont*, page 11, dit qu'à l'hôtel de ville il n'y eut point de ferment prêté. Il ne faut pas, fans doute, donner lieu aux juges de Touloufe de demander raifon d'une fauffe imputation, et de faire voir que les accufés, ayant prêté ferment, fe font parjurés, et furtout de dire que ce parjure eft une des chofes qui peuvent juftifier leur arrêt rigoureux.

Il faut avouer que ce concert , cette unanimité des *Calas* à dire fous ferment que *Marc-Antoine* a été trouvé étendu fur le plancher , tandis qu'en effet *Marc-Antoine* a été étranglé , eft l'unique prétexte qui puiffe en quelque forte excufer l'arrêt du parlement de Touloufe. C'eft ce menfonge qui a fait croire que *Marc-Antoine* avaït été étranglé par fa famille ; c'eft ce menfonge qui a fait paffer le mort pour un martyr , et qui lui a fait décerner trois pompes funèbres. Voilà ce qui a mené *Jean Calas* au fupplice. Il ne faut donc pas à ce menfonge funefte en ajouter un nouveau qui pourrait faire fuccomber l'innocence dans la révifion du procès.

M. *Mariette* eft prié de confulter le mémoire de *Donat Calas* , et la déclaration de *Pierre Calas* , page 23 : *Mon père , dans l'excès de fa douleur , me dit : Ne vas pas répandre le bruit que ton frère s'eft défait lui-même ; fauve au moins l'honneur de ta miférable famille.*

Il eft effentiel de rapporter ces paroles ; il l'eft de faire voir que le menfonge , en ce cas , eft une piété paternelle ; que nul homme n'eft obligé de s'accufer foi-même , ni d'accufer fon fils ; que l'on n'eft point cenfé faire un faux ferment quand , après avoir prêté ferment en juftice , on n'avoue pas d'abord ce qu'on avoue enfuite ; que jamais on n'a fait un crime à un accufé de ne pas faire au premier moment les aveux néceffaires ; qu'enfin les *Calas* n'ont fait que ce qu'ils ont dû faire. Ils ont commencé par vouloir défendre la mémoire du mort , et ils ont fini par fe défendre eux-mêmes. Il n'y a dans ce procédé rien que de naturel et d'équitable. Les autres erreurs font peu de chofe ; mais il eft toujours bon que M. *Mariette* en foit inftruit, afin qu'il n'y ait rien dans fa requête juridique qui ne foit dans l'exacte vérité.

Au refte, il eft fort étrange que madame *Calas* et M. *Lavaiffe* aient laiffé fubfifter, dans le factum de M. de *Beaumont*, une méprife fi préjudiciable.

LETTRE CCLII.

A M. LE MARQUIS DE CHAUVELIN.

Aux Délices, 1 de novembre.

PUISQUE votre Excellence aime notre tripot à ce point, puifqu'elle fe prête avec tant de bonté à nos tragiques bagatelles, voici la fcène qui finit l'acte troifième, et voici tout le quatrième acte. Il n'y a plus, à la vérité, tant de fracas à la fin de cet acte quatrième. C'eft un beau fujet de tableau qu'une femme mourante, fa fille à fes pieds, un amant furieux venant enlever cette fille qui le repouffe, l'amant faifi d'horreur et de pitié, tous les affiftans empreffés, &c. C'eft même pour parvenir à produire ce tableau fur la fcène que j'avais arrangé toute la pièce; mais il eft impoffible que cette fituation fubfifte. Je me fuis aperçu que *Statira* n'était là qu'un trouble-fête. Elle venait après une fcène intéreffante des deux amans, on fouhaitait qu'elle pardonnât; mais au contraire elle fe réjouiffait avec fa fille de ce qu'on allait tuer fon amant, elle s'évanouiffait quand fa fille lui repréfentait qu'une religieufe ne

devait pas être fi vindicative ; alors *Statira* devenait
prefque odieufe, et fa mort était très-froide. Ainfi 1762.
tout ce fpectacle, préparé pour émouvoir, ne fefait
qu'un effet ridicule. De plus, le retour de *Caffandre*
auprès d'*Olimpie* n'était pas vraifemblable. Pourquoi
quitter le combat ? comment *Antigone* ne le fuivait-il
pas ? Mille raifons enfin concouraient pour faire
fupprimer une fituation qui, belle en elle-même,
était très-mal placée.

Nous venons de jouer le Droit du feigneur, avec
un prodigieux fuccès, pour le pays de Gex. Mais
quel pays au mois de novembre ! et que mes montagnes font vilaines en hiver, quand on ne joue pas
la comédie !

Je ne renverrai à mes anges d'*Argental* notre
Olimpie (vos bontés la font nôtre) que quand vous
et moi ferons contens. Je trouve que cette pièce eft
comme la paix ; elle me paraiffait faite, et à mefure
qu'on avance elle eft difficile à faire. Je fupputais
hier avec des anglais qu'ils doivent plus de livres
tournois qu'il n'y a de minutes depuis la création du
monde, et je crois que nous autres français nous
ne nous éloignons pas trop de ce compte.

Notre troupe fe profterne devant vos Excellences,
et moi je joins la plus tendre reconnaiffance à mon
refpect.

LETTRE CCLIII.

A M. DAMILAVILLE.

3 de novembre.

MON cher frère, je fuis toujours émerveillé que trois vingtièmes ne vous dérobent ni à la philofophie ni à la littérature. Il me femble que cela fait honneur à l'efprit humain. Sera-t-il dit que je mourrai fans vous avoir vu dans ma retraite avec le cher frère *Thiriot* et l'illuftre frère *Diderot* ?

Voici une lettre pour un digne frère (*); ce n'eft pas un *Omer :* je vous fupplie de la faire tenir. Que DIEU nous donne des procureurs généraux qui reffemblent à celui-là !

Notre cher frère faura qu'on eft honteux fur cette méprife de cette belle lettre anglaife. J'ai bien crié, et je le devais. Il n'eft pas mal de mettre une bonne fois le miniftère en garde contre les calomnies dont on affuble les gens de lettres.

Je ne fais point encore les conditions de la paix; mais qu'importent les conditions ? on ne peut trop l'acheter.

L'affaire des *Calas* n'avance point; elle eft comme la paix. Puiffions-nous avoir pour nos étrennes de 1763 un bon arrêt et un bon traité ! mais tout cela eft fort rare. Pourfuivez l'*inf....* je ne fais point de traité avec elle.

Et frère *Thiriot* où dort-il ? *Valete , fratres.*

(*) M. de *la Chalotais.*

LETTRE CCLIV.

A M. DE LA CHALOTAIS.

Le 3 de novembre.

Vous donnerez, fans doute, Monfieur, un *Plan d'éducation* digne de vos excellens mémoires qui ont fervi à détruire ceux qui donnaient une affez méchante éducation à notre jeuneffe. Plût à Dieu que vous vouluffiez y mêler quelques leçons pour ceux qui fe croient hommes faits. Ce font de terribles enfans que des gens qui, avec de la barbe au menton, payent à un prêtre italien la première année du revenu des terres que le roi leur donne en France ; et qui, avec cela, difent qu'on leur fait tort quand on ne les laiffe pas les maîtres abfolus de tout. Vous êtes procureur général d'une province où un italien donne encore des bénéfices. Les Anglais ont été long-temps plus imbécilles que nous, il eft vrai ; mais voyez comme ils fe font corrigés. Ils n'ont plus de moines ni de couvens, mais ils ont des flottes victorieufes ; leur clergé fait de bons livres et des enfans ; leurs payfans ont rendu fertiles des terres qui ne l'étaient pas ; leur commerce embraffe le monde, et leurs philofophes nous ont appris des vérités dont nous ne nous doutions pas. J'avoue que je fuis jaloux quand je jette les yeux fur l'Angleterre.

Vous avez rendu, Monfieur, à la nation un fervice effentiel, en l'éclairant fur les jéfuites. Vous avez démontré que des émiffaires du pape, étrangers dans leur patrie, n'étaient pas faits pour inftruire notre jeuneffe. Vous penfez qu'il vaut mieux qu'un jeune homme apprenne de bonne heure les quatre maximes fondamentales de l'année 1682, que de favoir par cœur des vers de *Jean Defpautère*. En un mot, je fuis perfuadé que vous faurez mêler, avec votre habileté ordinaire, dans votre plan d'éducation bien des chofes qui ferviront à l'inftruction de l'âge mûr. Le fiècle du gland eft paffé; vous donnerez du pain aux hommes. Quelques fuperftitieux regretteront encore le gland qui leur convient fi bien; et le refte de la nation fera nourri par vous.

|C'eft une belle époque que l'aboliffement des jéfuites; j'oferais dire avec *Horace* :

Quid te exempta juvat fpinis è pluribus una.

On me répondra que, de toutes les épines, c'était la plus pointue et la plus embarraffante, et qu'il faut commencer par l'arracher; je répliquerai :

Perge quo cœpifti pede.

La raifon fait de grands progrès parmi nous; mais gare qu'un jour le janfénifme ne faffe autant de mal que les jéfuites en ont fait. Que me fervirait d'être délivré des renards, fi on me livrait aux loups? DIEU nous donne beaucoup de procureurs généraux qui aient, s'il eft poffible, votre éloquence et votre philofophie! Je remarque que la philofophie eft prefque toujours venue à Paris des contrées feptentrionales; en récompenfe, Paris leur a toujours envoyé des modes.

J'oubliais

J'oubliais de vous parler, Monfieur, du procès de
mes huguenots. Fuffent-ils mahométans, vous leur
donneriez gain de caufe, s'ils avaient raifon.

Permettez, Monfieur, que je vous renouvelle les
fincères proteftations de mon eftime et de mon refpect.

VOLTAIRE.

LETTRE CCLV.

A M. LE COMTE D'ARGENTAL.

A Ferney, novembre.

Mon cher ange, il eft bien jufte que M. le comte
de *Choifeul* ait la confolation de vous tenir à Fon-
tainebleau. Je m'imagine que votre efprit conciliant
ne nuira pas à l'œuvre de la paix. Je vois bien des
anglais qui n'en veulent point; mais ils ne fongent
point que leur gouvernement doit plus de livres
tournois qu'il n'y a de minutes depuis la création.
J'en fefais le compte avec eux, ces jours-ci, et il
s'eft trouvé jufte.

Que M. le comte de *Choifeul* fe garde bien de
perdre un temps précieux à écrire à une marmotte
des Alpes; c'eft bien affez qu'il foit content de mes
fentimens, et qu'il ait la bonté de m'en affurer
par vous.

Je ne fais plus où j'en fuis pour Mariamne; je
n'ai point ici votre lettre où vous me parliez de
quelques changemens; je me fouviens feulement que
vous me difiez que le fecond acte n'était pas fini.
Cependant *Mariamne* fort pour aller *confulter* DIEU,

l'honneur et le devoir : n'eft-ce pas une raifon de fortir quand on a de telles confultations à faire ? et ne voilà-t-il pas l'acte fini ? Vous parliez, mon divin ange, de diftributions de rôles ; je ne m'en fouviens plus : tous mes papiers font entaffés aux Délices que M. le duc de *Villars* occupe ; mais voici mon blanc feing tragique, que vous ferez remplir comme il vous plaira, et que vous appuierez de votre protection.

Nous ne fefons pas comme vous ; nous allons rejouer le Droit du feigneur. Je vous avertis que je joue le bailli, et le grand-prêtre dans Sémiramis, et que je fuis fort claqué.

Pour Olimpie, vous l'aurez quand vous voudrez : mon ouvrage des fix jours eft devenu un ouvrage d'un an. Cette maudite opiniâtreté de vouloir faire évanouir *Statira* fur le théâtre, m'avait écarté de la bonne voie. J'y ai mis tous mes foins et tout mon petit favoir-faire.

Je ne me confole point de ce que *Zulime* n'a point dit : *J'en fuis indigne ;* mais ce qui fait ma vraie tribulation, c'eft que M. le duc de *Choifeul* m'a cru l'auteur de cette belle rapfodie anglaife, c'eft qu'il me l'a écrit (avec bonté il eft vrai), mais cette bonté eft affreufe. J'en ai été outré, et je lui ai dit bien des injures qu'il mérite. Il faut abfolument que M. le comte de *Choifeul* le gronde.

Il eft vrai que M. le duc de *Richelieu* fe porte fort bien, et qu'il en a donné de belles preuves ; mais, de moi, ce n'eft pas de même ; de vingt-quatre heures j'en fouffre dix-huit, je griffonne les fix autres, et je vous aime tous les momens de ma vie. *V.*

LETTRE CCLVI.

AU MEME.

A Ferney, 10 de novembre.

Vive le roi et M. le duc de Praſlin!

M ON divin ange, quoique nos Suiſſes *vendent leur ſang à qui veut le payer*, quoique les Génevois n'aiment pas la France paſſionnément, quoique notre petit pays de Gex ſoit ſéparé du reſte du monde, cependant je ne vois que des gens enthouſiaſmés de la paix, et je n'entends que des cris de joie.

Je vous prie de vouloir bien donner à M. le duc de *Praſlin* ces trois mots que je prends la liberté de lui écrire. Il y a ſoixante et quatre ans qu'un marquis de *Praſlin*, que je peindrais, avait beaucoup de bonté pour moi; cela m'a été d'un bon augure.

Voici le temps des plaiſirs et des ſpectacles. Il y avait une plaiſante dédicace à deux ſeigneurs de *Praſlin*, qu'on devait mettre à la tête du Droit du ſeigneur, comédie de *Jodelle*, du temps d'*Henri II*, rajuſtée depuis peu au théâtre par un quidam.

Nous avons joué depuis peu le Droit du ſeigneur, avec tout le ſuccès poſſible, à Ferney. Mademoiſelle *Corneille* a joué *Colette* ſupérieurement; elle avait une cabale contre elle, la cabale a été forcée de battre des mains.

Je ſoupçonne que M. de *Chauvelin* vous a envoyé, de Turin, une fin du troiſième acte de Caſſandre,

1762.

et le quatrième tout entier ; je ne voulais pas vous envoyer la pièce par morceaux ; j'attendais vos ordres angéliques, pour vous faire parvenir la pièce entière : mais ce que M. de *Chauvelin* aura fait, fera bien fait.

Il y a un confeiller au parlement de Touloufe, qui vient, je crois, à Paris pour rendre juftice à l'innocence des *Calas*, et gloire à la vérité. Il y a de belles ames ; celle-là fera bien digne de connaître la vôtre.

Je vous embraffe avec les plus tendres refpects, et je me mets aux pieds de madame d'*Argental*.

LETTRE CCLVII.

AU MEME.

21 de novembre.

O MES ANGES,

N'AVEZ-VOUS jamais vu un miniftre donner audience, écouter cent affaires, et ne fe foucier d'aucune ? n'avez-vous jamais vu un avocat plaider trois ou quatre caufes fans s'en mettre en peine, et les juges prononcer fans les entendre ? Vous croyez donc qu'il en eft de même de votre créature des Alpes ? Il me faut à la fois faire imprimer, revoir, corriger une Hiftoire générale, une Hiftoire de *Pierre le grand* ou *le cruel*, et *Corneille* avec fes commentaires ; et paffer de cet abyme à une tragédie. Le tripot, le tripot doit l'emporter, j'en conviens ; mais, encore une fois, je n'ai qu'une ame logée dans un chétif corps ufé, fec et fouffrant. J'avais mis

votre Olimpie en féqueftre, afin de la revoir avec
un œil fain et frais. Il était néceffaire de laiffer
tomber les groffes taies que l'enthoufiafme étend
fur les prunelles d'un auteur, dans la première ivreffe
d'une compofition rapide. Je vous donnerai votre
Olimpie pour votre carême ; c'eft un temps tout-
à-fait facerdotal et digne d'une pièce dont l'action
fe paffe dans un couvent. L'opéra comique célèbrera
gaiement, au commencement de l'hiver, les plaifirs
de la paix, et Paris aura mon grave hiérophante
pour fa quadragéfime. Ne trouvez-vous pas cet
arrangement tout-à-fait convenable ? Puifque je fuis
à préfent enfoncé dans l'hiftorique, permettez-moi
de vous demander fimplement le fecret de l'Etat, qui
eft le fecret de la comédie. Les Efpagnols cèdent-ils
bien réellement la Floride ? la chofe m'intéreffe. Une
famille fuiffe, qui m'eft très-recommandée, veut aller
s'établir dans ce pays-là, et ne veut point vendre
fon petit fonds helvétique fans être fûre de fon fait.
Ne négligez pas, je vous en prie, ma queftion ; elle
peut être hafardée, mais elle eft charitable, et vous
êtes anges du temporel comme du fpirituel. Avez-
vous à Paris M. de *la Marche* ? c'eft encore un point
dont je vous fupplie de m'inftruire.

Le philofophe époufeur arrivera donc. Nous
requinquerons *Cornélie - chiffon*, nous la parerons.
Elle prétend qu'elle pourra favoir un peu d'orthographe : c'eft déjà quelque chofe pour un philofophe.
Enfin, nous ferons comme nous pourrons ; ces
aventures-là s'arrangent toujours d'elles-mêmes : il
y a une providence pour les filles.

J'avais bien deviné que M. de *Chauvelin* m'avait

trahi. Vous vous entendez comme larrons en foire.
Il a, fans doute, beaucoup d'efprit et de goût. Plus
vous en avez, mes chers anges, plus vous fentez
combien une tragédie eft une œuvre difficile, furtout
quand le goût du public eft ufé.

Je voudrais bien que M. le duc de *Bedfort* vît
Tancrède, et qu'il foufcrivît pour mademoifelle
Corneille.

Zulime eft *de mediocribus.*

Mille tendres refpects.

LETTRE CCLVIII.

A M. DE CHAUVELIN.

A Ferney, 22 de novembre.

BÉNIES foient vos Excellences qui aiment notre
tripot, et qui l'aiment au point de vouloir bien
payer un port exorbitant pour une pièce médiocre.
Le titre en eft beau, je l'avoue ; mais je tiens avec
vous, Monfieur l'ambaffadeur, qu'il vaut mieux être
poffeffeur de madame de *Chauvelin*, que d'avoir le
droit des prémices de toutes les filles de village.

Quand vous ferez bien las de cette comédie, ne
pourriez-vous pas l'envoyer à M. d'*Argental*, fous
l'enveloppe de M. le duc de *Praflin* ? Il pourra,
en qualité d'amateur du tripot, fe donner l'amufe-
ment de la faire jouer, pour divertir les anglais qui
font à Paris.

Vous êtes un vrai miniftre. Vous avez vîte envoyé
à M. d'*Argental* certain quatrième acte tragique,

fans m'en rien dire ; mais je m'en fuis bien douté ,
et je vous jure que je vous ai pardonné ce tour de
tout mon cœur. Je fens bien qu'il ferait bon que
ce quatrième acte fût auffi plein de fracas que les
autres ; je veux laiffer repofer quelque temps la pièce
et moi. Les chofes ont fouvent befoin d'être quittées
pour être fenties. Vous avez un goût infini ; je fuis
auffi charmé de vos judicieufes réflexions que de vos
bontés. Si j'avais autant de génie que vous avez de
lumières , je vous affure qu'on verrait beau jeu.
Mais avouez que le rôle d'*Olimpie* ferait un effet
merveilleux dans la bouche de madame l'ambaffadrice , à Ferney. Vous m'avez promis de revenir à la
paix ; la voilà faite. Quand ferons-nous venir les
violons pour l'orcheftre ? pafferez-vous votre vie à
Turin ? Vos amis de Paris n'auront point de repos
s'ils ne vous revoient. La fociété de ce pays-là a
befoin de vous ; vous en faites le charme , et il faut
furtout que vous aidiez au bon goût à fe maintenir:
on dit qu'il va un peu en décadence. Vous me
réchaufferez en paffant. Je crois que je fuis à préfent
le feul vieillard qui faffe des tragédies et qui plante.
Je vous donne rendez-vous au printemps , moi, mes
arbres et mon théâtre. S'il me vient quelques idées
bien tragiques , cet hiver , je vous confulterai fur le
champ ; mais à préfent c'eft le quartier de l'hiftoire.
Je m'amufe à peindre les fottifes des hommes , et je
vais jufqu'à l'année préfente ; la matière eft abon-
dante. Adieu , Monfieur; confervez-moi des bontés
qui font la confolation de ma vieilleffe dans ma
retraite , et de mes travaux. Je me mets aux pieds
de madame l'ambaffadrice. *V.*

LETTRE CCLIX.

A M. DAMILAVILLE.

28 de novembre.

SALUT à mes frères en DIEU et en la Nature.

Je prie mon frère *Thiriot* de m'aider dans mes besoins et de m'envoyer la meilleure histoire du Languedoc; cela ne sera peut-être pas inutile aux *Calas*, et pourra produire un écrit intéressant.

On a fini par se moquer de moi de ce que j'avais pris tant à cœur la tracasserie de la lettre; mais si je n'avais pas tant crié, on aurait peut-être crié contre moi. Il n'est pas mal de couper une tête de l'hydre de la calomnie dès qu'on en trouve une qui remue.

Je vous remercie, mon cher frère, de l'ouvrage odieux que je vous avais demandé, et dont j'ai reçu le premier volume. Je ne l'avais parcouru autrefois qu'avec mépris, je ne le lis aujourd'hui qu'avec horreur. Ce scélérat hypocrite (*) appelle, dans sa préface, la tolérance, *système monstrueux*. Je ne connais de monstrueux que le livre de ce misérable, et sa conduite digne de son livre. Notre frère *Thiriot* l'a vu autrefois m... chez *Laugeois;* je l'ai vu depuis secrétaire d'un athée, et il a fini par être l'avocat bavard de la superstition. On m'a dit que son détestable livre avait du crédit en sorbonne; c'est de quoi je ne

(*) L'abbé *Houtteville*, auteur du livre intitulé : *La vérité de la religion chrétienne, prouvée par les faits.*

fuis pas furpris. Je me flatte au moins que ceux de
mes frères qui travaillent à éclairer le genre-humain,
dans l'*Encyclopédie* , nous donneront des antidotes
contre tous les poifons affoupiffans que tant de
charlatans ne ceffent de nous préfenter. J'achèverai
ma vie dans la douce efpérance qu'un jour un de
nos dignes frères écrafera l'hydre. C'eft le plus
grand fervjce qu'il puiffe rendre au genre-humain :
tous les êtres penfans le béniront.

Continuez, mon cher frère, à égayer la trifteffe
de votre emploi, et à vous foutenir par là folidité
de la philofophie.

Felix qui potuit rerum cognofcere caufas !

Quoique je ne m'intéreffe guère aux chofes de ce
monde, je ferais pourtant curieux de favoir ce qu'eft
devenu le procès criminel du fieur *Bigot*. On difait
que le peuple aurait la confolation de voir pendre
un intendant , mais je n'en crois rien.

Il me paraît que frère *Thiriot* a renoncé à la
philofophie active. Il a raifon de faire grand cas
du dîner et du dormir ; ce font deux fort bonnes
chofes ; mais il faut trouver à fon réveil quelques
quarts d'heure pour fes amis.

J'envoie à *Efculape-Tronchin* le mémoire à confulter;
mais fongez que j'ai chez moi un parent de vingt et
un ans, auquel *Efculape* fit ouvrir la cuiffe, il y a
deux ans, et qui fuppure depuis ce temps-là , fans
pouvoir fe remuer. Il eft difficile de guérir de loin,
quand on eftropie de près. *Tronchin* eft affurément
un grand médecin , mais la médecine eft fouvent
bien dangereufe.

Voulez-vous bien faire parvenir ces deux saintes épîtres à nos frères d'*Alembert* et *Saurin*. J'embraffe en *Platon*, en *Diagoras*, notre grand frère *Diderot*.

LETTRE CCLX.

AU MEME.

Le 30 de novembre.

MON frère, j'ai auffi *prouvé par les faits*, et j'efpère que ces faits, rapportés avec fidélité dans l'Effai fur l'hiftoire générale, feront plus d'impreffion fur les efprits bien faits que les déteftables fophifmes du m.... *Houteville*, de l'académie françaife. Ces faits font deviner au lecteur bien des vérités qu'on n'oferait lui dire. Les hommes s'attachent plus aux vérités qu'ils croient avoir découvertes, qu'à celles qu'on leur a enfeignées. Cette feconde édition pourra faire du bien; elle eft augmentée de plus d'un tiers, et elle eft de deux tiers plus hardie. Je vous l'enverrai dès qu'elle fera finie.

Voici, en attendant, un petit article de la lettre *M*, d'un dictionnaire que j'avais fait pour mon ufage; je le foumets au grand frère *Diderot*. Ne pourrai-je point avoir quelque article manufcrit du *Dictionnaire encyclopédique* ? *Nardi parvus onix eliciat cadum* !

Je fus bien indigné des articles *Ame* et *Enfer*, du premier volume; et c'eft cet article *Ame*, cet article fottement théologique, qu'un *Omer* accufe de matérialifme. Que ces abfurdités me mettent en colère ! mais, patience; il faut que la raifon foit paifible.

Frère *Thiriot* m'avait promis de me faire avoir les

Dialogues de cet imbécille St *Grégoire le grand;* c'eſt ——
un monument de bêtiſe que je veux avoir dans ma 1762.
bibliothéque. *Thiriot* m'abandonne.

J'embraſſe mes frères. Renvoyez-moi *M*, quand
les frères l'auront lu.

LETTRE CCLXI.

AU MEME.

6 de décembre.

M E s frères, les *Penſées tirées des objections diverſes, &c.*
ſont un excellent ouvrage. Il faut en tirer quelques exemplaires pour les ſages ; mais je crois que
rien ne fera jamais plus d'impreſſion que le livret de
Meſlier. Songez de quel poids eſt le témoignage d'un
mourant et d'un prêtre homme de bien. On dit
qu'il paraîtra quelque choſe à l'occaſion des *Calas*
et des pénitens blancs, mais qu'on attendra que la
réviſion ait été jugée.

Le docteur *Tronchin* m'a enfin mandé qu'il n'y
avait point de guériſon pour le petit enfant à qui
mon frère s'intéreſſe; je ſouhaite que le docteur ſe
trompe.

Qu'eſt-ce donc que ce drôle de fou qui traite le
public comme *Ajax* traitait ſes moutons , et qui
tombe ſur lui en furieux ? il a donc fait une tragédie
d'*Ajax*? l'a-t-on mis aux petites-maiſons ? comment
ſe nomme-t-il ?

Eſt-il vrai qu'*Elie de Beaumont* eſt très-courroucé
de voir la famille de *Loyſeau* dans ſa moiſſon ? Mon

—— cher frère , s'il est vrai, calmez ses douleurs. Repré-
1762. sentez-lui que , dans une affaire telle que celle des
Calas , il est bon que plusieurs voix s'élèvent ; c'est
un concert d'ames vertueuses. Il s'agit de venger
l'humanité , et non de disputer un peu de renommée.
Il y aura place pour *Beaumont* et pour *Loyseau* dans
le temple de la gloire et de la vertu, et aucun
d'eux n'entrera dans la caverne de l'envie.

J'embrasse mon frère et mes frères.

P. S. Il y a un enfant qui se dit petit-neveu de
Corneille. Il demeure chez M. *Noël* , maître de pension ,
faubourg Saint-Marceau. Son nom est *Vannier.* Il
demande un exemplaire de *Corneille ;* cela est assurément bien juste. Je prie très-instamment mon frère
de lui faire passer ce petit billet.

LETTRE CCLXII.

A M. LE COMTE D'ARGENTAL.

10 de décembre.

MES divins anges, vous avez beau faire, on ne
commande point au diable ; les sorciers seuls ont ce
privilége, et c'est le diable qui me commande. Il
s'empara de moi, il y a bientôt dix-huit mois, et
me fit faire, en six jours, la sottise que vous savez.
J'étais ivre de mon ouvrage au septième; mais l'âge
m'a rendu un peu défiant, et surtout je me défie de
moi-même. Mes chers anges, je vous parlais
d'attendre au carême; à présent je vous supplie de

remettre à Pâques. Plus on attend, plus valent les tragédies. Vous ne chomerez point cet hiver. Vous avez Eponine dont on dit beaucoup de bien. Il y a force tragédies, force comédies ; vous aurez le plaifir de voir des fuccès et des chutes. Souffrez que, cet hiver, je me donne tout entier à mon paradis de Ferney, au czar *Pierre*, à *Corneille*, à l'Hiftoire générale; quand j'aurai fait tout cela, et que ma tête fera libre, alors vous aurez tant de vers qu'il vous plaira. Sachez de plus, ô anges ! qu'il y a fur le métier un ouvrage à l'occafion des *Calas*, qui pourrait être de quelque utilité, à ce que difent les bons cœurs, et pour lequel on vous demandera votre fuffrage et votre protection.

Je vous remercie hiftoriquement de m'avoir confirmé la ceffion de la Floride. Quelle honte ! quelle guerre ! les miniftères de *Philippe III* et de *Philippe IV* ne fe conduifirent pas plus miférablement que les Efpagnols d'aujourd'hui.

Oh, que votre aimable duc de *Praflin* a bien fait de finir tant de pauvretés ! il a rendu fervice au genre-humain, et furtout aux Français. Je me foucie très-peu du Canada, je ne l'ai jamais aimé ; mais la paix nous devenait néceffaire comme le manger et le dormir. Je l'en remercie encore, et je fuis enchanté que ce foit votre ami qui ait fait une fi bonne œuvre.

Vous me dites toujours que je ne réponds point aux chefs d'accufation que je me fais fur Zulime, fur Mariamne. Je reverrai Mariamne et Zulime quand je retrouverai ma tête, j'entends ma tête poëtique. A préfent je fuis tout profe ; me voilà cunctateur. Attendons : Zulime, Mariamne, Olimpie, tout cela viendra fi je vis. Savez-vous que je fuis bien vieux. Le duc de *Villars*, quoique plus jeune, eft plus vieux que moi ; il a des convulfions de Saint-Médard, à le faire canonifer par les janféniftes. Il fouffre héroïquement, il a dans les maux plus de courage que fon père. Il y a bien des fortes de courage.

LETTRE CCLXIII.

AU MEME.

Ferney, 13 de décembre.

O Mes anges ! l'époufeur eft arrivé : c'eft un demi-philofophe. Il n'a rien pour le préfent, mais il y a quelque apparence qu'il aura mademoifelle *Corneille*, et que mademoifelle *Corneille* aura plus que je ne vous avais dit. La terre qui doit revenir au philo-fophe eft dans la Breffe, dans mon voifinage : tout quadre à merveille. Le père ne donnera probablement à fon fils que fon approbation, et peu d'argent ; on y fuppléera comme on pourra. Il eft affez plaifant que je marie une nièce de *Corneille* ; c'eft une plai-fanterie que j'aime beaucoup.

Le demi-philofophe n'eft point effarouché que la future ait fait peu de progrès dans la mufique, dans la danfe, et autres beaux arts ; il ne danfe, ni ne chante, ni ne joue : il eft pour la converfation, et il veut penfer.

Je penfe qu'il conviendrait que M. le duc de *Choifeul* ne réformât pas la compagnie du futur ; il ne faut pas donner ce dégoût à *Cinna;* ce ferait un trifte —— préfent de noces ; il eft bon d'ailleurs de conferver 1762. des officiers qui ne font pas des petits-maîtres.

Ma famille fuiffe, dont je vous avais parlé, va partir pour la Floride. C'eft le plus beau des climats; l'inquifition va en être bannie. Si je n'étais pas à Ferney, il me femble que j'irais à la Floride.

Confervez vos bontés à qui vous adore. *V.*

LETTRE CCLXIV.

A M. DAMILAVILLE.

13 de décembre.

O Mon cher frère, vous faites une action digne des beaux fiècles de la philofophie. Je vous remercie au nom de la vérité et au mien. J'ai fait, fur le champ, tranfcrire votre écrit qui m'enchante autant qu'il m'honore ; je vous renvoie le mien qui fera bien honoré d'être à côté du vôtre : il eft mieux qu'il n'était, parce qu'il eft conforme à vos remarques, autant que je l'ai pu. On m'affure que l'impertinent ouvrage que vous daignez réfuter, et qui peut en impofer aux ignorans, eft de la façon de *Patouillet* et de *Caveirac* ; j'ai cru y reconnaître le ftyle de l'abominable auteur de l'*Apologie de la Saint-Barthelemi.* Il eft jufte que de mon côté je ferve un peu la philofophie et les frères. Je vais inférer dans l'Hiftoire générale un chapitre fur les gens de lettres et fur l'*Encyclopédie* ; il fera fait de façon qu'*Omer-Fleuri* en rougira, et ne pourra ni fe fâcher ni nuire.

1762.

Le mémoire de *Loyfeau* vient fort bien après les autres : ce font trois batteries de canon qui battent la perfécution en brèche. Je crois vous avoir déjà mandé qu'il paraîtrait en fon temps, à l'occafion des *Calas* , un écrit fur la tolérance *prouvée par les faits.* O mes frères, combattons l'*inf...* jufqu'au dernier foupir. Frère *Thiriot* eft du nombre des tièdes ; il faut fecouer fon ame. Je n'ai reçu que douze lignes de lui, depuis qu'il dort à Paris.

Joue-t-on encore Eponine? l'opéra comique foutient-il toujours la gloire de la France ? *Ecr. l'inf.*

LETTRE CCLXV.

·A M. ELIE DE BEAUMONT.

A Ferney , le 19 de décembre.

C'EST une belle époque , Monfieur, dans les courtes archives de la raifon humaine , que votre empreffement généreux et celui de vos confrères à protéger l'innocence opprimée par le fanatifme. Perfonne ne s'eft plus fignalé que vous. Non-feulement vous êtes le premier qui ayez écrit en faveur des *Calas* , mais votre mémoire , étant figné de quatorze avocats , devient une efpèce de jugement authentique dont l'arrêt du confeil ne pourra guère s'écarter. M. *Mariette* a travaillé judiciairement pour le confeil ; et M. *Loyfeau* , en s'exerçant fur la même matière , rend un nouveau témoignage à la bonté de la caufe et à votre générofité. Tout ce que j'ai

lu

lu de vous me rend déjà précieux tout ce que vous voudrez bien m'envoyer. Vous joignez la philofophie à la jurifprudence, et vous ne plaiderez jamais que pour la raifon.

Je fuis enchanté que vous foyez lié avec M. de *Cideville ;* fon ancienne amitié pour moi me donnera de nouveaux droits fur la vôtre. Je préfente mes refpects à madame de *Beaumont*, et je vous jure que je vous donne toujours la préférence fur les autres *Beaumont*, fuffent-ils papes.

LETTRE CCLXVI.

A M. LE COMTE DE SCHOUVALOF.

A Ferney, 19 de décembre.

Enfin donc, Monfieur, j'aurai la confolation de ne point mourir fans avoir eu l'honneur de vous voir. J'étais fort malade quand j'ai reçu, par M. le prince *Galitzin*, les douces efpérances que vous m'avez données. Je vous ai déjà dit, je crois, ou du moins j'ai dû vous dire que vous êtes, pour les arts de l'efprit et de l'agrément, ce que *Pierre le grand* a été pour la police de fon empire ; la différence fera que vous voyagerez chez les nations étrangères avec plus de connaiffance et de goût que vous n'en trouverez peut-être dans la plupart des pays que vous verrez. Je me flatte, Monfieur, que vous aurez la bonté de m'informer du temps de votre départ. Vous pafferez, fans doute, par l'Allemagne et par

Correfp. générale. Tome VI. K k

1762. Genève pour aller en France ; vous verrez tantôt des cours brillantes, et tantôt des hermitages ruſti- ques. Je ſuis dans le dernier cas : vous ne verrez en moi qu'un philoſophe champêtre ; vous paſſerez de la magnificence à la ſimplicité ; mais ſongez que c'eſt dans cette ſimplicité champêtre que ſe trouve la vérité et l'effuſion du cœur. La vanité vous donnera ailleurs des fêtes, mais la cordialité vous fera les honneurs de Ferney et des Délices. Si vous venez en hiver, vous trouverez autant de neige que chez vous ; ſi vous venez au printemps, vous trouverez des fleurs.

Comme je ſuis préciſément entre la France et l'Allemagne, je me flatte d'avoir l'honneur de vous voir à votre paſſage et à votre retour. Ce feront deux époques bien agréables dans ma vie. Cette eſpérance adoucit tous les maux auxquels la nature m'a livré ; je les ſouffre patiemment, et je vous déſire ardemment. Votre Excellence doit être bien perſuadée des ſentimens tendres et reſpectueux de votre, &c. V.

LETTRE CCLXVII.

A M. LE COMTE D'ARGENTAL.

A Ferney, 23 de décembre.

JE ne peux rien ajouter, mes favorables anges, à tout ce que je vous ai dit ſur le futur, ſinon que je ſuis content de lui de plus en plus. Les bons caractères font, dit-on, comme les bons ouvrages ; on en eſt moins frappé d'abord qu'on ne les goûte à la

longue. Mais, comme il n'a rien, et que de long-
temps il n'aura rien, il est difficile de le marier sans
la protection de M. le duc de *Praslin*, et c'est sur
quoi nous attendons vos ordres.

En attendant, il faut que je vous parle de mademoiselle *d'Epinay* ou de l'*Epinay* ; ce n'est pas pour
la marier. M. le maréchal de *Richelieu* paraît avoir
usé de ses droits de premier gentilhomme de la
chambre avec cette infante ; il veut la payer en
partie par les rôles qu'avait mademoiselle *Gaussin*
dans les pièces de votre serviteur ; il me demande
une déclaration en faveur de la demoiselle, et même
au détriment de l'infante *Hus*. Dites-moi, mes
souverains, ce que je dois faire. Jamais je n'ai été
moins au fait du tripot, et moins en état d'y travailler.
Il faut finir mes tâches prosaïques, et attendre l'ins-
piration. Je crois que, s'il arrivait malheur aux
pièces nouvelles, les comédiens pourraient trouver
quelque ressource dans le Droit du seigneur et
dans Mariamne, telle qu'elle est ; car je vous avoue
que je trouve très-bon que la *Salome* dise à *Mariamne*
qu'elle ne la regarde plus que *comme une rivale*. C'est
précisément cette rivalité dont il s'agit ; c'est de quoi
Salome est piquée ; et une femme, à qui on joue ce
tour, dit volontiers à son adverse partie ce qu'elle
a sur le cœur.

A l'égard de Zulime, pourquoi l'imprimer, si elle
ne peut rester au théâtre ? et il me semble qu'elle
ne peut y rester si on ne laisse la fin telle que je
l'envoyai, et telle que nous l'avons jouée sur le
théâtre de Ferney. Vous m'avouerez qu'il est dur,
pour un pauvre auteur, qu'on change, malgré lui, ce

—— qu'il croit avoir bièn fait. Il peut fe tromper, cela n'arrive que trop fouvent ; mais vous favez qu'il n'en eft pas moins fenfible, et furtout quand il a vu l'effet heureux des chofes qu'on veut rayer dans fon ouvrage, et qu'on y fubftitue des corrections dont il eft mécontent. Il a quelque droit d'être affligé.

Quant au duc de *Foix*, rechangé en un autre per-fonnage, n'eft-ce pas un peu trop d'inconftance ? fouffrira-t-on plus aujourd'hui une méchante action dans un prince du fang, qu'on ne la fupporta autre-fois ? n'y a-t-il pas des chofes qu'il faut placer dans des temps éloignés, et qui révoltent quand elles font préfentées dans des temps plus récens ? ne vaut-il pas mieux mettre une propofition fanguinaire et barbare dans la bouche des Maures, que dans celle des Anglais ? Ce font les Maures qui deman♦ dent le fang du héros de la pièce ; ce font eux qui exigent qu'un prince français leur facrifie fon frère. En vérité, je ne vois pas comment on pourrait fuppofer que des Anglais (qui fe piquent aujourd'hui d'être une nation généreufe) puffent faire une telle propofition à un prince de la race qui eft à préfent fur le trône. Affurément le moment n'eft pas propre ; ce n'eft pas le temps d'infulter les Anglais. Je crois que nos princes du fang et le duc de *Bedfort* feraient également indignés, et que le public le ferait comme eux.

Si cette idée infoutenable eft tombée dans la tête de *le Kain*, vous lui ferez comprendre, fans doute, à quel excès il fe trompe. Cela lui arrive bien fouvent. Je confierai volontiers des rôles aux *le Kain* et aux *Clairon*, mais je ne les confulterai jamais.

Croyez-moi, encore une fois; qu'ils jouent le
Droit du feigneur et Mariamne, s'ils n'ont rien de 1762.
nouveau ce carême. Je tâche d'oublier Olimpie, afin
d'en mieux juger et de vous l'envoyer plus digne
de vous. J'ai prefque achevé l'Hiftoire générale que
j'ai conduite jufqu'à la paix, pour ce qui regarde
les événemens politiques, et jufqu'à l'arrêt fingulier
du parlement contre l'*Encyclopédie*, pour ce qui concerne l'hiftoire de l'efprit humain. On finit d'imprimer
Pierre le grand. Je ferai bientôt libre, et je me
rendrai au tripot; car, entre nous, je l'aime autant
que vous l'aimez.

Puiffé-je, en attendant, faire un épithalame! mais
cela dépend de M. le duc de *Praflin*. Voilà bientôt
ce qu'on appelle le jour de l'an : je fouhaite à mes
anges toutes les félicités terreftres; car, pour les céleftes, n'y comptons pas.

LETTRE CCLXVIII.

A M. DAMILAVILLE.

26 de décembre.

Mon frère, renvoyez-moi, je vous prie, mon
Moïfe et mon canevas de chapitre pour l'hiftoire,
dûment revu par les frères.

Il me paraît que l'affaire des *Calas* prend un bon
tour dans les efprits. L'élargiffement des demoifelles
Calas prouve bien que le miniftère ne croit point
Calas coupable, c'eft beaucoup. Il me paraît impoffible à préfent que le confeil n'ordonne pas la

—— révifion : ce fera un grand coup porté au fanatifme. Ne pourra-t-on pas en profiter ? ne coupera-t-on pas à la fin les têtes de cette hydre ?

Je certifie toujours que je n'ai reçu de frère *Thiriot* qu'un petit billet du premier de novembre. Je lui avais demandé la meilleure hiftoire du Languedoc ; car ce Languedoc eft un peu le pays du fanatifme , et on pourrait y trouver de bons mémoires. Dieu merci , ce monftre fournit toujours des armes contre lui-même.

Mon cher frère voudrait-il me faire avoir , *prefto* , *prefto* , un petit *Dictionnaire des conciles* , qui a paru , je crois , l'année paffée ? cela quadrerait fort bien avec mon *Dictionnaire d'héréfies*. La théologie m'amufe : la folie de l'efprit humain y eft dans toute fa plénitude.

Je voudrais favoir ce que frère *Thiriot* a fait d'un fermon dont il avait trois exemplaires ; il doit au moins avoir converti trois perfonnes.

Aimez-moi, mes chers frères ; *écr. l'inf....*

LETTRE CCLXIX.

A MADAME DE FLORIAN.

29 de décembre.

J'AI tort, ma chère nièce ; je n'ai pas rempli mon devoir : mais fi vous faviez tout ce qui m'eft arrivé, vous me pardonneriez. Je vous fouhaite à vous et au grand écuyer de *Cyrus* toute la félicité que vous méritez tous deux. On dit que d'*Ornoy* a le ventre d'un préfident, et qu'il ne fera pourtant que confeiller au grand confeil. L'abbé eft donc en retraite, dans fon abbaye, avec une fille et des livres. Je fuis fort content de fon *Irène*, et je le trouve très-avifé, étant fous-diacre, de n'avoir pas donné au concile de Nicée tous les ridicules qu'il mérite. Pour moi, qui n'ai pas l'honneur d'être dans les ordres facrés, je n'épargne pas les impertinences de l'Eglife, quand je les rencontre dans mon chemin. Je me fuis fait un petit tribunal affez libre, où je fais comparaître la fuperftition, le fanatifme, l'extravagance et la tyrannie. Je vous enverrai quelque jour Olimpie qui eft dans un autre goût. Vous la verrez à peu-près telle que nous l'avons jouée devant notre premier gentilhomme de la chambre, M. le maréchal de *Richelieu*.

Je m'occupe à préfent de la tragédie des *Calas*, et je crois que le dénouement en fera heureux. Le miniftère a déjà élargi fes filles. Ce mot d'*élargir* ne convient guère, mais cela veut dire qu'on les a

K k 4

tirées de la prison appelée couvent, où on les avait renfermées. C'est un gage infaillible du gain du procès ; car si le ministère né croyait pas *Calas* innocent, il n'aurait pas rendu les filles à la mère. Il est honteux que cette affaire traîne au conseil si long-temps : des juges ne doivent pas aller à la campagne, quand il s'agit d'une cause qui intéresse le genre-humain.

Je vous pardonne de tout mon cœur, ma chère nièce, de ne m'avoir point écrit quand vous étiez dans vos terres ; car il faut que les lettres aient un objet ; et quand on a mandé qu'on a achevé son salon et meublé un appartement, on a tout dit. Mais, à Paris, les nouvelles publiques, les pièces nouvelles, les nouvelles folies, les sottises nouvelles font un champ assez vaste, et vous peignez tout cela très-joliment.

Il n'y a pas d'apparence que je puisse aller dans votre bruyante ville : ni ma mauvaise santé, ni l'édition de *Pierre Corneille*, ni mes bâtimens, ni un parc d'une lieue de circuit que je m'avise de faire, ne me permettent de me transplanter sitôt. Il faut au moins remettre ce voyage à une année, si la nature m'accorde une année de vie. Soyez sûre que toutes celles qui me pourront être réservées seront employées à vous aimer. Votre sœur vous embrasse aussi de tout son cœur.

Fin du Tome sixième.

TABLE ALPHABETIQUE

DES LETTRES

CONTENUES DANS CE VOLUME.

A.

ARGENTAL. (M. le comte d')

ALPHABETIQUE. 525

C.

D.

DEFFANT.

E.

F.

G.

Fin de la Table du tome sixième.

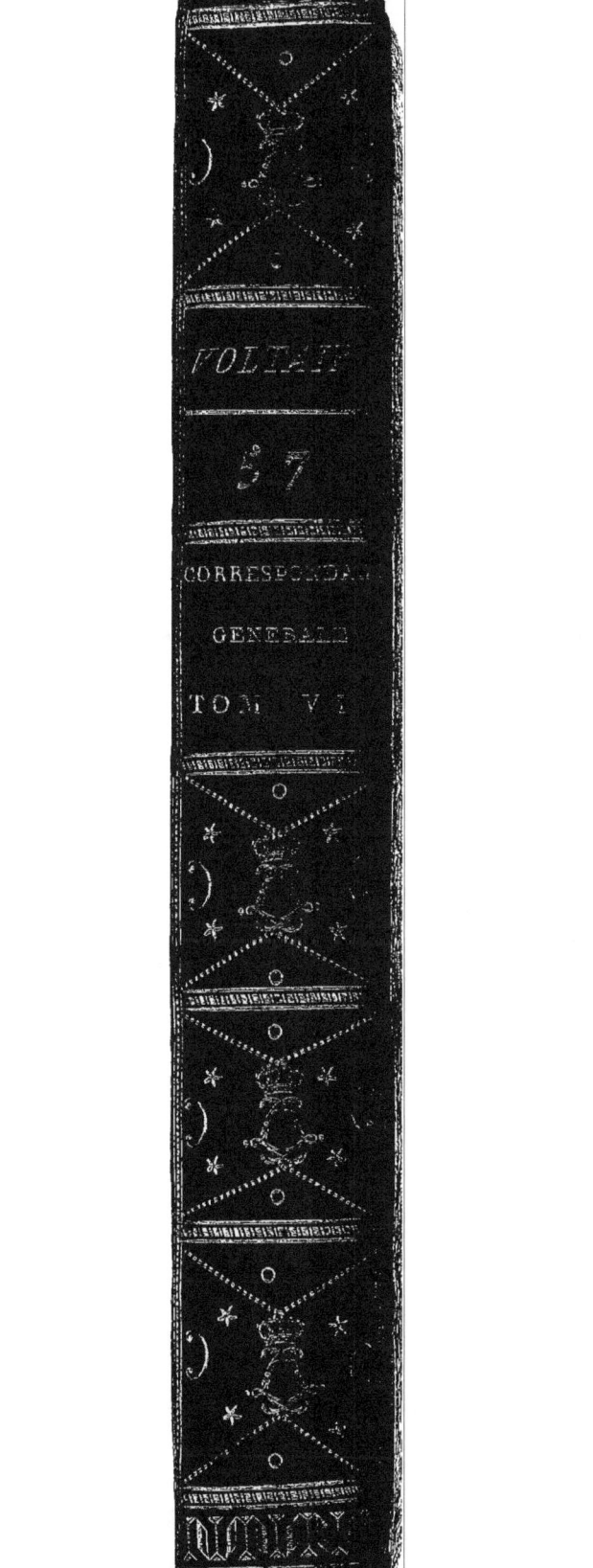

VOLTAIRE

57

CORRESPONDANCE

GENERALE

TOM VI

www.ingramcontent.com/pod-product-compliance
Lightning Source LLC
Chambersburg PA
CBHW061325050726
47504CB00013B/174